Ek het die sedes en gewoontes van my tyd gesien,
en daarom het ek hierdie briewe gepubliseer.
Jean-Jacques Rousseau

DIS KOUE KOS, SKAT

MARITA VAN DER VYVER

Tafelberg

Voorwoord

Ons beskou dit as ons plig om die leser te waarsku dat hierdie werk, ondanks die titel, nie 'n kookboek is nie.

Ons kan ook nie die betroubaarheid van die versameling briewe hierin waarborg nie. Ons het trouens genoeg rede om te glo dat dit net fiksie is. Dit wil vir ons voorkom asof die skrywer, ondanks haar ooglopende pogings tot 'n skynwaarheid, self alle geloofwaardigheid ondermyn het deur die verhaal in die heel onlangse verlede te plaas. Verskeie van die karakters wat hier voorgestel word, tree so onsedelik en onredelik op dat dit moeilik is om te glo dat hulle tussen ons lewe, in goeie buurte en duur huise, in Suid-Afrika vandag.

Daarom is ons van mening dat, indien die emosionele avonture in hierdie boek enigsins op die waarheid gegrond is, dit lank gelede in 'n ander land moes gebeur het. Die skrywer wou vermoedelik meer lesers vir haar verhaal werf deur dit in haar eie era en in haar eie land te laat afspeel, maar ons wil graag seker maak dat die goedgelowige leser nie onverhoeds betrap word nie. Ons sal selfs so ver gaan om ons mening met 'n onbetwisbare argument te staaf, naamlik dat niemand vandag 'n Suid-Afrikaanse roman kan skryf waarin byna al die karakters behalwe die huishulpe wit is, en verwag om geloofwaardigheid te behou nie.

Almal weet tog ons lewe nie meer so nie.
Die Uitgewer
April 2010

"La vengeance est un plat qui se mange froid."
Toegeskryf, sonder rede, aan Pierre Choderlos de Laclos,
Les Liaisons Dangereuses,
1782.

"Revenge is a dish which people of taste prefer to
eat cold."
Die rolprent *Kind Hearts and Coronets,*
met Alec Guinness in verskeie rolle, 1949.

"Revenge is a dish best served cold."
Mario Puzo, *The Godfather,* 1969.

Resep vir 'n ramp

Junie 2007
Kaapstad

My liewe Bernard

Wie sou dit nou kon dink? Tien jaar later sit die twee van ons weer saam aan 'n tafel, soos die dag van ons egskeiding toe jy jou gewete wou sus deur my vir 'n drankie te nooi. Ek het die uitnodiging aanvaar, teen die raad van my prokureur en sonder om dit te bespreek met my baasspelerige terapeut, en nooit daarna vir enige van my vriendinne van die petalje vertel nie. Wat was daar om te vertel – behalwe dat ek my soos 'n snuiwende pateet gedra het?

Jy het valse trooswoorde geprewel en sneesdoekies aangegee en kort-kort ongemerk na jou horlosie probeer loer, haastig om van hierdie huilende homp voor jou ontslae te raak en jou stralende toekoms met jou nuwe geliefde aan te durf.

Nou is ek die een wat probeer troos. Pas vir jou 'n taai, verkreukelde sneesdoekie vol lipstiffiemerke aangegee. (Jy het afkeurend gefrons en dit ongebruik opsy geskuif. Sommige dinge verander nooit.)

Die verskil is dat ek nie my horlosie dophou nie. Ek is nie haastig om weg te kom nie. Ek geniet elke oomblik van hierdie konsert. Ek het 'n dekade lank gespaar, kan jy seker sê, vir hierdie sitplek in die voorste ry.

"Ek het alles verloor," mompel jy met jou kop in jou

hande. "Sy't my uit die huis gejaag. Ek slaap in 'n vriend se buitekamer. Gewese 'bediendekamer'."

How does it feeeeel, sing Bob Dylan op die agtergrond, *to be all alone?* (Nee, nie rêrig nie, maar as dit 'n toneel uit een van jou ewige rolprente was, sou dit die liedjie op die klankbaan gewees het. Of anders 'n aria uit *Don Giovanni.* Ottavio se "Sê haar haar onreg gaan ek wreek"?)

Ek skud my kop simpatiek en suig die truffelsous uit die laaste happie biefstuk op my bord. Ek moet nog die man ontmoet, het 'n kosskrywer in die vorige eeu opgemerk, wat nie verbeter wanneer hy 'n goeie tournedos Rossini in sy maag het nie. Of die vrou, kan ek vandag byvoeg, want hierdie vrou voel fantasties. Des te meer omdat 'n stukkie *foie gras* – danksy die formidabele vegters vir diereregte in hierdie land – deesdae moeiliker bekombaar geword het as vele dwelmmiddels. Gaaf vir die ganse, seker, maar wat sê jy van 'n samelewing waar 'n gans se ganswaardige bestaan hoër geag word as miljoene goedkoop menselewens? Gelukkig ken ek nog 'n paar Franse restauranteienaars wat die kulinêre kuns as die hoogtepunt van ons aardse bestaan beskou, en as ganse en paddas en slakke en ander wesens opgeoffer moet word vir hierdie kuns, nou ja, *tant pis,* soos Michel sal sê. En terwyl die vet ganslewer in my mond smelt, kan ek saam met die ryk toeriste die skitterblou see van die Kaapse Waterfront bewonder, en probeer om nie te wroeg oor wat hierdie koningsmaal my gaan kos nie.

Maak nie saak nie. Vir sekere operas moet jy bereid wees om te betaal.

Die fraai flentertjie vis wat jy bestel het, lê amper ongeskonde voor jou. (Dink jy waaragtig visse word meer bedagsaam doodgemaak as beeste of skape?) Jy het waarlik álles verloor. Selfs jou eetlus.

"Ek het my kinders weke laas gesien."

"Jy't Paula gisteraand gesien," herinner ek jou met my allerliefste glimlag.

"Ek bedoel die kleintjies. Sy sê hulle is te jonk om op hulle eie by my te kom kuier."

"Wel, hulle ís skaars twee jaar oud . . ."

Ons praat nou van Die Onmoontlike Tweeling, jou laatlammers by Die Ander Vrou, Siesa en Gagga, soos ek hulle aanvanklik genoem het, omdat Sasha en Graça vir my te veel na pretensie geruik het. Nou het ek groot genoeg geword om die arme bloedjies uit te los. Hulle het immers nie hulle name – of hulle ouers – self gekies nie. En vandag, van alle dae, kan ek bekostig om groothartig en genadig te wees. Ek skuif my leë bord weg en wink die kelner nader om die rekening te bring. Selfs die beste konsert kan nie vir ewig aanhou nie. Ons het by die sterftoneel gekom. Die mes is diep in jou binnegoed gesteek, die bloed vloei, nog net 'n laaste draai van die lem.

"Dit gaan vir hulle swáár wees om sonder 'n pa groot te word," sê ek met 'n simpatieke sug.

"Clara! Dis 'n nagmerrie! Klap my dat ek kan wakker word."

Tien jaar terug sou ek jou graag wou gehoorsaam, Bernard. Maar nou, nee wat, die bitter smaak van woede het lankal uit my mond verdwyn. Selfs die vleis wat ek pas verorber het, het pure poeding geproe. Ek was nog altyd nuuskierig oor daardie befaamde bessie wat die smaakkliere flous. Onthou jy, ek het jou daarvan vertel, ure ná jy dit geëet het, smaak enigiets wat jy sluk, van asyn tot semen, suikersoet? Maar nou het ek geleer dat wraak waaragtig 'n beter versoeter as selfs die vreemdste bessie kan wees.

5 WONDERLIKE GEREGTE VIR WRAAKGIERIGE VROUE
Die rare rooi mirakelbessie van Wes-Afrika (eet dit voor jy die res eet)

Tournedos Rossini (oor dit jou laat beter voel)
'n Bloederige biefstuk (oor die bloed, natuurlik)
Tripes à la mode de Caen (dis binnegoed, liefie)
Skaappeertjies (need I say more?)

Ek het daarop aangedring om die uitspattige rekening te betaal, 'n vrou het haar trots, al beteken dit dat ek die res van die maand op brood en kaas moet lewe. Boonop 'n rojale fooitjie vir die kelner gelos. (Het ek jou ooit gesê dat ek my jare lank geskaam het vir jou suinigheid as dit by fooitjies kom?) Toe het ek jou op die wang gesoen en jou gelos om die bottel Allesverloren op jou eie leeg te drink. Ek belowe jou ek het nie met voorbedagte rade juis dáárdie bottel op die wynkaart gekies nie. Waarskynlik net nog 'n bewys van die wonderbaarlike werking van die onbewuste.

Jy sal nie hierdie brief lees nie. Jy het my lank gelede verbied om jou lastig te val met my "skriftelike gesanik". Dis waar dat ek jou daardie eerste paar maande gebombardeer het met briewe – dreigende, smekende, skellende, verwytende, obsessiewe briewe. En glo dit of nie, Bernard, vir elke brief wat jy te sien gekry het, was daar letterlik dosyne wat ek nooit gestuur het nie. Dís hoe waansinnig ek was. Blykbaar 'n bekende toestand onder vroue wat belieg en bedrieg word deur die man in hulle lewe.

Maar nou gaan dit sommer stukke beter. Jy hoef jou werklik nie meer oor my te bekommer nie, Bernard. Die wiel draai stadig, soos my ma altyd gesê het, maar hy draai. En as hy té stadig draai, nou ja, dan kan mens hom seker 'n paar stote gee. Allesverloren, inderdaad.
Groete van die moeder van (sommige van) jou kinders
Clara

Kry al die bestanddele bymekaar

Laatnag, 9 Julie 1998
Johannesburg

Bernard jou Bliksem!
En dan praat ek nie eens van daardie skynheilige slet wat kamtig my vriendin was nie!

Ek kan nie glo hoe blind, doof, stom en onnosel ek was nie! Ek kan nie glo hoeveel uitroeptekens ek gebruik nie! Wat de fok het van my skryfstyl geword?!?

Saam met my huwelik in duie gestort, blykbaar.

As kosskrywer behoort ek tog te weet dat uitroeptekens so oordeelkundig soos brandrissies gebruik moet word.

Hulle sê 'n vrou wéét wanneer haar man haar bedrieg. Wie's "hulle"?!? Waarom het ék niks vermoed nie?!? Almal om ons het blykbaar lankal snuf in die neus gekry – maar as een van my kwaadwillige kollegas my nie kom wakker skud het nie, het ek dalk nog maande lank in my gekkeparadys lê en droom. Nee, verkeerde beeld. In my gekkekombuis staan en kook.

"Hulle sê" ook die pad na 'n man se hart loop deur sy maag. Miskien waar, maar die pad na sy bed loop deur sy ballas. Dit het A pas weer bewys. Jissis, Bernard, sy kan nie eens 'n eier kook sonder dat die dop kraak nie! Wat de donner eet julle wanneer julle saam is? Of verraai ek nou net weer my stiksienigheid met so 'n vraag? In die eerste verruklike maande van verlief wees en wellus kan mens

11

seker sonder kos lewe. Ek het dit self ook gedoen, lank lank gelede, as tiener en jong vrou. Die eerste ruk saam met jou was 'n waas van sigarette en onderdrukte hongerpyne en seksuele ekstase. Ja.

Maar as die aanvanklike jagsgeit oorwaai, word mens wel weer honger. Jy sal sien.

Daardie laaste toneel in *Woman of the Year*, waar Spencer Tracy se vrou vir hom 'n fiasko van 'n ontbyt maak, was vir jou nog altyd skreeusnaaks. Maklik om vir sulke onbeholpenheid op die silwerdoek te lag – veral as die onbeholpe kok soos Katharine Hepburn lyk – maar in die regte lewe sal so 'n grappie gou verflou. Jy sal sien.

"Hulle sê" ook die een wat bedrieg word, is dikwels die laaste wat weet. Niemand so blind soos hulle wat nie wíl sien nie, nè. Die vernedering, Bernard, die ondraaglike gedagte dat soveel mense my bejámmer het omdat hulle iets geweet het wat ek nie wóú weet nie. Dis amper erger as die uiteindelike gewaarwording van die bedrog wat gepleeg is.

Jissis, nee, ek kan nie so naïef wees soos ek nou klink nie! Jy weet tog ek was nog altyd skepties oor die ideaal van lewenslange monogamie. Behalwe miskien vir swane en tortelduiwe. En waarskynlik ook net omdat hulle nie lank genoeg lewe om voor seksuele versoekings te swig nie. Maar mense? Soos Minette graag sê, bigamy is having one husband too many; monogamy is the same. ('n Bietjie bitterbek, het ek altyd gedog, terwyl ek nog gedog het ek's gelukkig getroud.)

En vir mans soos jy, miskien veral vir mans soos jy wat dikwels ver van die huis af moet werk en vele nagte alleen in hotelkamers moet deurbring, vir julle moet die versoeking soms onweerstaanbaar wees. Daarom het ek my lank gelede voorgeneem, as ek ooit moes hoor dat jy iewers langs die pad 'n eennagstaning elders gehad het, jou tent-

12

penne vir 'n paar uur rondom 'n ander vrou ingekap het, sou ek sorg dat ek dit oorleef. Ek sou jou knaters met 'n stomp mes wou afsny, natuurlik, maar ek sou ons verhouding aan die gang hou. Ek sou nie toelaat dat 'n nag of drie van afwisseling, nuuskierigheid, opwinding – kies jou eufemisme, skrap wat nie van toepassing is nie – 'n langdurige huwelik, 'n gesamentlike huishouding en jare van gedeelde ouerskap verwoes nie.

As dit kom by die dinge van die lyf, mag mens maar jou trots sluk. Mans het nou eenmaal die gewoonte om hulle geslagsdele in enige beskikbare gat te druk, blitsige verligting te soek, sonder die geringste oordeelsvermoë. In die afgelope kwarteeu het vroue ook in al groter getalle begin om hulle lus soos hulle dors te les. As jy in 'n woestyn ronddwaal, kan jy nie bekostig om kieskeurig te wees oor water nie. Jy drink wat jy kry. Ek weet waarvan ek praat. In my jongvroudae was ek ook soms in daardie woestyn. Dit gaan oor die lyf en niks anders as die lyf nie. As jou kop begin praat – of, die gode behoed jou, jou hart! – is jy in die moeilikheid. Dan druk jy die paniekknoppie, skop die noodruit uit, maak dat jy wegkom.

Daarom kan baie vroue, en selfs heelwat mans, deesdae 'n huweliksmaat se lyflike ontrouheid vergewe.

Maar as dit gaan oor die dinge van die hart . . .

Wat jy gedoen het, jou bliksem, kan nie weggegrinnik word as 'n seksuele oomblik in die wind nie. Nee. Dit was nie net 'n ondeurdagte knippie in die donker of 'n roekelose naai teen die niet nie. Nee. Jy en A het weke lank, máánde lank – meer as 'n jaar? jissis, hoe moet ék nou weet? – 'n geheime verhouding vertroetel. Julle moes die mense naaste aan julle belieg en bedrieg, dag ná dag, week ná week, maand ná maand.

Hoe de fok het julle dit reggekry?!?!?!?!?!?!?!?!?

13

Na die hel met skryfstyl, na die hel met valse ordent-likheid van my kant af, na die hel met jou en A albei! Ek bedoel dit, ek hoop julle gaan hel toe hiervoor. Wat my betref, ek is klaar daar. Ek luister opera en ek drink whisky en ek huil, dwarsdeur die nag, nou al drie nagte lank. Ek het die opera en die alkohol nodig om die trane te laat vloei, want bedags moet ek alle emosie wegsteek, ter wille van die kinders. Hulle dink jy's net weer op een van jou werkreise.

5 Operas met vroue in hulle liefde verlaat
Mozart se *Don Giovanni* (arme Elvira)
Verdi se *Rigoletto* (arme Gilda)
Donizetti se *Lucia di Lammermoor*
Bellini se *Norma*
Puccini se *Madama Butterfly*

My whisky word warm, laat ek eerder my ewige lysmakery los en verder drink, van Clara.

Nog 'n nag, 13 Julie 1998
Galbitter in Gauteng

Die storie van A, dis waaroor ek vannag sit en tob, terwyl Cio-Cio-San so lieflik liries oor haar ontroue Pinkerton treur. Ja, ek luister steeds aanmekaar opera. Gewoonlik ver-kies ek blues, soos jy weet – as jy nog enigiets van my weet – maar die afgelope week is ek blouer as blou, te blou vir blou, nou soek ek die bloedrooi van opera. Oordrewe emo-sies en bloedige eindes, dis wat ek nou nodig het.

En ek vergryp my aan whisky en sjokolade, nag ná nag,

14

asof ek myself in 'n alkoholiese, obese, belaglike Butterfly wil verander, net om dóódseker te maak dat jy nooit na my sal terugkeer nie.

Die storie van A, B en C. Dis nie dat ek aspris kripties wil wees nie. Ek kan letterlik nie haar naam skryf sonder om fisiek naar te word nie, daarom noem ek haar A. Sy herinner my aan die onderduimse Anne Baxter in *All about Eve.* (Gróót jaar gewees vir aktrises daardie, soos jy al meermale opgemerk het, Baxter en Bette Davis in *All about Eve,* Gloria Swanson in *Sunset Boulevard* . . .) Die hemel hoor my, as daar iéts in ons verhouding is wat ek gaan mis, wat ek rééds mis, is dit al daardie klassieke films wat jy my leer waardeer het, wat ons so gereeld saam gekyk het, wat 'n soort geheime taal tussen ons geword het. In 'n wêreld waar 'n woord soos "Rosebud" vir die meeste mense niks oproep nie, behalwe miskien 'n blomknop, was ons twee rare voëls van eenderse vere.

Was?

Nou het jy 'n nuwe leerling gekry met wie jy al die oorbodige kennis kan deel wat jy in jou jare as rolprentresensent vergaar het. Miskien moet ek vir haar 'n kort lysie voorstel, net as inleiding, wat dink jy?

5 Klassieke films wat 'n fliekvlooi se nuwe nooi moet kyk (1 vir elke dekade)
Eisenstein se *Battleship Potemkin* (Russies, 1925)
Fritz Lang se *M* (Duits, 1931)
Orson Welles se *Citizen Kane* (Amerikaans, 1941)
Kurosawa se *Seven Samurai* (Japannees, 1954)
Ingmar Bergman se *Persona* (Sweeds, 1966)

Mens moet iewers begin, of hoe? Op die oomblik weet sy net mooi niks van rolprente ouer as dertig jaar nie. Ek dink nie sy het al ooit enigiets in swart-en-wit gekyk nie – en beslis nie klanklose films nie.

En om te dink dit was ék wat hierdie kulturele uilskuiken by ons huis ingenooi het, deel van ons gesinslewe en ons vriendekring gemaak het, selfs aanvanklik met jou gestry het – kan jy glo? – toe jy nie jou arms so geesdriftig soos ek vir haar oopgooi nie.

"Jy kry haar jammer," het jy my beskuldig. "Jy wil haar voer en versorg soos 'n afvlerkvoël of 'n weggooikat. Ons is nie die donnerse Dierebeskermingsvereniging nie, Clara!"

Waarom het jy so heftig gereageer, Bernard? Het jy iewers waarskuwingsligte sien flikker waarvoor ek heeltemal blind was? Want selfs al wás sy ook 'n afvlerkvoël – en dis nie hoe ek haar beskou het nie! – dan was sy beslis nie die eerste en seker ook nie die laaste van my "charity cases" nie. Dis hoe ek is. Kan nie help nie. Gee my 'n beseerde dier of 'n ongelukkige mens en ek sal hulle probeer vet voer. Sy was die enigste een teen wie jy ooit beswaar aangeteken het.

Of miskien, in die lig van die morsige treinongeluk wat gevolg het, sou dit wyser wees om hierdie soort liefdadigheidswerk te staak. *Beware of young girls,* soos Dory Previn gesing het ná haar man deur die jong Mia Farrow afgevry is. *Too often they crave to cry at a wedding and dance on a grave . . .*

Al wat ek kan sê om myself te verdedig, is dat ek onnosel genoeg was om van haar te hou. Ja, rêrig, erewoord. Sy was so ooglopend ambisieus, so oorywerig entoesiasties toe sy by *Eva* begin werk het, sy het my aan 'n jonger weergawe van myself laat dink. Ek en Minette het ons oë vir mekaar omgedop elke keer as sy een van haar blink idees soos 'n towertapyt voor die redakteur oopsprei. Been there, done that, het Minette soms hoorbaar gemompel, maar niks kon hierdie jong joernalis se geesdrif demp nie. So opgewonde was sy oor elke idee dat jy die stof en die gate op die ou mat misgekyk het en saam met haar begin glo het dat dit dalk in 'n vlieënde voorwerp kan verander. En sy is nie onnosel nie. As sy bloot mooi en blond was, sonder die nodige brein-selle, sou ek nie die moeite gedoen het om haar huis toe te nooi en vir haar kos te kook en ure lank na haar klaag-liedere oor haar katastrofiese liefdeslewe te luister nie.

Sou hierdie hele nagmerrie my dalk gespaar gebly het?

Nee, laat ek dit nou maar erken, dis moontlik dat my rol as koppelaar heeltemal oorbodig was. Ons werk al drie in dieselfde gebou, jy sou haar in elk geval die een of ander tyd opgemerk het, sy's nie juis die soort meisie wat mans lank miskyk nie, is sy? Ek het die wiel van die noodlot mis-kien net 'n klein stampie gegee. Alles ietwat gouer, 'n bie-tjie makliker, laat gebeur as wat dit in elk geval sou gebeur het.

Dis wat ek moet glo, in hierdie stadium, om nie hara-kiri te pleeg in woede en wanhoop nie.

Ons hét al drie in dieselfde gebou gewerk. Dis wat ek nou moet skryf, want op die oomblik werk ek nie, nie daar nie, nie by die huis nie, nêrens nie. Ek het siekverlof gevat, 'n gewone winterverkoue wat ek deur blote wilskrag in ern-stige griep verander het, want ek sien nie kans om terug te gaan kantoor toe nie. Nie nou al nie. Miskien nooit weer nie. Hoe gaan ek dit regkry om saam met haar in die tee-kamer te sit terwyl ek weet dat al ons kollegas oor ons gaan skinder die oomblik as ons uitstap? Of alleen saam met haar in 'n hysbak te beland of, nog erger, in die vrouetoi-let in haar vas te loop? Mens is so verdomp weerloos in 'n toilet! Hoe behou jy jou waardigheid in sulke omstandig-hede?

Intussen kruip ek stert tussen die bene by die huis weg, so pateties passief soos 'n hond wat 'n slegte pak slae gekry het. Slof rond in my oudste slaapklere en pantoffels en eet obsessief sjokolade. Die seuns begin onraad vermoed, hulle ken my nie so nie. Wel, hulle weet vir my is enige verskoning 'n goeie verskoning om my aan sjokolade te vergryp, maar gewoonlik eet ek net die beste sjokolade om my buie te verbeter, terwyl ek nou soos 'n sprinkaan vreet wat voorkom. Fabriekvervaardigde sieksoet gemorskos. Nóg iets wat saam met my huwelik en my skryfstyl opgefok is. My smaaksintuig. My tong waarop ek altyd so trots was. Wat my jare lank gehelp het om my brood en botter te verdien, no pun intended, as restaurantresensent.

Ons was gelukkig, Bernard, ek en jy. Ons het in ons armer en jonger dae baie meer gereeld uitgegaan as ander armrige jong mense. Jy is betaal om te gaan fliek en ek is betaal om te gaan eet, hoe gelukkig kan 'n couple nie wees nie. Tot ons kinders gekry het en te moeg geword het om saans uit te gaan. Nou, vermoed ek, herlewe jy daardie sorgvrye dae saam met jou jong en kinderlose geliefde.

Dis veral Nicolas wat vreemd begin optree. Hy was mos maar van altyd af meer ingestel op die onderstrominge in verhoudings. En hy's amper 'n tiener, dit word al hoe moeiliker om hom met swak toneelspel te flous. Vir Sebastian kan ek nog paai met "aag, wat, jong, Ma voel net nie lekker nie", maar Nicolas se donker oë boor dwarsdeur my elke keer wanneer ek vir hulle lieg. Paula is te klein om enigiets te verstaan, maar sy weet ook êrens is 'n skroef los. Ek het haar nie vandeesweek crèche toe geneem nie. Ek het nie die krag om my gesig te was en aan te trek nie. En ek wil eerder nie weet wat die crèche-tannies sal sê as ek vroegoggend in my flennie-pajamas met my whisky-asem en my sjokolade-besmeerde smoel uit die kar moet klim nie.

Dis die arme Sindiwe wat die kastaiings uit die vuur moet krap. Nou moet sy nie net poets en was en stryk nie,

18

sy moet boonop kinderoppasser speel. En omdat Paula aanvoel dat iets verkeerd is, is sy baie veeleisender as gewoonlik, wat beteken dat Sindiwe sukkel om haar gewone werk klaar te kry. Die huis lyk soos 'n muisnes en die wasgoedmandjies loop oor. Nie dat dit my juis pla nie, die morsigheid pas nogal by my gemoedstoestand. Maar Sindiwe het gister streng voor my kom staan, so met haar hande op haar breë heupe gestut, en gevra wanneer ek die dokter gaan sien oor my "siekte". Ek kon hoor hoe sy die woord met aanhalingstekens belas. Sy's 'n wyse vrou, daardie een, jy kan haar niks vertel van mans wat wegraak en kinders wat alleen groot gebid moet word nie. Háár lewe is 'n opera wat myne soos 'n oppervlakkige musiekblyspel laat lyk. Ek wou my kop op haar groot bors laat sak en my hart uithuil.

Maar ek het nie. Ek het my soos 'n blerrie mêrrim gedra en my trane weggeknip. As dit teen volgende week nog nie beter gaan nie, het ek gelieg, sal ek dokter toe gaan. Sy het haar kop geskud en gemompel: "If Mister returns, it will be better."

If Mister returns.

Wanneer gaan jy die moed hê om vir die kinders te vertel jy kom nie terug nie? Jy kan tog waaragtig nie verwag dat ék dit moet doen nie? Hulle noem dit nie verniet *breaking* the news nie, besef ek nou. Daar sal skerwe en skade wees. Ja, goed, ek sal daar wees om die skerwe op te tel, ek tel immers al jare lank alles agter jou en die kinders op, maar jy sal self die breekwerk moet doen. En as daar nog enige regverdigheid in die lewe is – was daar ooit? – sal hierdie verpligting ten minste 'n sigbare kraak in jou veragtelike selfversekerdheid veroorsaak.

Van die ma van jou kinders

From: Clara Brand [aandiebrand@hotmail.com]
Sent: Tue 21/07/98 05:17
To: Marita van der Vyver [marita10@iafrica.com]
Subject: S.O.S.S.O.S.S.O.S.

Ag jirre tog wat nou? Ek sit in die donker in my deurmekaar kombuis en wag vir die dag om te breek. Alles anders in my lewe is gebreek so waarom nie die dag ook nie. Pasop vir self-bejammering, Clara, vermaan ek my aanmekaar, dis bloot 'n minder bloederige vorm van selfmutilasie. Los nie sigbare letsels soos 'n tiener wat haar arms met 'n skeermeslem be-krap nie, maar dis waaragtig nie iets wat vriende en familie graag aanskou nie. Not a pretty sight. Onthou dit. Ek is moeg en moerig en moedeloos verby. En nou moet ek nog 'n fokken volmaakte dag in Afrika aandurf. Gee my krag. C

❀ ❀ ❀

Vroeë oggendure, 21 Julie 1998
Johannesburg

Goeiemôre Bernard
Nee, nie goeie môre nie, ek wens jou die mislikste môre van jou lewe toe. Tot dusver het ek my nog net verbeel ek verag jou. Nou wéét ek dit.

Egskeiding het so *banaal* geword. Elke dag hoor kinders oral op aarde dat hulle ouers se paaie gaan skei. Dit het gerieflik geword, vir ons as onverantwoordelike volwasse-nes, om te vergeet watter oorweldigende ramp dit vir 'n kind kan wees. Tot dit die dag met jou eie kind gebeur.

Ek sal nooit, so lank ek lewe, ons seuns se gesigte ver-geet ná jy gisteraand hier was om hulle te vertel wat jy moes vertel nie.

20

Seker nie nodig om te by te voeg dat niemand in die huis veel geslaap het nie. Ek het Sebastian hoor huil, ek het Nicolas hoor troos, ek het albei van hulle ure lank hoor rondrol in hulle beddens. Selfs Paula wat te klein is om te verstaan en vir wie ons voorlopig maar moet aanhou lieg, volgens jou, het 'n rare nagmerrie gekry. Gillend wakker geskrik en by my kom inkruip en die res van die nag so wild geskop en geslaan dat ek nie 'n oog kon toemaak nie. Met watter monsters sou so 'n amper-driejarige dogtertjie in haar drome baklei?

Ek het dit toe tog teen alle verwagtinge in reggekry om my te "gedra" gisteraand. Ter wille van die kinders het ek jou kil maar beleef behandel. Ek het nie in jou gesig gespoeg toe jy by die voordeur instap nie; ek het nie borde of ander breekware na jou gegooi nie; ek het nie giftige sampioene in die risotto gemeng nie; ek het my skerpste mes gebruik om die braaihoender op die tafel te sny, nie om jou in die rug te steek nie. Ek het weliswaar al hierdie aksies oorweeg. Geweeg en te lig bevind. Ek sal jou nie vermoor nie, het ek besluit, dis 'n te maklike uitweg vir jou en ek wil nie hê my kinders moet wees grootword nie. Pa vermoor en ma in die tronk, siestog. Nee, ek sal 'n erger manier vind om jou te straf. Wag maar, jy sal sien.

O, jy was nice, natuurlik, so nice dat ek kon kots. Die bedagsame, bekommerde, lieftallige eggenoot en vader. Aantreklik en humoristies, Cary Grant se moses, soos ek jou soms gespot het, toe ons nog op spotterme was. Ek het my gewone rol as versorger van die innerlike vervul, vir almal 'n smaaklike en gebalanseerde maaltyd verskaf, selfs die seuns se geliefde sjokolademousse tafel toe gedra – asof dit 'n feestelike geleentheid was! – en my so gou moontlik uit die voete gemaak sodat jy kon sê wat jy moes sê.

Ek het die versoeking weerstaan om agter die kombuisdeur te staan en afluister. Maar ek het tog my ore gespits, terwyl ek my derde skelm whisky voor die wasbak afsluk, en snertse niksseggende bla-bla uit jou gladde mond hoor val. *Nie julle skuld nie . . . verskriklik lief vir julle . . . as ek en Mamma mekaar nie gelukkig kon maak nie, kan ons ook nie vir julle gelukkig maak nie . . . beter vir almal van ons . . .*

Wie sê ons kon mekaar nie gelukkig maak nie? As jy so danig ongelukkig was, hoekom het jy dit nie gewys nie? Plaas van om jou stukkie skelm geluk in 'n ander bed te gaan soek? En as jy nie uitgevang is nie, bespiegel ek vanoggend, hoe lank sou jy nog aangehou het om hierdie dubbele lewe te lei? Ag fok, nou's dit weer die vraagtekens wat handuit ruk! Ek kan nie meer 'n sin skryf sonder om dit met 'n vraagteken of 'n uitroepteken te bekroon nie! Sien wat ek bedoel?

Nicolas en Sebastian het onheilspellend min te sê gehad. Hulle was klaarblyklik in 'n toestand van skok, jy moes dit tog gesien het, maar nee, g'n spoor van kommer op jou gesig toe jy my groet nie, net blatante verligting: "Hulle het dit goed gevat. Hulle gaan oukei wees."

Goed gevat? Oukei? As jy die res van die nag in hierdie huis deurgebring het, sou jy jou geskaam het vir jou aangeplakte optimisme. Maar jy kon nie wag om weg te kom nie. Jy wou net jou gewete troos, kyk of ons almal "oukei" is, jou skamele trooswoorde soos as in die wind strooi, en so gou moontlik terug na jou jong blonde geliefde vlug.

Die geliefde het toe by *Eva* bedank en 'n pos by jou koerant aangevra, het jy my vanaand meegedeel. Jy't dit soos 'n heldedaad laat klink, asof ons hier te doen het met die selfopoffering van 'n Rageltjie de Beer. Al wat sy en Rageltjie de Beer gemeen het, is dat albei hulle klere uitgetrek het, maar beslis nie om dieselfde rede nie. Haar bedanking beteken bloot sy gaan nader aan jou en verder van my wees – hoeveel heldemoed kan dít nou verg? – maar ons is almal steeds in dieselfde gebou vasgevang. Ek sal dit nie kan vat nie. Ek sal 'n ander werkplek moet soek. Nie net 'n ander werkplek nie – 'n ander huis, 'n ander stad, 'n ander lewe. As ek aan reïnkarnasie geglo het, het ek myself nou dood-gemaak sodat ek van voor af kon begin, maar met my soort luck sal ek terugkom as 'n Franse gans. Dan word my bek oopgesper en kos in my keel afgedwing en ek word geslag en my lewer beland op die bord van 'n restaurantkritikus of 'n kosjoernalis.

Herinner my aan 'n stukkie graffiti wat ek lank gelede iewers raakgelees het. *Is life worth living? It depends on the liver.* Nee, dan bly ek maar liewer ek. Tot tyd en wyl.

Dis vyfuur in die oggend en ek smag na 'n glas whisky. Om die dranklus te flous, het ek 'n sigaret aangesteek, die hoeveelste een in hierdie eindelose nag. Ja, ek het weer be-gin rook, ná meer as 'n dekade sonder nikotien, is dít nou nie pateties nie? Dertien jaar, om presies te wees. Ek het opgehou toe ek swanger was met Nicolas en dit reggekry om nooit weer te begin nie – tot tien dae gelede. Dis net nog iets waarvoor ek jou nooit gaan vergewe nie, Bernard jou Bliksem. Maar ek reken die kinders sal beter cope met 'n rokende, stinkende, hoesende ma wat darem nog min of meer helder kan dink as met 'n dronklap wat oor haar voete val en die kos verbrand.

Ek gril vir myself.

"Jissis, maar jy lyk *sleg*," sê ek vir die gehawende vrou met die tandeborsel in die mond wat ek soggens in die bad-kamerspieël sien. "G'n wonder jou man het hom uit die voete gemaak nie." En dan spoeg hierdie vreemdeling my woorde terug in my gesig, saam met die skuim van haar tandepasta.

Bernard, Bernard, Bernard. Ek wonder of dit is wat hulle 'n *cri de coeur* noem. Of bloot 'n vervloekende inkantasie?
Clara

From: Clara Brand [aandiebrand@hotmail.com]
Sent: Sun 02/08/98 23:25
To: Marita van der Vyver [marita10@iafrica.com]
Subject: S.O.S.S.O.S.S.O.S.

Ek wil vir haar skryf daai doos van 'n dief wat my man ge-
steel het ek wil haar op een of ander manier bykom. Skel
en skreeu en skop en byt. Séérmaak. Julle skrywers sê mos
altyd mens moenie jou kritici antwoord nie dit gee hulle
net onnodige mag oor jou mens moet eerder waardig stil-
bly. Maar sy's nie my kritikus nie sy's my ek weet nie wat de
fok sy is nie en ek is in ieder geval laaankal by waardigheid
verby. 'n Vrou wat te dooslik en onnooslik was om agter te
kom dat haar man verlief raak op haar vriendin en nou
snags deur die huis slof in skaapvelpantoffels en met haar-
self praat en wanhopige hulpkrete oor internet stuur. Keer
my voor ek myself verder verneder deur die doosdoosdoos
te smeek om my man vir my terug te gee! C

3 Augustus 1998
Op kantoor, Goudstad

Brief aan A
Hoe anders moet ek begin op hierdie blou Maandag? *Liewe
gewese vriendin wat my man genaai het? Heil die leser? Beste kol-
lega?* Maar *beste* impliseer goed, beter, beste. Beste beteken
beter as iets anders, en ek weet waaragtig nie waarmee jy
die beste kan wees nie, behalwe miskien skynheiligheid en
agterbakse gedrag.

Seks? Jy's mooi, jy's tien jaar jonger as ek, jy't ongetwy-feld 'n beter lyf – maar dit maak jou nie noodwendig 'n beter seksmaat nie. Soos Minette op 'n keer 'n jong man kort-geknip het wat dit gewaag het om haar "tannie" te noem: "*Tannie?* Luister, boet, hierdie *tannie* kan vir jou 'n blowjob gee wat jou hare saam met jou voël sal laat regop staan." Ja, pasop vir ons "tannies" as dit by bedsake kom.

Die bed is een van die min plekke op aarde waar erva-ring en mededeelsaamheid steeds meer bevrediging ver-skaf as blote entoesiasme en egoïsme. Maar dis nou ook nie asof jy 'n maagdelike tiener is nie, nè. Op amper dertig moes enkele onskuldige twintigjariges jou seker ook al "tannie" genoem het. Was jy so geskok soos ek toe dit die eerste keer gebeur het?

Nee, hel, waarom probeer ek nou nice wees met jou? Asof ek jou met small talk en "tannieskap" aan my kant sal kry! Ek wil jou nie aan my kant hê nie, ek wil jou so ver moontlik van my hê, verkieslik heeltemal uit my en my man en my kinders se lewe, maar ek's bevrees daarvoor is dit te laat.

Ek het my soos 'n hond met 'n lam onderlyf terugge-sleep werk toe. Terug na hierdie enorme gebou waar soveel koerante en tydskrifte daagliks, weekliks, maandeliks, uit-gebroei word. Die wete dat jy en my man (ja, hy is steeds *my* man, al woon én werk hy nou saam met jou) op 'n ander verdieping iewers onder my besig is met julle eie duistere broeiwerk, konkelwerk, samesweerdery, steek my verskriklik dwars in die krop. En moet my asseblief nie be-ledig deur dit af te skryf as blote jaloesie wat sal oorwaai nie. Ek weet wat jaloesie is.

Of dalk het ek net gedog ek weet.

Ek het al voorheen ligte aanvalle van hierdie vieslike siekte gekry. Enkele kere, in my jonger dae, vóór Bernard, selfs ernstige aanvalle. Veral saam met James, 'n man wat te mooi en te ydel en te selfsugtig vir enige vrou was. Ek het jou van hom vertel, onthou ek, omdat ek jou wou troos oor jóú verhouding met 'n mooi en ydel en selfsugtige lover wat nie uitgewerk het nie. Wat was sy naam nou weer, die vent oor wie jy soveel krokodiltrane in my kombuis gestort het? As dit nie vir dié bliksem was nie, het ek jou dalk nooit jammer gekry en huis toe genooi nie, het ons dalk net vriendelike kollegas in 'n vrouetydskrif se redaksie gebly, het jy dalk nie . . .

Hier gaan ek al weer. *As, as, as.* Ek maak myself mal, dwaal in eindelose sirkels om elke enkele ding wat ek die afgelope jaar of twee gedoen of gesê het – of erger, *nie* gedoen of gesê het nie. Nie gesien of gehoor het nie. Terwyl alles volgens jou seker so bestem was, *written in the stars*, jy glo mos aan sulke snert. Gerieflik, nè, nou hoef jy nie skuldig te voel oor enigiets nie, dis Jupiter wat in Venus was. En my man wat in jou was. Waarom maak dit so séér elke keer as ek daaraan dink?

Ná James het ek 'n soort immuniteit teen jaloesie verwerf. *Hoe meer onseker 'n vrou van haar eiewaarde is, hoe makliker word sy die prooi van jaloesie.* Die Evangelie van *Eva* en ander vrouetydskrifte. Ek het werk gemaak van my onsekerheid, 'n muur van selfvertroue om my gebou, baksteen vir blerrie baksteen, jare lank. Ek het 'n intelligente, sensitiewe, kunssinnige man getrou, 'n kenner van rolprente en musiek en boeke, en ons het drie gesonde en gelukkige kinders in die wêreld gebring, hoe geseënd kan 'n vrou nie wees nie. Ek kon my passie vir kos en vir woorde in 'n beroep omskep, kosskrywer vir koerante en tydskrifte word, betáál word om te kook en te eet! Hoe geseënd kan 'n vrou . . .

Selfs wat die uiterlike betref, het ek geleer om van myself te hou. Dwarsdeur my tienerjare en tot in my twintiger-jare het ek nooit enigiemand geglo wat my "Mediterreense voorkoms" aantreklik vind nie. Ek het bly hoop ek gaan een oggend my oë oopmaak en ontdek – o, die vreugde! – dat ek oornag lank en slank en sportief en blond geword het. Teen dertig het dit oplaas tot my deurgedring dat dit nooit gaan gebeur nie. Ek het weer eens na *Eva* se raad ge-gryp. *Eva* en *Cosmopolitan* en *Elle* en *Glamour* en al hulle pragtige papiersusters. *Maak die meeste van wat jy het, nie van wat jy* nie *het nie*. Ek het my donker vel en my rojale kurwes begin beklemtoon, geleer om klere te dra wat my voor-koms vlei eerder as om al daardie lang, skraal, blonde mo-delle op die modefoto's te probeer naboots, en dit het waaragtig gewerk. As ek dink aan al die jare wat ek gemors het in die verkeerde outfits. Die afgelope dekade het ek op-laas gemaklik in my eie vel begin voel, tuis in my eie lewe, oukei oor wie en wat ek is.

En hier bars jy by my lewe in, 'n cliché van lang, skraal, sportiewe, blonde skoonheid, en ek voel nie eens bedreig nie, want ek is mos oukei, al is my bene miskien 'n bietjie kort en al neig my boude miskien na plomperigheid en, en, en . . . En sowaar, my intelligente, sensitiewe, kunssin-nige man val vir jou. Soos enige breinlose bastard sou, enige lieplapper wie se voël harder werk as sy verstand, enige man wat . . .

Soos enige man sou?

Hulle kan tog nie almal sulke dose wees nie! Of kan hulle? As dit gaan oor toegang tot 'n begeerlike vroulike doos, is hulle dalk almal verdoem tot ewige doosagtig-heid.

Hoor hoe bitter klink ek. Alles waarin ek geglo het – in-telligensie en eerlikheid in intieme verhoudings, weder-sydse respek tussen geslagte, liefde-tot-die-dood-ons-skei –

27

alles het die afgelope maand verdwyn, spookasem wat in die yskas gelos is en klam geword het, daar's niks oor nie. Net hierdie galbitter smaak in my mond, ek vermoed dit moet een van die newe-effekte van jaloesie wees, dat selfs my gunsteling-geregte vir my soos aalwynsap smaak. Sjokolade is al wat ek nog kortstondig kan proe, hoe soeter en goedkoper hoe beter, my enigste oorblywende smaaksensasie, dis 'n katastrofe. Vir my om my smaaksintuig te verloor, is soos 'n verspringer wat sy voete verloor, 'n operasangeres wat haar stem verloor. Van opera gepraat, ek is nou by Verdi se *Otello*. Van slagoffers in hulle liefde verlaat tot slagoffers van jaloesie. Hoewel ek die sterkste identifiseer met die siniese Iago. *E credo l'uom gioco d'iniqua sorte . . .* Inderdaad, op die oomblik glo ek die noodlot speel met 'n mens, van die wieg tot die graf. *Vien dopo tanta irrision la Morte! En ná soveel sotheid kom die dood!*

Ek het gedog ek weet wat jaloesie is – maar niks, niks in my vorige lewe, kon my voorberei op die intensiteit van wat ek nou beleef nie. Ek voel of ek my tong met 'n vleismes uit my mond wil slag, net om nie langer hierdie bitterheid te proe nie.

As ek 'n greintjie trots oorgehad het, sou ek jou nooit hierdie brief laat lees het nie. "Ag, shame, sy suffer rêrig," sal jy vir Bernard sê. "Die arme vrou," sal Bernard vir jou sê. Die lááste ding wat ek van julle wil hê, is bejammering. Wát ek wil hê, weet ek nie. Miskien net 'n behoorlike besef van die verwoesting wat julle saai? Ek het nie 'n keuse nie, ek moet my tot jou rig, want Bernard het totaal onbereikbaar geword. Verblind deur die glans van jou blonde hare, verdoof deur die beloftes wat jy in sy oor fluister, heeltemal betower deur wat jy ook al aan hom doen. In die bed, seker, want in die kombuis is jy hopeloos. Behalwe as ons praat van seks op die kombuistafel, of langs die wasbak, tussen die koffiemasjien en die vuil skottelgoed. My fliekvlooiman het te veel films met onwaarskynlike sekstonele in stomende kombuise gesien, die jeugdige Jessica Lange met meel besmeer in *The Postman Always Rings Twice,* Glenn Close waansinnig van wellus in *Fatal Attraction,* dit bly sy langdurigste fantasie, soos jy seker ook al agtergekom het. Ek wou nooit eintlik saamspeel nie, ek sal eerder op 'n tafel eet as naai, en vuil skottelgoed laat my wellus verdwyn soos seepskuim in vetterige water.

Jy's klaarblyklik anders. Jy't jouself graag aan Bernard beskryf as "die wêreld se swakste kok", met so 'n suggestiewe soort spoggerigheid wat ek te onnosel was om te begryp. *Ek kan miskien nie kook nie,* dis wat jy eintlik wou sê, *maar ek weet hoe om mans op ander maniere op te stook . . .*

Dus skryf ek nou aan jou, my gewese vriendin, want my man is besig om weg te dryf in 'n see van wellus. Ek staan op 'n hawemuur en waai my arms wild om hom te waarsku, maar hy voel nie die stroom wat hom al hoe dieper insleep nie. Dit gaan sy einde beteken, hierdie sinlose jagsgeit, die einde van sy huwelik, die einde van sy gesinslewe, die einde van alles behalwe miskien melerige seks op 'n kombuistafel.

En hoeveel keer kan mens in meel rondrol voor dit ook vervelig raak? Wag, hier's nog 'n lysie vir jou, om jou fliekopvoeding 'n stap verder te voer.

5 FILMS MET ONGELOOFWAARDIGE VRYTONELE

From Here to Eternity (1953, daardie branders wat so aanmekaar oor die vryers breek)

The Postman Always Rings Twice (1981, daardie kombuistafel)

Last Tango in Paris (1972, mens kan beter dinge met botter doen)

Max Mon Amour (1986, Charlotte Rampling en 'n groot aap)
King Kong (1931, Fay Wray en 'n baie groot aap)

Jou gewese vriendin
Clara

10 Augustus 1998
Op kantoor, Goudstad

Bernard

Toe ek vanoggend by my kantoor instap, my kop dof ná nog 'n nag van opera, whisky, sjokolade en sigarette, skrik ek my babelaas skoon weg toe ek die seëllose, stempellose wit koevert op die toetsbord van my rekenaar sien lê: *Clara Brand, Redaksie van Eva,* in getikte letters, geen verdere adresaanwysings nie, klaarblyklik met die hand afgelewer, deur iemand in dieselfde gebou.

Ek kon nie glo dat jy jou eindelik verwerdig het om een van my briewe te beantwoord nie. Jy was nog nooit een om ondeurdagte emosies op papier uit te stort nie. Dit kan dalk later teen jou gehou word.

Resensies was iets anders. Wanneer jy oor 'n rolprent of 'n toneelstuk of selfs die simpelste TV-program moes skryf, was jou woorde altyd weldeurdag. Selfs wanneer die onmoontlikste spertye soos die spreekwoordelike swaard skaars 'n haarbreedte bo jou kop gehang het. Onmoontlike spertye het jou beter laat skryf, het jy soms beweer, die spanning van die tikkende horlosie het jou verstand verskerp. Dis die verskil tussen 'n joernalis en 'n akademikus. Nog een van jou bewerings.

Maar die emosies in jou persoonlike lewe wou jy nie "resenseer" nie. Jy kon darem daaroor praat, wat meer is as wat baie ander mans kan sê, en vir my was dit meestal voldoende. Nou weier jy om met my te praat, behalwe oor wanneer jy die kinders kan sien, wanneer jy jou boeke kan kom inpak, al die praktiese en prosaïese reëlings wat getref moet word om die ruïne van ons verhouding 'n skyn van ordentlikheid te gee. En ek het 'n oorweldigende behoefte om op 'n ander vlak met jou te praat, om te verstaan wáárom jy doen wat jy doen, wat in jou kop aangaan, wat van jou hart geword het. *Missing in Action*, vermoed ek, daardie bloedpomp in jou borskas.

Ek het met jou getrou omdat ons kon kommunikeer, omdat ons verskeie passies gedeel het en ander by mekaar aangeleer het, omdat jy die enigste man is met wie ek ooit uitgegaan het wat eerder 'n goeie rolprent as 'n goeie rugbywedstryd sou gaan kyk. Oukei, nie *altyd* nie, soos alle wit mans in Suid-Afrika het jy 'n ding oor rugby. Selfs my moffie-vriende in hierdie land kyk rugby. Soos ek al jare lank, sonder sukses, aan verbaasde buitelanders probeer verduidelik.

Daarom het ons ook soms op 'n Saterdagmiddag saam TV-rugby gekyk, albei effens geamuseerd deur ons onverklaarbare gedrag, terwyl ons 'n bottel goeie wyn deel. Wanneer ons rolprente kyk, het jy dikwels hardop kommentaar gelewer, asof jy reeds besig was om jou resensie uit te dink, selfs lank nadat jy opgehou het om resensies te skryf. Jy het opgehou omdat jy bang was jy verloor jou passie, dis hoe jy dit gestel het, omdat plesier besig was om plig te word. Eintlik, dit het ons albei geweet, omdat jy besluit het die kunsredaksie is 'n doodloopstraat vir 'n ambisieuse koerantman soos jy. Jy wou die korporatiewe leer klim, vinniger "bo" uitkom, waar "bo" ook al was, en daardie leer het in die vuil water van die politiek gestaan. Kantoorpolitiek, natuurlik, maar vir 'n koerantman soos jy het dit ook landspolitiek beteken. "Regte" politiek, sake van die dag, dis waaroor jy moes skryf, eerder as oor rolprente, teater, musiek.

Dis toe jy begin verander het. Nee, dis nie 'n verwyt nie, dis te laat daarvoor, en buitendien, ek besef dit nou eers, noudat ek terugkyk. As lid van die politieke redaksie moes jy baie meer rondreis, gedurende die parlementsitting was jy kort-kort in die Kaap, en die laaste jaar of wat was daar boonop die emosionele uitmergeling van die WVK, waarvan jy goddank nie 'n permanente getuie moes wees nie. Ons het albei gesien wat daardie ervaring aan party van ons kollegas in die pers gedoen het. Minette werk saam met my by 'n vrouetydskrif – waarvoor sy vroeër haar intellektuele neus sou optrek en haar spottende oë sou omdop – omdat die WVK haar tot 'n senu-ineenstorting gedryf het. Omdat selfs 'n siniese persvrou soos sy nie sinies genoeg was vir wat sy dag ná dag dáár moes aanhoor nie.

Ieder geval, jy het ook verander toe jy wegbeweeg het van die kunswêreld na die "werklike" wêreld. Jy het wegbeweeg van my en die kinders, eers bloot fisiek, omdat jy so gereeld uitstedig was, afwesig by skoolkonserte en sportwedstryde, maar geleidelik ook op ander maniere. Jy het nie meer jou werk met my bespreek nie. Miskien omdat jy my wou beskerm. Miskien omdat ek nie genoeg belang gestel het nie.

Niks wat ek jou nou vertel, is nuut nie – al het ons nooit daaroor gepraat nie. Maar dís waarom die koevert op my toetsbord my 'n paar oomblikke van bewende hoopvolheid besorg het. Uiteindelik weer 'n poging tot kommunikasie! Het ek gedog. As jy op daardie oomblik by my kantoor moes instap, sou ek jou moontlik alles vergewe het.

En toe sien ek dis nie jy wat die briefie in die koevert geskryf het nie.

Dis jou nuwe geliefde wat my wanhopige brief aan haar beantwoord het. Jy weet waarvan ek praat, sy maak dit duidelik dat sy daardie brief met jou gedeel het, "soos ek alles met hom deel". Verskoon my dat ek gou gaan kots. Haar toon is selfvoldaan simpatiek, die waardige wenner wat die klaende verloorder troos. Wat tussen julle twee gebeur het, deel sy my goedgunstig mee, moet nie beskou word as die einde van 'n huwelik of 'n gesin of enigiets nie (gaan vertel dit vir my kinders wat elke aand wil weet wanneer hulle weer hulle pa sal sien), maar as "die begin van iets beter".

Vir 'n ongelooflike en absurde sekonde het ek gedog sy bedoel 'n *menage à trois*. Ek en jy en sy almal saam, soos lede van die Bloomsbury Circle of ander boheemse Europese siele – en lywe, moenie die lywe vergeet nie – of erger, dat ek soos 'n onderdanige Moslem- of Zoeloe-eggenote moet aanvaar dat my man 'n tweede vrou gevat het.

Toe besef ek nee, ek word nie ingesluit by daardie "iets beter" nie. Al wat sy bedoel, is dat jy en sy iets beter sal hê as wat ek en jy ooit gehad het, en *tant pis* vir my of die kinders of enigiemand anders wat in die proses seerkry. Daar was nog 'n sin of drie, maar ek kon nie verder lees nie, die woorde het wasig geword voor my oë. Nie weens trane nie, o nee, dit was woede en verontwaardiging wat my tydelik verblind het. Ek was so kwaad dat ek nie asem kon kry nie. Ek moes by die kantoor uitvlug om onder in die straat 'n sigaret te gaan rook. My masochistiese manier om my longe net nog meer te straf.

Minette het my daar aangetref, één kyk gegee, en my na die koffiekroeg op die grondvloer gesleep. As hulle whisky bedien het, het ek 'n dubbele dop bestel. Ek moes tevrede wees met 'n cappuccino. Ek het vir Minette die brief gewys.

As A my briewe vir jou kan wys, kan ek hare seker ook vir iemand anders wys.

"Die fokken bitch," het Minette gesê. Net dit, niks anders nie. "Die fokken *bitch*."

Ek het niks om by te voeg nie.

Clara

🌸 🌸 🌸

13 September 1998
Stil Sondag in Suburbia

Liewe Nita

Wie sou nou kon dink, toe jy skaars twee maande gelede sak en pak hier weg is, dat my eerste brief aan jou in jou nuwe tuiste 'n treurmare oor my "verbrokkelende huwelik" sou wees? Getik op my sukkelende ou skootrekenaar, terwyl ek uitkyk oor my verwaarloosde tuin. *Things are falling apart,* voorwaar, *the centre cannot fucking hold.*

Goddank vir telefone. Al is dit onbekostigbaar duur om Skotland toe te bel, kan mens dit darem nog in noodgevalle doen. En die afgelope twee maande het my ganse lewe een groot noodgeval geword. Dankie tog ek kon jou bel en vertel wat aangaan, so oor duisende kilometer heen op my sus se skouer huil, anders moes ek nou die hele droewige sage hier neerskryf. Ek het nie die krag daarvoor nie, ek het die meeste oggende skaars die krag om my tande te borsel, om die smaak van die vorige aand se whisky en sigarette uit my mond te skrop voor ek werk toe ry, ek het 'n regte voëlverskrikker geword.

My beenhare moet geskeer word en my wenkbroue moet gepluk word en my snor moet gebleik word, moenie lag nie, ek oordryf nie, ek is in 'n toestand! My hare kort 'n knip,

34

dringend, en dis nie al wat 'n knip kort nie as ek nou vulgêr wil wees. Maar ek wil nie, nee, ek wil nie eens *dink* aan seks nie, dit het 'n donnerse doodloopstraat geword waaruit ek sweerlik nooit weer gaan ontsnap nie. En dan bly ons maar liewers diplomaties stil oor die gewig wat ek aangesit het. Ander vroue teer uit ná liefdesteleurstellings, verloor hulle eetlus en word bleek en fragiel soos kerse in die wind, maar ek kry dit reg om binne twee maande meer gewig op te tel as toe ek my kinders verwag het. Pateties, nè.

Dis die innerlike wat saak maak, sal jy my probeer troos, nie die uiterlike nie. (Nee, jy sal nie sulke snert kwytraak nie, jy wéét hoe lewensbelangrik die uiterlike vir ons sogenaamde bevryde vroue geword het.) Maar as my uiterlike nie juis die aptyt prikkel nie, dan is my innerlike waaragtig genoeg om as purgeermiddel te dien. 'n Vullisdrom vol verfoeilike jaloesie en wrewel en wanhoop en moenie vergeet van die dronkenskap en brassery nie, al sewe doodsondes, dis wat jy in my binneste sal vind. Ek dink darem nog nie daaraan om iemand dood te maak nie. Wel, ek moet erken ek wens soms iemand wil namens my van my man se lover ontslae raak, sê nou maar soos in Hitchcock se *Strangers on a Train*. Kan jy gló wat ek skryf?

Jy's die enigste mens op aarde teenoor wie ek kan erken hoe opgefok ek eintlik is, my liewe sus. Vir my kinders moet ek voorgee dat ek oukei is, vir my kollegas en vriende, wel, hulle kan sien dat ek nou nie juis 'n voorbeeld van diep innerlike vreugde is nie, maar ek kry dit tog reg om die stank van my wanhoop vir hulle weg te steek. Om die deksel soort van op die vullisdrom te hou. Net nou en dan snags of douvoordag is ek besope of babelaas genoeg om die deksel vinnig op te lig en vir arme Marita ook so 'n virtuele snuif op internet te gee. Ek vermoed sy gaan binnekort ophou om my e-pos oop te maak, siestog, ek sou dit lankal gedoen het as ek sy was.

Verder vermy ek my vriende, weier alle uitnodigings, antwoord nie die telefoon nie. By die werk sonder ek my af in my proefkombuis waar ek na bulderende operamusiek luister terwyl ek bak en brou. Die musiek dien as afskrik-middel vir indringers, werk beter as traangas, glo my. Verdi se *La Traviata* oor en oor, Violetta se hartverskeurende "*Addio del passato*", vaarwel aan die verlede, die rose het reeds verwelk . . . Ek hou 'n hele verskeidenheid van Violettas in my proefkombuis aan, Callas, Tebaldi, Sutherland, en ter-wyl hulle een vir een singend sterf, kook ek snikkend voort. As iemand sou vra waarom my oë rooi is, kan ek altyd die uie of die brandrissies beskuldig.

Ek proe nie meer aan die geregte wat ek vir *Eva* se kos-blaaie optower nie. Dit sou nutteloos wees, want alles smaak vir my eenders. Solank dit goed lyk op 'n foto, het ek wat my betref my plig vervul. En ek het lankal geleer dat selfs 'n bak hondekos smaaklik kan lyk op 'n foto; al wat nodig is, is die regte bykomstighede en beligting. Onthou jy hoe ek altyd beklemtoon het dat kos met liefde en geesdrif ge-maak moet word? Dan kan selfs die eenvoudigste gereg 'n feesmaal wees? Nou ja, met al die bitterheid wat op die oomblik in my binneste opgaar, kan selfs 'n feesmaal nie anders as 'n fiasko wees nie.

En soos die wrede noodlot dit wil hê, moet ek juis nóú die grootste feesmaal van die jaar kook. Toe ek vanoggend met die hond gaan stap (wat ek weke laas gedoen het, die arme Tjoklit is besig om so vet en onfiks soos sy ounooi te word), merk ek dat die jakarandaboom onder in die straat pers spatsels begin wys. Vir my elke jaar die teken dat ek my met Krismiskos moet bemoei. As jy by 'n maandblad werk, lewe jy mos altyd drie maande vooruit, vanweë die sper-

36

datums. In November vier ons Valentynsfees en in Februarie gedenk ons Moedersdag. Daarom moet jou ousus binne die volgende week in aller yl 'n paar geskikte resepte vir 'n onvergeetlike Kersmaal vind. Dit word vir my elke jaar 'n erger marteling. Nie die maal nie (wel, ja, dit ook, saam met onaangename familielede en selfs meer onaangename skoonfamilie), maar hierdie vervroegde poging om iets oorspronkliks en verbeeldingryks vir *Eva* se lesers op te tower (maar nie té oorspronklik of té verbeeldingryk nie, dan word dit volksvreemd) wat nie te veel moeite, tyd of geld kos nie. Met bestanddele wat lesers van Naboomspruit tot Nababeep maklik in die hande kan kry.

Ek wens ek kon sê kom ons onthou 'n slag dat die Kind waarom die hele fees veronderstel is om te draai, in 'n stal gebore is. Kom ons smeer dik snye tuisgebakte brood met skaapvet, soos die herders wat die stal besoek het, en sluk dit af met 'n gebraaide lamstjoppie as ons uitspattig wil wees. En basta met al hierdie aangeplakte pretensie van opgestopte kalkoene en twintig bykosse en tafels vol pronkende poedings.

Intussen sit ek alleen op die stoep van my huis wat vanoggend so leeg soos 'n skulp voel. As ek my oor teen 'n venster druk, sal ek sweerlik die see deur die vertrekke hoor suis. Ek sit op die stoep, ja, soos ouma sonder oupa, geen menslike geluide om my nie, selfs 'n poepende oupa sou nou nogal welkom gewees het, en ek staar uit oor my tuin waar selfs die voëls onverklaarbaar ophou sing het. Hulle sê mos diere weet instinktief wanneer aardbewings en ander natuurrampe aan die kom is. Dalk het hulle ook 'n aanvoeling vir menslike rampe soos egskeidings en moeders wat vir die eerste keer 'n kinderlose Sondag moet deurbring. Dalk swyg die tuinvoëls uit simpatie en respek vir my, soos mans in die ou dae hulle hoede afgehaal het wanneer

37

'n begrafnisstoet verbyry, want Bernard het vanoggend die kinders kom haal om die dag saam met hom en A deur te bring.

Na my mening is dit gans te vroeg vir die kinders om hulle pa nou al saam met "die ander vrou" te sien. Sy teen-argument is dat hulle reeds die ander vrou ken (omdat sy my vriendin was!) en daarom nie bedreig sal voel nie. Ek wonder watse verwronge lesse oor lojaliteit en vriendskap ons kinders uit hierdie ervaring gaan leer. En tog kon ek nie weier nie, hulle het my almal in 'n koor staan en smeek – selfs Paula – vermoedelik opgesteek deur hulle agterbakse pa. Maar ek kan mos ook sien, elke liewe dag, hoe hulle hom mis. En ek wil hulle nie méér laat ly as wat hulle reeds ly nie. So, ek het hulle laat gaan.

Wel, om heeltemal eerlik te wees, iewers diep in hierdie vullisdrom wat my binneste geword het, is daar ook die per-verse hoop dat hulle vanaand wanneer hulle terugkom, teenoor my gaan bieg dat hulle niks meer van die verfoei-like A hou nie, dat hulle nooit weer hulle pa saam met A wil sien nie, dat hulle dalk selfs, wie weet, niks meer van hulle pa hou nie . . .
Clara

PS: Dieselfde aand, amper middernag
Dit het nie gewerk nie. *Dit het só nie gewerk nie!* Soos Nicolas sou sê. Lang storie kort: Die kinders het in ekstase terugge-keer van "'n fantastiese dag saam met Pappa-hulle". Heel-temal hyped-up van te veel suiker, hamburgers en milk-shakes by McDonald's, woeste elektroniese speletjies in die een of ander "games arcade", ure van inkopies en verbruik, verbruik, verbruik. Al my Gebooie oor die Grootmaak van Kinders in 'n enkele dag verbreek deur my moedswillige eggenoot. Paula het histeries begin huil toe haar pa wou

groet en ek is gedwing om haar uit sy arms los te skeur. Wat my natuurlik soos die skurk in die verhaal laat voel het. Wat de hel het van regverdigheid geword? Hallooo?!? Is daar iemand daar bo wat luister??? Niemand wou die pampoensop hê wat ek vir aandete gemaak het nie, almal was te vol gemorskos geprop. Nicolas en Sebastian het soos soldate op speed oor 'n elektroniese speletjie gebabbel: *Toe skiet ek daai ou . . . blaas ek die hele gebou op . . . drie op een slag soos in morsdood . . . dit was cool, nè . . .*

Ná ek vir Paula 'n slaaptydstorie gelees het, terwyl haar oë toeval, wou sy slaperig weet: "Hou jy van Nanas, Mamma?"

Nanas is wat sy Anaïs noem, omdat die naam vir haar te moeilik was om uit te spreek toe sy jonger was.

Soos dit nou vir my ook te moeilik geword het om uit te spreek.

Wat kon ek sê wat die kind nie sou traumatiseer nie? Toe mompel ek maar hmm, ek hou van haar – en ek dink, soos ek van motorongelukke en hospitale en musiek met Hawaïse kitare hou. En my liefste Paula-kind knik en sug: "Ek hou ook van haar . . ."

Nou weet ek hoe die arme Caesar gevoel het. Selfs jy, Brutus, selfs jy.

Ag, liewe hemel, skryf tog vir my oor Edinburgh en hoe jou huis lyk en hoe jou kinders aanpas in hulle nuwe skool en enigiets, net wat jy wil, maar *skryf asseblief*. Ek het kontak met normale mense nodig, ek weet ek het, maar ek sien nie kans om my normale vriende met hulle normale lewens in die oë te kyk nie. Dis makliker so op 'n afstand.

From: Clara Brand [aandiebrand@hotmail.com]
Sent: Fri 02/10/98 22:58
To: Marita van der Vyver [marita10@iafrica.com]
Subject: S.O.S.S.O.S.S.O.S. (steeds!)

Die mooiste mooiste maand se moer. Soos die lentebloei-
sels van die bome grond toe dwarrel so val stukkies van my-
self aanmekaar af stukkies vel en vleis en binnegoed. Ver-
skoon die melodramatiese metafore ek luister steeds snags
na Puccini dis seker besig om my brein aan te tas. En ons
is nog nie eens "amptelik" aan die skei nie die eintlike
opera het nog nie begin nie (*soap opera* is seker 'n beter
woord) ons is nou eers by die ouverture. Daar gaan waar-
agtig niks van my oorbly teen die tyd dat ons by die slot-
toneel in die skeihof uitkom nie 'n verskrompelde stuk
stomp dis al wat ek gaan wees g'n kans dat ek ooit weer
bloeisels of blare of selfs net 'n onvergeetlike ete gaan
voortbring nie. Ek wens iemand kan my help jirre want ek
weet nie meer hoe om myself te help nie.

16 Oktober 1998
Laatnag by die huis

Bernard
Ek is bang, Bernard. Hierdie huis het nog altyd vir my so
veilig soos 'n fort gevoel, hoë muur, diefalarm, hond buite
in die tuin, man langs my in die bed. Nou's die man weg en
alles word broos en breekbaar. Minette is laas week in haar
eie slaapkamer gevange geneem deur 'n inbreker met 'n
balaklawa en 'n vuurwapen. Nee, ek kan nie daaroor skryf
nie, my keel trek toe van vrees.

40

Dalk is jy reg, dalk moet ons die hele sage so gou moont-
lik agter die rug probeer kry eerder as om die pyn en ly-
ding uit te rek. En tog talm ek, wil ek skreeu hokaai, briek
aandraai, nou foeter ons te vinnig teen die bult af. Mens
kan mos nie 'n verhouding van vyftien jaar soos 'n verkeers-
oortreding hanteer nie. Verskyn in die hof, betaal die boete,
skeur die kaartjie op. Skeur die huweliksertifikaat op. Fluit-
fluit, alles is uit.

Minette se hande en voete is vasgebind met haar eie
springtou – wat sy skaars 'n week vantevore gekoop het om-
dat sy wou fiks word voor sy met 'n kickboxing-kursus be-
gin. Die kickboxing, het sy gedog, sou haar leer om haar-
self te verdedig ingeval sy op straat aangeval word. Toe
word sy in haar eie bed oorrompel, g'n kans om 'n enkele
skop te gee nie, sy kon nie eens skreeu nie, die inbreker
het 'n kussingsloop in haar mond geprop en sy't amper in
haar eie kots verstik. Maar sy's nie verkrag nie, sy's nie ern-
stig beseer nie, sy's nie dood nie. Ons lewe in 'n land waar
mens dankbaar is om bloot te bly lewe nadat iemand jou
intiemste ruimte binnegedring het.

Dis nie dat ek jou wil terughê nie, Bernard. Daar is nou
eenmaal dinge wat 'n vrou nie kan vergewe nie. Nie eens ter
wille van haar kinders nie. Of maak dit my 'n slegte ma om
so iets te sê? Vrugtelose vrae, totale tydmors, want jy wil klaar-
blyklik nooit weer by ons woon nie. Ek sal net eenvoudig
moet leer om my vrees te beheer. Die polisie glo hy wou haar
verkrag nadat hy gekyk het wat hy in die res van die huis kan
steel. "Roof was die hoofmaal," sê Minette, "en verkragting
die poeding. Dis wat my gered het." Iets het hom onverwags
laat vlug voordat hy sy poeding kon opeis, niemand weet
wat nie, 'n alarm wat êrens anders afgegaan het, 'n motor
wat voor die huis stilgehou het, *iets.* "'n Wonderwerk," sê
Minette. "Hierdie siniese slet glo weer aan wonderwerke."

41

Maar ék glo nie meer aan wonderwerke nie. Hierdie huis het te groot en gevaarlik geword. Ek weet nie hoe om die kinders te beskerm nie. Ek moet bieg ek voel soms afgunstig as ek dink aan kinderlose egpare wat skei. Dit moet tog seker makliker wees vir hulle? En ander kere dink ek weer dis nog net my kinders wat my aan die gang hou. Dis om hulle onthalwe dat ek soggens opstaan eerder as om heeldag in 'n hulpelose homp te lê en huil. Dan wonder ek hoe op godsaarde enigiemand 'n egskeiding oorleef *sonder* kinders. Dis net snags terwyl hulle slaap dat ek my kan oorgee aan my emosies, en dan's ek gewoonlik so pootuit ná ek die hele dag lank moes probeer om nie voor hulle oë uitmekaar te val nie dat ek nie eens meer genoeg energie het om te huil nie. Weke laas 'n traan gestort, behalwe wanneer ek uie skil. Begin my nogal bekommer. Gewoonlik laat enige sentimentele toneel uit enige simpel movie my trane vloei, jy weet dit tog, honde wat seerkry, kinders wat verdwaal, moeders wat sterf . . . En as movies nie werk nie, dan het musiek dit nog altyd vir my gedoen.

Wel, nie meer nie. Al die Violettas op aarde kan snikkend saam sterf, *tutto, tutto fini, or tutto, tutto fini*, dis húlle probleem, nie myne nie. Miskien kry elkeen van ons 'n jaarlikse kwota trane, soos eise van 'n mediese fonds, en as jou kwota opgebruik is, moet jy wag tot volgende jaar voor jy weer kan huil. Of siek word.

Of miskien is ek bloot nie meer dáár nie. Vanaand aan tafel het dit my weer getref dat ek omtrent die hele maaltyd buite my eie lyf deurbring, asof ek iewers naby die plafon sweef en afkyk op hierdie donkerkopvrou met die dowwe oë en die drie kindertjies wat sit en pasta eet. Ons eet aanmekaar pasta en pizza, fabriekpasta en vrieskaspizza, kan jy glo, ek het geen beginsels meer oor nie. Ek probeer maar net die vitamiene en proteïene skelm inglip, 'n paar ertjies of flentertjies vis saam met die gekoopte pastasous, 'n paar vars tamaties of oorskiethoender op die ontvriesde pizza. As ek dink hoe ek jare lank gesukkel het om vir hulle "interessante" maaltye te berei, hulle aan nuwe smake en geure bloot te stel, die wonderwêreld van kos vir hulle oop te sluit. En al wat hulle eintlik wou hê, aand ná aand ná aand, was fabriekpasta en vrieskaspizza.

Ek sal vir my 'n ander werk moet soek, nè. Ek kan nie vir *Eva* se lesers preek oor goeie eetgewoontes as ek my eie gesin met kitskos aan die lewe hou nie. Intussen eet my kinders pasta sonder om te kla, skuif net die vermomde ertjies en vis eenkant toe, en baklei met mekaar. Nicolas en Sebastian baklei oor Gameboy-speletjies, skaatsplanke, krieketspelers, die kwaaiste onderwysers, die mooiste juffrou, die regte manier om jou vurk vas te hou, oor alles en oor niks. Elke keer as een sy mond oopmaak om iets te sê, neem die ander een bloot uit beginsel die teenoorgestelde standpunt in. En as Paula 'n woord probeer inkry, baklei albei saam teen haar.

Dit het jou tot raserny gedryf, onthou jy? Waar kom die idee vandaan dat dit góéd is vir gesinne om saam aan tafel te sit, wou jy dikwels weet. Waarom kan ons nie soos 'n Amerikaanse gesin met skinkborde voor die TV eet nie? (Dan sal die kinders oor die TV-program baklei, vermoed ek.) Dit moet vir jou 'n hemelse verligting wees om elke aand in vrede saam met A 'n bord kos te geniet. Aan die ander kant, as A die kos moet maak, sal daar nie veel wees om te geniet nie, nè.

En as julle klaar geëet het, kitskos, wegneem-etes, afgelewerde disse, dalk selfs die odd tuisgemaakte slaai? Sy's erg oor slaaie, as ek reg onthou het sy dit selfs oorweeg om vegetaries te word, siestog, en jy was nog altyd 'n vleiseter wat enigiets groen in jou bord met effense wantroue be-

43

jeën het. Ieder geval, as julle klaar aan julle gesonde blare geknibbel het, wat doen julle dan om die lang aand om te kry? Behalwe seks, bedoel ek nou. Mens kan tog nie élke aand ure lank . . .

Of kan mens?!?

Wat ek wil weet, is of julle soms styf teen mekaar op die rusbank sit om saam na 'n klassieke swart-wit-rolprent te kyk? Ek het gisteraand, vir die eerste keer vandat jy weg is, weer 'n Hitchcock-fliek gekyk. Jou plek op die rusbank was leeg, leeg, leeg, maar ek kon my tog verbeel ek hoor jou stem. Jou brokkies interessante inligting oor *Strangers on a Train*, soos dat Hitchcock se dogter die rolletjie van die heldin se bebrilde sussie vertolk, die soort trivia wat 'n mens net by 'n maniak soos jy kan leer. En vir 'n verandering het ek nie Hitchcock se gewone blitsige verskyning in sy eie rolprent gemis nie! Die passasier wat met 'n double bass op die trein klim, onthou jy? En soos elke enkele keer wanneer ons daardie video saam gekyk het, het die mallemeule-toneel teen die einde my asem weggeslaan. Die dolle spoed, die opruiende musiek, die vindingryke kamerahoeke. My hart het vinniger geklop, ek het besef ek is nog dáár, ek het darem nog nie heeltemal verdwyn uit my eie lewe nie. Dit het my getroos.

5 Hitchcock-films wat 'n lewelose vrou weer lewend kan laat voel

Notorious (vir Cary Grant en Ingrid Bergman se soen wat 3 minute duur)

Vertigo (vir die toneel in die toring, albei kere)

North by Northwest (vir 2 Amerikaanse monumente, Mount Rushmore en Cary Grant)

Psycho (vir die storttoneel, natuurlik, en die musiek)

The Birds (vir die voëls, wat anders)

44

Miskien het ek net 'n versadigingspunt met Puccini en Verdi bereik. Dalk is ek oplaas gereed om weer blues te begin luister en outydse movies te kyk. Sonder jou. Fok jou. Ek kán dit op my eie doen.

Ek gaan hierdie whisky klaar drink, die diefalarm aanskakel, in die bed klim en hoop ons word almal môre-oggend lewend wakker. Stadig maar seker sal ek leer om op my eie te fliek, te slaap en te lewe. Skoppend en skreeuend. Clara

❀ ❀ ❀

From: Clara Brand [aandiebrand@hotmail.com]
Sent: Sun 22/11/98 10:30
To: Griet Swart [swartgriet@hotmail.com]
Subject: Sondag in suburbia (nog een)

Hallo Griet
Ek skryf vanoggend vir jou want dit voel asof jy die enigste wese in die wêreld is wat my huidige vlak van waansin sal verstaan. Sonder om te oordeel. Ek onthou jy't op 'n keer vertel hoe jy jou "toekomstige gewese man" se huis dopgehou het terwyl julle besig was om te skei, doelloos om en om die straatblok gery het, of verby vriende se huise en gunsteling-restaurante gecruise het in die hoop dat jy sy motor iewers geparkeer sou sien. 'n Paar jaar later het dit vir jou 'n amusante staaltjie oor irrasionele gedrag geword. Ek het saam met jou daaroor gelag, ietwat ongelowig, want ek het jou ná daardie onsmaaklike hoofstuk in jou lewe leer ken. Vir my was jy 'n nogal bewonderenswaardige enkelma, min of meer emosioneel stabiel, soms effens neuroties soos almal van ons – maar beslis nie die soort nutcase wat haar amper-eks-man sal stalk nie!

45

Dit was toe ek nog gedog het ek is gelukkig getroud. Nou het ek self 'n nutcase geword. Erger as wat jy ooit was, daarvan is ek vanoggend doodseker.

Ek het laas nag in my kar voor my amper-eks-man se lover se huis aan die slaap geraak. Dit was die eerste keer dat die kinders die nag daar deurbring en ek was gek van angstigheid oor hulle, wat hulle eet, hoe laat hulle bed toe gaan, of iemand sal onthou om vir Paula 'n storie te lees, sê nou een van hulle word siek in die nag . . . (Aan die ander kant het ek heimlik gehoop iets gaan verkeerd, iets ernstig maar nie dodelik nie, sodat Bernard kan besef sy lover sal nie 'n goeie stiefma wees nie. Ek skaam my mors-dood om dit te erken. Dat jy jou kinders 'n ongeluk kan toewens omdat jy kwaad is vir jou man.)

So gek het ek geword dat ek in die loop van die nag na A se huis gery het. Ek het 'n entjie laer in die straat gepar-keer, weg van enige ligte, en soos 'n doos na die hoë muur rondom haar huis sit en staar. Kon natuurlik glad nie sien wat agter die muur aangaan nie, kon net so goed 'n byeen-koms van sataniste of pedofiele gewees het, maar ek kon my net nie wegskeur nie. Solank ek fisiek naby hulle kon bly, sou hulle oukei wees. Soos vroeër wanneer ek 'n nag in 'n vliegtuig moes deurbring. Altyd gevoel ek durf nie aan die slaap raak nie, ek moet die loods telepaties help om die vliegtuig in die lug te hou. Gelukkig darem van dié delusion ontslae geraak. Vandat ek saam met kinders reis, is ek mees-tal so moeg dat ek op 'n stuk plank in 'n stormsee aan die slaap kan raak. Soos laas nag weer gebeur het. Ek het aan die slaap geraak, darem nie op 'n plank in die see nie, maar op 'n stuurwiel voor my man se lover se huis.

Dis meer as net irrasionele gedrag. Dis lewensgevaarlik om vroualleen in die middel van die nag in 'n Johannes-burgse straat in 'n kar te lê en slaap! Asof jy vrá dat iemand jou keel kom afsny! Jou verkrag en vermoor, jou handsak steel en met jou kar wegry. En dan praat ek nie eens van die nadoodse vernedering as Bernard my lewelose liggaam daar voor sy lover se huis moes aantref nie. Toe ek wakker skrik en besef hoe idioties ek opgetree het, het ek so begin bewe dat ek glad nie die kar aan die gang kon kry nie. Toe dog ek vir 'n paar afgryslike minute dat ek my man en sy lover sal moet gaan wakker klop sodat hulle die kar kan kom stoot. Wat my amper laat wens het iemand wil gou my keel kom afsny. Nadoodse vernedering is after all verkieslik bo regstreekse, lewende in-die-grond-sink-skaamte.

Die enigste positiewe gevolg van hierdie insident is dat ek so pas die besoekerskaartjie van 'n "briljante terapeut" uit die dieptes van my deurmekaar handsak gaan grawe het. My kollega Minette het die kaartjie weke gelede al aan my afgesmeer. Dis die ou wat haar weer op haar voete gehelp het ná die WVK haar emosioneel platgeslaan het. Maar ek het gevoel wie is ek nou om te kla oor 'n ontroue eggenoot, kyk net hoe ly ander mense in hierdie land, ruk jou reg, Clara Brand! Wel, nou weet ek ek kan my nie regruk nie, nie op my eie nie, ek het hulp nodig. Ek wil nie die res van my lewe so in stukke rondlê soos Humpty Dumpty nie, ek wil op 'n bed slaap, nie op 'n stuurwiel nie, ek wil nie snikkend en singend sterf soos Violetta en Mimi en Madama Butterfly en al daardie tragiese soprane nie.

Ek wil oorlewe, soos jy, dis wat ek wil doen. Sodat ek eendag soos jy kan terugkyk na hierdie tydperk van tydelike waansin en opera. Grappige staaltjies daaroor kan vertel vir my vriende wat sal sukkel om my te glo, want ek is dan so 'n sterk vrou. Is ek nie?

Nie op die oomblik nie, helaas, en dit voel of ek nooit weer enigiets anders as 'n patetiese swakkeling sal wees nie.

Ek het enkele dae gelede eindelik 'n prokureur gaan

sien, so nou het ek 'n prokureur en binnekort 'n terapeut asook 'n groeiende versameling leë drankbottels langs die agterdeur, soos die meeste hedendaagse skeiende vroue. Vir ander is dit miskien 'n groeiende versameling pilboksies in die badkamerkassie, of 'n groeiende versameling skerp messe of selfmoordplanne of daggazolle. *Something's gotta give.* (Profetiese titel van die laaste onvoltooide film van Marilyn Monroe, ingeval jy nie geweet het nie. Ons was nie almal vervloek om saam met rolprentresensente te lewe nie.) Beteken die prokureur en die terapeut dat ek nie meer "in denial" is nie? Beteken dit dat ek "vordering maak"? Nou hoekom voel dit dan of ek al verder teruggly teen 'n modderige heuwel? Wie's dit wat gesê het you fall in love, but you have to *climb* out? Waar kom al hierdie verdomde vraagtekens vandaan? Is te veel vraagtekens 'n meer verskoonbare stylfout as te veel uitroeptekens???

Jy mag maar eerlik wees, Griet. Nie oor my skryfstyl nie, spaar my dit, maar oor my gemoedstoestand. Moet net nie vir my valse hoop gee nie. Die donkerste uur is net voor dagbreek, daai soort crap. Dis donners donker hier om my en ek is doodseker dit gaan nog donkerder word.

Ek gaan Kersfees op my eie deurbring, by die huis in Johannesburg, want Bernard wil saam met die kinders in die Kaap gaan vakansie hou, soos ons elke jaar gemaak het, en ek glo hy sal beter geselskap vir hulle wees as hulle bedrukte ma. As ek net dink aan al daardie uitbundige Gautengers en opgeruimde Mpumalangers wat so verskriklik hard probeer om hulle jaarlikse vakansie by die see te geniet, wil ek by voorbaat my hare uit my kop trek van irritasie. Nee wat, dan hou ek eerder my hare hier in Johannesburg tussen al die ander depressiewe siele wat nie by die see of oorsee kan gaan vrolikheid fake nie. Misery seeks company. Soos jy seker sal weet.

Intussen wens ek jou en jou dogter 'n geseënde Kers-seisoen toe.

Van jou vriendin en mede-enkelma (altyd gedog dis nog-al 'n cool woord, so 'n lekker onafhanklike klank, maar skielik lyk "enkelma" vir my soos die treurigste woord in enige taal).

Clara

❧ ❧ ❧

From: Clara Brand [aandiebrand@hotmail.com]
Sent: Fri 25/12/98 11:05
To: Nita Patterson [nitap@yahoo.com]
Subject: Vreeslik ver van Betlehem

Liefste Nita

Dankie dat jy gisteraand gebel het. Jou oproep het gehelp om my deur een van die langste en alleenste nagte van my lewe te kry. Ek weet nie wat my besiel het om die kinders saam met Bernard weg te stuur nie! Ek het gedink aan hulle, aan hoe lekker 'n vakansie by die see vir hulle sal wees, maar ek het nooit gedink aan hoe ek sonder hulle gaan cope nie.

Dis een van die vangplekke van ma-wees. Dit staan daar, iewers in die fynskrif wat niemand ooit lees nie, in daardie kontrak wat jy met jou eie bloed teken die dag as jy geboorte skenk. Dat jy van nou af altyd eerste aan jou kind(ers) sal dink, maar dat dit nie altyd goed vir jóú sal wees om eerste aan jou kind(ers) te dink nie. Sela.

Hulle het darem ook vanoggend gebel. Uit Hermanus waar hulle uithang in die peperduur klere wat hulle pa se lover vir hulle gekoop het. Die seuns het albei beweer hulle mis my, maar die gemis was hoorbaar ondergeskik aan die

49

opgewondenheid oor die busvrag vol presente wat hulle by A en B gekry het. Paula, daarenteen, het dadelik tranerig geraak. "Ek verlang, Mamma." Toe's ek verskeur tussen 'n vieslike soort leedvermaak (a! so Bernard en sy "Nanas" het dit nog nie reggekry om my enigste dogter om te koop of af te rokkel nie!) en 'n verskriklike verdriet dat 'n drie-jarige kind op Kersdag so ver van haar ma moet wees.

Wat eet jy? wou jy weet. Die vraag wat ons mekaar elke Krismis gretig vra en nog gretiger antwoord. En toe kry jy gisteraand net so 'n stamelende ontwyking van jou ousus. My Oukersaandmaal, as jy nou rêrig wil weet, was twee van Bernard se beste bottels verouderde wyn wat ek sonder skroom uit sy "kelder" gesteel het. Daar's nie genoeg plek in A se huis om so 'n spul kosbare bottels te bêre nie, dus word die skat steeds hier bewaar. Ek het die Kanonkop en die Buitenverwachting met groot (leed)vermaak op my eie gedrink, saam met 'n boks handgemaakte Belgiese sjoko-lade. My Krismisboks aan myself. Vanmiddag eet ek wat ook al oorbly in die yskas en koskas, laas week se kaas saam met eergister se brood, en te hel met die res. Ek gaan *nie* swig onder die druk om feestelik te eet en vrolik te verkeer nie.

Pateties, ek weet, maar laat my nou maar toe om pa-teties te wees. Ek het jare lank elke Kersseisoen gebak en gebraai en geswoeg en gesweet asof my lewe daarvan af-hang – en wat het dit my in die sak gebring? Hier sit ek vingeralleen op Kersoggend met vetrolle om my maag, 'n man wat troos soek in die arms van 'n vrou wat nie 'n eier kan kook nie, en kinders wat dink die hoogtepunt van aardse genot is 'n hamburger by McDonald's.

En tog was dit gisteraand goed om te hoor van jou gesin se eerste tradisionele "wit Kersfees" in 'n Skotse sneeuland-skap. In Kalifornië vier ons ambisieuse ouboet en sy Ameri-kaanse glanstydskrifgesin 'n rooklose, vetvrye en moontlik ook vreugdelose Krismis. (Hulle sal seker ook vanaand bel, wanneer dit oggend is by hulle.) In Stilbaai eet ons pa dik-mond saam met sy tweede vrou en haar kinders, want sy eie kinders en kleinkinders is vanjaar almal elders. United States, United Kingdom, United Colours of Benetton in Herma-nus. Van ek vir Pa vertel het dat ek en Bernard "van tafel en bed geskei" is, bejeën hy my met agterdog. Asof dit my skuld is dat ek nie my man aan my tafel of in my bed kon hou nie. En soos ek vanoggend voel, ís dit waarskynlik my skuld.

So, hier sit ek op my stoep in Egoli en snuif aan die rook van die eerste vleisbraaivure wat reeds agter die hoë mure in die tuine rondom my gestook word. In die sonnige Suid-Afrika braai ons selfs op Kersdag. Wel, sommige van ons. Ek wonder of dit die rook is wat my oë so laat traan. Ek het so lanklaas gehuil dat ek seker dankbaar moet wees vir die vet trane wat nou op my skootrekenaar drup. Maar dit kan nie goed wees vir die toetsbord nie, so laat ek liewers groet. Van jou verlangende sus
Clara

❦ ❦ ❦

From: Clara Brand [aandiebrand@hotmail.com]
Sent: Thu 31/12/98 23:41
To: ???
Subject: Oujaarsaand in Egoli
<u>Draft – Continue composing this message</u>

O fok, ek is verloooore! As my kinners my nou moet sien, sal hulle my nooooooit weer wil sien nie! Weet nie eens vir wie ek hierie brief skyrf nie. Griet? Minette? Marita? *Major Tom to ground control?* Is enigiemand nog daar?

51

Ek en Bernard het geglo in betsekopname (beste kop-name? be-stek-op-name!) op die laaste aand van die jaar. Ons het altyd saam 'n bottel vonkelwyn oopgemaak en teruggekyk na die beste oomblikkke van die afgelope am-per 400 dae en 'n heildrink gedronk en voorentoe gekyk na die nuwe jaar. Ons het lankal te sienies nee sinies ge-word vr nuwejaarsvoornames. Maar ons het planne ge-maak. Terwyl ons vinkelwyn drink. Vonkelwyn dronk. My brein se spell check wil nie vannag werk nie en my skoor-tekenaar se spell check werk net in 'n ander taal. Ja, ek moet die rekenaar op my brief skryf, ek bedoel die brief op my rekenaar skryf, want niemand sal my besope handskrif kan lees nie. Nou sit ek op my eie met 'n bittel vinkelwyn voor die TV en wag dat middernag aangekondig word voor ek uitpass, of andersom, wat ook al eerste gebeur.

Ek WOU nie op my eie wees nie, geweet dis skoorsoek ná ek laas week Kersdag alleen deurgebring het, maar al-mal wat ek ken, is by die see of oorsee, behalwe Sindiwe, en ek kon tog nie vir haar vra of ek saam met haar in 'n sje-bien in Soweto kon gaan uithang nie, kon ek? Sy sal buiten-diende nie oujaarsnag in 'n sjebien deurbring nie, sys gans te ordentlik, baie ordentliker as haar "mêrrim", sy sal eer-der by 'n handeklapppende soort kerkdiens wees. Ieder ge-val, ek het my laat ompraat, oor die foon, deur Minette (ja, jy, Minette, wat ook by die see is), om na haar suster se paartie in Melville te gaan. Belowe, Minette, cross my heart, ek sal daar wees.

En ek WOU daar wees, selfs gebad en hare gewas en als, maar ek het bietjie te vroeg (baaaie te vroeg) begin whisky drink om my moed te gee vir my eerste paartie as enkel-vrou in meer as vyftien jaar, so teen die tyd dat ek my moes grimeer, was ek so gesope dat ek my lipstiffie heeltemal skeef aamgesmeer het. Toe ek in die spieeeel kyk, weet nie waarom al die ekstra letters so aanmekaar inglip nie, toe lyk ek soos 'n hanswors met 'n te groot rooi smoel. Toe maak dit my so sad dat ek begin huil en toe smeer al my maskara af en toe lyk ek soos 'n kruis tussen 'n hanswors en daai muishonde met die swart strepe om die oë. Toe huil ek eers. As die paartie 'n fancy-dress was, kon ek gegaan het as The Weeeping Woman of Prague, dis 'n boek wat jy dalk ken (Marita? ag, wie de hel ook al), maar toe ek my enigste paartierok aantrek, kon ek die zip nie opgetrek kry nie want ek het te vet geword van al die verdriet.

Toe besluit ek te hel met die paartie en kom drink verder voor die TV. As my man my nou moet sien met my maskara op my wange en my lipstiffie op my ken en my enigste paartierok wat oopgaap agter, sal hy 'n hofbevel kry om die kinners van my weg te neem. Nee, hy sallie, want hy sallie weet wat om met hulle te maak as hy dag en nag vir hulle vrantwooordelik moet wees nie. Kon hoeka hoor toe die seuns vroeg vanaand bel, dank die gode toe ek nog nugter was, dat dit nie meer vir hulle so fantasties by hulle pa is nie. Hulle was vies oor die een of anner iets wat hy nie vir hulle wou koop nie, ha, so val die bliksem in sy eie slaggat, en hy was vies oor hy en Nananas wou uitgaan, maar hulle kon nie 'n babysitter kry nie. Op oujaarsaand is dit altyd 'n plobreem, ek kon hulle gewaarsku het as hulle my gevra het, maar hulle het nie.

Intussen het my "bestekopname" (konsentrasie, Dlara) (fok, ek kan nie eens meer my eie naam spel nie) my nie laat beter voel oor my lewe of enigiets anners for that matter nie. Die beste oomblikke van die afgelope jaar? Daar moes tog goeie oomblikke gewees het voor ek gehoor het van my man se skelm naaiery maar ek kan niks onthou nie, alles het weggeraak in 'n waas van wanhoop. So sad. Hoe gaan daai song van Lou Reed nou weer? Toe dog ek as ek dan nie kan agtertoe kyk sonner om te huil nie, moet ek seker maar voorentoe kyk. En toe besluit ek om op te hou drank. Nee, nie ophou drank nie, drank saam met kos is een van die hoogtepunte van ons wetterse samelewing, maar drank saam met drank (en sigarette en selfbejame-ring) is gevaaarlik vir 'n vrou wat haar kinners alleen moet grootmaak. O dis so sad ek gaan nou dadelik nog 'n bietjie huil. So vir die eerste keer in jare het ek 'n nuwejaarsvoor-name. Ek gaan ophou drink sonder kos. Ek belowe plegtig aan myself en wie ook al hierie brief lees dat ek nie meer in die middel van die nag en tussen maaltye sal drink nie. Nie whisky nie.

En om seker te maak dat ek moreogggend onthou wat ek nou belowe, gaan ek hierie brief ommiddellik print en teen die TV-skerm plak. Eks in elk geval nie meer lis om na al daai glimlaggende gevrete op die skerm te kyk nie. As hulle agter die brief weggesteek is, hoef ek net te luister tot ek Auld Lang Syne hoor voor ek uitpass. Sal ons ou ken-nisse ooit vergeet. Daars een ou kennis wat ek wens ek kan vergeet, wens in fact ek het haar nooit ontmoet nie, want sy vier vanaand oujaaarsaaand saam met my amper eks-man en my darem nog huidige kinders. Hoewel ek hulle seker ook gaan verloor as ek nie sokkies en my rok se zip optrek nie.

Gelukkkige nuwe jaar van jou dronk en verdrietige vriendin Clara

Skil uie tot jou oë traan

Januarie 1999
Nog 'n sonskyndag in Jozi

Dag Griet
Al hierdie neges in die nuwe jaar maak my naar. Sal darem
seker teen Desember gewoond wees daaraan – net voor ek
weer gewoond moet raak aan die spul nulle wat aanstaande
jaar kom.

Ek wil amptelik om verskoning vra vir 'n dronk brief wat
ek goddank nie gepos het nie, maar tog nou saam met hier-
die een vir jou gaan stuur sodat daar iewers op aarde 'n ge-
tuie kan wees van my verfoeilike gedrag op Oujaarsaand 1998.
En as dit ooit weer vir jou klink of ek te veel drink òf te jam-
mer vir myself begin voel, dan het jy my toestemming, nee,
kom ons maak dit 'n opdrag, dan beveel ek jou in die naam
van vriendskap om daardie brief onder my neus te kom druk.

Ek dink ek het my nadir bereik. (Toe ek klein was, het
ek besluit ek gaan my seuntjie eendag Nadir noem. Gedog
dis 'n Russiese naam, die manlike vorm van Nadia.) Ek be-
doel nie dat ek van nou af elke oggend gretig uit die bed
gaan spring of nooit weer sjokolade, sigarette of whisky na-
by my lippe gaan bring nie, laat ons realisties wees, ek word
vanjaar veertig, verdomp. Te oud vir illusies en valse hoop.
Maar nie te oud om te verander nie. Die hemel hoor my,
ek wil nie hê my kinders moet my ooit sien soos ek Ou-
jaarsnag gelyk het nie.

Hulle is terug onder my vlerke, al drie my kuikens, ná drie weke – die langste wat ons nog ooit geskei was. Dit tref my gister soos 'n hou in die waaie van my bene dat Nicolas vandeesmaand dertien word. Ek sukkel om aan myself as die ma van 'n tiener te dink. Die *geskeide* ma van 'n tiener. Daarmee sukkel ek nog meer. Oor 'n paar jaar word dit "geskeide *middeljarige* ma van *twee* tieners". Klink soos die soort vrou wat desperate vrae oor seksvoorligting aan die agony aunts van *Eva* en ander tydskrifte sal stuur. Mog die gode my behoed teen so 'n grillerige toekoms.

Maar ek is darem nog nie post-menopousaal nie, net post-nadir. Die bewys is dat ek my weer na my kombuis gewend het. Nie *Eva* se kliniese proefkombuis nie – daar's ek al maande lank teen wil en dank vasgevang – maar my eie skandalig verwaarloosde huiskombuis. My motto is mos al jare lank iets in die lyn van *ek slaan my oë af na die oond, daar sal my hulp vandaan kom*. Ek was net so toetentaal opgemors die laaste paar maande dat ek selfs my leuse in die lewe vergeet het. Ek weet jy's nie eintlik 'n kok nie, Griet, ek onthou jy't op 'n keer gesê al wat jy nog ooit met 'n oond wou doen, was om jou kop daarin te druk, so jy sal maar my woord moet vat. Niks kom naby kosmaak as die lewe jou voete onder jou uitgeslaan het nie. Ek gryp nou al maande lank na ander krukke – drank, sigarette, sjokolade, opera, klaagliedere op papier – maar ná 'n enkele dag van vyekonfyt kook voel ek vir die eerste keer weer of ek tuiskom in my eie lyf.

Wel, "tuis" is dalk ietwat oordrewe. Dit gaan tyd vat om tuis te voel in hierdie vet en verrinneweerde omhulsel wat my lyf geword het terwyl ek weg was. Ek sal ernstige restourasiewerk moet aanpak om te red wat nog te redde is. Maar intussen het ek 'n mate van vrede gevind in die ou-ou ritueel van vrugte pluk, skil, weeg en kook, tydsaam kook tot die suikersous swaar en taai word, om daarna die konfyt in glinsterende skoon glasflesse te skep, dig toe te maak en in 'n netjiese ry op 'n rak te rangskik. Daar staan hulle nou en wag vir die koue maande wat kom. In die middel van die winter sal ek tuisgemaakte vyekonfyt op 'n sny roosterbrood smeer, en 'n paar oomblikke lank sal ek 'n somerse soetigheid op my tong proe, die sonryp vye swaar aan die takke sien hang, die boom agter die huis ruik soos hy nou ruik. Verstaan jy wat ek bedoel? Konfyt kook is 'n daad van hoop. Dit beteken ek wéét die son gaan nie altyd aanhou skyn nie, maar ek maak voorsiening vir die donker dae wat kom.

Hier gaan ek al weer met my kosprekies, jammer, dis 'n beroepsrisiko. (En net nog 'n bewys dat dit beter gaan met my?) Maar om heeltemal eerlik te wees, Griet, ek het nie gister konfyt gekook omdat ek filosofies of hoopvol gevoel het nie. Ek het in my gewone waas van mismoedigheid voor die kombuisvenster staan en koffie drink terwyl die kinders al stryend agter my rug ontbyt eet, toe sien ek hoe 'n ryp vy uit die boom voor die agterdeur val. *Met dofsware plof soos 'n vy in die stof.* En toe ek afkyk, sien ek die grond onder die boom is 'n pappery van vrot vrugte en insekte. Dit was altyd my man wat hulle gepluk het. Hy was gek oor vye. Wel, hy's seker steeds gek oor vye, maar hy's nie meer hier om hulle te pluk nie. Die kinders trek hulle neuse op vir vye, eintlik vir enige vrugte uit 'n boom, dié dat dit lyk soos dit lyk onder daardie boom.

Dis 'n vermorsing wat my dooie ma tot in haar siel sou ontstig. Dis nie my skuld nie, Ma, wou ek dadelik skerm, ek kan mos nooit al daai vye op my eie eet nie, kyk hoe lyk ek klaar van al die eet. En toe hoor ek haar stem, asof sy vlak langs my staan, ek sweer vir jou, Griet. Sy't net twee woorde gesê, maar dit was ongetwyfeld 'n bevel van 'n hoër gesag, soos "Laat daar lig wees" of "Samuel, word wakker". (Of wie dit ook al was wat moes wakker word.)

"Kook konfyt," het sy gesê.

Toe doen ek dit. Mens luister as jou ma praat. Veral as sy al jare dood is.

En nou verstaan ek sommer ook waarom sy wou hê ek moes dit doen. Dit was nie rêrig oor die vermorsing van die vye nie. Sy't geweet ek sou troos vind in 'n ritueel wat al soveel eeue lank van ma's na dogters oorgedra word. Ek weet nie wie jou dogter gaan leer om konfyt te kook nie, en ek weet nie of myne enigsins belang gaan stel om te leer nie, maar intussen kook ek voort in ewige hoop.

5 Interessante konfyte wat verdrietige vroue kan kook
Piesangkonfyt
Perske-en-gemmerkonfyt
Moerbei-en-kaneelkonfyt
Tamatie-en-lemoenmarmelade
Waatlemoen-en-suurlemoenmarmelade

Mooiloop
Clara

From: Clara Brand [aandiebrand@hotmail.com]
Sent: Thu 11/03/99 22:25
To: Nita Patterson [nitap@yahoo.com]
Subject: Bangjan in Johannesburg

Liewe Nita
Dank die hemel vir rekenaars! Die verband om my regter-hand maak dit onmoontlik om 'n pen of 'n mes behoorlik te gebruik en dis twee stukke gereedskap waarsonder ek

sukkel om te werk of te lewe. Nou kan ek darem skryf met die hulp van my rekenaar, hoewel ek nie 'n masjien het wat slim genoeg is om my te help sny en skil en kap en kook nie. Net toe ek weer begin vrede maak met my kombuis, demmit.

Ek was die slagoffer, net nog een van duisende, van Misdaad in Egoli. En my oorheersende emosies is verligting en dankbaarheid, glo dit of nie. Verlig dat ek niks meer as my hand beseer het nie, dankbaar dat daar darem nie té veel bloed gevloei het nie, verlig en dankbaar, bowenal, dat die kinders nie betrokke was nie.

Ai, sus, ek weet jy's nie hier weg oor misdaad nie, jy't met gemengde gevoelens opgepak oor jou man vir 'n paar jaar in Edinburgh moet werk, maar ek dink dit gaan vir jou moeilik wees om terug te kom en weer gewoond te raak aan die vlak van vrees en stres waarmee ons hier moet lewe. Ek is gatvol, dit kan ek jou verseker, maar ek glo nie ek sal in 'n ander land aard nie en ek weet in elk geval nie hoe ek daar aan die lewe sal bly nie en ek kan buitendien nie die kinders so ver van hulle pa grootmaak nie. Al is hulle pa 'n bliksem.

So wat nou? Banger en banger word elke keer wanneer ek in my kar klim? Die muur om die huis nog hoër bou, 'n kwaaier hond kry, panic buttons in elke vertrek van die kombuis tot die toilet installeer? Ek weet waaragtig nie meer nie. Ek het in my kar by 'n "veilige" verkeerslig stilgehou – ek bedoel in 'n "goeie buurt" (overgeset synde: oorwegend wit), helder oordag (maar nogtans met al die deure gesluit, iets wat mens deesdae outomaties doen as jy in Gauteng woon) – en uit die hoek van my regteroog het ek 'n kreupel bedelaar sien nader skuifel. Ek het hom probeer miskyk – nog iets wat mens outomaties doen as jy in Gauteng woon, oorlewingstaktiek, jy kan nie aanmekaar ellende in die oë kyk sonder om self ineen te stort van ellende nie – toe bars die venster aan die linkerkant skielik in duisende skerwe. 'n Helse slag, 'n ysterstaaf wat die ge-kraakte glas verder breek, skerwe wat binnetoe spat, 'n hand wat blitsig by die venster inskiet om my handsak op die pas-sasiersitplek langs my te gryp. Ja, ek weet, onvergééflik on-nosel van my om die handsak so oop en bloot uit te stal. Asof ek vrá dat iemand die blerrie ding kom gryp.

Maar toe doen ek iets nog méér onnosel. Ek gryp óók na die handsak. Instinktief, sonder om te dink, probeer ek dit terugruk uit die grypende hand. Die eienaar van die hand was sterker as die eienares van die handsak, en boon-op slim genoeg om 'n dik tuinhandskoen te dra. Die stuk-kende glas wat nog in die vensterraam vasgesit het, het hom nie seergemaak nie, maar jou arme onnosele suster het amper haar polsslagaar afgesny. Die bloed het behoor-lik gespúit, ek wou flou val van skok, toe los ek natuurlik die handsak. Die rower het hom blitsig uit die voete ge-maak met sy buit. En toe ek die bedelaar wou vra om te gaan hulp soek voor ek uitpass van bloedverlies, toe sien ek hy het ook verdwyn. Vinniger as wat enige kreupel ou nog ooit beweeg het.

Nee, ek sê nie hy was medepligtig nie. Volgens die wet is jy onskuldig tot die teenoorgestelde bewys word, so kom ons vergeet van hom, anders gaan ek vir die res van my lewe alle gestremde bedelaars wantrou. Maar om 'n lang en sad storie korter te knip, daar strompel ek toe doods-bleek uit my kar en gaan staan in die middel van die straat en bloei tot 'n jong mediese student stilhou, lank sal hy lewe, en die ergste bloeding stuit deur my hemp se mou af te skeur en baie styf om my arm te draai. Teen daardie tyd was daar 'n hele kring nuuskieriges op die sypaadjie en iemand het intussen 'n ambulans gebel en ek was op die punt om floutjies te versoek dat een van die omstanders my seuns by die skool gaan haal sodat hulle hulle sterwende moeder kan kom groet, maar die mediese student het my verseker dat ek dit gaan maak en my hand vasgehou tot die ambulans opgedaag het. Wat wonder bo wonder nogal vinnig gebeur het.

Die voorspelbare element in hierdie storie is dat die rower en die bedelaar swart was. Die minder voorspelbare maar daarom selfs belangriker brokkie inligting is dat die barmhartige mediese student ook swart was. Thabo is sy naam, sy van is te moeilik vir my om te onthou, maar ek het gevra dat hy sy selfoonnommer op die bloedbevlekte inkopielysie in my hemp se sak neerskryf. Miskien moet ek hom nooi vir 'n bord Boerekos as ek weer my hand goed genoeg kan gebruik om te kook, hoenderpastei en begrafnisrys en slaphakskeentjies en sousboontjies. My deeltjie doen vir Waarheid en Versoening, wat dink jy?

Eers by die hospitaal het ek agtergekom my palm en twee van my vingers is ook tot amper by die been oopgesny, so nou sluk ek 'n paar keer 'n dag pynpille en probeer my bes om die verbande en die wonde skoon te hou, want as die spulletjie boonop besmet moet word, verloor ek dalk my vingers, wat obviously 'n veel groter verlies as my handsak sal wees. Maar ek treur nogtans oor die inhoud van my handsak. Nie die geld en die kredietkaarte en die tjekboek en al die amptelike dokumente nie, dis 'n helse beslommernis om alles te vervang, maar dit kán vervang word. Dis die ander goed waaroor ek treur, 'n briefie wat Nicolas ses jaar gelede vir my geskryf het, 'n prentjie wat Sebastian geteken het, een van hulle se eerste tand wat uitgeval het . . . "Dra jy jou kinders se *tande* in jou handsak?" wou Minette geskok weet toe sy hiervan hoor. Ek het nie eens probeer verduidelik nie, sy's nie 'n ma nie, sy sal nie verstaan nie.

61

Dis mos nie 'n vrot grootmenstand nie, dis 'n oulike klein melktandjie! Wat nou in elk geval vir altyd verlore is.

En ek voel so verlore soos daardie tand. Ek wil nie meer hier lewe nie. Nee, ek sê mos ek wil nie die land verlaat nie, maar miskien moet ek padgee uit Gauteng? Die huis verkoop en my pos by *Eva* bedank en 'n nuwe begin maak in die Kaap? Waar daar natuurlik ook misdadigers en lewensgevaarlike buurte is, wie de hel probeer ek bluf, maar dit voel tog vir my of ek daar meer beskut teen my eie vrese sal wees. Of brabbel ek nou sommer net omdat ek nog in 'n toestand van skok verkeer?

Miskien het daardie handsakgryper my eintlik 'n guns bewys. My wakker geruk, soos wanneer jou hart gaan staan en weer met 'n elektriese apparaat aan die gang geskok word. Ek lewe nou al amper 'n jaar lank met hierdie dooie stuk vleis in my borskas en ek weet ek móét weer aan die gang kom, rigting in die lewe kry, weg van Bernard en ons gedeelde verlede begin beweeg. My gat in rat kry, soos Pa dit sou gestel het. (Steeds nie veel simpatie uit daardie oord nie. Is dit 'n soort falliese bondgenootskap wat maak dat hy outomaties sy skoonseun eerder as sy dogter se kant kies? Of is hy so gek oor sy skoonseun dat hy hom enigiets sou vergewe?) En aangesien ek en Bernard nou al meer as nege maande "van bed en tafel geskei" is, is dit dalk tyd dat ek die skeiding 'n stap verder voer. Dat ek die bed en die tafel – en sommer ook al die ander meubels – oppak en elders gaan uitpak?

Bernard gaan nie daarvan hou nie. Maar hy kan darem waaragtig nie sy botter só dik aan albei kante van sy sny brood wil smeer nie, aan die een kant weier om saam met sy kinders en hulle ma te woon, aan die ander kant weier dat sy kinders en hulle ma verder van hom gaan woon. Of kan hy? Hy's jou swaer, Nita, wat dink jy? Hy's my man, ja, ek weet, ek behoort hom beter as jy te ken. Ek "behoort" ook te geweet het dat hy maande lank saam met een van my vriendinne geslaap het. "Behoort" werk nie meer vir my nie.

Maar wag, laat ek met 'n bietjie goeie nuus afsluit. Aangesien my beseerde hand dit nie net moeilik maak om te skryf en te kook nie, maar natuurlik ook om met 'n mes en 'n vurk te eet, het ek besef die noodlot wil my moontlik 'n les leer. Eers het ek soos die Oosterlinge met stokkies probeer eet, maar met my lomp linkerhand kon ek dit net nie regkry nie. Die stukkies kos wat Nicolas vir my mooi klein opgesny het, het soos missiele oor die kombuistafel gevlieg, die kinders het gerol van die lag en ek het honger gely. Ná skaars twee dae het ek meer as 'n kilo verloor! Toe raak ek so begeester dat ek besluit, way to go, sista! Nou lewe ek al dae lank van gesonde "vingerkos", rou vrugte en groente, verskillende soorte slaaiblare en laevetkaas – en as die spyskaart vir my so vervelig word dat ek in my bord aan die slaap wil raak, gebruik ek weer die stokkies pleks van my vingers, dan verskaf ek ten minste gratis vermaak aan my tafelgenote. En die kinders geniet die show so dat hulle skoon vergeet om met mekaar te baklei.

Siestog, ek voel skoon jammer vir al daardie vet vroue wat hulle kake laat vasklamp of hulle mae soos plastieksakke laat toebind om gewig te verloor – enorme operasies wat 'n klomp geld kos en nie deur mediese versekering gedek word nie – terwyl hulle eintlik net 'n grypdief nodig het om hulle hande te beseer. Van die hand na die mond val die pap voorwaar op die grond. Dit het ek vandeesweek weer geleer.

Van jou beseerde, bedrukte, maar binnekort heelwat skraler suster
Clara

14 April 1999
Laataand, Johannesburg

Bernard, jou driedubbele drol!
Daar vlieg al my goeie voornemens by die venster uit! Alles waaraan ek van die begin van die jaar so hard werk! Om meer verdraagsaam te wees teenoor jou en jou houvrou, om meer zen te wees in my eie lewe, om minder te drink en gesonder te eet en gewig te verloor en 'n beter ma te wees en minder uitroeptekens te gebruik, alles!

Jou histeriese reaksie op my besluit – ja, dis 'n besluit, ek het nie jou toestemming nodig nie! – om Kaap toe te trek, maak enige verdere verdraagsaamheid vir my onmoontlik. Ek het jou genooi om vanaand saam met ons te kom eet omdat ek my toekomsplanne met jou wou bespreek. Let wel, nie om jou te *raadpleeg* nie, ek het nie jou raad nodig nie, ek wou jou net op hoogte hou van wat ek beplan. Ek het gedog blote ordentlikheid vereis dat ons 'n slag van aangesig tot aangesig met mekaar praat, eerder as oor die foon of op papier of op 'n rekenaarskerm. En toe's dit soos 'n tydbom wat te vroeg ontplof. Terwyl ek die roomys opskep, praat Sebastian sy mond verby oor "wanneer ons by die see gaan woon", en voor ons oë verkrummel jou gewone sjarmante fasade – Cary Grant in die rol van Pa van die Jaar, wie probeer jy bluf? – en jy verander in 'n brullende poephol. Ek's nie seker of 'n poephol kan brul nie, maar jy weet wat ek bedoel. Gemengde metafore is deesdae nogal laag op my lys van probleme.

Nee, Bernard, ek het nie agter jou rug met jou kinders "gekonkel" nie. Dis net één van die beskuldigings wat jy vanaand soos krieketballe na my geboul het, en jy weet ek was nog nooit goed met balle óf beskuldigings nie, albei maak my ewe verbouereerd. Ek het skaars 24 uur gelede vir die

kinders van my planne vertel en hulle gevra om niks vir jou
te sê nie tot ek vanaand met jou gepraat het. Wat ek wou
doen ná hulle bed toe is, ordentlikheid, weer eens, om
seker te maak dat jy nie in hulle teenwoordigheid jou
Superman-mantel verloor nie. Wel, dit het nie gewerk nie.
Jy't meer as net jou mantel verloor vanaand.

Het jy nie gesien hoe verskrik die seuns lyk toe jy met
jou gesig rooi van woede op my begin skreeu nie? Het jy
nie gehoor hoe Paula huil nie? Nee, jy't niks agtergekom
nie, jy was blind en doof van verontwaardiging. Maar on-
gelukkig nie stom nie. Jy't dinge gesê waarvoor ek jou
sweerlik nooit gaan vergewe nie.

Aag, hel, as ek moes boekhou van al jou onvergeeflike
dade en woorde die afgelope jaar, was die boek lankal vol.
Maar vanaand was jy soos iemand wat homself in die open-
baar aan die brand steek om teen die een of ander kwessie
te protesteer. Jissis, Bernard, tot dusver het ek soms selfs
gehóóp die kinders kan jou voete van klei begin raaksien,
sodat ek nie altyd soos die boef in hierdie verhaal hoef te
voel nie, maar vanaand het jy waaragtig alle perke oorskry.

En ná jy jou skandalige tantrum gegooi het, storm jy soos
'n primadonna van die verhoog af en los my om die emo-
sionele skerwe op te tel. Soos gewoonlik. Kan jy jou voor-
stel hoe ek moes sukkel om die kinders aan die slaap te kry
ná hulle hierdie vieslike performance van hulle pa aanskou
het? As daar nog enige twyfel in my binneste was oor of ek
die kinders "sonder 'n pa" kan grootmaak – en daar was,
glo my, ek wroeg al weke lank daaroor – dan het dit nou
goddank verdwyn. Ek wîl nie my kinders sonder 'n pa groot-
maak nie, Bernard. Laat ek jou net weer herinner, want dit
het vanaand geklink asof jy aan algehele geheueverlies ly:
Dit was jóú keuse om hierdie huis te verlaat, om by 'n

ander vrou te gaan woon, om jou kinders selfs minder as voorheen te sien. Het jy waaragtig gedog ek sou die res van my lewe soos 'n satelliet rondom jou en jou houvrou bly wentel?

Jy ken my sleg, Bernard Marx, dis al wat ek verder vir jou te sê het. Jy sal nog agterkom hoe sleg.

Die huis is oplaas stil, heeltemal onnatuurlik grafstil ná die geskreeu van grootmense en die gehuil van kinders, en ek het pas 'n dubbele dop whisky afgesluk en die res van die bak roomys op my eie verorber. Nog twee van my goeie voornemens daarmee heen. Nog twee redes om woedend te wees vir jou. Ordentlikheid se moer. Ons is terug in die loopgrawe, ek en jy. Beskerm jou ballas, want ek gaan laag mik.

Jou amper gewese vrou
Clara

❀ ❀ ❀

From: Clara Brand [aandiebrand@hotmail.com]
Sent: 23/06/99 17:17
To: Nita Patterson [nitap@yahoo.com]
Subject: Alle goeie dinge . . .
Attachments: bwenprys3.jpg (230.9 KB); stoepete5.jpg (151.4 KB); piekniek9.jpg (141.6 KB)

Hallo Nita
Onthou jy Ma het altyd gesê 'n vrou is soos 'n teesakkie – sy moet eers in warm water beland voor jy agterkom hoe sterk sy is? Ek het die afgelope moeilike maande met verstomming besef dat ek sterker is as wat ek ooit vermoed het in al die jare wat ek so skynbaar gelukkig getroud was. Maar vanaand voel hierdie teesakkie bra flou.

En waar's Ma noudat ek haar nodig het? As sy my kon help pak, sou ek al heelwat verder gevorder het, daarvan is ek oortuig. Al sou sy lankal geprotesteer het oor ek so aanmekaar na BB King luister. *Everyday I have the blues.* Ja, ek's vir eers klaar met die melodrama van opera. Wat musiek betref, is ek terug by my eerste liefde. Wat ander dinge betref, is ek ook terug waar ek jare gelede begin het. Van laas week is ek weer 'n ongetroude vrou. Wel, "pas geskei" is seker die korrekte term, maar ek sukkel nog te veel om dít oor my tong te stoot, ek verkies om aan myself te dink as ongetroud. Soos jare gelede, toe alles nog moontlik was.

Ja, ek weet, ek is amper twintig jaar ouer as laas toe ek "los" was – en met drie minderjarige kinders in my sorg kan ek beswaarlik as "los" beskryf word. Maar ek het tog weer die reg om na 'n ander stad te trek, in 'n ander huis te gaan woon, op 'n ander manier my brood te verdien, sonder om 'n eggenoot in ag te neem. Ek het besluit om dit as 'n bevryding eerder as 'n verlies te beskou. Ek het seker maar Ma se ongeneeslike optimistiese streep geërf. Ondanks my swak vir blues-musiek.

Nou moet ek inpak en opruim, maar elke keer as ek 'n laai ooptrek, spartel ek om nie te verdrink in my eie herinneringe nie. Aandenkings wat eens op 'n tyd 'n stil troos was, soos 'n warm skuimbad, het eensklaps 'n lewensgevaarlike stroom geword. Vat nou maar die foto wat ek vir jou aanheg, ek en Bernard hand om die lyf, albei deftig uitgedos vir 'n ete waar hy 'n joernalistieke prys gewen het. Was hy tóé al besig om my te bedrieg? Kan nie wees nie, sê ek vir myself, kyk dan net hoe trots en tevrede lyk hy! Of was hy bloot trots op sy jong stukkie geluk, tevrede dat sy vrou te onnosel was om onraad te vermoed? Of die tweede foto, 'n klomp vriende en kollegas om die lang tafel op ons agterstoep, almal uitbundig aan die eet en drink, met A en B soos twee tortelduifies langs mekaar. Hulle kyk nie na die kamera nie, hulle kyk in mekaar se oë, sien jy wat ek bedoel! En die vrolike piekniekfoto, ek en hy en sy sáám op 'n geruite kombers, ek kan dit nie vat nie! Ek sou graag 'n enorme vuur wou stook en al hierdie foto's daarin gooi. En sommer ook al Bernard se oorblywende klere en boeke en besittings. Asof mens die verlede kan uitwis deur bloot van die bewyse ontslae te raak.

Maar ek's mos nou oud genoeg om van beter te weet, so ek sal die versoeking weerstaan om alles om my af te brand. (Ek stuur nogtans vir jou die drie kiekies net ingeval ek swig, dan's daar darem iewers op aarde, al is dit nou ook in blerrie Skotland, 'n grafiese bewys dat ek eens op 'n tyd gedog het ek's gelukkig getroud.) Ek het die foto's eenvoudig in 'n ou skoendoos geprop saam met 'n spul verjaardagkaartjies en soortgelyke sentimentele snert en in vet hoofletters op die deksel geskryf: *PANDORA – PASOP*. Miskien sal ek eendag in my nuwe lewe die moed hê om daai doos weer oop te maak.

My nuwe lewe. Weet jy hoe benoud maak dié drie woorde my?

Ek's nou al maande lank besig om reëlings te tref, my opvolger by die tydskrif touwys te maak, die huis te verkoop en 'n huurhuis in die Kaap te soek, vir die kinders plek te kry in nuwe skole, my prokureur te besoek om my egskeiding af te handel en my terapeut te besoek om te keer dat my kop uithaak en selfs vir die eerste keer in jare weer gereeld gym toe te gaan sodat ek my nuwe lewe met 'n nuwe lyf kan aanpak (dit het nie gewerk nie, maar ek het darem omtrent drie spiere bygekry, en gespierde vet lyk nou eenmaal beter as pap vet), en dit alles met die oog op hierdie fabelagtige Nuwe Lewe wat vir my aan die einde van die

68

reënboog langs die see in Kaapstad wag. Ek het so besig gebly dat ek nooit 'n oomblik tyd gekry het om te besin oor wat ek met hierdie nuwe lewe gaan máák nie.

Nou staan ek op die punt om te trek, lankal te laat om koue voete te kry, die lorrie kom volgende week die meubels oplaai – en ek is só nie reg vir 'n nuwe lewe nie. Ek's nie eens reg vir 'n nuwe dag nie. As die son môre opkom, moet ek verder pak, en elke kas in elke kamer herinner my aan hoeveel unfinished business ek nog in my ou lewe het.

Ek wou ook weer ophou rook, want ek het gedog as ek dan nie 'n nuwe lyf kan kry nie, kan ek ten minste skoon longe kry voor ek trek, maar dit het óók nie gewerk nie. Van ek laas week van voor af ongetroud is, stook ek weer soos toe ek laas ongetroud was. Asof ek vir die verlies van my trouring wil opmaak deur heeltyd rookringe by my mond uit te blaas. Enigste verskil is in my vorige ongetroude lewe het ek my rokery weggesteek van my ouers en in hierdie ongetroude lewe steek ek dit weg van my kinders. *You've come a long way, baby?* Was mos hoeka danksy 'n sigaretadvertensie dat dié frase beroemd geword het? Nicolas, vir wie die blote idee van 'n *sigaretadvertensie* omtrent so vreemd is soos 'n selfmoordadvertensie, sê *nee, Ma*, dis die naam van Fatboy Slim se nuwe album, dit moet selfs Ma darem seker weet!

So, nou suig ek skuldig aan 'n sigaret wanneer ek ook al 'n kans kry en gebruik wierook en parfuum en kougom om die reuk te verdoesel. Soos twintig jaar terug toe ek en jy skelm in ons slaapkamer gestook het. Dis 'n helse regressie, ek weet, dis nie nodig om vir my te preek nie. Ek preek heeldag vir myself

Ek het jou oor die foon vertel van die laaste stuiptrekkings van die egskeiding. Soos om dood te gaan, so absoluut banaal, iets wat duisende mense oral op aarde elke dag ervaar, en terselfdertyd so intens persoonlik en privaat en uniek. En soos met die dood kan mens nooit wérklik glo dat dit met jou ook gaan gebeur nie. Tot dit die dag gebeur.

Bernard is steeds "diep teleurgesteld", dis hoe hy dit aan my prokureur stel, dat ek besluit het om dit vir hom "moeiliker te maak" om die kinders te sien. Maar miskien het hy tog skuldiger gevoel as wat hy voorgee, of dalk was hy maar net haastiger om van my ontslae te raak as wat ek gedog het, want op die ou end was hy bo verwagting inskiklik oor al my eise. Ek praat nou van die verdeling van bates en die kinders se maandelikse toelaes en al die ander vernederende materiële strydpunte wat egskeidings jare lank kan laat sloer. Ek moet erken ek het selfs 'n bietjie respek vir hom teruggekry – maar Minette sê respek se moer, ek moet nou net nie gaan staan en *dankbaar* voel ná alles wat die fokker gedoen het nie. Ek gaan haar skurwe tong en haar sagte hart mis in my nuwe lewe. Sy's die enigste mens wat my steun in my moontlik waansinnige voorneme om vryskutwerk te vind eerder as om 'n pos by *Eva* se Kaapse kantoor te bedel.

Wel, behalwe jy wat my altyd in alles steun, maar jy't nie 'n keuse nie, jy's my jonger sussie. Miskien dink jy ook heimlik ek's van lotjie getik. Maar jy weet tog hoe lank ek al droom oor van die huis af werk, kookklasse aanbied, meer tyd saam met die kinders deurbring. Veral meer tyd saam met die kinders deurbring. Nicolas word by die dag meer bedonnerd, dis miskien klaar te laat om tyd saam met hom te wil deurbring, maar vir Sebastian en veral vir Paula is dit nog nie te laat nie, of hoe? Stel my gerus, asseblief, my liewe sus, jy was nog altyd so 'n bewonderenswaardige "betrokke" ma. Jy kan ure saam met jou kinders aan 'n pophuis of 'n Lego-ruimtetuig bou sonder om 'n oomblik verveeld te lyk. Hoe kry jy dit reg? Kan ek lesse by jou neem?

Soos jy kan aflei, is ek so paniekbevange soos 'n aktrise wat nie haar woorde ken op 'n openingsaand nie. Ek sal alles moet opmaak, improviseer, uit my duim suig, wat 'n angswekkende gedagte. Ek sal oorleef, sê ek aanmekaar vir myself, ek sál oorleef. (Kom terug, Gloria Gaynor. Jammer dat ek so gereeld vir jou en my gay vriende gelag het as julle daardie liedjie so uit volle bors sing. Nou verstaan ek.) Ek sal my gewese man wys ek kán sonder hom oorlewe. Dis die eerste keer dat ek dit skryf. *My gewese man.* Klink amper soos *verwese. My verwese gewese man.* Siestog. Gun my maar die vreugde van wensdenkery, ek het nie veel ander vreugdes oor nie.

My volgende brief sal uit die Kaap kom, 'n vorderings-verslag oor my nuwe lewe, al is dit dan net dat ek my eerste pot sop in my nuwe kombuis gekook het. Ek glo mos in die helende genade van sop. *Ek slaan my oë af na die stoof, daar sal my hulp vandaan kom.*

5 Soorte sop om gebroke gesinne te voed
Italiaanse *minestrone*
Marokkaanse *chorba*
Franse uiesop
Duitse ertjiesop
Ma se boontjiesop

Groete vir oulaas uit hierdie huis in Johannesburg
Clara

2 Julie 1999
Eerste aand in my Kaapse kothuis

Liewe Marita
Toe ek vandag op daardie laaang reguit stuk pad deur die
Karoo sit en wonder vir wie ek heel eerste uit my nuwe
tuiste sal skryf, het ek skielik besef, maar natuurlik, wie an-
ders? Jy't ook die afgelope jaar 'n Nuwe Lewe aangedurf –
in 'n ander land, nie net 'n ander stad nie! – so jy behoort
beter as die meeste mense te verstaan tot watter vreemde
gemengde emosies so 'n sielskuddende besluit kan lei.

My oorheersende gevoel vanaand, snaaks genoeg, is 'n
soort fisieke eerder as 'n geestelike ongemak. Ek herinner
myself aan Alice in Wonderland, voordat sy van die bottel-
tjie gedrink het wat haar laat krimp het, heeltemal te groot
en te lomp vir hierdie popspeelhuisie met die piepklein
agterplasie. Praat van afskaal in die lewe! Ná 'n dekade in
'n enorme huis met 'n dubbele garage en 'n lang plaas-
stoep en 'n voorstedelike grasperk, sal ek moet leer om
kleiner te lewe. En ek bedoel dit taamlik letterlik, my dra-
matiese opera-gebare en my doelgerigte onvroulike treë sal
ingeperk moet word, anders gaan ek my lyf pimpelpers
stamp teen my eie meubels. En ek sal weer eens 'n ernstige
poging moet aanwend om die kilo's af te skud wat ek in my
maande van smart en sjokolade opgetel het. As my lyf eers
kleiner is, sal dit mos makliker wees om my bewegings ook
kleiner te kry, of hoe? Selfs my stem sal ingeperk moet
word want dis 'n skakelhuis en daar's net 'n enkele muur
tussen my en die bure se sitkamer. Die einde dus van mid-
dernagtelike opera-arias om my aan die slaap te sus en
vroegoggend-blues om my wakker te kry. Adieu, Callas; so
long, Billie Holiday; bye-bye, Janis. Van nou af sal ons ons
moet gedra.

Op die oomblik is die meeste van my besittings nog in bokse wat die hele vloer vol staan – en ek vermoed die meeste gaan in bokse bly tot ons 'n plek met meer spasie kan bekostig – maar ek het vroeër vanaand 'n bottel vonkelwyn oopgemaak om 'n glasie te klink ('n weggooibare plastiekglasie, want ek kan nie onthou in watse boks die regte glase gepak is nie) op ons nuwe tuiste. Tuistetjie. Huisietjie. Ag, en sommer ook op my veertigste verjaardag môre en op my nuwe rol as die hoof van 'n eenouer-gesin. Dis nie so erg soos dit klink nie, is dit? Om veertig te word, bedoel ek, maar miskien ook nie om 'n eenouer-gesin te word nie. Of dalk is dit net dat niks my vanaand kan onderkry nie. Ek voel vry en verspot en opgewonde en angstig en moeg, veral moeg, te moeg om my te bekommer oor dinge waaraan ek in elk geval niks kan doen nie.

Altyd gedog my veertigste verjaardag sou ek vier met 'n fabelagtige maaltyd vir 'n menigte, 'n spyskaart en 'n rolbesetting wat Escoffier en Cecil B de Mille my sou beny, 'n ware *Babette's Feast* van eksotiese disse waarvoor ek my weke lank sou afsloof. En toe vier ek dit vanaand met 'n Chinese wegneem-ete in plastiekbakkies wat ek en die kinders boop ons onuitgepakte bokse geëet het. (Gelukkig het ons genoeg oefening gekry om met stokkies te eet terwyl my hand beseer was, want ek weet ook nie in watse boks ons messegoed gebêre is nie.) Dis net Paula wat nog 'n bietjie sukkel met die stokkies, so vir haar het ons 'n skeplepel uit die deksel van een van die plastiekbakkies geprakseer. Weliswaar nie die manjifieke verjaardagete van my drome nie, maar nou ja, daar was baie minder skottelgoed en opruimwerk agterna.

Ek sê mos ek gaan leer om beskeie te lewe.

En aangesien ek nog nie 'n telefoon in die huis het nie en steeds weier om voor die versoeking van 'n selfoon te swig, sal niemand my môre kan bel nie. Met ander woorde, as my oorblywende vriende my verjaardag vergeet, sal ek dit nie weet nie en dan hoef ek nie daaroor ook nog depressief te raak nie. So beskerm ek die bietjie eiewaarde wat ek nog oorhet aan die einde van hierdie mislike jaar. Dis natuurlik onmoontlik om te vergeet dat my huwelik net enkele dae ná my vorige verjaardag so skouspelagtig ineengestort het. As ek dink hoe my man my daardie aand gedine and wine het terwyl hy – no, I won't go there, not again, not tonight. Jy moes al genoeg selfbejammerende e-posse van my verduur.

So, nou gaan ek die bottel vonkelwyn op my eie leeg-drink terwyl ek my slapende kinders bewonder, almal omgekap ná die lang pad, al drie opgekrul op 'n matras op die vloer, styf langs mekaar, asemrowend mooi. Selfs Nicolas, wat al hoe norser en moeiliker word wanneer hy wakker is, lê daar met blosende wange en 'n hemelse uitdrukking. Ek moet erken ek's bekommerd oor hom. Dis of daar 'n skaduwee tussen hom en sy pa geval het. Ek het eers gedog dit sou oorwaai, die kind was nog altyd mal oor sy pa al het hy hom die laaste paar jaar al hoe minder gesien. Tot dusver was dit eerder 'n geval van absence makes the heart grow fonder, maar nou – iets het verander. Selfs teenoor my tree hy nie meer so liefdevol op soos voorheen nie. Aan die ander kant, ek was die afgelope jaar ook so 'n pateet, ek kan hom seker nie kwalik neem nie.

Of dalk is sy gedrag heeltemal normaal vir 'n dertienjarige kind. Miskien sou hy presies net so opgetree het selfs al was ek en Bernard albei modelouers wat nooit sou droom om te skei nie. Dertien is immers die ouderdom wanneer jy begin opmerk dat jou ma se onderrok soms uithang, wanneer jou pa jou nie meer op sy skouers kan tel om ver en wyd te sien nie. Die begin van 'n proses van ontnugte-

ring wat vir die res van jou lewe duur, tot jy op die ouder-
dom van 39 agterkom dat jou lewensmaat nie meer jou
lewe wil deel nie. En wie weet watse skokke nog verder sal
volg.

Maar dan onthou ek weer van jou wat ook al amper mid-
deljarig was toe jy op 'n Fransman verlief geraak het – en
dan durf ek hoop dat daar darem nie nét skokke vorentoe
wag nie. Ja, as hoopvolheid 'n siekte was, was ek seker al in
die terminale fase.
Van jou vriendin in hoop
Clara

❀ ❀ ❀

From: Clara Brand [aandiebrand@hotmail.com]
Sent: Fri 16/07/99 22:23
To: Minette Malan [badyear@iafrica.com]
Subject: Reading you loud and clear

Sista my sista
Glory hallelujah! Ná twee weke in my nuwe huis is ek ein-
delik weer in internetverbinding met die buitewêreld. Voel
asof ek dorstig deur 'n woestyn moes kruip en nou by 'n
diep put met koel water uitgekom het.

As Bernard hier was, sou ons binne 'n dag internetver-
binding gehad het, al die elektroniese goeters sou lankal
geïnstalleer gewees het en die druppende kombuiskraan
sou nie meer gedrup het nie. Maar hy is nie hier nie, so ek
moet al hierdie Bernard-take self doen of iemand betaal
om dit vir my te doen, wat beteken alles vat langer of kos
meer geld. Vir die eerste keer verstaan ek die simpel grap-
pie oor 'n vibrator wat nie 'n grassnyer kan stoot nie. Voor-
waar, alles in die lewe het 'n nut, selfs 'n ontroue eggenoot.

75

As ek deesdae aan my mislukte huwelik dink, swaai ek tussen twee uiterstes. Aan die een kant is ek oortuig daarvan dis alles Bernard se skuld; dis hy wat my belieg en bedrieg het, dis hy wat by sy lover ingetrek het toe hy uitgevang is, dis hy, dis hy, dis hy, g'n twyfel nie, hy's die drol in die drinkwater en ek die heldin in hierdie draaiboek. Hy's die sluwe Ray Milland en ek die skone Grace Kelly in *Dial M for Murder*, dis die soort taal wat 'n geslepe fliekvlooi soos hy sal verstaan. Sien die einde van die brief vir verdere voorbeelde.

Aan die ander kant dink ek, nee, dis alles my eie skuld, ek was nie goed genoeg nie, nie maer genoeg nie, nie jags genoeg nie, nie slim genoeg om agter te kom dat hy my bedrieg nie, nie verdraagsaam en geduldig genoeg om hom terug te wen ná ek dit agtergekom het nie, die arme man, wat anders kon hy doen met so 'n volkome flop van 'n vrou?!?

Ek sien al hoe stik jy in jou wynglas as jy hierdie biegsessie lees. Maar dis die aaklige waarheid, Minette. Ná maande van professionele berading deur jou gewese terapeut – om nie eens te praat van al die vurige preke deur jou en ander vriendinne nie – voel ek steeds soos 'n flop. Noudat die verskriklike woede en wrewel van die eerste maande oorgewaai het, bly ek agter met hierdie dowwe wanhoop. Ek is geweeg en te swaar bevind. Te vet, te oud, te vervelig om my man te behou. En hoe harder ek probeer om almal om my te oortuig dat ek oukei is, hoe moeiliker word dit diep in my binneste om dit te glo.

En dit help nie jy raas met my en sê ruk jou reg, kry vir jou 'n lewe, kry vir jou 'n lover nie! Wáár moet enige werkende vrou met drie jong kinders die tyd en die energie kry om 'n lover te soek? Buitendien, elke keer as ek kaal voor 'n spieël beland, skrik ek so vir wat ek sien dat dit

76

onnatuurlike wreedheid sou wees om iemand anders ook daaraan bloot te stel. Dis vir my ondenkbaar dat enige lewende wese behalwe my ginekoloog ooit weer aan my lyf sou wou vat – en hy ook net omdat hy betaal word.

Maar om heeltemal eerlik te wees, op die oomblik dink ek dat seks nogal overrated is. Daar verstik jy weer. Jammer om dit aan jou te doen, my liewe vriendin, maar ek het die laaste paar maande besef daar ís voordele aan 'n selibate bestaan. Ek bestee byvoorbeeld baie minder geld aan onderklere. Ek dra ou uitgerekte bra's en enorme wit katoenbroeke wat soos vredesvlae aan die wasgoedlyn wapper. Ek mors nie meer tyd om my toonnaels te verf nie en ek hoef nie te onthou om my maag in te trek terwyl ek slaap nie. Nie genoeg om jou tot selibaatheid te bekeer nie, ek weet, maar dis nie wat ek wil doen nie. Ek wil beslis nie soos my preutse ouma word wat seks as die swaarste van al haar aardse pligte beskou het nie. Ek is heeltemal bereid om toe te gee dat goeie seks een van die hoogtepunte van ons bestaan kan wees. Dat dit selfs moontlik is dat ek eendag, wie weet, weer die hele affêre sal geniet. Blerrie onwaarskynlik, soos ek nou voel, maar seker nie onmoontlik nie.

Onthou, die fabriek is al amper 'n jaar gesluit, die masjiene is besig om te verroes, dit sal tyd vat om weer enigiets te begin produseer. Intussen kla ek nie oor die blaaskans nie. Nooit gedog ek sou so iets sê nie. Maar ek het die afgelope jaar baie dinge gesê wat ek nooit gedog het ek sou nie, soos dat my man 'n jagse bliksem en 'n onbetroubare leuenaar is. En dat ek nogtans nie weet hoe ek sonder hom verder gaan lewe nie.

Ek's so moeg van uitpak en swaar meubels op my eie rondskuif en gate in mure boor om prente op te hang (ek het 'n elektriese boor leer gebruik, nog 'n reusagtige sprong vir my selfrespek) dat ek vanaand nie eens 'n glas whisky

77

nodig gaan hê om aan die slaap te raak nie. Miskien selfs te moeg om soos die meeste ander aande te lê en wroeg oor wat A en B alles aanvang.

Ek's nog skaars weg uit Johannesburg en ek mis jou klaar.
Jou (Kaapse!) vriendin
Clara

5 FILMS MET ONBETROUBARE GETROUDE MANS
Divorce Italian Style (1961, met 'n nare, nare Marcello Mastroianni)
Under Capricorn (1949, die arme Ingrid Bergman word tot alkoholisme gedryf)
Gaslight (1944, die arme Ingrid Bergman word tot op die rand van waansin gedryf)
Suspicion (1941, die arme Joan Fontaine se man bring vir haar 'n suspisieuse glas melk)
Rebecca (1940, die arme Joan Fontaine word deur haar man se gestorwe vorige vrou gepla)

❧ ❧ ❧

26 Julie 1999
My kothuis in Kaapstad

Bernard
Weet jy hoe 'n kick kry ek uit daardie besitlike voornaamwoord, enkelvoud, wat ek so pas op my rekenaar getik het? Belaglik, waarskynlik, maar ná soveel jare van *ons* is dit tog bevrydend om weer *ek* te word. *Ek*, Clara, wat in *my* kothuis in Kaapstad woon – 'n gehuurde, verwaarloosde, gans te klein huisie, maar dis myne, nie joune nie, nie ons s'n nie, *myne*. Wel, nie rêrig myne nie, want ek huur dit. (Maar dis die idee wat my begeester, nie die besonderhede nie.)

78

Ná drie weke en met die hulp van Sindiwe se susterskind wat soos 'n seëning reguit uit die hemel in my skoot geval het, is heelwat van ons bokse darem al uitgepak. Ek begin geleidelik tuis voel in hierdie ruimte. Of gebrek aan ruimte. Baie van die bokse en groter meubels sal gestoor moet word tot ons eendag na 'n groter huis kan trek. Die seuns sukkel nog om aan te pas in hulle nuwe skool, maar hulle begin maats maak, en vir Paula het ek plek gekry in 'n crèche hier naby, drie dae van die week, terwyl Sindiwe II die res van die week help om haar op te pas en sommer ook sorg dat sy nie vir Sindiwe I te veel mis nie.

Vir jou mis hulle al drie verskriklik, maar ek het nog nie 'n Bernard II gevind om Bernard I te vervang nie. 'n Vrou kan net soveel bliksems in haar lewe verdra en my bliksembeker is vir eers vol. Ek het klaar besluit ek gaan nie hierdie brief vir jou stuur nie, so, ek hoef nie 'n wag voor my mond te plaas nie, ek kan sê net wat ek wil. Jy reken seker ek sê in elk geval net wat ek wil in al die briesende, beskuldigende briewe waarmee ek jou die afgelope jaar gebombardeer het, vir jou en selfs op 'n keer vir my gewese vriendin wat jou bedmaat geword het, maar glo my, Bernard, as ek kon uitdruk wat ek wérklik gevoel het, sou my woorde die rekenaarskerm laat ontplof het. Gate dwarsdeur die papier van die gedrukte briewe geskroei het, die koeverte laat smeul het, jou posbus aan die brand gesteek het. Sou alles om jou teen hierdie tyd in vlamme vergaan het. Onthou jy vir Sissy Spacek in Brian de Palma se *Carrie*? Dáár's nou 'n rolmodel vir 'n briesende vrou!

Ek was maande lank amper van my kop af van woede en verontwaardiging en jaloesie. Ek is nog ver van genees, ek kry steeds aanvalle van *outrage* – mal oor daardie woord, al die Afrikaanse weergawes klink te flou – wat my na my asem laat snak, wanneer ek jou en my plaasvervanger met al die plae van Egipte wil vervloek. Nie die tiende plaag nie, só waansinnig is ek darem nog nie. Jou oudste seun is veilig by my, al ons kinders is veilig onder my vlerke, ek gaan nie in Medea verander nie. Maar die aanvalle word skaarser. Dis nie meer 'n siekte wat my dag en nag laat ly nie, dis meer soos 'n mediese toestand wat onder beheer is, net nou en dan duik daar skielik weer 'n aaklige simptoom op. Teen hierdie tyd herken ek die tekens, kan ek dit betyds keer, as ek wil.

Vandag wil ek nie.

Die rooi ligte flikker al dae lank, die sirenes loei al hoe harder, maar ek hou my blind en doof. Dis vandeesmaand presies 'n jaar sedert ons verhouding op so 'n ondraaglik openbare manier ineengestort het, amper soos een van daardie ou geboue wat van binne af met dinamiet belaai word om voor 'n skare nuuskierige agies te *implode*. Die dag toe 'n bitsige kollega my kom vertel dat sy jou en A saam "betrap" het, na-ure in jou kantoor, die vorige aand toe jy kamtig weer laat moes werk. Ek wou haar nie glo nie, natuurlik nie, ek het oorbluf verskonings gesoek en iets gestamel soos nee wag nou eers, moenie dat jou verbeelding met jou op loop gaan nie . . . Toe kyk sy my aan asof ek 'n sterwende pasiënt is wat nie weet hoe siek ek is nie – nooit so lank ek lewe sal ek daardie uitdrukking van neerbuigende bejammering vergeet nie – en sy sê kopskuddend: "Clara, die posisie waarin hulle was, het niks aan die *verbeelding* oorgelaat nie. Wil jy hê ek moet vir jou 'n prentjie teken?"

Ek het gedink aan al die aande toe jy later as gewoonlik van die werk af teruggekom het, hoe ek vir jou 'n bord kos warm gehou het, jou met 'n soen en 'n glas wyn ingewag het. Ek het instinktief geweet as ek jou konfronteer, gaan jy alles ontken, dit aflag as 'n skinderstorie van 'n gemene kollega. Dis natuurlik wat ek met my hele hart begeer het, dat jy my met laggende woorde en liefhebbende gebare weglei van die skielike gapende afgrond voor my. Maar vir één keer in my lewe het ek na my verstand eerder as my hart geluister. *Bewyse!* Dis wat my verstand vir my geskreeu het. *Jy moet dit kan bewys voor jy hom konfronteer.*

Ek het dadelik verskoning gemaak by die werk en soos in 'n nagmerrie huis toe gery en die res van die dag jou klerekas deursoek, jou laaie uitgegooi, jou lessenaar omgedop. Ek het selfs aan jou onderklere in die wasgoedmandjie gaan snuif (dít het ek nog nooit aan 'n siel erken nie; dís hoe laag 'n ordentlike vrou in onordentlike omstandighede kan daal), en uiteindelik het ek gekry wat ek gesoek het. Meer as wat ek ooit wou hê.

Eers net 'n paar liefdeswoorde op die agterkant van 'n restaurantrekening wat jy in die binnesak van 'n baadjie vergeet het, weliswaar naamloos, maar ek kon die krullerige en effens kinderlike sierskrif vergelyk met die skrif op 'n verjaardagkaartjie wat my sogenaamde vriendin enkele dae tevore vir my gegee het. Daarna 'n suggestiewe boodskappie, weer eens naamloos, dieselfde skrif, om 'n volgende skelm ontmoeting te bevestig, wat ek tussen jou werkpapiere op jou lessenaar uitgekrap het. En toe die eintlike vonds, die *pièce de resistance*, 'n briefie met 'n naam én 'n datum, vol sentimentele frases, wat jy in jou waas van jagsgeit besluit het om weg te steek tussen die blaaie van 'n dodelik vervelige politieke boek oor die Nasionale Party uit die jare sewentig. Die soort boek wat ek in normale omstandighede nooit sou oopmaak of selfs sou optel nie. Maar op daardie abnormale dag het ek alles wat aan jou behoort, opgetel, oopgemaak en selfs besnuif.

Terloops, as ek ooit 'n skelm liefdesbriefie vir jou moes

wegsteek (gun my maar 'n bietjie wensdenkery), sou dit nie naastenby so moeilik gewees het nie.

5 Wegsteekplekke wat die meeste mans nooit sal vind nie
Onder die strykplank
In die stofsuier se sak
Onder die naaimasjien
In die wasmasjien se laaitjie
Agter die skoonmaakmiddels in die besemkas

Die res, soos hulle sê, is geskiedenis. Nie groot Geskiedenis met 'n hoofletter nie, net die pynlike en persoonlike geskiedenis van nog 'n gebroke huwelik. Die huwelik is oor, maar die geskiedenis gaan aan. Die storie is nie klaar nie, dit besef ek vandag weer. Mens kan nie klaar wees met iets, 'n storie, 'n verhouding, 'n mens, wat nog soveel mag het om jou seer te maak nie. Eendag is eendag, dan gaan ek jou in die oë kyk, oor 'n goeie bord kos, verkieslik, saam met 'n goeie glas wyn, en ek gaan in staat wees om vir myself te sê: "Hy raak my nie meer nie. Hy's die pa van my kinders, ek het 'n deel van my lewe saam met hom deurgebring, maar hy ráák my nie meer nie."

Dis die dag wanneer ek gereed sal wees om hierdie brief weer te lees.
Clara

From: Clara Brand [aandiebrand@hotmail.com]
Sent: Wed 18/08/99 12: 24
To: Nita Patterson [nitap@yahoo.com]
Subject: Vergewe?!?

Liewe Sus

Ek wens almal wil ophou om vir my te preek oor vergifnis!
Nee, nie jy nie, jy's nooit prekerig nie, maar toe ek die woord
"vergewe" in jou laaste e-pos sien, het ek dadelik so 'n draai
in my maag gevoel, ek kon amper nie verder lees nie, want
ek is so gatvol om te hoor ek moet vergewe voor ek kan
voortgaan met my lewe. En toe praat jy al die tyd van ver-
gewe in 'n heeltemal ander konteks, van jou dogter wat nie
haar broer kan vergewe ná hy haar pre-adolessente dag-
boek gelees het nie.

Sy sal dit darem seker mettertyd regkry. Ons het ons
broer vergewe vir al die kere wat hy ons geterg en afgejak
en ons hare getrek het, het ons nie? Of dalk het ons nie.
Dalk is dit waarom ons tot vandag toe nie juis vriende is
met Wynand nie? Nog nooit so daaraan gedink nie.

Maar sommige sondes in die grootmenswêreld kan nie
sommer net so vergewe word nie. Of miskien kan groter
siele as ek enigiets vergewe, wesens wat verder op die evolu-
sieleer gevorder het, mense soos Madiba en ander slagoffers
van apartheid wat nou die dag nog voor die WVK getuig het.
Wat my betref, ek is 'n kleinsielige sukkelaar op een van die
laagste sporte van die hemelse leer van vergifnis, ek was ver-
moedelik in 'n onlangse vorige lewe nog 'n bobbejaan. Mis-
kien sal bobbejaan se kind ook eendag leer vergewe. Maar in
hierdie stadium is "vergifnis" vir my 'n onverstaanbare
woord. Iets te doen met gif, dis al wat ek kan kleinkry.

My terapeut in J'burg het my laat verstaan ek moet "uit-
drukking gee aan my emosies" tot ek by 'n punt van vergif-

83

nis kom. Wel, ek kots nou al maande lank my emosies uit oor almal wat dit waag om naby my te kom, maar ek voel nog verskriklik ver van vergifnis. En voor jy weer vra, nee, ek het nog nie weer 'n terapeut opgespoor nie, ek spartel nog te veel net om my kop bo water te hou. As ek eers veilig aan die dryf is in My Nuwe Lewe, sal ek begin rondkyk vir vriende en terapeute en al die ander boeie wat die drywery minder uitputtend kan maak.

Ek ken darem vir Griet wat in dieselfde buurt woon en hier's 'n paar ou vriende wat hulle oor my ontferm, maar laat ek nou maar eerlik wees, op die oomblik is ek nie juis 'n aanwins vir 'n dinner party nie. Ek vermoed die meeste mense sou Hannibal Lecter bo my as tafelgenoot verkies. Hy mag hulle miskien saam met die hoofgereg opeet, maar hy sou ten minste lewendiger geselskap wees tydens die voorgereg. En selfs al sou die een of ander barmhartige Samaritaan my tog vir 'n dinner party nooi, dan sou ek in elk geval nie kon gaan nie, want ek ken nog nie babysitters vir die kinders nie. Sindiwe II is net bedags beskikbaar.

Terloops, haar naam is eintlik Tembi (net ingeval jy dink ek word een van daardie wit mêrrims vir wie alle swart "bediendes" dieselfde lyk) en al wat sy en Sindiwe gemeen het, is 'n vae familieband en 'n ongelooflike werkywer. Dalk is fluksheid geneties in sommige families. Tembi is so klein en maer soos wat Sindiwe groot en vet is, heelwat jonger en baie moderner. Sy kry dit selfs reg om my op my naam te noem, terwyl ek vir Sindiwe in al die jare nooit verby die Madam-stadium kon smeek, dreig of beveel nie. Hoe vreemd moet dit nie vir jou daar in Skotland klink nie, hierdie bedorwe "bediendepraatjies" van ons wit vroue in Afrika. Maar ek belowe jou, Sus, op die oomblik is Tembi my belangrikste boei in die lewe. As dit nie vir haar was nie, het ek soos 'n klip gesink hier in my nuwe omgewing.

Paula het 'n snotneus en 'n nare hoes opgetel in die nat Kaapse winter, Sebastian het gister met 'n bloedneus van sy nuwe skool af huis toe gekom omdat hy met 'n boelie in sy klas baklei het, en Nicolas het laas nag omtrent 'n uur lank in sy slaap gehuil. Toe lê ek natuurlik weer die res van die nag wakker en wroeg oor wat ek aan my kinders doen deur hulle weg te skeur van hulle pa, hulle huis, hulle skool, hulle maats, alles wat bekend en geliefd is, en hulle hier in 'n patetiese klein huisie in 'n vreemde stad te kom neer-plak. Selfs Tjoklit lyk asof hy wegkwyn sonder 'n tuin waar-in hy sy bene kan begrawe. Ek sien die verwyt in sy bruin honde-oë elke keer as ons gaan stap. Hy't jare gewerk aan sommige van die hondevriendskappe wat hy in ons straat in Johannesburg gekweek het. Nou moet hy van voor af aan vreemde honde se poepholle gaan staan en ruik.

Ek het gedog die kinders sou gelukkiger wees as hulle veiliger voel, maar nou blyk dit ek was die enigste een wat ooit oor veiligheid gewroeg het. Hulle voel vere vir die mis-daad in die noorde, hulle het grootgeword daarmee, hulle het nog nooit sover hulle kan onthou in 'n huis sonder tralies en diefalarms en paniekknoppies gewoon nie. Toe ek nou die dag vir Nicolas vra of hy nie ook veiliger voel in hierdie huis nie, kyk hy my aan soos een wat pas uit 'n koma ontwaak het. G'n benul waarvan ek praat nie. Veili-ger, verduidelik ek, want hier's tog minder inbrake en motor-kapings en gewelddadige – en op daardie oomblik word my woorde uitgedoof deur 'n diefalarm wat in 'n buurhuis begin raas. Nicolas het sy wenkbroue betekenisvol gelig en vinnig by die vertrek uitgestap voor ek verdere onsinnig-hede kon kwytraak.

Ek het darem intussen vir my 'n paar vryskutjoppies uit-geslaan, kosstories wat ek vir koerante en tydskrifte kan skryf, hoewel die betaling so ellendig is dat dit nie die wolf van die voordeur gaan weghou nie. Maar ek troos my dat ek genoeg geld uit die verkoop van die Johannesburgse huis behoort te kry (moet net nie vra wanneer nie, nooit geweet sulke transaksies vat soveel tyd nie) om vir minstens 'n jaar aan die gang te bly. As dit teen volgende jaar hierdie tyd nog nie beter gaan nie, sal ek al die paniekknoppies gelyk moet druk en die noodruit uitskop. Die kinders terugstuur na hulle pa en by jou in Skotland kom intrek. Toe maar, dis net 'n grappie om myself aan die lag te kry. Nie dat dit werk nie. Ek kan nie onthou wanneer laas ek diep uit my maag gelag het nie. Al waarmee ek vorendag kan kom, is so 'n skewemond-grynslag soos 'n slagoffer van beroerte.

En dan wil almal hê ek moet vergéwe?

Kyk, selfs al sou ek ééndag groothartig genoeg word om my eks-man te vergewe, hy's after all die pa van my kinders, dan sal ek nie my hart groot genoeg kan rek om die Ander Vrou ook te vergewe nie. Die hart mag miskien elasties wees, maar jy kan dit nou ook nie in 'n sirkustent verander nie, nè.

En tog weet ek ek móét haar vergewe as ek ooit ontslae wil raak van hierdie verterende jaloesie. Dis 'n kanker wat al hoe verder versprei. Eers het ek net vir háár gehaat oor sy jonger en mooier en maerder as ek is, maar toe ek weer sien, begin ek alle vroue wantrou wat selfs net vaagweg na haar lyk – die aktrise Gwyneth Paltrow, 'n juffrou in Sebastian se skool, 'n student laer in die straat wat my vriendelik groet elke keer as ek met Tjoklit gaan stap. Nou het ek die punt bereik waar ek geïrriteer word deur enige vrou wat óf blond óf mooi óf maer óf jonk is, en dit sluit meer as die helfte van alle vroue op aarde in! Al die Skandinawiese lande waar almal blond is en die ganse Asië waar almal maer is! Om nie eens te praat van al die uitgeteerde vroue in Afrika nie. Jy sal sekerlik saamstem dat ek nie só kan aangaan nie. Wat de hel het van ubuntu geword? 'n Mens is immers 'n mens deur ander mense – en dit beteken vermoedelik ook mooi en maer blonde mense, of hoe?

Van jou bedonnerde, bekommerde, nie-blonde suster
Clara

🌿 🌿 🌿

From: Clara Brand [aandiebrand@hotmail.com]
Sent: Fri 24/09/99 12: 47
To: Minette Malan [badyear@iafrica.com]
Subject: Dis heerlike lente, ha ha

Sisi Minette

Lente is in die lug en die aronskelke lyk soos kolle sneeu langs die paaie en die winkelvensters is vol kaalarmrokke. En ek sit nog steeds met minstens vyf van die vele kilo's wat ek laas jaar in my winter van smart en sjokolade opgetel het en nou seker nooit weer sal afskud nie. En dit help net mooi niks dat ek aanmekaar vir myself sê moenie so blerrie ydel wees nie, jy gaan nie jou man óf jou selfrespek terugwen as jy vyf kilo's verloor nie, ek kan net nie vrede maak met hierdie lywiger weergawe van myself nie.

Dis nie iets wat 'n intelligente vrou veronderstel is om te erken nie. Probleem is, ek weet nie of ek myself nog as 'n intelligente vrou beskou nie. My verstand is vol gate gevreet deur jaloesie en minderwaardigheid. Elke keer as ek my drillerige dele in 'n spieël bekyk, dink ek aan A se rietskraal lyf en gespierde kuite, en dan besluit ek goed, kom ons mik net vir één kilo minder. Ons, ja, want ek praat met myself soos 'n verpleegster met 'n hospitaalpasiënt. ("Sal ons nie vanoggend 'n pomelo'tjie vir ontbyt eet nie?") Anders voel ek te alleen in hierdie stryd.

87

So "ons" het laas week met jogaklasse begin. Nie om skraal en gespierd soos A te word nie, maar om rustiger en gelukkiger met myself te word, en miskien, wie weet, eendag selfs op te hou om myself met haar te vergelyk? Die klasse is ongelooflik kalm, jy lê die meeste van die tyd net op 'n mat en asemhaal (*my* soort oefening, het ek dadelik besluit), en tog het ek dit reggekry om my pap maagspiere so te ooreis dat ek gisteroggend moes gil van pyn toe ek uit my lae bed probeer opstaan. Nee, ek móés nie gil nie, dit was 'n belaglik oordrewe reaksie, ek bly aanmekaar vergeet dat ek nie 'n tragiese operaheldin is nie. Nicolas het verskrik by my kamer ingebars en ek het hom onmiddellik verseker dat ek oukei is, net seer maagspiere van oefening. Vir 'n oomblik het hy nogal geïmponeer gelyk.

"Hoeveel push-ups het Ma gedoen?" wou hy weet. Nee, dit was net asemhalingsoefeninge, het ek geantwoord terwyl ek tandeknersend opstaan. "Ma se spiere is seer van *asemhaal?*" Toe lyk hy dadelik minder geïmponeer. "Hoe't Ma tot nou toe aan die lewe gebly sonder om asem te haal?" was die sarkastiese volgende vraag.

Soos 'n meermin, het ek amper geantwoord. Diep en veilig onder water. Nou sit ek hier hoog en droog in my nuwe lewe, en asemhaal is maar net één van die dinge wat ek van voor af moet leer doen.

En toe vra jy waaragtig vanoggend in jou e-pos wat van seks? Moenie laat ek lag nie, dit maak seer. Om te lag, bedoel ek, dis hel op my maagspiere, hoewel ek so lanklaas seks gehad het dat dit seker ook sal seermaak.

My stresvlakke is vandag weer hemelhoog – die joga het helaas nog nie begin werk nie – want B kom vanaand die kinders haal vir die skoolvakansie. Hy en A het mos laas maand in Europa rondgeflerrie, 'n "voorhuwelikse wittebrood" of so iets simpels het hulle dit genoem, wat beteken hy was weke lank taamlik skaars in my en die kinders se lewe. Vir my het dit soos 'n bevryding gevoel, maar vir die kinders was dit moeilik. En toe kry ek dit reg om myself te oortuig dat daar darem seker al genoeg water in die see geloop het (of trane oor my wange geloop het) dat ons mekaar weer 'n slag in die oë kan kyk sonder om blind van woede of verontwaardiging te word. Toe nooi ek hom om vanaand saam met ons te eet.

Ter wille van die kinders, het ek gedink, dat hulle kan sien ons is oukei, ons het steeds respek vir mekaar (aanvegbare stelling), ons is vol van al die edel emosies wat geskeide ouers altyd aanbeveel word om in hulle kinders se teenwoordigheid uit te stal. Geskeide ouers is nou eenmaal suckers vir selfstraf. Maar ek was bereid om al my wrewel vir die aand opsy te skuif en voor te gee dat ek in 'n engel verander het. Ter wille van die kinders.

Ek wou hom seker ook paai, hom wys dat ek nie werklik die kinders van hom wil weghou nie. Hy glo steeds ek's geheel en al onredelik omdat ek daarop aandring dat hy hulle self moet kom haal en self moet terugbring. Maar Paula het nou die dag eers vier geword! Sy's te klein om alleen saam met haar broers J'burg toe te vlieg en hulle is te onverantwoordelik om haar op te pas. Mens kan mos nie jou kinders soos posstukke op 'n vliegtuig laai en hoop hulle word heel by hulle bestemming afgelewer nie! Miskien volgende jaar, het ek vir B belowe, as al drie 'n bietjie ouer is en darem al 'n paar keer saam met hom heen en weer gevlieg het. Buitendien, hy kom in elk geval gereeld Kaap toe vir werk, so dis nie asof hy spesiaal hierheen moet vlieg nét om sy kinders te sien nie. Ek begin vermoed ons het nou die punt bereik waar hy bloot uit beginsel gaan protesteer teen enige besluit wat ek op my eie neem.

Ieder geval, ek het hom vir ete genooi. Heeltemal engelagtig gevoel oor my groothartigheid. Toe ruk hy die mat onder my engelvoete uit en ek val plat op my aardse gat. "Kan ek maar vir Anaïs ook saambring?" vra hy vanoggend ewe ongeërg oor die foon. Sy's "toevallig" ook in die Kaap vir die naweek. En aangesien dit nou vir hom klink of ek uiteindelik die strydbyl wil begrawe, wel, dink ek nie dit sal 'n goeie idee wees as sy saam met ons kom eet nie?

Net daar verloor ek dit weer. My engelagtigheid, my skynheiligheid, my cool, alles. Ek begin krys soos 'n mal seemeeu. Wat laat hom dink ek wil die strydbyl begrawe? Al wat ek wil begrawe, is sy ballas! Wel, dis nie presies wat ek gesê het nie, maar hy't die boodskap gekry. Miskien sal ons eendag in 'n volgende lewe almal saam aan tafel sit en klets, soos gesofistikeerde New Yorkse geskeides en hulle onderskeie kinders en stiefkinders in 'n gesofistikeerde Woody Allen movie. Aan die ander kant, Woody Allen is al sy hele volwasse lewe in terapie en dit het hom nie gekeer om verlief te raak op sy tienderjarige stiefdogter nie. So wat sê dít van terapie, óf van gebroke gesinne?

"Nou goed," het my eks-man gekrenk gesnuif, "as dit is hoe jy voel, sal ek en Anaïs buite in die straat vir die kinders wag."

Aag, fokkit, waarom moes hy háár nou weer nadersleep, soos 'n trofee voor my hek kom uitstal, net toe ek dog ek het groot genoeg geword om minder gemeen met hom te wees?

Waarom wil ons altyd dié jaag wat van ons weghardloop, vra Valmont mos iewers in *Les Liaisons Dangereuses* – in die boek of een van die rolprentweergawes? – en die Marquise de Merteuil antwoord hom met 'n enkele woord: *Immaturity*. Onrypheid. Ongrootheid. Onvolwassenheid. Alles van toepassing op my. Ek wil nice wees met my eks-man sodat hy kan spyt wees hy't van my weggehardloop. Dis die nare waarheid. Niks uit te waai met die kinders nie. Ek doen dit nie ter wille van hulle nie, ek doen dit om my eie opgefokte ego te streel.

En hierdie erkentenis depress my so dat ek nou dadelik 'n dop gaan skink. Dis oukei, ek mag maar, dis middagete.
Clara

❧ ❧ ❧

From: Clara Brand [aandiebrand@hotmail.com]
Sent: Fri 24/09/99 21:55
To: Marita van der Vyver [marita10@laposte.net]
Subject: S.O.S.S.O.S.S.O.S.

Ek kan nie onthou wanneer laas ek so gemeen so laag so skaamkwaad vir myself gevoel het soos vanaand toe ek deur 'n skreef in die gordyne staan en loer na my drie kinders wat met hulle tassies by die tuinpaadjie afstap nie. Na hulle pa en sy lover wat buite die hek langs die kar vir hulle staan en wag. Soos gyselaars of ontvoerdes wat vrygestel word die soort toneel wat jy gewoonlik net in rolprente sien ek kon nie glo dis besig om in my eie lewe te gebeur nie ek het my kinders in donnerse gyselaars verander. Ek het vir my 'n dubbele dop whisky gaan skink wel eintlik drie-dubbel want my hand het so gebewe dat ek nie die bottel kon beheer nie en vir my 'n sigaret aangesteek aangesien die kinders nie hier was om vir my te preek nie en myself plegtig belowe dat ek nooit weer dít aan my kinders sal doen nie. Nooit weer so 'n doos sal wees nie!!! Ek sal my trots sluk ek sal op my maag rondseil voor hulle pa as dit nodig is maar volgende keer sal hy die kinders in die huis kom haal en as hy daarop aandring om sy lover saam te bring o fok dit gaan moeilik wees maar ek sal dit ook moet sluk. Ek kan

91

net nie die prentjie uit my kop kry van die kinders op daar-
die tuinpaadjie nie. Sebastian wat Paula se hand vashou.
Paula wat haar teddiebeer vashou. Nicolas wat sy tas in een
hand en Paula se tas in die ander hand dra. Sleepvoet en
stuurs en nie lus om by sy pa te gaan kuier nie maar nog-
tans moerig vir my wat sy pa soos 'n smous of 'n bedelaar
buite die hek laat wag. Dis die soort visuele herinnering
wat my jâre lank in nagmerries gaan pla ek weet dit nou al
en ek kan fokkol daaraan doen is dit nie 'n godskreiende
skande nie. C

🌿 🌿 🌿

From: Clara Brand [aandiebrand@hotmail.com]
Sent: Mon 04/10/99 23:30
To: Nita Patterson [nitap@yahoo.com]
Subject: (No subject)

Ja, my liewe suster
Ek is diep gelukkig omdat my kinders terug is onder my
dak ná tien dae saam met hulle pa – en diep ongelukkig
omdat dit my pas getref het, soos 'n totaal onverwagse klap
in die gesig, dat ek steeds hulle pa se teenwoordigheid on-
der my dak mis. Of liewer, dis nie ék wat hom mis nie,
altans nie die deel van my wat kan dink en rasioneel optree
nie, dis daardie primitiewe dier in my wat op reuke rea-
geer. Dalk is dit waar wat sommige wetenskaplikes al jare
lank beweer, dat die geheim van fisieke aantrekkingskrag
doodgewoon opgesluit lê in ons neuse. Ons mense besnuif
darem nie meer mekaar se boude in die openbaar soos
honde nie, dank die hemel, maar ons neuse het blykbaar
steeds die laaste sê. As 'n neus 'n sê kan hê. As jy verstaan
wat ek bedoel.

92

Dis in elk geval wat deur my kop geflits het toe ek my eks-man vanaand groet. Net so 'n vlugtige geskuur van wang teen wang ná ons 'n vinnige drankie saam gedrink het. Maar ek het sy reuk opgetel, iewers diep onder sy klere en sy seep en sy sjampoe en sy naskeermiddel (alles nuwe geure, vermoedelik koop A deesdae sy toiletries), iewers daar onder was die onthutsend bekende reuk wat deur sy lyf afgeskei word. Deur sy hormone, sy kliere, sy wat ook al. En dit het my maag laat saamtrek en my moedeloos ge-maak. Dis nie verby nie, het ek besef.

Die drankie was my boetedoening vir die vorige keer toe ek hom buite in die straat laat wag het vir die kinders. Dié keer het ek haastig afgetrippel na die tuinhek en hom met neergeslane oë om verskoning gevra vir my vieslike gedrag laas keer. Hy het verbouereerd gelyk en ingestem om gou 'n drankie saam met my te kom drink. Gou-gou, het hy beklemtoon, want hy moet nou-nou weer iewers anders wees. Asof hy my 'n enorme guns bewys. Ek het die versoeking weerstaan om te sê druk die drankie met glas in al in jou gat, my skat, en dit reggekry om gepas dank-baar te lyk en by die tuinpaadjie opgetrippel om 'n bottel wyn oop te maak. *Gou-gou, want hy moet nou-nou weer iewers anders wees.*

Paula en Sebastian het opgewonde aan sy arms gehang en hom op 'n begeleide toer deur die huis vergesel. 'n Blitstoer, moet ek byvoeg, want as jy by die voordeur instap, kan jy al drie beknopte kamers, die kombuis en die bad-kamer sien. Nicolas het byna onmiddellik in die badkamer verdwyn en die deur agter hom toegesluit. Ek weet nie wát deesdae met hóm aangaan nie, het ek vir B gesê, en met hierdie angstige erkentenis vee ek toe sommer 'n klomp van die stowwerigheid tussen ons onder die mat in, en vir die eerste keer in meer as 'n jaar kon ons 'n min of meer normale gesprek oor een van ons kinders voer. Sonder histeriese uitbarstings of emosionele afdreiging of wedersydse beskuldiging. *Beteken dit ons vorder, dokter?* Miskien het dit gehelp dat ons gedwing was om te fluister (dis nogal moeilik om histeries te word terwyl jy fluister), want hoewel Nicolas die radio in die badkamer bulderend hard gedraai het (soos hy deesdae maak elke keer as hy daar kom om die hel alleen weet watse geluide van sy eie uit te doof), wou ons nogtans nie hê hy moet hoor ons bespreek hom nie.

Ons het twee glase Rubicon gedrink – B blyk toe nie só haastig te wees om iewers anders uit te kom nie – terwyl ons oor ons 13-jarige seun wroeg. Sonder om 'n oplossing te vind. Ek weet nie of daar oplossings bestaan vir 13-jariges nie.

En toe ek vir B by die voordeur afsien, het ek sonder om te dink gemik om hom te soengroet, en 'n breukdeel van 'n sekonde later paniekbevange my gesig probeer wegdraai, wat tot daardie skramse wangskuurdery gelei het. Dis toe ek die snuf in die neus gekry het wat my die res van die bottel wyn op my eie laat uitdrink het. Dis nie verby nie, Sus, maak nie saak hoe sleg hy my behandel het nie, ons het 'n stuk pad saam gestap wat my lyf nog lank nie vergeet het nie.

Nicolas het my die res van die aand geïgnoreer en 'n halfuur gelede gaan slaap sonder om nag te sê. Dink jy hy neem my kwalik oor ek sy pa by ons huis ingenooi het? En as ek dit *nie* gedoen het nie, sou Paula en Sebastian my weer kwalik geneem het. Ag, jissis, dit voel vir my elke tree wat ek gee, is net nog 'n tree in die verkeerde rigting. Ek weet nie eens of daar nog iets is soos 'n "regte" rigting nie. Miskien moet ek net eenvoudig aanvaar dat kinders emosioneel ernstig beskadig word deur 'n egskeiding, maak nie saak wát die ouers doen nie.

Aan die ander kant dink ek deesdae gereeld aan iets wat Minette op 'n keer gesê het, dat haar ouers se "abnormaal gelukkige" huwelik vir haar 'n katastrofe was omdat hulle die lat so hoog gestel het en alles so maklik laat lyk het. Van haar tienerjare af, sê sy, het sy al haar eie romantiese avonture met haar ouers se fantastiese verhouding vergelyk – wat al haar verhoudings tot mislukking gedoem het, want sodra die eerste argumente begin, het sy onmiddellik opgegee. Hoe moes sy nou weet mens is veronderstel om te "werk" aan 'n verhouding? Haar ouers het nooit gelyk asof hulle "werk" om mekaar te verduur nie! Dis hoekom haar liefdeslewe so 'n fokkop is, is Minette se slotsom. Die meeste mense se liefdeslewe is 'n fokkop, moes ek haar herinner, en die meeste mense se ouers se liefdeslewe was óók 'n fokkop. So, wat wys dit?

En tog is dit op aande soos vanaand 'n vertroostende gedagte dat my kinders, bo en behalwe al hulle ander ellendes, nie nog hoef te cope met ouers wat "abnormaal gelukkig" getroud is of was nie.

Dis fantastiese nuus dat julle Kersfees kom kuier. Minder fantasties dat Wynand ook sy gesin uit Kalifornië bring. Ek sukkel steeds om daardie Amerikaanse kindertjies van hom se name te onthou. Tennessee en Arizona? Tacoma en Atlanta? Al wat ek weet, is dis plekname, so ek kan hulle seker maar Hier en Daar noem. Maar dit beteken ons sal die tradisionele familieding op Kersdag moet doen, met Pa en die kalkoen en die klappers, gee my krag. Hopelik het ek teen daardie tyd darem al 'n huis groter as 'n hoenderhok opgespoor sodat ek julle behoorlik kan onthaal. Ek soek steeds, met groeiende desperaatheid, na 'n woonplek met genoeg ruimte vir 'n enorme kombuis waar ek kookklasse kan aanbied, genoeg parkeerplek in 'n veilige straat, naby genoeg aan die regte skole, 'n tuin waarin Paula en

Tjoklit kan speel (plus omtrent tweehonderd ander ver-
eistes), en dit alles natuurlik teen 'n bekostigbare prys. Ek
vermoed ek gaan nog lank soek.
Liefde van huis tot huis – of van hoenderhok tot huis
Clara

Gebruik jou vuiste om te knie

20 Januarie 2000
Amper vir oulaas uit my hoenderhokhuisie

Hallo Marita

Jammer ek het so lanklaas van my laat hoor, in die vorige eeu om presies te wees, maar die afgelope paar weke het my lewe soos 'n video op fast forward gevoel. My suster en my broer was hier uit onderskeidelik Skotland en Amerika, my broer met sy tweede Amerikaanse vrou (nee, sy Amerikaanse tweede vrou, want sy eerste vrou was so Afrikaans soos biltong en bobotie) en sy twee Amerikaanse kinders, my sus met haar eerste en tot dusver enigste Engelssprekende Suid-Afrikaanse man en twee kinders (wat vinnig besig is om so Skots soos whisky en haggis te word, kan omtrent nie meer twee sinne in Afrikaans sê nie), en ek sonder enige man van enige taal met my drie getraumatiseerde post-egskeidingkinders.

As dit vir jou soos 'n deurmekaarspul klink, wag vir die res van die storie. Ons het almal opgetrek na Stilbaai om daar saam met my pa en sy tweede vrou en haar kinders (een van hulle getroud met 'n Duitser, die ander een met 'n Portugees, het ek jou al van hulle vertel?) en kleinkinders Krismis te vier. Hoewel "vier" dalk 'n ietwat oordrewe beskrywing is vir so 'n gedwonge byeenkoms van uiteenlopende individue. Dit was meer soos 'n chaotiese paartie van die Verenigde Volke, sonder tolke, met "Jingle Bells" as agtergrondmusiek.

My oorlewingstaktiek was om die eerste aand te veel te drink en die res van die week nooit weer honderd persent nugter te word nie. My sus, Nita, het oorleef deur aanmekaar te babbel en almal se lewens vir hulle te organiseer, my broer, Wynand, deur aanmekaar te gaan draf, my pa deur aanmekaar te slaap. Vir elke diertjie sy plesiertjie. Die kleinkinders het vroeg soggens in 'n ry by die voordeur uitgestap, soos Sneeuwitjie se dwerge met grawe oor die skouers, en die hele dag lank op die strand gespeel en geswem en baklei. In verskillende tale en aksente. Dis net die oudste dwerg, Nicolas, wat hom soos Grumpy gedra het en eenkant op 'n duin sit en sulk het. Tot hy maats gemaak het met 'n meisie wat sowaar mooier as Sneeuwitjie is. Toe verander Grumpy oornag in Dopey. Ja, my eersgeborene het op die vooraand van sy hoërskooljare sy eerste vakansieromanse belewe. Nou's die vakansie verby, die romanse oënskynlik ook, en Dopey het weer Grumpy geword.

En ek het weer nugter geword. Dis die eerste maand van 'n nuwe jaar, 'n nuwe eeu en 'n nuwe millennium – en my lewe voel nog net so ankerloos soos die vorige jaar, eeu en millennium. Al waarvoor ek dankbaar is, is dat die gevreesde Y2K-rekenaargogga toe darem nie al ons aardse kommunikasiekanale uitgewis het nie. Nee wag, ek het tog vordering gemaak, kom ons wees positief, ek het ten minste nie weer Oujaarsaand smoordronk en stoksielalleen voor die TV deurgebring nie. En ek is grensloos verlig dat ek einde vandeesmaand na my nuwe groter huis kan trek. (Het ek jou gesê die straat se naam is Brandstraat? Toe ek dít sien, toe weet ek dis waar ek wil woon. Selfs voordat ek die huis gesien het. Clara Brand van Brandstraat – klink dit nie soos 'n vuurwarm adres nie?) Toe maar, lag maar, eendag as ons almal Alzheimer kry, sal ek miskien makliker as jy onthou waar ek woon. Dis nou as ek my van kan onthou. Anders gaan ek myself bekendstel as Clara van Clarastraat.

Ek moet erken op die oomblik lyk die huis soos 'n oorlogsruïne in die gewese Joego-Slawië. Darem nie van buite nie, die basiese struktuur het staande gebly, maar binne moes ek roekeloos afbreek en aanbou. Ek het geweet die bouery sou nie afgehandel wees teen die tyd dat ons moet trek nie – was enige bouwerk in die geskiedenis van die Westerse wêreld al ooit klaar op die beloofde datum? – maar ek het tog gehoop dit sou net 'n geval wees van 'n bietjie afrondingswerk wat nog kort. Ha! Soos sake nou staan, gaan ek en my kinders maande lank oorpluisies moet dra as ons nie doof wil word van drillende bore en dawerende hamers nie. En in hierdie stowwerige lawaai moet ek my kookklasse beplan, want sodra die kombuis vergroot is, moet ek begin kook vir geld. Ek kan nie langer my brood verdien deur bloot oor ander mense se brode te skryf nie; ek sal my eie brood moet bak en vir ander mense moet leer om brood te bak. Wel, by wyse van spreke, natuurlik. Eintlik is ek 'n besonder onbevoegde bakker. Maar kook kan ek kook.

Die voordeel van al hierdie praktiese probleme soos veeltalige familiebyeenkomste en bouers se valse beloftes is dat ek nie tyd kry om oor emosionele probleme ook nog te wroeg nie. Dis die ander rede waarom ek lanklaas geskryf het. As my siel swart word van wanhoop, gryp ek na die spreekwoordelike pen (deesdae gewoonlik 'n rekenaar) soos 'n drenkeling na 'n plank. Om die ellende te deel met long suffering vriende soos jy terwyl ek hoesend en proesend aan die plank vasklou. En dan, sodra 'n flou liggie van hoop weer in my binneste begin brand, laat los ek daai plank om na die naaste oewer te probeer swem. As ek eers op die oewer is, sê ek vir myself, sal ek weer van my laat hoor. Wel,

99

ek swem nou al weke lank vir al wat ek werd is, maar vanoggend is my arms te lam om aan te hou en die oewer lyk nog blerrie ver, dus gryp ek maar weer na my plank.

Wat ek eintlik sê, besef ek nou, is dat ek my vriende nodig het wanneer dit sleg gaan met my – en die res van die tyd is ek 'n bra vrotsige vriendin. Wat my vanoggend amper laat sink het, is die nuus wat die kinders van hulle stukkie vakansie saam met hulle pa teruggebring het. "Pappa en Nanas gaan trou," het Paula aangekondig. "Ek gaan blommemeisie wees. Hulle gaan vir my 'n prinsesrok koop."

Hoekom ontstig dit my so?

Oor ek ondanks alles tog nog gehoop het dis net 'n episode van middeljarige jagsheid wat my eks-man getref het? Dat hy sy jong blonde geliefde na hartelus sal naai wanneer en waar hy ook al wil, op die kombuistafel, onder die tafel, op die stoof, in die yskas, tot die lus oorwaai? Dat hy beskaamd tot verhaal sal kom met sy geslagsdele vol meel, gebak, gevries en ontdooi, oplaas sal besef hoe belaglik hy opgetree het, en my berouvol sal kom smeek om hom terug te vat?!?

Nee. Só simpel is ek darem ook nie. Maar ek het nie gedog hy sou met haar wou *trou* nie. Trou beteken dit gaan nie net oor haar mooi lyf en haar sekslus nie, dis nie net 'n tydelike betowering waarmee ek op my bitterbek-manier die spot kan dryf nie, trou beteken daar's liefde betrokke. Langtermyn-planne. 'n Lewe saam. Sonder my, Clara Brand, binnekort van Brandstraat. Waarom laat dit my so nutteloos en uitgedien en bowenal *alleen* voel? Dink jy hulle sal my nooi na die troue?

Liefde
Clara

From: Clara Brand [aandiebrand@hotmail.com]
Sent: Mon 14/02/00 23:57
To: Nita Patterson [nitap@yahoo.com]
Subject: Funny Valentine

Hallo uit my bouval in Brandstraat

Nee, dis darem nie rêrig 'n ruïne nie – en oor 'n maand of drie gaan dit hopelik 'n heel aangename huis wees – maar ek kon nie die alliterasie van bouval in Brandstraat weerstaan nie. Te lank vir die populêre pers gewerk. As ek en Minette verveeld geraak het op kantoor, het ons graag amusante opskrifte vir my kosstories uitgedink. *Erotiese etes vir drie. Eienaardige dinge om met eiers te doen. 101 maniere om manlief te vergiftig – pynloos en prakties!*

Ons het na ons nuwe huis in Brandstraat getrek, en die kombuis-eetkamer wat "oorgedoen" moes word, is vreeslik ver van óf "oor" óf "gedoen", maar ons begin geleidelik gewoond raak daaraan om mekaar so deur 'n waas van boustof te bekyk. Vanaand toe my eks-man hier eet, was ek selfs dankbaar vir die stowwerige wasigheid. Dis amper so vleiend soos kerslig. Ja, kan jy glo, ek en my eks eet saam op Valentynsdag. Iewers daar bo sit iemand met 'n skewe sin vir humor, dink ek al hoe meer. Maar dit was 'n totaal toevallige en erg onromantiese maal, saam met die kinders en die hond, oor B in die Kaap is vir 'n parlementêre debat en vir Nicolas 'n present wou bring vir sy verjaardag laas maand. Toe hy vroeër in die week bel om te hoor of hy gou vanaand 'n draai kan kom maak, sê ek waarom eet jy nie sommer saam met ons nie, dit sal lekker wees vir Nicolas? Nee, ek weet nie hoekom ek dit gesê het nie. Nicolas was omtrent net drie grade minder dikbek as gewoonlik, en dit ook net danksy die DVD-speler wat sy pa vir hom gebring het. Ek begin dink die kind haat dit om sy ouers saam te sien. Omdat dit hom aan gelukkiger tye herinner?

Ieder geval, ek het vanoggend eers besef dis Valentynsdag, en besluit om myself te vermaak deur 'n wonderlike maal op te tower – nogal 'n prestasie sonder 'n kombuis of 'n stoof in 'n werkende toestand – aangesien kos die één terrein is waar ek meer begaafd is as die Ander Vrou. As meeste ander vroue, al moet ek dit nou self sê. Gelukkig is hier 'n hittegolf in die Kaap, so, ons kon koue kos eet waarvoor ek nie 'n stoof nodig het nie. Ek het 'n fantastiese koue sop van vars tamaties en gemarineerde rou tuna voorgesit, daarna skyfies koue eend en kalkoen saam met kersies, frambose, aarbeie en ander rooi vrugte, die hele spulletjie bedien op 'n bed van veldslaai en roketblaartjies, en om af te sluit tuisgemaakte roomys met amandels en vye, die roomys om die kinders te behaag, die vye vir hom, om te wys ek het nie vergeet dat hy mal is oor vye nie. En het die man nie gesmul nie! Sy jagsgeit is blykbaar besig om oor te waai. Hy word weer honger – vir kos, bedoel ek – nes ek voorspel het.

Ek het hom spottend genooi na die kookkursus vir mans wat ek binnekort hier in my vergrote kombuis gaan aanbied. Dit was Minette se idee (die kookklasse vir mans, beslis nie die uitnodiging aan my eks-man nie), want sy hoop dit sal my saai liefdeslewe opkikker. "Ander vroue sluit by tennisklubs of gyms aan," preek sy vir my, "maar jy's sleg met balle en jy hou nie van sweet nie. Jy's op jou beste in die kombuis. Konsentreer op jou sterk punte." Ek het lankal ophou protesteer dat my saai liefdeslewe (daar's nou vir jou 'n eufemisme, Suster!) my nie pla nie. Vir Minette was stomende seks nog altyd aanlokliker as stomende poedings. Sy kan nie verstaan waarom ek nie laasgenoemde gebruik om by eersgenoemde uit te kom nie. Ek dop maar net my oë om en bepaal my by wat ek ken. Poedings.

My vriendin Griet probeer my weer op ander maniere moed inpraat. Volgens haar is hierdie "bouval in Brandstraat" bloot 'n metafoor vir die ineenstorting van my huwelik, my selfvertroue, my hele vorige lewe. Nou bou ek baksteen vir baksteen aan 'n nuwe bestaan, al hygend en hoesend in die stof van my verlede, maar ek gaan oukei wees (sê Griet), want hierdie keer bou ek op my eie voorwaardes. Ek weet wat jy sal sê: Sy klink of sy te lank in terapie was. Wel, ek moet byvoeg dat sy deesdae smoorverlief is op 'n Italianer, dink selfs daaraan om agter hom aan Italië toe te trek, so mens kan verstaan dat sy die lewe deur 'n meer rooskleurige bril as gewoonlik bekyk.

En Marita sit lankal in Frankryk met haar nuwe geliefde en haar nuwe gesin en skryf vir my dis nooit te laat om van voor af te begin nie. Maar met wie de hel moet ek van voor af begin? Ek het nie 'n Europese lover om my uit my ellende te red nie! Die enigste lewende wese wat belangstel om saam met my bed toe te gaan, is my hond. Wat darem 'n bietjie Franse bloed het, noudat ek daaraan dink, maar ek glo nie die Franse gaan my verwelkom net omdat my hond verlangse familie van 'n poedel is nie.

Meestal ignoreer ek dus my vriendinne se goed bedoelde raad en spartel op my eie voort. Bedags gedra ek my soos 'n voorbeeldige ma – vanaand het ek dit selfs reggekry om my soos 'n uiters voorbeeldige eks-vrou te gedra, nie 'n enkele bitsige aanmerking of beskuldiging oor my lippe laat glip nie – maar laat snags, wanneer die kinders slaap, gee ek my oor aan selfbejammering en sonde. Drink en rook skelm en speel blues-musiek skandalig hard. Wat 'n bevryding! In my hoenderhokhuisie het alle musiek soos vervelige hysbakmusiek geklink omdat die bure te naby was vir enigiets meer uitgelate as 'n harde poep.

Terloops, B het nie 'n dooie woord gerep oor sy beplande troue nie. Dalk het hy besluit dis 'n slegte idee. Om met my daaroor te praat, bedoel ek, netnou gedra ek my weer soos 'n tragiese sopraan. Of dalk het hy besluit dis 'n slegte idee om met die wêreld se swakste kok te trou ná hy vanaand weer 'n slag behoorlik geëet het!

Van jou wensdenkende suster

Clara

🌼 🌼 🌼

From: Clara Brand [aandiebrand@hotmail.com]
Sent: Wed 26/04/00 09:48
To: Minette Malan [badyear@iafrica.com]
Subject: Now we're cooking
Attachment: kookklas4.jpg (180.6 KB)

Sista my sista

Ek is aan die kook! In my enorme nuwe kombuis! Ek het 'n hele rits kookklasse aan die gang gekry, vir beginners, avontuurlustiges, gevorderdes, vir huishulpe wat nie kan lees nie (met Tembi as assistent) en ja, natuurlik ook jou idee, vir mans. En ek moet bieg, die mansklas is die een wat ek die meeste geniet. Miskien het ek te lank by 'n vrouetyd-skrif gewerk, of miskien mis ek 'n man in die huis meer as wat ek wil erken, maar die sewe mans wat Donderdagaande in my kombuis vergader, voel vir my soos 'n welkome war-relwind van testosteroon.

En, nee, dit het niks te doen met seks of romanse nie. Daar's nie veel potensiaal vir sulke soort plesier onder my sewe dissipels nie. Ek heg vir jou 'n foto aan sodat jy self kan sien. Die ou met die lang donker hare heel agter is nogal iets vir die oog, maar hy's ongelukkig getroud, ek bedoel hy's ge-lukkig getroud, ongelukkig vir my. Die kortetjie voor links is

104

ook nie onaardig nie, maar hy's gay, en die ander vyf is almal óf getroud óf te vaal om iets aan my hormone te doen. Watse hormone? vra jy seker. Maar glo my, dit gaan oor kos, net kos en niks anders as kos nie. Ons kook saam kos, eet saam kos, gesels saam oor kos. Hoewel ek moet erken dis nogal 'n sensuele ervaring, om so vroualleen saam met sewe honger mans te sit en eet. Ek begin wonder oor Sneeuwitjie . . .

Aanstaande maand begin ek ook 'n kort kursus in die Italiaanse kookkuns, op aandrang van my vriendin Griet wat binnekort agter haar lover aan Italië toe trek. Wat ís dit met my sielsusters dat hulle almal op buitelanders verlief raak? *Mamma, ek wil 'n man hê.* Onthou jy daardie verspotte liedjie? *Watse man, my liewe kind?* En na 'n hele lang relaas antwoord die liewe kind dat sy 'n Boerseun soek. Wel, ek's ook nog simpel genoeg om te dink 'n slim, sensitiewe en sexy Boerseun is die eerste prys, maar ek vermoed al die eerste pryse is lankal uitgedeel, en ek's nie lus vir troospryse in ander tale nie. Asof ek 'n keuse het, ha ha.

Maar om terug te keer tot die kookkuns, jy weet mos ek raak soms moerig omdat die Italianers met hulle pizza en pasta die mensdom se mae verower het – insluitend my eie kinders s'n – en tog is daar ook 'n goeie dosis ironie in hierdie gastronomiese sege. Eeue gelede het die magtige Romeinse ryk oor die ganse wêreld geheers, nou heers die gewese Romeine nog net oor die pizza-oonde van die wêreld. Maar daar's soveel méér in die Italiaanse kookkuns as pizza en pasta, dís wat ek graag vir my leerlinge wil wys. En soos ek vir Griet troos, want sy's bang haar hart word gebreek in haar lover se land, alles is meer hanteerbaar as jy behoorlik eet. Selfs 'n stukkende hart.

Ek het 'n lysie opgestel van geregte wat só lekker is dat selfs iemand soos jy wat nie eintlik eet nie, met 'n glimlag sal swig.

5 Imponerende Italiaanse disse (sonder pizza of pasta)

Peperoni imbottiti (die naam alleen is mooi genoeg om die
 aptyt te prikkel; gebakte gevulde soetrissies)
Fiori di zucchini fritti (goudgeel courgette-blomme in deeg
 gedompel en in olie gebraai)
Fegato alla Veneziana (kalfslewer met uie en witwyn)
Saltimbocca alla Romana (kalfsvleis met Parma-ham en salie)
Risotto alla Milanese (rysdis met murg uit beesbene)

Ja, ek is vol boontjies noudat ek 'n holte vir my voet en 'n
stoof vir my honger hier in Brandstraat gevind het. Ek is
aan die werk, aan die kook, aan die skryf. Die kinders is
oukei, in die omstandighede, besig om aan te pas in die
Kaap en dalk selfs, wie weet, besig om gewoond te raak aan
die nare gedagte dat hulle ouers geskei is.

Nicolas is steeds vol draadwerk, dae lank dikmond met
sulke onverwagse flitse van laggende ekstase, maar my vrien-
de wat ook tieners in die huis het, verseker my dis normale
gedrag vir 'n veertienjarige. Selfs vir veertienjariges wat nie
hulle pa's verloor het en na ander stede moes trek en nuwe
maats moes maak nie. Hy't begin branderplank ry, daar's 'n
klub by sy skool, en ek's bly dat hy 'n buitelug-bedrywigheid
gevind het waarvan hy rêrig hou, maar ek lê snags wakker en
bekommer my oor haaie wat branderplankryers se bene af-
skeur. En as ek hierdie heeltemal verstaanbare moederlike
vrees met hom probeer bespreek, irriteer ek hom so dat hy
op my begin skreeu. "As Ma so bekommerd is oor die flippin
haaie, hoekom trek ons nie terug Johannesburg toe nie?
Dáár het Ma weer heeltyd aangegaan oor die flippin crime!"
Wat kan ek sê? Ek's 'n ma. Haaie, rowers en inbrekers, weer-
ligstrale of vallende meteore, daar sal altyd *iets* wees wat my
kinders se veiligheid bedreig.

106

Die ander twee cope beter. Maar hulle is nie veertien nie. Sebastian speel krieket en neem saxofoonlesse en het 'n hele bende maters na sy elfde verjaardagpartytjie genooi. Die spyskaart was Italiaans, wat anders, pizza en roomys. Paula is 'n lopende, pratende, laggende wonderwerk wat net al hoe wonderliker word. Ek het so lanklaas 'n vierjarige kind gehad dat ek skoon vergeet het watse fantastiese ouderdom dit is. Die groeiende vermoë om te kommunikeer, die verbeelding wat soos 'n vlinder se vlerke oopvou. Of miskien waardeer ek haar meer as wat ek haar broers op dieselfde ouderdom waardeer het omdat ek deesdae besef hoe gou alles oor is. Kyk net, daar's my eerste baba dan nou 'n bedonnerde tienderjarige branderplankryer.

Jammer, ek onthou skielik hoe jy op 'n keer in *Eva* se teekamer vir die dikvellige Diana gesê het: "Ander mense se kinders is fokken boring, Diana, vir almal behalwe die ander mense." Laat ek liewers groet. Net 'n laaste belydenis: Ek sluk steeds swaar aan my gewese man se voorgenome huwelik met my gewese vriendin, wat hy steeds nie aan my genoem het nie, en waaroor ek steeds weier om hom uit te vra, maar volgens die seuns word die affêre beplan vir September. "O, 'n lente-troue," het ek liefies opgemerk. (Belowe jou dit was nie sarkasties nie.) "In die skoolvakansie," het Sebastian verduidelik, "sodat ons ook daar kan wees. "*Ons*?" het ek gevra met 'n stem wat onverklaarbaar die hoogtes inskiet. "Ja, ons kinders," het Sebastian geantwoord.

Sê my, Minette, dink jy waaragtig ek het gehoop my eksman sou my nooi na sy troue met die vrou wat my vervang het? En dink jy sowaar ek sou dit 'n enkele oomblik oorweeg om so 'n sado-masochistiese spektakel by te woon? Dink jy ek's heeltemal van my wysie af?

Wel, ek begin self nogal wonder.
Van jou moontlik masochistiese vriendin
Clara

❧ ❧ ❧

18 Junie 2000
Brandstraat, Kaapstad

Bernard
Nie Bernard-jou-Biksem nie, nie vanaand nie, net Bernard.
Sien, ek maak tóg vordering. Nie dat dit saak maak wat ek
jou hier noem nie, want dis weer een van daardie briewe
wat jy nie gaan sien nie. Weet jy hoe trots is ek dat ek jou
maande laas lastig geval het met my "emosioneel onsta-
biele epistoliese geskrifte"? Soos jy dit so gedenkwaardig
gestel het. Die afgelope halfjaar was jy so gereeld in die
Kaap vir werk dat ek nooit nodig gehad het om vir jou te
skryf oor die kinders se behoeftes nie, ons kon oor die foon
praat of van aangesig tot aangesig. En oor my eie behoef-
tes, emosioneel en andersins, het ek waardig probeer swyg.

Maar nou staan jy op trou met 'n ander vrou. En dis vir
my moeilik, Bernard. Dis vir my bitter moeilik. Paula is bab-
belend opgewonde oor die prinsesrok wat julle haar be-
lowe het; vir haar gaan alles blykbaar net oor 'n rok. Die
seuns praat nie eintlik met my oor jou nie; soos die meeste
"geskeide kinders" laat hulle vir Ma en Pa in aparte kampe
wei, so ver moontlik van mekaar, maar soms glip 'n woord
of twee tog uit en beland in die verkeerde kamp. Uit hier-
die wegholwoorde kon ek aflei dat Sebastian nogal uitsien
na die paartie, hoofsaaklik oor julle hom gevra het om kel-
ner te speel, en dat Nicolas dink dis oukei solank hy nie 'n
das hoef te dra nie.

108

En toe kom jy hulle gister vir die wintervakansie haal, en ons drink 'n beskaafde drankie saam terwyl ons wag dat Nicolas terugkom van Long Beach waar hy gaan surf het, en jy vra wat doen ek die res van die aand en ek sê ek gaan die res van die bottel wyn uitdrink, terwyl ek *Night of the Iguana* kyk. En jy kry daardie begeesterde lig in jou bruin oë en sê: "A! Die onvergeetlike Ava!" (Ek moet bely, ek het vergeet, nie van Ava nie, maar van jou swakte vir haar.) "Saam met die onvergeetlike Burton," sê ek toe maar.

"John Huston," mymer jy. "Dáár was nou vir jou 'n regisseur."

"Watse jaar was dit nou weer?" vra ek net om jou te toets.

"Vier-en-sestig," antwoord jy sonder 'n oomblik se aarseling. Dit het my altyd verstom, hierdie jaartalle en syfers en ander inligting oor rolprente wat jy so kan uitryg, soos ander mans rugbytellings of sportstatistieke voortbring. "Tennessee Williams se toneelstuk . . ."

"Van Tennessee Williams gepraat, ek het nou een aand weer *Streetcar* gekyk, die een met Marlon Brando en Vivien Leigh, en dit bly darem maar 'n fantastiese film."

"Elia Kazan. Een-en-vyftig. Vóór hy begin saamwerk het met McCarthey se heksejag."

En toe bars ons saam uit van die lag. Jy't nie verander nie. Jy's steeds 'n lopende ensiklopedie van oorbodige inligting oor enigiets wat met rolprente te doen het, veral die oues. Miskien kan jy die begin van die fliek saam met my kyk, het jy geskimp, terwyl ons nou in elk geval vir Nicolas moet wag. Ek het die skimp gevang en die video aan die gang gekry, nog wyn geskink, en ons het teruggesak op die rusbank om Ava Gardner en Richard Burton te bewonder. Paula het eenkant op die vloer met haar poppe gespeel en Sebastian het verontwaardig uitgeroep: "Ag,

109

nee! Nie al weer een van daai boring swart-en-wit movies nie!" Ek moes geweet het jy sou jou nie kon wegskeur as jy eers begin kyk nie. Nicolas het halfpad deur die video windverwaaid opgedaag, maar jy het tot die einde bly sit. Teen daardie tyd het Paula in jou arms aan die slaap geraak.

"Dis iets wat ek mis," het jy erken toe ons by die voordeur groet. "Anaïs kan nie verstaan wat ek in hierdie ou movies sien nie."

Wat verwag jy, wou ek sê, sy's te jonk om enigiets te verstaan. Maar ek het dit reggekry om my bitsigheid af te sluk, net gesê jy kan my laat weet as jy weer lus voel om 'n ou movie te kyk. En weet jy, Bernard, vir 'n enkele oomblik het ek dit amper reggekry om te onthou dat dit eens op 'n tyd vir my rêrig lekker was om saam met jou te lewe. Dat ons huweliksmaats was, met die klem op *maats*.

Maar toe bederf jy alles deur my met so 'n simpel smekende stem te vra of ek nie lus is om by julle 'n draai te maak wanneer ek weer in Johannesburg kom nie. Na julle nuwe huis wil kom kyk nie. "Net om dinge bietjie uit te stryk," sê jy, "tussen jou en haar. Ek verwag nie dat julle *vriende* moet wees nie . . ."

"Ons *was* vriende, Bernard," het ek jou herinner, so kalm soos ek kon. Wat ek eintlik wou doen, was om vreeslik hard te skreeu: Fok julle nuwe huis, ek het niks daar verloor nie (behalwe my man!), en ek wil nie weet hoe lyk julle sitkamerstel of julle badkamerteëls of julle donnerse dubbelbed nie!

Jy't probeer paai, gesê jy verstaan dat ek vies is vir haar – vies! so 'n fraai woordjie vir so 'n verterende emosie! – maar of ek nie maar "ter wille van die kinders" wil vrede maak nie? Ek was so ontstig ek wou jou by die stoeptrap afstamp sodat jy jou nek kon breek. Maar ek wou nie hê die

110

kinders moet sien hoe hulle ma hulle pa vermoor nie – dís hoe ver ek bereid is om "ter wille van die kinders" te gaan – so ek het net gesê totsiens, Bernard, kyk mooi na die kinders. En die voordeur vinnig toegedruk.

Die res van die nag het ek soos 'n ingehokte tier deur die huis geloop en my woede gestook deur vergesogte wraakplanne uit te dink. Ek sal julle troue bederf, het ek besluit. Met die geskenklys peuter sodat al die genooides met presies dieselfde ongewenste present opdaag, iets nutteloos en skreeulelik soos 'n gehekelde oranje oortreksel vir 'n toiletsitplek. Ek sal vir die bruidegom 'n boks tuisgemaakte sjokolade stuur wat met 'n sterk lakseermiddel gedokter is. Ek sal 'n inbreker betaal om die bruid se trourok 'n paar uur voor die seremonie te steel. Vir die predikant daggakoekies voer sodat hy die woorde van die formulier vergeet. Die haarkapper met kokaïen bedwelm sodat die bruid met 'n pers poenskop by die salon uitstap. O, ek het nie 'n tekort aan idees nie, hoor! Doringrosie se dertiende fee kan by my kom leer oor verbeeldingryke maniere om wraak te neem! Wees verseker, Bernard, indien ek my ooit eendag tot wraak wend, sal dit waaragtig meer oorspronklik wees as om jou geliefde lank en diep te laat slaap.

Maar toe ek vanoggend wakker word, het ek besluit om julle toe te laat om in vrede te trou, en bloot agteroor te sit en wag tot julle gatvol raak van mekaar. Dit gebeur gouer as wat mens ooit op jou troudag droom, vra maar vir my. Jou bruid is nog jonk, dis haar eerste keer, sy't nog nie geleer dat alle troues bloot die eerste vrolike bedryf van 'n uitgerekte tragedie is nie. Jy, daarenteen, behoort van beter te weet.

As ek vir jou soos 'n ou siniese teef klink, nou ja, ek voel deesdae horingoud, en ek het ongetwyfeld sinies geword,

111

en dalk gaan sinisme saam met tewerigheid. Maar eendag is eendag, Bernard, eendag is eendag, dan gaan ek weer lag. En jy weet mos wat hulle sê oor die een wat laaste lag, nè?

Clara

🌸 🌸 🌸

From: Clara Brand [aandiebrand@hotmail.com]
Sent: Sat 30/09/00 15:20
To: Griet Swart [swartgriet@hotmail.com]
Subject: Love and marriage

Ja, Griet, wat sê ek nou?

Dit reën in sulke silwer slierte terwyl die son skyn. Jakkals trou met wolf se vrou, het ons dit altyd genoem, maar vandag is dit eerder 'n geval van jakkals wat met bobbejaan se man trou. Met A in die rol van die sluwe jakkals en die uwe, wie anders, as bobbejaan.

My gewese man en my gewese vriendin trou vandag in Johannesburg, waar dit blykbaar nie reën nie, volgens die radio, hoewel ek alles in die stryd gewerp het (wense, gebede, reëndanse, you name it) om 'n regte Hoëveldse donderstorm te reël. As ek dan nie persoonlik 'n speek in die wiele van daardie troupartytjie kon steek nie, het ek gehoop die weer sou dit namens my doen. Voor my geestesoog het ek gesien hoe B sou lyk met sy hare (wat deesdae bra ylerig begin word) vasgepleister teen sy pienk kopvel, en A met haar ontwerpersrok (wit! maagdelik wit! kan jy glo!) vasgepleister teen haar lyf. Maar met daardie fantastiese lyf sou sy maklik 'n nat-T-hemp-wedstryd kon wen en dus in teorie seker ook 'n nat-trourok-wedstryd, as daar so iets was, so 'n swaar reënbui is waarskynlik nie wat ek soek nie.

Wat ek soek, is simpatie. Laat ek dit nou maar erken. Dat iemand vir my sê, ag, *shame*, jou arme ding, daar sit jy stoksielalleen terwyl jou kinders en die helfte van jou vriendekring en jou gewese skoonfamilie almal vrolik bruilof vier. Ja, shame, arme ek. En noudat ek 'n bietjie simpatie uit jou gesuig het, sal ek jou 'n amusanter brokkie nuus vertel. Ek was vir die eerste keer in omtrent twintig jaar op 'n date. Met 'n onbekende man, darem nie 'n blind date nie, maar 'n amperse blind date. Kom ons noem dit 'n swaksiende date. Ek het die kandidaat voorheen vlugtig ontmoet, so dit was goddank nie nodig om 'n blom agter my oor in te druk sodat hy my in die afgespreekte restaurant sou herken nie, maar ek het nog nooit voorheen meer as drie sinne met hom gepraat nie.

Dis afskuwelik, as jy ouer as veertig is, om soos 'n tiener te stres oor 'n potensieel romantiese afspraak. Om met jou hart in jou keel voor 'n spieël te staan en wroeg oor hoe jy lyk, of jou lippe nie te rooi is en jou halslyn te laag nie (netnou dink hy jy's 'n tert), of jou haarstyl nie te outyds is nie (netnou dink hy jy's 'n koek), oor wat de donner julle vir mekaar gaan sê. Ek weet nie hoekom ek dit gedoen het nie.

Nee, ek weet, dis oor Mike my arm gedraai het. Hy's die gay ou wat vroeër vanjaar my kookkursus gevolg het. Hy meen dis heeltemal onaanvaarbaar dat ek nog nooit met iemand uitgegaan het sedert my eks-man meer as twee jaar gelede die hasepad gekies het nie. Ek gaan darem nou en dan met vriendinne uit, het ek geprotesteer. "Is jy lesbies?" wou hy weet. "Nie sover ek weet nie," het ek geantwoord. "Dan tel vroue nie," het hy my meegedeel. Wat ek nodig het, meen Mike, is skoenlappers in my maag. Toe reël hy vir my 'n afspraak met 'n kollega. Finansiële bestuurder. Of so iets.

Ek weet nie van skoenlappers nie. Die roering wat ek in my maag gevoel het terwyl ek aantrek (en uittrek en weer aantrek en weer uittrek) vir hierdie date, was meer soos aasvoëls wat hulle vlerke flap terwyl hulle wag dat 'n dier vrek. Die sterwende dier was my laaste bietjie waardigheid. Ek het 'n uur lank gehuiwer tussen tert en koek en op die ou end soos 'n terterige koek by die huis uitgestap.

My halslyn was beslis 'n bietjie laag. Maar my borste bly my beste bate, miskien my enigste bate in hierdie stadium van die wedstryd, en volgens *Eva* moet 'n vrou altyd haar bates beklemtoon. En om te vergoed vir die feit dat ek te veel van my tiete wys, het ek my hare plat teen my kop gekam en in so 'n tannierige bollatjie vasgesteek.

Die kandidaat se naam was Kobus. Wel, sy naam is steeds Kobus. Ons het wonder bo wonder albei die aand oorleef. Hy's besonder aantreklik, moet ek dadelik byvoeg. Soos die meeste van my gay vriende het Mike 'n oog vir 'n mooi man. Die donker "smeulende" soort, jy sal weet wat ek bedoel, jy't self ook mos vir so 'n donker smeuler geval. Maar die smeulende voorkoms was nie genoeg om 'n enkele vonkie tussen ons te laat spat nie. Elke onderwerp waaroor ons probeer praat het, het ná skaars drie sinne uitgebrand. Musiek, movies, boeke, ander belangstellings, waaragtig 'n geval van hy's van Mars en ek van Venus. Ek het gesê ek hou van blues en opera, hy hou van heavy metal en Beethoven; ek het erken ek's gek oor klassieke swart-wit films, hy soek volkleur-aksie, skop, skiet en donder, bloed wat die hele skerm vol spat; ek lees graag literêre liefdesverhale en kosboeke, hy lees speurverhale, *Business Day* en *The Economist.*

Al wat die aand gered het, was die kos. Wonderlike nuwe Mediterreense bistro in Kloofstraat. Ek het kort ná die voorgereg (geroosterde groen aspersies besprinkel met olyfolie, versier met roosmaryn en toegedraai in repies

Parma-ham, hmmm) alle hoop op 'n sinvolle gesprek laat vaar en my volle aandag aan my smaaksintuig gewy. As hoofgereg het ek 'n sappige biefstuk gevul met gorgonzola gekies, met net so 'n lekseltjie room bo-op, en uit die hoek van my oog waargeneem dat die kandidaat besig is om hom aan drank oor te gee. Kort voor die nagereg (pannacotta met regte-egte vanielje uit 'n peul) het die kandidaat onrusbarend lank in die toilet verdwyn. Ek het begin vermoed hy's 'n bulimie-geval wat skelm gaan braak het, maar toe hy snuif-snuif en skielik meer spraaksaam terugkeer na die tafel, het ek besef ons het hier met 'n ander soort sonde te doen. So nou kan ek spog dat ek my eerste "kêrel" in twintig jaar binne 'n enkele aand na drank én dwelms gedryf het. Way to go, sista.

Ek dink dit gaan nog twintig jaar vat voor ek dapper genoeg is om weer te date.

Intussen volhard ek met my jogaklasse sodat ek soepel en kalm sal wees indien ek dalk iewers in die volgende twee dekades deur die een of ander vloekskoot saam met 'n lewende wese in die bed beland. Behalwe my hond, bedoel ek nou. Van honde gepraat, dis een van die min jogaposisies wat ek al amper volmaak kan regkry. Hande-viervoet, holrug, boude en kop in die lug. Ook die kat – hande-viervoet, kromrug, boude en kop omlaag. En die krokodil, my gunsteling, plat op die maag met my gesig op my gevoude arms. Enige posisie wat 'n mate van balans verg, is geheel en al bo my vuurmaakplek. Die eerste keer toe ek die boom probeer doen (jy staan op een been, met die sool van een voet teen die kuit, knie of dy van die ander been gedruk), het ek met 'n helse slag neergeslaan. Soos 'n afgekapte boom, kan jy seker sê. My gebrek aan fisieke balans, meen my joga-instruktrise, weerspieël waarskynlik my gebrek aan innerlike balans.

115

En dan dink ek verwonderd aan mense soos jy en Marita wat dapper genoeg is om agter 'n nuwe liefde aan na 'n nuwe land te trek. Moenie jou laat afskrik deur my groeiende sinisme nie, my liewe vriendin. Ek glo saam met jou dat jy die man van jou lewe ontmoet het. En ek weet jy's oud genoeg om te besef dis nie aldag maklik om te lewe saam met die man van jou lewe nie. Ek vertrou jy sal die wa deur die drif trek daar op die Italiaanse platteland, ongeag die vreemde taal en die vyandige stieffamilie en die stapels vuil skottelgoed en die verlange huis toe en al die ander onaangenaamhede wat jy in jou brief bely het.

Rêrig, Griet. Jy's vir my 'n vuurtoring van hoop terwyl ek hier in 'n see van sinisme ronddobber. Met die wrakstukke van my huweliksbootjie wat rondom my dryf? (Wag, laat ek liewers groet voor ek deur verdere bedenklike beeldspraak oorval word.) Anders gestel, jy beter daardie wa deur die donnerse drif trek, want jy's op hierdie oomblik al wat tussen my en lewenslange sinisme staan.
Verlange
Clara

🌸 🌸 🌸

From: Clara Brand [aandiebrand@hotmail.com]
Sent: Fri 22/12/00 16:28
To: Bernard Marx [notgroucho@mweb.co.za]
Subject: Gracias

Liewe Bernard
Nie gedog ek sou ooit weer "liewe" voor jou naam skryf nie, nè. Wys jou net wat 'n *Foreign Affair* aan 'n gefrustreerde vrou kan doen. Onthou jy die liedjie van Tom Waits? Nee, ek het nie 'n affair opgetel hier in Mexiko nie, no such

luck, behalwe miskien met die land self. Of dalk het ek net te veel tequilas gedrink. Ek voel in elk geval ligter en ligsinniger as in jare. Selfs vergewensgesind teenoor jou, kan jy glo, en dankbaar dat ek jou ondanks alles kan vertrou om die kinders op te pas terwyl ek so ver van die huis vakansie hou.

Ja, ek weet, dis jou "vaderlike plig"; volgens die reëls en regulasies van ons egskeiding sou hulle in elk geval hierdie Kersvakansie saam met jou deurgebring het, so dis nie asof jy 'n groot opoffering moet maak net sodat jou eks-vrou oorsee kan gaan rondflerrie nie. Maar nogtans. Ek wil vir jou dankie sê, Bernard. Ek het waaragtig nie besef hoe nodig ek hierdie wegkomkans het nie. Ek wou nie oorsee gaan nie, ek het gedog ek kan dit nie bekostig nie. Wel, ek dink steeds ek kan dit nie bekostig nie, maar Minette het voorgestel ons vlieg nou en stres later, dis hoekom ons kredietkaarte het, after all. (Ek haal Minette aan.) Sy't ook vir Bob Dylan aangehaal: *I know what you want* . . . En sy was reg, weer eens. Sy's frustrerend gereeld reg oor my behoeftes.

Toe sy vra of ek haar wil vergesel op 'n "margarita-toer deur Mexiko" het ek gedog sy voel seker maar jammer vir my. Sy's footloose and fancy-free en flirt met enigiets wat voorkom, manlik, vroulik en bi-seksueel. Ek's 'n gefrustreerde ma van 'n menigte kinders wat nie eens meer kan onthou watse spiere om te gebruik indien ek ooit weer sou wou flankeer nie. Dis juis oor jy so 'n gefrustreerde ma is dat ek jou saamnooi, het Minette geantwoord. "Jy sal dit meer waardeer as enigiemand anders aan wie ek kan dink." Dalk was dit 'n wit leuen omdat sy niemand anders kon vind om saam te kom nie, maar ek het daarvoor geval. En sy was reg, reg, reg. Ek waardeer elke oomblik, elke Meso-Amerikaanse piramide en Maja-ruïne, elke spierwit strand en elke mengeldrankie. Veral elke mengeldrankie.

Minette het ook voorgestel dat ek volgende jaar 'n kursus in die Mexikaanse kookkuns aanbied, dan kan ek hierdie trip as navorsing beskou (om my gewete te sus, kyk net hoe goed ken sy my) en boonop 'n deel van die koste van inkomstebelasting aftrek. Ek gaan sukkel om die inkomstebelastingkantoor te oortuig dat al hierdie margaritas en mohitas noodsaaklik was vir navorsingsdoeleindes, sê ek gister vir haar terwyl ons op 'n spierwit poeierstrand tussen Cancun en Tulum sit en staar na die Karibiese See, die water so onnatuurlik helderblou soos 'n toiletspoelmiddel. Toe wil sy weet waarom vergeet ek nie van kook nie, waarom bied ek nie net 'n kursus aan in Mexikaanse mengeldrankies nie. "Die kos is in elk geval niks om oor huis toe te skryf nie." Asof sy sal weet. Ek het haar nog nooit rêrig sien éét van ons hier aangekom het nie. Sy herinner my al hoe meer aan Joanna Lumley se karakter in *Absolutely Fabulous*, die een wat aanmekaar drink, maar iewers in die jare sewentig laas 'n stukkie kos in haar mond gehad het. 'n Aartappelskyfie, as ek reg onthou.

Vir my is dit ondenkbaar om in 'n ander land rond te reis sonder om die land se kos te leer ken, dus eet ek nou maar vir twee, amper soos toe ek swanger was. Dis waar dat baie van die geregte te veel boontjies en gesmelte kaas na my smaak bevat, en daar's brandrissies in alles, absoluut alles, insluitend die lekkers waaraan kleuters van Paula se ouderdom lustig kou, maar nou ja, when in Rome . . . Buitendien, die Mexikane se voorvaders het één groot geskenk aan die etende mensdom nagelaat waarvoor hulle nimmereindigende respek en eer verdien. Ek praat nou van *theobroma*, voedsel van die gode, die salige kakaobotter waaruit sjokolade gemaak word. Eens op 'n tyd was kakao net vir gode, volksleiers en dapper vegters bestem, omdat daar geglo is dat dit wonderbaarlike wysheid en sterkte verskaf. Ek glo dit steeds. Volgende keer as ek swak en dom voel, sal ek sonder enige gewetenswroeging weglê aan 'n stuk goeie donker sjokolade.

Mole poblano (kalkoenvleis onder 'n donker sous van rissies, neute en bitter sjokolade)

Ensalada de nopalitos (slaai van turksvyblare met gekrummelde wit kaas)

Tamales (gestoomde mieliemeelbolletjies met rissiesous, toegevou in piesangblare)

Crepas de cuitlacoche (pannekoeke gevou om 'n gekookte mielieswam, nie so erg soos dit klink nie, smaak nogal soos sampioene)

Chiles en nogada (die kleure van die Mexikaanse vlag; groen brandrissies gevul met maalvleis en amandels, bedek met 'n wit okkerneutsous en versier met rooi granaatpitte)

Ek dwaal al weer af. Ek word erger as Tristram Shandy. Hierdie hele relaas oor spys en drank is eintlik net om jou te bedank dat jy so 'n verantwoordelike vader is (al was jy so 'n onverantwoordelike eggenoot, jammer, dit het uitgeglip voor ek myself kon keer) wat omsien na jou kroos terwyl hulle moeder in 'n ander land sjokolade eet en tequila drink. En ek moet seker vir Anaïs ook dankie sê dat sy jou help om na ons kinders te kyk. Nie gedog ek sou dít ooit skryf nie, nè.

Vriendelike groete

Clara

From: Clara Brand [aandiebrand@hotmail.com]
Sent: Sat 23/12/00 11:22
To: Nita Patterson [nitap@yahoo.com]
Subject: Yucatan-skiereiland, Mexico

Hola Nita

Kan jy glo, ek het waaragtig gister die Ander Vrou – konke-
laar agter my rug, ondergrawer van my huwelik, inbreker
in my man se hart – bedank dat sy na my kinders kyk! Ek
het daar voor die skerm van Minette se skootrekenaar sit
en wroeg, seker omtrent tien minute lank, sal ek of sal ek
nie, kán ek of kán ek nie, en toe sien ek die battery is besig
om pap te raak en ek knyp my oë toe asof ek van 'n krans
gaan afspring en ek skryf die blerrie sin: *En ek moet seker vir
Anaïs ook dankie sê* . . . Wonderwerke gebeur steeds.

Jy sal sê jy's trots op my groothartigheid. Jy sal wil weet of
dit my nie beter laat voel nie, moreel meerderwaardig, gees-
telik gereinig. Die nare waarheid is nee, Sus, nee, dit laat my
meer soos 'n Fariseër as 'n Samaritaan voel. Ek het haar nog
nie vergewe nie – hoe kán ek? – ek het bloot besluit om 'n
vredesverdrag te onderteken. Dis tyd dat die bloedvergieting
ophou, dit benadeel die kinders, dit bevoordeel niemand
nie, dis so onsinnig soos enige oorlog. Hierdie openbaring
het my vroeg een oggend laas week getref, bo-op die hemel-
hoë piramide van Tula. Ek en Minette was die enigste toe-
riste, verder nie 'n lewende wese in sig nie, net die verlate
ruïnes van 'n verlore beskawing oral om ons en die wolklose
blou lug wat tot in alle ewigheid bo ons uitstrek. Dit was die
naaste wat ek nog aan 'n epifanie gekom het. Die oorlog is
verby, het ek besluit. Ek het verloor, sy't gewen. Só moes ons
oumagrootjies aan die einde van die Boereoorlog teenoor
die magtige British Empire gevoel het.

Maar voor jy dink ek raak misties in Mexiko, laat ek jou

vertel van my besonder aardse ongeluk enkele minute ná hierdie hemelse openbaring. Minette wou 'n foto neem van my daar tussen die ruïnes, voor 'n majestueuse turksvybos, en terwyl ek nog my mooiste kameraglimlag aanpas, glip 'n akkedis tussen my voete deur en ek skrik my oor 'n mik en gee 'n sopraangilletjie en val agtertoe met my boude eerste in die turksvyblare. Ek het dank die hemel nie plat op my agterstewe beland nie – en die denim wat my boude bedek het, het darem die meeste van die fyn dorinkies gekeer om te veel skade aan te rig – maar dit was nogtans een van die mees vernederende ervarings van my lewe.

Ek moes my jeans in die naaste onhigiëniese openbare toilet gaan afstroop om die dorings met my haarborsel af te vryf – en terwyl ek oor die toiletbak buk om die jeans met die borsel by te kom, moes Minette my boude met haar wenkbrou-tangetjie bykom om die dorings wat dwarsdeur die materiaal gesteek het een vir een uit te pluk. Waarlik 'n toets vir vriendskap, hoor. Ek het meer as 'n uur daar gestaan met my stert in die lug. Teen daardie tyd het 'n paar ander toeriste ook begin opdaag, wat natuurlik die vernedering vererger het. 'n Lywige Amerikaanse vrou het by die toilet ingestap, en toe sy Minette op die vloer sien hurk, besig om die duiwel alleen weet wat met 'n ander vrou se kaal boude aan te vang, het sy net "Oh, my Gawd!" uitgeroep en so vinnig weggeskarrel soos haar vet bene haar kon dra.

Nee, dit was nie snaaks terwyl dit gebeur het nie. Eers 'n uur of drie later, ná ons 'n spesiale salf vir my stert gekoop het en ons verleentheid in 'n paar margaritas verdrink het, het ons onbeheerbaar begin giggel. Hulle sê mos reis bring mense nader aan mekaar, maar ons het nie gedog ons sou só na aan mekaar kom nie.

Misties? Wie, ek?

En die dag ná die turksvy-en-toilet-episode slenter ons

soos tipiese toeriste deur die verkeersknope en die besoe-
delde lug van een van die modernste dele van Mexikostad,
en die volgende oomblik is ons omring, letterlik omring,
deur honderde poedelkaal mense. Meestal mans, van alle
ouderdomme, alle vorms en groottes, so kaal soos die dag toe
hulle gebore is – behalwe dat almal tekkies en sokkies dra –
maar ook 'n paar vroue, ouerige vroue, met hangtieties en
slap mae en grys skaamhare. Dis 'n betoging, kom ons toe
agter, deur 'n inheemse stam, "Indiane" soos hulle in die ou
dae genoem is, teen die een of ander iets wat die regering
besig is om met hulle erfgrond te doen. Dis al wat ons kon
aflei uit die pamflet, in Spaans natuurlik, wat een van die tan-
nies met die hangtieties in my hand gedruk het. Sy't my aan
oorle' ouma Trina laat dink. Nie dat ons ooit vir ouma Trina
kaal gesien het nie, natuurlik nie, maar iets in die skerp swart
ogies en die ontevrede trek om die mond het my laat besef
dís hoe ons suurgat-ouma sonder klere sou gelyk het.

Ek het ook besef dat die meeste mense nie veel is om na
te kyk as hulle van hulle klere ontslae raak nie. En dat hulle
heeltemal belaglik lyk as hulle net hulle sokkies en skoene
aanhou. En dat ek miskien my eie lyf en my wye heupe en
my stewige boude met minder minagting moet bejeën.
Ek's wraggies nie 'n antieke Griekse standbeeld nie, maar
ek sou dalk kon deug as primitiewe vrugbaarheidsgodin vir
die Olmeke of die Asteke of die Majas.

Voorwaar, ek sê vir jou, Sus, hierdie reis torring aller-
hande stywe drade los in my. Ek's besig om vrede te maak
met my eks-man se nuwe vrou én met my eie verouderende
lyf. Wie sou dit nou kon raai?
Klapsoene, ook aan jou kinders, en geseënde Kersfees aan
almal van julle
Clara

Roer tot jou arms lam raak

From: Clara Brand [aandiebrand@hotmail.com]
Sent: Mon 19/02/01 09:52
To: Marita van der Vyver [marita10@laposte.net]
Subject: Nuus uit Brandstraat

Liewe Marita

Eers die Goeie Nuus. Ek het 'n prys gewen vir een van die kosstories wat ek laas jaar vir die koerant geskryf het. Die Minder Goeie Nuus is dis nie geld nie (wat besonder welkom sou gewees het, want ek betaal nog steeds aan my roekelose reis na Mexiko), dis net 'n simpel sertifikaat wat ek seker veronderstel is om te raam en in my studeerkamer of werkplek op te hang.

Maar ek het nie 'n studeerkamer nie, my werkplek is mos maar die kombuis, en ek kan tog nie die kombuismure met my beskeie prestasies begin versier nie. Wat sal ek saam met die pryssertifikaat uitstal? Die Eisteddfodsertifikate wat ek op laerskool vir voordrag gewen het? My kinders se geboortesertifikate? (Waarskynlik my grootste prestasie, maar daarvoor het niemand my nog ooit 'n prys aangebied nie.) Op 'n meer positiewe noot – ek het darem 'n gratis vlug na die prysuitdeling in J'burg gekry. En enige vorm van professionele erkenning is tog aangenaam. Dis mos wat skrywers soos jy altyd sê as julle nuttelose sertifikate en lelike beeldjies wen.

Die ander aardskuddende nuus, en ek weet eerlikwaar

nie of dit goed of sleg is nie, is dat ek tydens my kort verblyf in die noorde by my "nemesis" 'n drankie gaan drink het. (*Nemesis* is soos *nadir*, nè. 'n Lieflike woord vir 'n lelike ding.) Ek het mos op 'n piramide in Mexiko besluit basta met hierdie dralende oorlog, dis tyd dat ek vrede maak met die Ander Vrou. En toe Bernard hoor ek vlieg J'burg toe, het hy my weer eens genooi om by hulle te kom kuier, en dié keer het ek die uitnodiging sonder ontploffings of moordplanne aanvaar. Nie om daar te eet nie, die hemel behoed my teen A se kookkuns, net vir 'n drankie.

Ons was al drie kriewelend ongemaklik, natuurlik, en vol valse vriendelikheid en oppervlakkige frases. *Sjoe, dis warm vanaand. Voel of daar weer 'n donderstorm aan die broei is. Sal goed wees as dit reën, die tuin het water nodig. Wil iemand nie nog 'n bietjie tzatsiki hê nie?* Ek belowe jou ek maak dit nie op nie! Dit was die vlak van ons "gesprek". Daar is so 'n magdom onderwerpe waaroor ons nie durf praat nie omdat dit tot bitterheid of beskuldigings kan lei. Ons was soos drie skaatsers op 'n reusagtige bevrore meer, so bang vir die dun ys oral om ons wat enige oomblik kan breek dat ons heeltyd op een klein kolletjie rondom mekaar bly tol het. In sulke omstandighede gesels ek gewoonlik oor kos, altyd 'n staatmaker as niks anders werk nie, maar om met Anaïs oor kos te probeer gesels, sou wees soos om met die pous oor vroue-onderklere te praat. Jy kan beswaarlik 'n ingeligte opinie verwag. Die tzatsiki was smaaklik, maar beslis nie tuisgemaak nie, dit kon ek ná een hap proe. Waarskynlik gekies bloot omdat dit wit is en by die rusbank pas.

Ja, die hele huis lyk soos 'n prentjie uit 'n pretensieuse glanstydskrif, so smaakvol wit en beige dat ek lus was om oor die meubels te kots net om 'n bietjie kleur aan die dekor te verskaf. Dis net nie die soort plek waar regte mense kan woon nie. En beslis nie kinders en troeteldiere nie. Wat de donner doen hulle as my kinders vakansies daar gaan kuier? Gooi hulle plastiekseile oor al die bleek vloerplanke en wit kussings? Eet hulle net wit kos wat nie die tafeldoeke en servette sal vlek nie? In die badkamer, ek sweer vir jou op my ma se graf, was nie net die handdoeke vlekkeloos wit nie, maar ook die seep, die sjampoehouer en selfs die tandeborsels. Hoe weet hulle wie se tandeborsel is wie s'n as almal s'n wit is? Van al die kwelvrae wat my daardie aand gepla het, is dit steeds die een wat ek die graagste aan hulle sou wou stel.

Maar ek het my majestueus gedra, Marita. Ek het hulle gekomplimenteer met hulle mooi huis, hulle mooi tzatsiki, hulle mooi wyn (wit, wat anders) in hulle mooi kristalglase. Indien Bernard 'n tikkie sarkasme in my stem bespeur het, het hy niks laat blyk nie. En Anaïs was so pateties ingenome met elke kompliment dat ek haar amper begin bejammer het.

Hoe gaan ek aanhou om my wrewel te stook as sy nie 'n waardige teenstander wil wees nie? Dis soos wanneer die Springbokke teen Italië rugby speel! Dis net nie sports nie! Soos my pa sal uitroep.

Al genade is om te konsentreer op die één terrein waar ek nooit by haar sal kan kers vashou nie: haar stralende blonde skoonheid, haar lang lenige lyf, haar maag wat so plat en hard soos 'n strykplank is. Sy het 'n kort (wit) toppie gedra by 'n langbroek (wit) wat laag op haar heupe sit, en elke keer wanneer sy haar arms lig, kon ek haar volmaakte sonbruin naeltjie sien. Dis om van te ween, Marita. Dis om van te ween. Ná drie kinders sal my naeltjie nooit weer só lyk nie. Om heeltemal eerlik te wees, vóór enige kinders het my naeltjie ook nie so gelyk nie. Sommige mense word blykbaar gebore met mooi naeltjies, ander met mooi neuse. Goddank word neuse nie ook deur swangerskap verniel nie, nè.

Maar as ek ooit weer my nemesis begin jammer kry, sal ek aan haar naeltjie dink.

Intussen het ek vir haar 'n lysie van wit kossoorte opgestel, en selfs 'n spierwit vyfgangmaal uitgedink, sodat sy in die toekoms vir haar gaste meer as net 'n bakkie tzatsiki kan aanbied.

5 Wit geregte vir 'n volledige wit ete
Blomkoolsop (voorgereg)
Hoenderfilette (sonder vel) in melk en suurlemoensap gebak, met sneeuwit aartappelmoes
Witlofslaai
Wit bokmelkkase in verskillende vorms
Blanc-mange en vanieljeroomys (nagereg)

Om af te sluit, hier's die Slegte Nuus. Nicolas het laas maand vyftien geword – en ek wag steeds vir die "moeilike fase" om oor te waai. Ek is al hoe meer geneig om te glo dis nie die egskeiding en die verhuising wat die kind so omgekrap het nie; ek vermoed hy sou 'n beneukte tiener gewees het selfs al het hy in *Little House on the Prairie* grootgeword. Of miskien is ek net gatvol van skuldig voel. Sebastian het nou die dag sy twaalfde verjaardag gevier. Wat beteken oor 'n jaar is ek die moeë enkelma van twéé moerige tienerseuns. En dís waarvoor ek my naeltjie opgeoffer het, dink ek soms snags in my bed, en rekmerke, spatare en hangtieties gekry het.
Groete (ook vir julle mislike mistral van sy stout kleinboet, die suidoos, wat vandag weer al die lamppale in die stad skeef gewaai het)
Clara

From: Clara Brand [aandiebrand@hotmail.com]
Sent: Thu 22/03/01 07:44
To: Griet Swart [swartgriet@hotmail.com]
Subject: Re: Broodjie in die oond

Liewe Griet

Kan jy nou meer! So dit was toe nie die milde Italiaanse winter wat jou so mislik laat voel het nie, maar jou wilde Italiaanse minnaar. Of in ieder geval die biologiese gevolge van jou en jou minnaar se bedrywige liefdeslewe. Geluk, my liewe vriendin – dis wat mens sê, onthou, selfs al het so iets per ongeluk gebeur – en ek is seker as jy eers oor die eerste skok gekom het, gaan jy gloeiend van vreugde wees.

Intussen is ek met jou, "in die gees", soos hulle altyd sê, beslis nie in die lyf nie. Jy skimp verniet oor susters in verdrukking en die voordele van swangerskap ná veertig waaroor jy nou so naarstig navorsing doen. Ek het my deel vir volk en vaderland gedoen, ek het die rekmerke om dit te bewys, en buitendien, met my gebrek aan 'n sekslewe is swangerskap heeltemal buite die kwessie behalwe miskien deur onbevlekte bevrugting.

Maar al het ek nie 'n bedmaat nie, het ek darem 'n hele span manlike kombuismaats, wat meer is as wat baie vroue kan sê. Ja, ek bied weer 'n kookkursus vir mans aan – en onder my halfdosyn begeesterde leerlinge is ene Bernard Marx, my eks-man, kan jy glo, wat blykbaar moed opgegee het dat sy tweede vrou ooit gaan leer kook en nou maar by sy eerste vrou kom kers opsteek. Hy hang mos in elk geval gereeld hier onder in die Kaap rond gedurende die parlementsitting. Ek het voorgestel dat ons nie dadelik ons verbintenis, as dit die woord is, aan die res van die klas verkondig nie, bloot omdat ek ongemaklikheid wou vermy. Selfs vir die kinders gewaarsku dat hulle hulle pa moet

127

ignoreer indien hulle hom tydens 'n kookklas opmerk. Jy kan dink hoe skuldig dít my laat voel het – 'n ma wat haar kinders beveel om hulle pa te misken.

Nie dat Nicolas deesdae veel aanmoediging nodig het om sy pa óf sy ma te ignoreer nie. Hy't tydens die eerste klas met 'n soort sadistiese genot deur die kombuis kom slenter, kamtig om iets in 'n laai te soek, sonder enige teken dat hy enige van die gaste al ooit in sy lewe gesien het. Bernard moes amper hoorbaar op sy tande kners om sy waardigheid te behou.

Hy kon maar sy tande gespaar het, siestog, want teen die einde van die klas het die kat in elk geval uit die sak ontsnap. Paula het in die kombuisdeur verskyn, in haar pienk pajamas met haar teddiebeer onder haar arm vasgeknyp, sonder om na haar pa te kyk, en my in 'n glashelder verhoogstem versoek: "Mamma, thal jy vir Pappa vra om vir my te kom nagthê voor hy loop?" (Sy wissel op die oomblik haar boonste voortande.) En terwyl ek haar verbouereerd aangaap, hoor ek Bernard dik van die lag oorkant die tafel antwoord: "Clara, sal jy vir my dogter sê ek sal nie vergeet nie?"

Toe moet ons natuurlik die situasie aan die res van die klas verduidelik. Hulle het ons so genadeloos gespot dat ons almal soos ou vriende uitmekaar is. Dis nou twee klasse later en die spottery hou nie op nie. Al wat ek kan doen, is om geduldig te glimlag en op my kookaanwysings te konsentreer. Knie die deeg, klits die eiers, verpulp die vrugte, moker die vleis met 'n hamer, sny alles in repe. Waarom klink kosmaak dikwels meer soos 'n geveg tot die dood as soos 'n liefdesdaad?

Ek moet groet en vir Paula by die kleuterskool gaan aflaai. Om te dink volgende jaar is my baba ook in die "groot skool". Ek sukkel nog 'n bietjie om my kop om dié gedagte

te draai. En jy gaan nou van nuuts af die hele avontuur aan-
durf! Nog iets wat ek sukkel om te glo. Jy ook, klink dit vir
my.
Sterkte en liefde en pas jou mooi op
Clara

1 April 2001
Brandstraat, Kaapstad

Hallo Nita
April Fool's Day – en raai wie voel soos 'n fool vanoggend?
Ek het waaragtig wéér my arm laat draai om met 'n onbe-
kende man uit te gaan. Sommige mense leer net nooit nie,
nè. Is hierdie ongeneeslike hoopvolheid vlak onder my
siniese fasade 'n bewonderenswaardige eienskap? Of is dit
bloot belaglik?

Nee, ek wil eerder nie jou antwoord hoor nie.

Maar ek weet jy sal die gruwelike besonderhede wil
hoor, so, hier gaan ons. Hierdie keer was die kandidaat nie
'n mooi man nie. Ná die vorige donker en smeulende
fiasko het Mike besef hy moet sy visier laer stel. (Mike is die
gewese kookleerling wat homself blykbaar as my koppelaar
aangestel het, siestog, hy soek seker maar 'n uitdaging in
die lewe.) Hierdie keer het hy my vooraf gewaarsku dat die
kandidaat vet, vaal en vyftig is. Wel, aangesien ek ook dees-
dae vet, vaal en oor die veertig is, kan ek seker nie veel
meer verwag nie. "Maar hy't 'n beautiful brein!" het Mike
my onmiddellik verseker. "Briljante geselskap. Never a dull
moment!"

Never a quiet moment, moes hy eintlik gesê het. Want
Brian met die beeldskone brein het die ganse aand lank

briljante monoloë gelewer, oor enigiets van kernfisika tot sy gunsteling-comics, sonder om ooit 'n oomblik stil te bly sodat ek ook my minder briljante woordjie kon inkry. En hierdie keer was die kos boonop teleurstellend (nog 'n trendy nuwe soesji-restaurant aan die Waterfront), dus kon ek nie soos laas van my metgesel vergeet en op my mond en my maag konsentreer nie. Die les wat ek geleer het, is om nooit weer saam met 'n onbekende man in 'n onbekende restaurant te beland nie.

Hoor wat sê ek! Asof ek nog dosyne blind dates beplan! Nee, nee, nee, ná gisteraand het ek besluit ek is klaar met onbekende mans, maak nie saak hoe beautiful hulle lywe of hulle breins of hulle verdomde spysverteringstelsels is nie, van nou af hou ek eerder by die duiwels wat ek ken. Soos die duiwel met wie ek getroud was, het ek amper gedink toe ek by die huis kom, my ore steeds aan die tuit ná Brian se slim soliloquies, en vir Bernard aan die slaap op die rusbank aantref. Met Sebastian en Paula weerskante van hom opgekrul, albei net so salig aan die slaap.

Ek moet erken dit was 'n beproewende oomblik. Ek moes elke greintjie sinisme in my siel oproep om nie voor die hartroerende prentjie te smelt nie. Dis voorwaar 'n *brave new world* waarin ons kinders grootword, het ek weer eens besef. Om opgepas te word deur hulle pa, terwyl hulle ma uitgaan met 'n potensiële plaasvervanger vir hulle pa. Wag, voor jy raas, laat ek dadelik byvoeg dat dit Bernard se idee was om hulle op te pas. Die jong student wat babawagter moes speel, het op die laaste oomblik in trane gebel om te sê sy kan dit nie maak nie, die een of ander gesondheidskrisis met 'n familielid, en terwyl ek nog daar sit en wonder of ek diep teleurgesteld of mateloos verlig voel oor ek my afspraak sal moet afstel, bel Bernard. En toe ek hom

van my penarie vertel, bied hy sonder 'n oomblik se aarse-
ling aan om babawagter te kom speel.

Hy was om die waarheid te sê heelwat meer opgewonde
as ek oor my afspraak. Ek het gewonder of 'n man dan nie
veronderstel is om so 'n *klein* stekie jaloesie te ervaar as sy
gewese geliefde weer met ander mans begin uitgaan nie.
Of is ek so 'n meulsteen om my gewese man se nek dat hy
nie kan wag om my om 'n ander ou se nek te sien hang nie?
Of dalk is dit net omdat hy steeds skuldig voel. Hy't rond-
geslaap, so as ek ook begin rondslaap (of rondeet, in my
geval), sal ons kiets wees?

Asof een aand se openlike uitgaan met 'n vet, vaal vyftig-
jarige breinboks dieselfde is as maande se skelm seks met
jou vrou se jong blonde vriendin.

Gelukkig het hy wakker geword voor ek kon begin wens
hy was terug in die huis. Ek het hom vertel ek het 'n stun-
ning aand saam met 'n briljante man deurgebring (niks
meer as 'n wit leuentjie nie, ek hét immers stunned gevoel
deur die man se oorweldigende verbale aanval), maar my
eks het nie die geringste teken van jaloesie getoon nie. Net
gesê dis fantasties, Clara, laat weet my as jy weer vashaak
met 'n kinderoppasser.

Waarom moet hy nou skielik *nice* word? Wie wil nou 'n
nice gewese man hê? Dis soos 'n gawe stiefma in 'n sprokie,
of 'n lafhartige prins op 'n wit perd, dit bots teen alle ver-
wagtinge en saai net onnodige verwarring. Dis soveel mak-
liker om aan hom te dink as Bernard die driedubbele drol.
Verstaan jy waarom ek vanoggend soos 'n verwarde gek
voel?

Klapsoene aan jou kinders van hulle gekke tante
Clara

From: Clara Brand [aandiebrand@hotmail.com]
Sent: Wed 06/06/01 08:26
To: Nita Patterson [nitap@yahoo.com]
Subject: Waar 'n rokie trek . . .

Liewe Nita

Nee, kyk, 'n luiperd verander waaragtig nie van kleur nie! Ek wil nou nie die bobbejaan agter die bult gaan haal nie, maar 'n slang bly 'n slang. Selfs al verloor hy nou en dan sy vel, van binne bly hy suiwer slang.

En as jy wil weet waarom ek vanoggend soos 'n verdomde wildbewaarder klink, wel, dis omdat ek die wild in my huis teen my gewese man se jaglus wil beskerm. Of dalk wil ek dit juis nie doen nie. Moet nog besluit.

Hier's die feite. Toe ek gisteraand terugkom van my maandelikse boekklub-brassery, vind ek vir Bernard en die jong kinderoppasser in die kombuis, hartstogtelik aan die stry oor hoe die demokrasie in Afrika werk. Of nie werk nie. So what, sal jy seker sê, solank hulle hartstogtelik gestry en nie hartstogtelik gevry het nie. En Bernard se jagsgeit is in ieder geval nie meer my probleem nie, dis nou sy tweede vrou se probleem. Maar ek ken mos die man met wie ek 'n groot deel van my lewe deurgebring het. Daar was iets in die lug, 'n soort spanning tussen die twee stryers, wat my onmiddellik lont laat ruik het. Dit het my herinner aan die verhouding tussen Bernard en Anaïs, toe hy nog my man en sy nog my vriendin was.

Destyds was ek te naïef en selfversekerd om onraad te vermoed. Nou het ek so sinies en onseker van alles geword dat ek dalk rook sien trek waar daar nog nie eens 'n vuurtjie is nie. Maar die punt is die jong babawagter (Estelle, besig met haar meestersgraad in staatsleer) was veronderstel om lankal veilig terug in haar eie huis te wees. Of aan

132

die jol saam met snuiters van haar eie ouderdom. Bernard het aangebied om die kinders te kom oppas omdat hy hulle nie die naweek kan sien nie, maar hy moes vroeg-aand eers 'n politieke vergadering bywoon, dus het ek ge-reël dat Estelle aan diens sou wees tot hy haar so teen agt-uur se kant kom aflos. En toe ek naby middernag tuiskom, is Estelle sowaar nog steeds hier. Blyk toe sy't nooit die af-losstok oorgegee nie, sy't besluit om saam met hom verder te hardloop.

Nou vra ek jou, my liewe minder siniese suster, is dit normaal vir 'n sexy student van wat? − 23 jaar? − om 'n hele aand te sit en stry met 'n jagse joernalis aan die ver-keerde kant van veertig? Al voel hulle albei ook hóé hart-stogtelik oor die demokrasie in Afrika, ek kan nie anders as om te dink daar's 'n slang in die gras nie. En hier's ek terug in die rol van wildbewaarder. Ek wil nie die slang uitroei nie, ek wil net seker maak Estelle wéét van die slang. Sy's 'n slim, straatwyse, betroubare meisiekind wat 'n slag met die kinders het. Nicolas glo hy's te oud om "opgepas" te word, maar hy maak nooit beswaar as Estelle die oppassery kom doen nie. Ek vermoed hy't 'n bietjie van 'n crush op haar. En ná gisteraand vermoed ek die appel val nie ver van die boom nie, of die boom groei nie ver van die appel nie, whatever, want Bernard was blykbaar ook betower deur haar. En ek bedoel nie bloot intellek-tueel betower nie. Daarvoor is die meisiekind eenvoudig te sexy.

Wat my nogal gooi, is dat dit 'n totaal ander soort sexy is as Mevrou Marx die Tweede. Estelle is nie die lang, skraal, blonde modelsoort nie, sy's klein en donker met majestueuse borste en lekker stewige boude. Noudat ek dit skryf, besef ek waarom dit my so rattle. Estelle is 'n jonger, mooier, meer sexy weergawe van my, Mevrou Marx die

133

Eerste. Is dít waarom ek so vasberade is om haar teen my gewese man te beskerm?

En dalk slaan ek die bal heeltemal mis. Ek het after all 'n patetiese track record met balle. Dalk moet ek eerder my gewese man teen háár probeer beskerm? En dan praat ek nie eens van die arme Mevrou Marx die Tweede nie! Kan jy glo, vir die eerste keer voel ek iets soos, wat – empatie? – vir die vrou wat my man by my afgevry het?

Ek weet nie, ek weet niks, ek weet net daar was gisteraand iets onrusbarends in my kombuis aan die gang. En selfs al gebeur níks verder nie, selfs al sien hulle mekaar nooit weer nie, dan was gisteraand genoeg om my te laat besef dat my eerste en tot dusver enigste man waarskynlik ook nie aan sy tweede vrou getrou gaan bly nie. Die een of ander tyd gaan hy swig, voor die een of ander slim en sexy jong versoeking soos Estelle.

Dit moet my seker verheug laat voel, vol leedvermaak teenoor Anaïs – wat jy naai, sal jy maai, of so iets – maar dit laat my bloot bedruk voel. Wat 'n gemors. As die Bernards van die lewe net kon ophou jag, sou almal van ons vir altyd en altyd gelukkig getroud kon bly, soos in 'n sprokie. Ek weet dis nie waar nie. Ek glo lankal nie meer aan sprokies nie. Maar ek sou so graag nog wou, weet jy, Sus?

Geniet die Skotse somer – as daar so iets bestaan. Klink vir my in hierdie stadium so teenstrydig soos 'n getroue eggenoot of 'n gelukkige huwelik.

Liefde

Clara

From: Clara Brand [aandiebrand@hotmail.com]
Sent: Wed 12/09/01 08:30
To: Griet Swart [swartgriet@hotmail.com]
Subject: Re: Bambino

Liefste Griet

Jy het voorwaar gister 'n geskiedkundige dag gekies om ge-
boorte te gee. Ja, ek weet dit was nie werklik jou keuse nie,
niks daarvan nie, maar dit het my tog 'n oomblik van duise-
lingwekkende dankbaarheid besorg toe ek jou Luca se e-
pos oopmaak. Om so tussen al die ander boodskappe van
skok en verdwasing oor die Twin Towers te lees dat jy daar
op die verre Italiaanse platteland geboorte geskenk het
aan 'n gesonde donkerkop-seuntjie. 'n Klein ligstraaltjie in
'n wêreld wat vanoggend besonder donker voel. Geluk aan
jou en Luca. Mag die nuweling vir julle baie vreugde en
min verdriet bring.

Ek kan my skaars voorstel watse gemengde gevoelens jy
sedert gister moes hanteer. Selfs hier in Kaapstad ruik
alles skielik vir my na nat as en gebrande mensvleis. Wat
ek net eenvoudig nie uit my kop kan kry nie, is daardie
nagmerrie-beelde van mense wat uit die lug val, soos voëls
wat in volle vlug geskiet is. En as dit vir min of meer
rasionele volwassenes soos ons moeilik is om te verwerk,
hoe angswekkend moet dit nie vir ons kinders wees nie!
Ek probeer my twee jongstes beskerm, weier om TV te kyk
in hulle teenwoordigheid, maar ek wonder of ek nie net
besig is om myself teen wanhoop en waansin te beskerm
nie. Hulle gaan die nagmerrie in elk geval elders
teenkom, in koerante en tydskrifte, in maats se huise, op
skool en op straat.

My oudste kan ek nie meer teen enigiets beskerm nie,
bowenal nie teen sy eie morbiede nuuskierigheid nie. Hy

135

wil nie eens gaan branders ry nie. Al surfing waarin hy nou belang stel, is op internet, waar hy dieselfde grusame beeldmateriaal oor en oor bekyk.

Ek het gister aanmekaar aan jou gedink, weet nie hoekom nie, dalk tog iets soos telepatie. Ek het selfs voor my rekenaar gaan sit om gou vir jou te skryf. Wou jou vertel van my eks-man se nuutste manewales, maar op daardie oomblik bel die einste eks-man en sê ek moet onmiddellik my TV aanskakel en na CNN kyk. Wat ek toe doen, net betyds om die vliegtuig in die tweede gebou te sien vasvlieg. Daarna kon ek my nie weer van die skerm wegskeur tot die kinders huis toe kom nie.

Is dit omdat ek te lank met 'n rolprentresensent getroud was dat alles aanvanklik vir my soos 'n uitgerekte toneel uit een van Ed Woods se bisarre bangmaakpogings gelyk het? Of het die ganse mensdom hierdie gevoel van onwerklikheid en vervreemding ervaar omdat ons sulke grootskaalse rampe al soveel keer op die silwerdoek belewe het?

In die lig van wat gister gebeur het, voel Bernard se streke in elk geval belaglik onbenullig. En tog is sulke onbenullighede steeds die stoffasie van die meeste van ons klein menslike dramatjies, nie waar nie? Ek bedoel, dis nie aldag dat 'n terroristegroep derduisende menselewens uitwis nie, dank die hemel, maar wellus en verraad saai daagliks net soveel verwoesting, op 'n minder skouspelagtige manier. Nie op CNN nie.

Wat ek jou wou vertel, is dat my gewese man laas week, toe hy weer vlugtig in die Kaap was, my jong kinderoppasser vir "'n onskuldige drankie" genooi het. Sy eie woorde, deur die kinderoppasser aan my oorgedra in 'n onverwagse biegsessie. (As dit so danig onskuldig bedoel was, dink die siniese eks-vrou natuurlik, sou dit

seker nie nodig gewees het om die onskuldigheid te be-
klemtoon nie.) Die kinderoppasser kon dit nie maak nie,
toe sê hy ag toe maar wat, ons kan dit volgende keer
doen. (Ons kan wát volgende keer doen? wonder die
heks van 'n eks.) En toe begin die kinderoppasser skielik
so skuldig voel – sonder enige rede! roep sy driftig uit –
dat sy by my kom raad vra. Ja, selfs die jongstes onder ons
Afrikaanse susters het oënskynlik nie die skuldlas van die
Calvinisme vrygespring nie. Behalwe die blonde bom wat
my man by my afgevry het. Die uitsondering wat die reël
bewys?

Nee, ek wil nie vandag oor haar praat nie – hoewel my
ontsteltenis ten minste gedeeltelik spruit uit my skielike
ambivalente gevoel teenoor haar. Ek bedoel, watse raad
kan ek nou eintlik vir die jong kinderoppasser gee? Nee,
moenie sy uitnodiging aanvaar nie, dink aan sy arme
vrou?!? Ek het iets lafhartigs gemompel soos kom ons kyk
maar wat gebeur, die tyd bring wysheid (dáár's nou vir jou
'n aanvegbare stelling), en beskou my gerus maar as bieg-
moeder as dit jou beter laat voel. Niks negatiefs oor Ber-
nard gesê nie, want dan gaan huil sy dalk volgende keer op
iemand anders se skouer, wat dit vir my heelwat moeiliker
kan maak om – om wát te doen? Te konkel dat sy en Ber-
nard mekaar bespring? Sodat ek my kan verkneukel in
Bernard se vrou se ellende? Só pervers kan ek tog seker nie
wees nie!

Of kan ek? Dis 'n retoriese vraag. Moet asseblief nie ant-
woord nie!

Verskoon my, ek voel fragiel en oorstuurs en onseker
van alles. Soos die meeste mense wêreldwyd waarskynlik
vanoggend voel. Daar's net één ding waarvan ek op hierdie
oomblik seker is. Ek vergeet elke jaar al my vriende se kin-
ders se verjaardae, maar daardie babaseun van jou se ge-

boortedatum sal ek altyd onthou. Ek vermoed ons gaan almal hierdie datum onthou.

Liefde, sterkte, voorspoed

Clara

Oujaarsaand 2001
Brandstraat, Kaapstad

Naand Bernard

Drie jaar gelede, op my eerste aaklige Oujaarsaand alleen, het ek 'n besope klaaglied aan 'n vriendin op my skootrekenaar getik. Nou's dit weer sulke tyd, ek is weer alleen omdat die kinders weer saam met jou en A vakansie hou, maar dié keer gaan ek goddank nie die hele nag in dronkverdriet op die rusbank voor die TV deurbring nie. My sus en swaer wat vir die Kersvakansie in sonnige Suid-Afrika kuier, kom my netnou oplaai om die nuwe jaar saam met hulle te verwelkom.

Maar ek is tog 'n klein bietjie verdrietig. Ek luister opera, wees gewaarsku, Puccini se *Turandot*. Daar was nou vir jou 'n sterk en wrede vrou! Ek sou so graag sterker en wreder wou wees. 'n Triomfantelike veroweraar eerder as 'n treurende verloorder.

As ek terugdink aan Oujaarsaand 1998, voel dit soos 'n leeftyd gelede. Ek is nie meer die stigtelike mevrou Marx wat meneer Marx se huishouding behartig nie, ook nie die besope gebroke gewese mevrou Marx nie, nee, ek het weer Clara Brand geword wat saam met 'n vriendin in Mexiko kan margaritas drink. Ek het selfs weer begin date! Dit was weliswaar elke keer 'n katastrofe, maar nou ja, dis seker maar soos om te leer bestuur. Aanvanklik sukkel jy om die kar aan die gang te kry en betyds rem te trap, en eers ná jy 'n paar afgryslike ongelukke rakelings vermy het, begin jy vertroue opbou. Wat dating betref, weet ek nog nie eens waar's die sleutelgat sodat ek die kar kan aanskakel nie. Hier teen die ouderdom van sewentig behoort ek te begin vertroue opbou.

En tog voel dit soms of niks eintlik verander het nie. Ek het nog steeds nie "vrede gemaak" met my status as geskeide vrou nie, ek is steeds verontwaardig oor ek belieg en bedrieg is en soos 'n ou kar ingeruil is vir 'n jonger model, ek word steeds verteer deur jaloesie en afguns as ek dink aan hierdie honger model, ek bedoel jonger model, dáár's nou vir jou 'n Freudiaanse vergissing. Kortom, ek voel steeds minderwaardig en die moer in. Ek steek dit net beter weg as drie jaar gelede.

En ek skryf steeds briewe aan jou wat ek nie vir jou gaan gee om te lees nie.

Vanaand se brief kan miskien nog verskoon word. Op die laaste aand van die jaar het ek en jy altyd soos bergklimmers 'n blaaskans gevat om terug te kyk na die steil bulte wat ons saam afgelê het. En vorentoe te kyk na die kranse wat ons nog moes aandurf. Nou moet ek dit op my eie doen. En dit was omtrent 'n aardskuddende jaar om na terug te kyk. Dit maak my bitter bang om vorentoe te kyk. Ek mis jou vanaand, Bernard, nie die bliksem wat jy geword het nie, maar die wonderlike maat en vertrooster wat jy jare lank vir my was. Of liewer, ek begin al hoe meer vermoed dat jy maar altyd 'n bliksem was, maar dit het jou nie gekeer om ook 'n wonderlike maat en vertrooster te wees nie.

En jou kaskenades met die jong kinderoppasser het vanjaar vir my bewys dat jy waarskynlik altyd 'n bliksem sal bly. Sover ek weet, het niks nog "gebeur" nie, dis bloot 'n geval van aanlê by mekaar eerder as lê by mekaar, maar indien

139

dit van aanlê tot lê sou vorder, wie is ek, van alle mense, om julle te keer? Behoort ek julle nie eerder aan te moedig nie? Dit sal mos 'n heerlike vorm van wraak wees op die jonger vrou wat my plek ingeneem het – as ek jou kan help om haar met 'n nóg jonger vrou te verneuk?

Goeie genugtig, dis loshande die liederlikste nuwejaars-voorneme wat ek nog ooit oorweeg het. Ek praat natuurlik nou van *diskrete* aanmoediging. Dis nie asof ek vir die jong Estelle kan sê gryp hom en rape hom nie. Ek sal haar moet bemoedig op 'n manier wat meer soos ontmoediging lyk. Blaas asof ek 'n vlammetjie wil doodblaas – terwyl ek eint-lik die smeulende kole stook. En terwyl ek piromaan speel, is daar's geen rede waarom jy hoef te weet dat jou poten-siële prooi my as biegmoeder benut nie . . .

Ooo, ek kan nie glo wat ek skryf nie. *Odious* is die woord wat by my opkom. Ek sal so slim en so skynheilig soos die Marquise de Merteuil moet wees. Weet jy, ek het tot taam-lik onlangs nog geglo as daardie markiesin in 'n meer mo-derne era gelewe het, sou dit nie vir haar nodig gewees het om so onderduims op te tree nie. Sy sou na hartelus kon rondslaap, het ek gemeen, met wie sy wil en wanneer sy wil, sonder om ooit as 'n slet beskou te word. Deesdae dink ek anders. Selfs vir 'n moderne vrou "van 'n sekere leeftyd", soos hulle sê, is daar nie veel opsies wanneer sy haar op 'n jonger, mooier teenstander wil wreek nie. Sy moet nood-gedwonge terugval op haar intelligensie en wegkruip agter 'n fasade van valsheid.

Ook maar goed ek het aan die begin van hierdie brief reeds besluit dat jy dit nie gaan lees nie! As enigiemand dit ooit moet lees, sal ek nooit weer kan voorgee dat ek eintlik diep in my siel 'n nice mens is nie.

140

5 Operas met wrede en wraakgierige heldinne
Puccini se *Turandot*
Cherubini se *Médée*
Verdi se *Macbeth*
Wagner se *Die Walküre*
Bizet se *Carmen*

Ek het die lysie opgestel om my te troos, maar dit het nie gewerk nie. Lyk my in die opera-repertoire moet 'n heldin óf 'n snikkende slagoffer soos Violetta of Cio-Cio San wees, óf 'n genadelose feeks soos Carmen of Lady Macbeth. En wat sy ook al is, slagoffer of feeks, aan die einde gaan sy gewoonlik dood.

Ons sal maar moet sien wat die nuwe jaar vir my bring. Wysheid of wreedheid. Vergifnis of gif. Intussen waarsku ek jou om op jou hoede te wees, Bernard. *Beware of young girls.* Maar miskien moet jy nog meer oppas vir ouer geskeide vroue met wraakgedagtes.

Ligloop
Clara

Sny oop en haal die binnegoed uit

From: Clara Brand (aandiebrand@hotmail.com]
Sent: Mon 21/01/02 18: 58
To: Marita van der Vyver [marita10@laposte.net]
Subject: Nog 'n jaar in sy . . .

Liewe Marita

Come into my parlour, said the spider to the fly. Nou hoekom dink jy sou dié verspotte versie skielik in my kop opduik toe ek jou wou vertel dat ek gisteraand die Ander Vrou in my huis toegelaat het? Ja, kan jy glo, ek het vir Bernard se twee-de vrou gekook. Wel, ek hét natuurlik al voorheen vir haar gekook, maar toe was sy nog nie Bernard se tweede vrou nie, toe was ek nog Bernard se eerste vrou. Die onnosele vlieg wat die spinnekop by haar huis innooi. Dié keer het ek meer gevoel soos die spinnekop wat die vlieg onder valse voorwendsels nader lok . . .

Bernard het gebel om te sê hy en A wil die kinders terug-bring ná hulle vakansie by die see, en voor ek myself kon keer, het ek gevra waarom eet julle dan nie sommer hier nie. Die blerrie Bernard was skoon aangedaan van verrassing. "Jy bedoel Anaïs kan sáám met ons eet?!?" Nee, Bernard, het ek gesê, sy kan in die kar voor die huis bly sit en ek sal vir haar 'n doggy bag uitstuur. Hy't senuagtig gelag, nie honderd persent oortuig dat ek 'n grap maak nie. Ek kan hom seker nie kwalik neem dat hy sukkel om my onverwagse goedhar-tigheid te glo nie. Ek sukkel self nog daarmee.

142

En ek bly wonder of dit bloot is omdat ek haar eensklaps bejammer? Omdat ek agtergekom het dat Bernard se ou bok-oë weer na groener blaartjies begin dwaal? Gelukkig het sy absoluut stunning gelyk, so skraal soos altyd (hoe de hel kry sy dit reg ná die brassery van die Kersseisoen?) en selfs meer sonbruin as gewoonlik in 'n kort somerrokkie. Ek het na haar gladde gebronste knieë gekyk en aan my eie gekreukelde knieë gedink (goddank weggesteek onder 'n langbroek) en besluit, nee, 'n vrou met sulke knieë verdien nie my bejammering nie. En dan praat ons nie eens van die perfekte jongmeisie-borsies, die plat maag en die plooilose glimlaggende gevreetjie nie. Nee wat, my gewese vriendin, wou ek vir haar sê, as jy met daai lyf en daai gesig (waaraan jy vermoedelik nogal hard moet werk) nie daarin kan slaag om jou man tevrede te hou nie, het ek nie veel hoop vir jou nie.

Ons was aanvanklik amper so ongemaklik soos die keer toe ek in hulle lelieblanke huis 'n drankie gaan drink het, maar die kinders het gehelp om die ys te breek. Sebastian en Paula het byna my hart ook gebreek. Ek kon nie glo hoe opgewonde hulle was om ons almal saam aan dieselfde tafel te sien sit nie. Sebastian het ooglopend besluit dis sy verantwoordelikheid om die geselskap aan die gang te hou. Elke keer as 'n stilte gedreig het om langer as drie sekondes te duur, het hy 'n simpel grappie vertel wat hy in 'n Kersklapper gelees het of hardop begin dink soos 'n karakter in 'n Shakespeare-drama. Paula was die enigste een wat die Kersklapper-grappies waardeer het, die res van ons het maar net gemaak of ons lag. Behalwe Nicolas wat heeltyd sy minagtende sestienjarige afstand behou het.

Ek het besef – en ek moet erken dit was nogal 'n skok – dat Sebastian uitstekend klaarkom met sy mooi jong stiefma. Sy het hom geleer om 'n paar liedjies op haar kitaar te speel en sy luister glo gereeld saam met hom na allerhande simpel popmusiek waarvoor ek en Bernard klaarblyklik te oud is. En my Paula-pop het dwarsdeur die maal aan haar stiefmamma se lippe gehang, en 'n paar keer letterlik aan haar lyf gehang. Verstaan my mooi, ek's dankbaar dat my kinders nie 'n wrede sprokiestiefma gekry het nie. Watse soort ma sal nou wéns haar kinders se stiefma maak hulle ongelukkig? Dis net, ag fok, ek sou dit verkies het as hulle nie so opvallend gek was oor haar nie.

Ek het moeite gedoen met die maal. Ek kan miskien nie kitaar speel nie, het ek myself getroos terwyl almal weglê aan my paella en my meellose sjokoladetert, maar ek kan ander dinge met my hande doen. Die kinders het gesmul asof hulle dae lank honger gely het. Wat my nogal omge-krap het. Ek bly mos maar wonder wát hulle semi-vegeta-riese nie-kokende stiefma hulle gee om te eet. As ek kyk na al die weggooi-speelgoed wat Paula teruggebring het van die afgelope vakansie, die soort wat jy in McDonald's se Happy Meals kry, kom ek tot die ontstellende gevolgtrek-king dat hulle soms meer as een keer 'n dag by die groot geel M geëet het. Maar dit help net mooi niks ek pols die kinders vir meer inligting nie. Hulle is so gek oor sulke ge-morskos dat hulle sonder om te blik of te bloos vir my sal lieg, net om te keer dat ek by hulle pa kla.

En tog, die manier waarop almal gisteraand my tuisge-maakte kos verslind het, het net weer bewys dat kitskos nie aan alle behoeftes kan voldoen nie. Die arme Bernard het byna bewoë geword van genot, dankbaarheid, nostalgie, wat ook al, terwyl hy sy tweede sny sjokoladetert afgesluk het. Hoe langer hy getroud is, hoe hongerder word hy.

Wag, dis nou eers genoeg geskinder, ek moet gaan help om my kroos geskrop en gevoer te kry vir die Groot Dag môre. Sebastian gaan vir die eerste keer hoërskool toe, kan jy glo, die donkerkopseuntjie wat jy ook kleintyd help bad en voer het. Nou dring hy skielik aan op *privaatheid*. Wat's dít? wil ek weet. Klink vir my soos dieselfde woord wat ek lank gelede gebruik het as hy met 'n bende maters deur die badkamer marsjeer terwyl ek poedelkaal in die bad kriewel en my strategiese dele met skuim probeer bedek. Nou is hy die een wat verleë word as ek by die badkamer instap terwyl hy in die bad lê. Al is ek bedagsaam genoeg om nooit my vriende saam te bring nie. En al het hy nog nie veel strategiese dele om te bedek nie.

En my blonde baba gaan vir die eerste keer "groot skool" toe. Kan tog nie moontlik wees nie, ek het haar dan sweerlik net gister van die kraaminrigting af huis toe gebring? Voel dit vir jou ook of jou kinders en stiefkinders so onkeerbaar vinnig onder jou vlerke uitgroei? *Stop*, wil ek sing, *in the naaame of love* . . . Nou't ek myself skoon in trane geskryf.
Mooiloop
Clara

🌿 🌿 🌿

From: Clara Brand [aandiebrand@hotmail.com]
Sent: 04/03/02 21:23
To: Nita Patterson [nitap@yahoo.com]
Subject: Skotland, hier kom ek

Hallo Nita
Oukei, dis gedoen. Ek het vandag my vliegkaartjie gekoop. Ek kom voor die einde van die maand vir jou kuier!

Minette reken ek is van my wysie af om in hierdie dae vrywillig oorsee te vlieg. Sy sê die veiligheidsmaatreëls op lughawens het nou so streng geword dat mens omtrent nie meer jou maskara of jou parfuum by jou in die kajuit mag hou nie. Die maskara-buisie kan as 'n skerp voorwerp en dus 'n poten-

145

siële wapen beskou word. En die parfuum kan blykbaar ge-
bruik word om 'n bom te vervaardig. Ek sukkel nogal om my
'n terroris voor te stel wat enige vlieënier met 'n maskara-
buisie en 'n parfuumbom gaan dwing om van rigting te
verander. Die lugwaardinne sal dink hy's 'n moffie op Ecstacy
en hom vriendelik maar ferm terugstuur na sy sitplek.

En selfs al sou dit ook waar wees, sê ek vir Minette, dan's
dit seker nie 'n train smash (of moet ek sê 'n plane crash?)
om sonder maskara of parfuum te vlieg nie. Maar Minette
beskou dit as net nog 'n spyker in die doodskis van demo-
krasie en menseregte. Eers verbied hulle jou om te rook
tydens 'n vlug, en nou om jou eie drank aan boord te bring
of jou mooi te maak. Wat's volgende? wil sy weet. Verpligte
liggaamsoefeninge gedurende die vlug? Samesang om gees
te vang? Maar ek weier om my te laat afskrik. As die kaartjie
nie so verspot goedkoop was nie – juis omdat almal skielik
te bang is om te vlieg – sou ek nie vir jou kon kom kuier
nie. Anders gestel, my onverwagse kuier by my sus in Skot-
land is moontlik gemaak deur Bin Laden se moordlus. Wat
'n grillerige gedagte.

Die enigste haakplek was wat om met die kinders te
maak. Die seuns wil nie die skoolvakansie in J'burg deur-
bring nie; Nicolas wil saam met pêlle aan die Weskus gaan
surf en Sebastian wil 'n naweekkamp vir die hoërskool se
orkeslede bywoon. Wat beteken ek moes hulle pa Kaapstad
toe lok. (Hy klim nou so fluks teen die beroepsleer op dat
hy nie meer in die parlement hoef rond te hang nie, doen
glo nog net onderhoude met Baie Belangrike Politici.) Daar-
om het ek aangebied dat hy in my huis kan kom bly terwyl
ek by jou kuier.

Ek het natuurlik eers seker gemaak dat sy vrou nie verlof
sal kan kry nie. (Selfs die moontlike teenwoordigheid van
terroriste in die vliegtuig is nie vir my so skrikwekkend soos

146

die moontlike teenwoordigheid van mevrou Marx die Twee-
de in my slaapkamer nie.) En indien my goedhartige uit-
nodiging aan Bernard om in my huis te kom bly – sonder
sy vrou – dit vir hom makliker sal maak om met my jong
kinderoppasser te flankeer, nou ja, dan het dit mos niks
met my te doen nie? Dis nie asof ek hom áánmoedig om sy
tweede vrou te verneuk nie, is dit? Dis net, wel, ek wil ook
nie langer die verdomde wildbewaarder speel nie.

As die jagseisoen inderdaad aangebreek het, dis hoe ek
deesdae dink, dan moet die diere en die jagters en die hele
boksemdais nou maar sien kom klaar.

Niks met my te doen nie.

Ja, dis hoe verfoeilik jou ousus geword het. Sy gryp Al-
Kaïda se massamoord aan as 'n verskoning om goedkoop
oorsee te vlieg en sy koester die geheime hoop dat haar
spulse eks-man sy gat sal sien in 'n veel jonger vrou se arms.
Is jy seker jy wil hierdie verraderlike wese in jou huis ver-
welkom?

Indien wel, dan's ek binnekort daar!
Liefde
Clara

❀ ❀ ❀

From: Clara Brand [aandiebrand@hotmail.com]
Sent: Tue 02/04/02 09:14
To: Nicolas Marx [xram@iafrica.com]
Subject: Groete uit Skotland
<u>Draft – Continue composing this message</u>

Ai, my liewe Nicolas
Wil jy nie asseblief maar vir my 'n e-pos stuur sodat ek kan
agterkom wat tussen jou en jou pa aangaan nie? Ek weet jy

haat dit om te skryf, maar doen dit vir jou ma, toe? Ek reken as jou ouers albei slagters was, sou jy waarskynlik vegetaries geword het. Aangesien ons albei woordsmouse is, het jy besluit woorde stink. Hopelik sal hierdie wantroue die een of ander tyd oorwaai?

Toe ek gisteraand huis toe bel, kon ek dadelik hoor iets is nie pluis nie. Julle het albei net té hard probeer om my te oortuig dat alles hunky dory is. Ek ken julle mos, ek het jou al voorheen vertel dat julle nogal eenders is; jy't nie daarvan gehou om dit te hoor nie, jy sal nou waarskynlik nog minder daarvan hou. Maar dis waar, my lief, en ek be-doel nie net julle uiterlike nie. Julle is albei ewe hardkop-pig en inkennig – maar as julle die sjarmekrane oopdraai, kan g'n lewende wese julle weerstaan nie. Selfs babas en katte swig voor julle. Dis net jammer dat jy die laaste ruk daardie krane so styf toegedraai hou vir almal behalwe jou maters en jou nuwe meisie.

Nou klink dit of ek jou verwyt, en dis die laaste ding wat ek wil doen, want dan gaan jy my beslis nie antwoord nie. En ek het 'n antwoord nodig, ek wil nie wag tot ek vol-gende week weer by die huis is nie, wie weet wat alles in-tussen kan gebeur. Maar julle weier albei om my oor die telefoon te vertel wat fout is, en jou pa het lankal opgehou om my briewe te beantwoord, en as jy nou ook weier, dem-mit, weet jy hoe frustrerend dit is om met twee sulke klip-koppe te probeer kommunikeer?

Nee wat, dis nie eens die moeite werd om die *Send*-knop-pie te druk nie, ek sal hierdie briefie maar moet bêre by al die ander wat ek al vir jou pa geskryf het en nooit gestuur het nie. Julle is twee van die drie mansmense vir wie ek die liefste op aarde is. (Was, in jou pa se geval, hoewel ek waar-skynlik nooit weer 'n man sal ontmoet vir wie ek liewer sal word nie.) En julle is die twee mansmense met wie ek dees-

148

dae die meeste sukkel om te kommunikeer. Ek weet nie hoe dit gebeur het nie en ek wens ek kon iets daaraan doen.

Liefde

Ma

PS: Net ingeval jy wonder, ek het nie 'n skelm kêrel nie. Jou broer is die derde "man" in my lewe. Die volgende een in die ry is Tjoklit.

❀ ❀ ❀

13 Mei 2002

Briesend in Brandstraat

Liewe Marita

As jy bekommerd is dat ek dalk van die aardbol afgeval het, wel, ek hét. Of so na as wat mens seker deesdae kan kom aan afval, afgesny van die buitewêreld, kommunikasieloos. Ek is nou al 'n week lank sonder telefoon en dus ook sonder internet of e-pos. Ek sal hierdie brief in 'n outydse koevert moet toemaak en 'n outydse verdomde seël daarop moet plak en dit op die outydse en toenemend onbetroubare manier vir jou moet pos. En hoop dit kom voor die einde van die jaar by jou in Frankryk uit.

My landlyn is afgesny omdat my oudste seun verlief is, érnstig verlief, soos in hy kan nie lewe as hy nie 24 uur per dag met sy meisie in verbinding bly nie. Asof sy aanmekaar telefoniese mond-tot-mond-asemhaling moet toepas net om hom aan die gang te hou. Wat beteken binne die eerste drie dae van die maand is sy selfoon se maandelikse lugtyd opgebruik, en dan konfiskeer hy totaal koelbloedig die huis se telefoon om die nimmereindigende noodhulp voort te sit. G'n sprake van 'n intelligente gesprek nie, hoor. Ek

149

weet, want ek het skaamteloos afgeluister, en ek kan nie gló dat mens so lank kan praat sonder om enigiets te sê nie.

Die laaste "gesprek", voor die lyn afgesny is omdat ek geweier het om die afgryslike rekening te betaal, het só geklink: Aan Nicolas se kant: "Dis awesome . . . soos in . . . awesome." (Kort stilte.) "Cool." (Kort stilte.) "Flippen cool." (Langer stilte.) "Hmmmm . . . ek weet nie . . . jy weet." (Sug, stilte.) "Soos in . . . drie dae." (Kort stilte.) "O fok." (Kort stilte.) "Jy weet . . ."

Nee, ek flippen wéét nie, wou ek gil, ek weet nie hoe dit móóntlik is om ure lank te kommunikeer sonder om 'n enkele woord langer as twee lettergrepe te gebruik nie! En Simone, die meisie aan die ander kant, het vermoedelik ook nie juis 'n woordeboek ingesluk nie. Ek ken haar nie, ek weet niks van haar nie, maar Nicolas se luister-stiltes is nooit lank genoeg vir lang woorde nie.

Ek is nou op die punt waar ek bereid is om my laaste beginsels oorboord te gooi en soos die res van die sogenaamd beskaafde mensdom 'n selfoon aan te skaf. Behalwe dat my egoïstiese eersgeborene dit ongetwyfeld óók in beslag sal neem vir sy eie behoeftes. Dus het ek uit desperaatheid my landlyn laat afsny, om vir hóm 'n les te leer, maar ná 'n week sonder verbinding met die buitewêreld voel dit of ek myself erger straf as vir hom. Ek is raadop, hoor, raadop!

Ek wens ek kon hom vir 'n paar weke na sy pa stuur, maar dit sal waarskynlik tot gesinsmoord lei. Ná ek laas maand teruggekeer het van my salige kuier by my sus in Skotland, was hy en sy pa waaragtig meer haaks as ooit. Ek het nie gedink dis moontlik nie. Ek het so half gehoop indien Bernard die opoffering maak om by die kinders in hulle eie huis te kom kuier, pleks daarvan dat hulle altyd by hóm moet gaan kuier, wel, dat dit miskien 'n mate van toenadering tussen hom en Nicolas sou teweegbring. Nou lyk dit of ek soos so blerrie dikwels presies die teenoorgestelde bereik het van wat ek wou hê.

Goed, ek kon natuurlik nie voorsien dat Nicolas kort voor sy pa se koms hierdie vieslike verliefdgeit sou optel nie. (En ek kies die woord "optel" met opset, want dis soos 'n nare aansteeklike siekte wat die kind getref het.) Ek kan my voorstel hoe sy skielike verslawing aan die telefoon sy pa geïrriteer het. Volgens Sebastian en Paula was daar 'n paar nare ontploffings, maar nóg Bernard nóg Nicolas wil my meer vertel. Bernard het net gesê: "Hy's 'n klein bliksem wat dissipline nodig het." Met die insinuasie, natuurlik, dat ek 'n kloekende moederhen is wat nie my kuikens kan dissiplineer nie. En Nicolas se kommentaar was selfs bondiger: "My pa se moer."

Die meer algemene uitdrukking is "jou ma se moer", het ek hom gekorrigeer, dis biologies meer korrek en dit klink beter weens die alliterasie. "Wil Ma hê ek moet vir Má vloek?" wou hy weet; toe sê ek, nee, natuurlik nie, net so min soos ek wil hê jy moet jou pa vloek. Toe brom hy daar's baie dinge wat hy ook nie wil hê nie en vlug uit die vertrek. Tieners is fassinerende wesens, op 'n afstand, soos vuurwerkvertonings, maar g'n mens behoort dit te na aan al daai ontploffende hormone te waag nie. Hulle is net eenvoudig nie gemaak om mee saam te lewe nie, daarvan word ek by die dag meer oortuig. Adolessensie is 'n afgryslike maar noodsaaklike oorgangsperiode, dis wat ek deesdae glo, sodat ouers gatvol kan raak van hulle kinders en nie ineenstort wanneer die tyd ryp is vir die kinders om die huis te verlaat nie. Ek bedoel, as hulle altyd so oulik moes bly soos toe hulle kleuters was, sou ons hulle mos nooit kon laat gaan nie?

Daar ís natuurlik uitsonderinge. My fantastiese suster het 'n fantastiese verhouding met haar veertienjarige dog-

151

ter. Nita beweer dat Amy ook soms buierig word en dat hulle gereeld koppe stamp, maar ek glo haar nie rêrig nie. "Koppe stamp" klink vir my net te cute. Soos 'n speletjie. Wat tussen my en Nicolas aan die gang is, voel lankal nie meer soos 'n speletjie nie. Dis 'n volskaalse oorlog. Take no prisoners, show no mercy.

En tog. Soms word hierdie "klein bliksem" in my huis tog weer 'n glimlaggende, gehoorsame, sjarmante seun. Gewoonlik net kortstondig, wanneer ander mense teenwoordig is, maar dis elke keer net genoeg om my te herinner dat 'n ma se liefde per slot van rekening onmeetbaar is.

Ek sal jou bel sodra dit weer moontlik word om enigiemand te bel. Ek gaan vermoedelik binne die volgende dag of twee die stryd gewonne gee en die agterstallige rekening betaal, al sal dit beteken dat ek die veldslag verloor het. Wat is 'n enkele veldslag nou in so 'n uitgerekte oorlog?
Van jou vriendin in die loopgrawe
Clara

❧ ❧ ❧

From: Clara Brand [aandiebrand@hotmail.com]
Sent: Sun 30/06/02 10:16
To: Nita Patterson [nitap@yahoo.com]
Cc: Minette Malan [badyear@iafrica.com]; Griet Swart [swartgriet@hotmail.com]; Marita van der Vyver [marita10@laposte.net]
Subject: Berigte te velde

Help!
Ek skryf nou sommer aan al vier my susters, die vlees-enbloedsuster en die susters in verdrukking, in vier verskillende lande, want ek weet nie waar anders my hulp van-

152

daan sal kom nie. Kook wil nie meer help nie, ek het dit gisteraand probeer, 'n groot pot boontjiesop teen die koue gekook, maar al wat ek reggekry het, was om heelnag met 'n opgeblaasde maag te lê en poep. Vanoggend na Billie Holiday geluister, maar haar stem breek my hart, selfs meer as gewoonlik. En dis te vroeg om 'n glas whisky te skink.

Die Boeing het nog nie verbyvlieg nie, soos my pa sou sê, hoewel selfs die Zeppelin op hierdie Sondagoggend oor my dak sou kon vlieg sonder dat ek daarvan bewus was. Dit suisreën so aanhoudend dat ek niks kan hoor nie en die wolke hang te laag om enigiets te sien. Selfs Tafelberg het spoorloos verdwyn. In die nag gekaap en na 'n township geneem om herverdeel te word onder die agtergeblewenes. Dalk nie 'n slegte idee nie, noudat ek daaraan dink.

Ek het pas vir Billie Holiday met Jeff Buckley vervang, nóg 'n stem wat dreig om my hart te breek, maar soos julle teen dié tyd kan aflei, dis een van daardie dae dat ek myself wil straf met 'n gebroke hart. En ek het so uitgesien na hierdie naweek! Gedroom oor hoe rustig dit gaan wees, net ek en die hond en die aanhoudende reën daar buite, die kinders na hulle pa gepos vir die wintervakansie, g'n moederlike verpligtinge om na te kom nie, 'n hele naweek om myself te bederf.

Selfs 'n hopie video's bymekaar gekry wat ek gisteraand wou begin kyk, onder andere De Sica se *Bicycle Thieves,* sodat ek 'n slag snot en trane kan huil sonder om bekommerd te wees oor wat die kinders sal dink. Ook Fellini se *Amarcord* en die broers Taviani se *Padre Padrone.* Ja, Griet, ek was in 'n Italiaanse bui. Lus vir oordrewe emosies en luidkeelse melodrama. En vir die res van julle las ek aan die einde van die brief 'n lysie by van (nog) vyf Italiaanse movies wat julle moet sien voor julle doodgaan.

Maar ek het skaars begin kyk na die eerste video, toe tref

die emosies en die melodrama my eie lewe. Dis nie wat ek wou gehad het nie! Dis meer glamorous op die silwerdoek! Die telefoon het gelui en ek wou nie optel nie, maar toe gaan die antwoordmasjien aan en ek hoor Nicolas se huilende, histeriese stem en my hart gaan staan en ek gryp na die telefoon. Dit het my omtrent tien minute gekos om hom genoeg te kalmeer dat ek kan verstaan wat hy probeer sê. In daardie tien minute, wat soos tien uur gevoel het, het ek my verskeie afgryslike scenario's voorgestel en gesukkel om aan te hou asemhaal. Sebastian of Paula wat verongeluk het, sy pa wat 'n beroerte gekry het, sy pa se vrou wat sy pa vermoor het, sy meisie wat hom met sy beste vriend verneuk het, noem maar op, ek het nog nooit 'n gebrek aan verbeelding gehad as dit by rampe en tragedies kom nie.

Oplaas het ek besef dit was "net" 'n argument tussen hom en sy pa wat hom so ontstel het, maar blykbaar die ouma van alle aaklige argumente. Daar's dinge gesê, waarskynlik aan albei kante, wat eerder ongesê moes gebly het, en Anaïs is ook by die drama betrek, of dalk het sy ingemeng, ek het steeds nie agter die kap van die byl gekom nie, en op die ou end het sy vir Nicolas "weggejaag" uit die huis. Maar hy wil in elk geval nie langer daar bly nie, het hy my huilend meegedeel, hy wil nóú lughawe toe ryloop en die eerste die beste vlug terug Kaap toe vang. (Ryloop! In die nag! In 'n stad met een van die hoogste misdaadsyfers in die wêreld!) Toe ek dit hoor, het my hart omtrent die tiende keer in tien minute botstil gaan staan.

Ek het desperaat gepaai en gesê ek sal met sy pa praat, ons sal sy vlug vervroeg, moet om godsnaam tog net nie iets domonnosel doen nie, asseblief, my kind. Toe ek later met Bernard praat, het hy ook na aan trane geklink. Hy't vir Nicolas probeer ompraat om te bly, maar die kind weier. So dis dalk "beter vir almal" as Nicolas dan maar so gou moontlik terug Kaap toe vlieg. Hulle sal vandag vir hom 'n vroeër vlug reël en ek moet hom môre op die lughawe gaan oplaai. "Beter vir almal", het ek bitterbek gedink, behalwe vir my wat soos gewoonlik met die gebakte pere gaan sit. Daar gaan my rus en vrede, die orige twee weke sonder kinders wat ek wou gebruik om my boekrakke reg te pak en orde in my kombuis te skep voor die kookklasse vir die tweede helfte van die jaar begin. En soms saans skelm te rook en na Billie Holiday te luister en stokou swart-wit tranetrekkers te kyk sonder om my aan my kinders se meerderwaardige kommentaar te steur.

Maar dis eers toe ek vanoggend wakker word, ná ek oor die ergste skok en bewerasie gekom het, dat 'n verskriklike verontwaardiging my beetgepak het. Dat mevrou Marx die Tweede die vermetelheid het om my kind uit sy pa se huis te jaag! Maak nie saak wát Nicolas gedoen het nie – en ek weet beter as enigiemand hoe onbeskof hy soms kan word – jy kan mos nie 'n kind soos 'n ongewenste posstuk behandel nie? *Return to sender.* Sy pa en sy stiefma verontskuldig hulle deur te sê hy wil nie langer by hulle bly nie, maar wáárom wil hy nie langer daar bly nie?

Buitendien, ek kon hoor Bernard lieg vir my. (Ek onthou mos hoe sy stem jare gelede geklink het as hy my bel om te sê hy moet weer laat werk.) Maar ek sal moet wag tot Nicolas môre opdaag voor ek enigiets verder gaan hoor. En aangesien Nicolas deesdae nie juis 'n toonbeeld van spraaksaamheid is nie, sal ek dalk heelwat langer moet wag.

Intussen is ek nie eens meer lus om *Bicycle Thieves* verder te kyk nie. Dit voel skielik soos net nog 'n storie oor 'n pa wat sy seun teleurstel, en ek is nou nogal gatvol van die gesukkel tussen pa's en seuns.

Clara

5 Onmisbare Italiaanse films (1 vir elke dekade)
Rossellini se *Rome Open City* (1945)
Fellini se *La Strada* (1954)
Visconti se *The Leopard* (1963)
Olmi se *The Tree of Wooden Clogs* (1978)
Tornatore se *Cinema Paradiso* (1988)

❦ ❦ ❦

From: Clara Brand [aandiebrand@hotmail.com]
Sent: Tue 02/07/02 21:35
To: Nita Patterson [nitap@yahoo.com]
Subject: Re: Berigte te velde

Dis 'n gemors!
Dankie vir die belangstelling en die simpatie uit die verte. Hierdie volgende aflewering van die sepie wat my lewe skielik weer geword het, rig ek vir eers net aan jou, my bloedsuster. Vir die ander susters sal ek 'n opsomming sonder die grusame besonderhede stuur. Nee kyk, *7de Laan* se skrywers kan gaan slaap. Brandstraat lewer waaragtig meer intriges op as enige fiktiewe TV-laan.

Onthou jy hoe ons jare gelede met *The Bold and the Beautiful* gespot het? Ons het dit *Jonk en Jags* genoem? Wel, hierdie sepie se titel is *Oud maar nog nie Koud*. Met Cary Grant se dubbelganger, ene Bernard Marx, in die rol van die sluwe verleier.

Ek het toe gister vir Nicolas op die lughawe ingewag, en soos ek voorspel het, het hy aanvanklik soos 'n moerige sfinks geswyg. Maar ek was vasberade om die storie uit hom te trek, al moes ek hom in 'n kelder vasbind en martel. Wat toe darem gelukkig nie nodig was nie. Ek het van die lughawe af reguit see toe gery, Strand se kant toe, waar die wind onaangenaam woes gewaai het. Ek het die kar geparkeer en Nicolas genooi om 'n ent saam met my op die sand te kom stap. Hy't my aangekyk of ek van my wysie af is, toe verander ek die uitnodiging in 'n dreigement. Of ons stap en hy praat, óf ons bly sit in die kar en hy praat, maar ons ry nie huis toe voor hy begin praat nie. Ek kan nie my rol speel in hierdie drama as ek nie die verdomde draaiboek ken nie.

Hy't gekies om te stap, makliker as die wind sommige van jou woorde wegwaai, makliker om nie jou ma in die oë te kyk as jy haar iets vertel wat haar gaan ontstel nie. Ek het die legkaartstukke inmekaar begin pas, en hoewel sommige stukke steeds makeer, moontlik vir altyd, het die prentjie tog vorm gekry. Vandag het ons weer gepraat, ná ek hom skaamteloos omgekoop het met Nando's se wegneemhoender, en terwyl hy so aan 'n hoenderboudjie sit en kou, het hy nog 'n paar gate in die prentjie ingevul. Nou's ek nie meer kwaad vir A nie (of in elk geval nie meer as gewoonlik nie; ek sal seker lewenslank so 'n pruttende wrewel teen haar aan die gang hou), maar ek's van voor af BRIESEND vir B.

Die eerste bedryf van die drama, kom ek nou eers agter, het reeds in die Paasvakansie afgespeel. Terwyl ek by jou gekuier het en my kinders se pa veronderstel was om hulle in my huis op te pas. Siestog, dit was seker te moeilik vir hom so man-alleen, toe bel hy maar die sexy jong kinderoppasser om hom te help. Nie net om die kinders op te pas nie, as it turns out.

Nicolas het een aand by die kombuis ingestap terwyl sy pa besig was om vir Estelle te soen. Dank die hemel dit was nie in die slaapkamer nie en dit was "net" 'n soen, dink ek natuurlik dadelik toe ek dit hoor. Maar wat Nicolas betref, was die skade gedaan. Ek het jou mos gesê ek vermoed hy't 'n geheime crush op Estelle. En hier doen sy verraderlike pa wat hy dalk gedroom het om self te doen. Praat van Oedipus wat sy pa moet doodmaak om sy lot te vervul, dis 'n Freudiaanse nagmerrie, die volle katastrofe. Of dalk maak ek dit nou net onnodig ingewikkeld. Dalk was Nicolas doodgewoon die moer in omdat sy pa wéér eens die rol van die ontroue eggenoot gespeel het. Omdat hy stééds nie sy hande en sy mond (en sy ander liggaamsdele, vir al wat ons weet) kan hou waar hulle hoort nie.

Nou verstaan ek oplaas waarom daar soveel spanning tussen die twee van hulle was toe ek terugkom van Skotland. En waarom nie een van die twee dit met my wou bespreek nie. En waarom Nicolas se telefoonverslawing gerieflikheidshalwe die spil van al die struwelinge geword het. Dit was bloot 'n rookskerm rondom die eintlike probleem. Nicolas het my probeer beskerm teen inligting wat my sou ontstel, of so het hy gedog, min wetende dat ek lankal lont geruik het. En Bernard het soos gewoonlik hoofsaaklik sy eie gat probeer beskerm.

Dus ook te begrype dat Nicolas nie lus was om die wintervakansie by sy pa deur te bring nie. Boonop het dit beteken dat hy vir 'n week of drie nie sy meisie kon sien nie – wat dit natuurlik net nog noodsaakliker gemaak het om dag en nag in telefoniese verbinding met haar te bly. Ná skaars 'n week het Bernard een aand vir Nicolas buite in die tuin aangetref met twéé telefone teen sy ore vasgeplak – sy selfoon én die huisfoon – "en toe blaas hy 'n gasket", soos Nicolas dit stel. Nee, moenie vra hoekom enigiemand twéé fone nodig het om met één mens te praat nie, blykbaar was hy bang die verbinding word verbreek, wat 'n uiters traumatiese ervaring vir hom en sy meisie sou wees, omtrent soos wanneer 'n diepseeduiker se suurstof afgesny word. Ek kan nogal begryp dat Bernard ontplof het. Toe val daar woeste woorde tussen hulle, en toe's Anaïs onnosel genoeg om in te meng, gróót fout, en om Bernard se kant téén Nicolas te kies, nog gróter fout, en toe skreeu Nicolas vir haar jy ken nie die man met wie jy getroud is nie, laat ek jou bietjie vertel . . .

En toe verpletter hy haar met die scoop van die kinderoppasser wat in die kombuis gesoen is.

Maar die ergste van alles, die deel van die storie wat my laat verstik van woede, is dat mevrou Marx die Tweede toe vir haar man se seun sê hy's nie meer welkom in haar huis as hy sulke liegstories vertel nie. *En Bernard verraai waaragtig sy kind.* Verdedig hom nie, sê nie hokaai, hy praat die waarheid, jy kan hom nie wegjaag nie; nee, hy laat haar glo dat die kind vir haar gelieg het. Hoe laag, vra ek jou, kan 'n ontroue man daal om sy eie gat te red? My eks is nou, wat my betref, laer as slangkak.

Kan ek vir Nicolas kwalik neem as hy nooit weer met sy pa wil praat nie? Ek is self nie lus om ooit weer met hom te praat nie. Maar Sebastian en Paula kuier steeds by hom en sy "Nanas" in die noorde, en sover ek kan agterkom, is hy 'n goeie pa vir hulle, en ek kan tog nie ter wille van my oudste kind die ander twee óók van hulle pa afsny nie. So ek sal maar weer eens my woede moet sluk, soos 'n vuurvreter 'n vlam sluk, en steeds met die fokker moet kommunikeer. Jammer, ek wou nie so 'n kru woord vir die pa van my kinders gebruik nie, maar dis waarskynlik die mees gepaste beskrywing vir so 'n ewig spulse wese.
Van jou siedende suster
Clara

From: Clara Brand [aandiebrand@hotmail.com]
Sent: 05/07/02 05:57
To: Marita van der Vyver [marita10@laposte.net]
Subject: S.O.S.S.O.S.S.O.S. (al weer!)

Dis net 'n skuldige gewete wat my só vroeg in die oggend
op die been kan kry. Ek wou mos gehad het Bernard moet
in my huis kom bly en met Estelle flirt wou ek nie? So, dis
eintlik my skuld dat Nicolas sy pa sien flirt het, is dit nie?
En as Nicolas nie die flankeerdery gesien het nie sou hy nie
vir sy pa se tweede vrou kon vertel wat hy gesien het nie en
dan sou sy hom nie uit haar huis kon wegjaag nie en dan
sou sy pa nie nodig gehad het om hom te verloën nie . . .
Ag fok, fok, fok, hoekom moet ek altyd alles opfok?!?

21 September 2002
Uitgebrand in Brandstraat

Bernard
Dis 'n lieflike lenteaand met 'n skouspelagtige volmaan,
maar ek is te moeg om soos ander volmaanaande op die
stoep te sit en die hemelse liggaam oor die rand van my
whiskyglas te bewonder. Dus drink ek my whisky in die
kombuis terwyl ek vir jou skryf. Miskien sal ek tog hierdie
keer die brief vir jou gee om te lees.
    Ek het vanmiddag 'n partytjie gehou om jou dogter se
sewende verjaardag te vier, vandaar my toestand van totale
uitputting. Elke keer as ek 'n kinderpartytjie in my huis
oorleef, voel ek so dankbaar en verlig soos iemand wat 'n
motorongeluk oorleef het. Dit kom net nie natuurlik vir
my nie, die kwetterende kinders, die irriterende mammas,

160

die helse verantwoordelikheid, die gesukkel om almal gelukkig te hou. Selfs die kosmakery vooraf voel soos 'n straf, vervelige koeke en stroopsoet lekkergoed en te veel versiersuiker op alles, insluitend die kinders se klere. Jy sou dink ná drie kinders en soveel jare se oefening behoort ek gewoond te wees daaraan, maar nee, ek sweer dit raak erger. Toe Nicolas sy sewende verjaardag met 'n Kuifie-koek en tien gillende seuntjies gevier het, was ek teen die volgende dag weer op my bene. Nou, wie weet hoeveel partytjies later, vat dit my 'n week om te herstel.

Seker net nog 'n bewys dat ek nie 'n gebore ma is nie, soos ek glo my sus Nita en sommige ander vroue inderdaad is. Wat moederskap betref, is ek ná amper sewentien jaar steeds 'n leerlingbestuurder. Voel soms of ek 'n groot rooi letter L op my voorkop wil plak om vir almal te waarsku dat ek nie weet wat ek doen nie. En van ek vier jaar gelede noodgedwonge 'n enkelma moes word, voel ek net nog meer onbevoeg. Almal weet 'n leerlingbestuurder het iemand betroubaar langsaan in die voorste passasiersitplek nodig om ongelukke te vermy. My ma is dood toe selfs my oudste kind nog te klein was om haar te onthou; ek het nie 'n ouer suster of 'n tante by wie ek raad kan bedel nie, my vriendinne is omtrent almal net so clueless soos ek, wie de hel kan my help?

Ek het probeer dink aan movies met wonderlike ma's, gedog dalk sal dit my besiel, maar dit het my net nog meer bedruk.

5 Films met voorbeeldige moeders
Almodovar se *All About My Mother* ('n ma wat haar seun verloor)
Douglas Sirk se *Imitation of Life* ('n ma wat deur haar dogter verloën word)

161

Pakula se *Sophie's Choice* ('n ma wat selfmoord pleeg ná sy
   tussen haar 2 kinders moes kies)
Imamura se *The Ballad of Narayama* ('n ma wat deur haar
   seun op 'n berg gelos word om dood te gaan)
Walt Disney se *Bambi* ('n ma bly 'n ma, selfs al is sy 'n bok)

Dus ook nie veel hulp uit daardie oord nie.

En jy, Bernard, jy's my partner in crime, my kinders se
ander ouer, maar jy praat nou al amper drie maande lank
nie met jou oudste seun nie. Jy sê dis nie jou skuld nie, jy
probeer bel en e-posse stuur, maar hy wil niks met jou te
doen hê nie. Punt is, dit ís jou skuld, jy't hom liederlik ver-
loën toe jy jou tweede vrou laat glo het hy lieg. Nou sê jy vir
my jy't vir A vertel van die "insident" in my kombuis, wat
beteken sy wéét Nicolas het die waarheid gepraat, maar jy't
dit blykbaar reggekry om haar te oortuig dit was "'n on-
skuldige, vriendskaplike gebaar". Ekskuus? Is sy só onnosel
dat sy dít kan glo? Nee wag, laat ek liewer my mond hou,
ek was tog ook eens op 'n tyd gretig om jou leuens te glo.

Maar ek's bevrees hierdie halfhartige en agterstallige
skuldbekentenis verander nie die minagting in jou seun se
oë wanneer hy van jou praat nie. Nie dat hy ooit vrywillig
van jou praat nie. Ek probeer hom oorreed om jou te ver-
gewe, ja, kan jy glo, omdat ek sien hoe swaar die ander twee
kinders ook aan hierdie vyandskap dra. En, laat ek nou
maar eerlik wees, omdat dit vir my ook horribaal moeilik is
om 'n sestienjarige seun op my eie te hanteer. *You gotta help
me,* soos Sonny Boy Williamson gesing het, *I can't do it all by
myself.*

Ek vermoed hy verwag 'n amptelike verskoning van jou
én jou vrou. En moenie vir my vra hoe dit moontlik is om
verskoning te vra as hy nie met julle wil praat nie, julle kan
dit altyd op die outydse manier doen: skriftelik. Vra vir A

162

om vir hom 'n brief te skryf en te erken dat sy verkeerd was om so blindelings in jou onskuld te glo – en as sy te trots is om dit te doen, of steeds glo dat jy onskuldig is, nou ja, dan moet jy seker maar kies tussen jou tweede vrou en jou kind by jou eerste vrou. Tough, nè. En nie net vir jou nie.

Jou seun het jou nodig, al sal hy dit nooit erken nie. En ék het jou nodig, as mede-ouer wat darem iets meer kan doen as om elke maand 'n tjek te stuur. Oukei, ek weet, ek moet seker dankbaar wees jy stuur nog die tjek, daar's der-duisende enkelma's wat nie eens daardie skrale troos het nie. Maar weet jy hoe grief dit my dat die ander twee môre na jou toe vlieg vir die lentevakansie terwyl Nicolas tien dae lank dikmond op sy bed gaan bly lê?

In telefoniese verbinding met sy meisie, sekerlik, want van daardie verslawing is hy helaas nog nie genees nie. Aan die ander kant is hy so onstabiel deesdae dat ons dalk dankbaar moet wees vir die meisie en die telefoon. Hy her-inner my aan 'n koorddanser sonder 'n veiligheidsnet. Soms dink ek dis nog net haar stem oor die telefoon wat keer dat hy sy balans verloor en sy nek breek.

Terloops, ek het toe oplaas die meisie ontmoet ná hy haar maande lank vir my weggesteek het – of miskien was dit eerder ek wat vir háár weggesteek is, ek vat dit nie per-soonlik nie, die meeste tieners skaam hulle mos maar vir hulle ma's – en ek sukkel om enigiets positief óf negatief oor haar te sê. Sy's nie juis mooi nie, maar ook nie juis lelik nie; sy's nie besonder vriendelik nie, maar ook nie beson-der onvriendelik nie; sy klink nie te slim nie, maar darem ook nie te dom nie. Is dít wat ons seun wil hê? 'n Meisie wat so middelmatig is dat sy onsigbaar word? Dat sy niks meer as 'n stem oor die telefoon hoef te wees nie. Sy sal nooit deur 'n ander ou afgerokkel word nie, sy sal hom nooit vir 'n ander ou los nie, hulle kan vir altyd en altyd gelukkig saam in telefoniese verbinding bly. 'n Sprokie vir 'n moderne stadskind met geskeide ouers?

Dit maak my so hartseer dat ek in my whiskyglas wil huil. Skryf vir hom, om godsnaam, dit kan nie só aangaan nie. Vra om verskoning, kruip op jou knieë as dit moet, maar dóén tog net iets aan die situasie.

Van Nicolas se ander ouer

Clara

☙ ☙ ☙

From: Clara Brand [aandiebrand@hotmail.com]
Sent: 23/10/02 21:15
To: Bernard Marx [notgroucho@mweb.co.za]
Subject: Re: New York, New York?

Bernard

Jong, ek weet nie. Dis fantastiese nuus vir jou, 'n joernalistieke beurs waarmee jy drie maande in die VSA kan deurbring, en in "normale omstandighede" sou Nicolas die kans aangegryp het om 'n week of twee saam met jou in New York te kuier, maar nou . . . Jy weet tog die omstandighede is al maande lank nie "normaal" nie. Hy sal dink jy probeer hom omkoop om weer van jou te hou.

Aan die ander kant, as tipiese tiener is hy so totaal egoïsties dat hy dalk nie sal omgee om omgekoop te word nie, solank hy voordeel trek uit die proses. En New York is waarlik 'n manjifieke wortel om voor sy neus rond te swaai. Of 'n manjifieke Appel, aangesien ons nou van New York praat.

Nee, ek weet rêrig nie! Ek kan jou nie raad gee nie, behalwe miskien om te sê die tyd is nog nie ryp vir so 'n voorstel nie. Hy weet nou dat jy 'n ruk in die VSA gaan wees en ek's besig om hom te oortuig dis belangrik dat julle mekaar

164

sien vóór jou vertrek. Laat weet my wanneer jy weer Kaap toe kom, dan kom eet jy by ons, en ek belowe ek sal my bes probeer om jou oudste seun ook aan tafel te hê. Of ten minste in die huis.

Hy's so ongelooflik hardkoppig. Maar hy mis jou meer as wat jy ooit sal raai. Hy's jou eersgeborene, onthou, die eerste wat jou laat besef het hoe lief 'n ouer 'n kind kan kry, en julle was só mal oor mekaar toe hy klein was dat ek soms soos 'n afgunstige buitestander gevoel het. Ja, ek het dit nooit aan jou erken nie, gedog dis nie 'n waardige emosie vir 'n nuwe ma nie, en ek wou tog so graag 'n waardige ma wees. Nou het ek lankal geleer dat liefde, enige soort liefde, bra min met waardigheid te doen het. *Love is not a victory march*, om vir Leonard Cohen aan te haal. Allesbehalwe.

My kop is skielik vol beelde van daardie eerste drie jaar, toe ons net drie was, voor die ander opgedaag het. Einde van die jare tagtig, so 'n donker en desperate tyd in die ou Suid-Afrika, en daardie huisie in Yeoville was klein en klam en skreeulelik met die rooi baksteenmure, en ons het albei te hard gewerk en te min slaap gekry met die nuwe baba – maar ek onthou bowenal hoe ons gelag en gedans het. Bernoldus Niemand en Ladysmith Black Mambasa en Talking Heads, so aanmekaar en so dawerend luid dat dit 'n godswonder is die kwaai oom Ben langsaan het ons nie kom doodskiet nie. Wonder wat van oom Ben en sy geweer geword het in die nuwe Suid-Afrika. Onthou jy hoe mal was Nicolas oor *Burning down the house*? Skaars 'n jaar oud, toe lag hy met so 'n kwylende wawydoop mond en wikkel sy boude in sy luier elke keer as hy dié liedjie hoor. Hy't sy eerste waggelende treë op David Byrne se stem gegee. Jy't hom in jou arms opgeraap en 'n skreeusnaakse toi-toi van vreugde al om die kombuistafel gedans.

165

Nee, hel, wat gaan nóú met my aan? Heeltemal oorwel-
dig deur nostalgie met 'n knop so groot soos 'n appel-
stronk in my keel. Dis die eerste keer in járe dat ek myself
toelaat om te onthou hoe gelukkig ons was. Ek en jy en hy.
Vóór hom was ons natuurlik ook gelukkig, maar toe was
ons niks meer as 'n waansinnig verliefde en onverantwoor-
delike paartjie nie. Hy't ons in 'n gesin verander.

Drie jaar later is Sebastian gebore, die jaar van *Eet kreef*
en die Voëlvry-toer, en alles om ons het na rebellie geruik,
maar hy was 'n koliekbaba en ons het al hoe meer gesukkel
om met so min slaap klaar te kom, minder gelag en ge-
dans, verantwoordeliker geword. Die begin van die einde,
kan ek sien as ek terugkyk. Toe Paula in die nuwe Suid-
Afrika gebore word, kort ná daardie magiese oomblik toe
Madiba in 'n Springboktrui die Wêreldbeker omhoog ge-
hou het, het ons gehoop dit beteken vir ons ook 'n nuwe
begin. Maar dit was te laat, ons nate was klaar losgetorring,
jy't al hoe minder tyd by die huis deurgebring, die dood
was in die pot. Toe ons Paula se tweede verjaardagpartytjie
hou, was ek verbaas om Anaïs onder die gaste te sien. Al
die ander genooides was jonger as vyf, of hulle was mam-
mas of pappas van kinders jonger as vyf. "Ek het gesê sy kan
kom as sy lus is," het jy sonder enige verleentheid verduide-
lik. "Sy's al amper soos familie . . ."

Inderdaad. Aangesien jy meer gereeld met haar bed toe
gegaan het as met jou vrou, kon sy seker as familie, of ten
minste toekomstige familie, beskou word. Maar dít het ek
eers 'n paar maande later agtergekom. Nee, toe maar, dis
nie 'n verwyt nie, dis 'n stelling. Ek wil nie hierdie heerlik
nostalgiese bui bederf met verwyte nie. Ek sê mos die dood
was in die pot, die einde was in sig, as jy nie met A begin
vry het nie, sou jy wel met iemand anders gevry het. En dis
seker die naaste wat ek ooit daaraan sal kom om jou 'n

166

soort absolusie te gee. Gaan tel jou seëninge en doen goeie dade, my gewese man.

Intussen sal ek jou seun probeer bearbei vir moontlike toenadering van jou kant af.
Clara

✿ ✿ ✿

From: Clara Brand [aandiebrand@hotmail.com]
Sent: Sun 08/12/02 22:10
To: Marita van der Vyver [marita10@laposte.net]
Subject: Staltoneel

Naand Marita
Ná jare van pieperige Kersboompies het ek vanjaar weer 'n gróót boom aangeskaf. Soos toe ons nog 'n tweeouergesin was. Toe Nicolas al steunend en kreunend met die tamaai boom by die trap opsukkel (eintlik is die boom belaglik groot, weet nie wat ek probeer bewys het nie), toe tref dit my: Die rede waarom ek so lank met sulke patetiese klein boompies tevrede was, was dalk net omdat niemand in die huis groot genoeg was om 'n ordentlike boom tot in die sitkamer te dra nie.

Nou kan my oudste 'n boom soos 'n branderplank op sy breë sonbruin skouers laai en by die huis indra. Al kla hy heelpad en al wil hy niks verder met die ding te doen hê nie. Hy't dit duidelik gemaak dat hy heeltemal te oud is vir die versiering wat ons altyd as gesin aangepak het. Hy stel só nie belang in Kersbome nie, dis net nie waar nie.

Sebastian, daarenteen, het met veel meer geesdrif mee-gedoen as wat ek verwag het. In 'n stadium het hy en Paula so gestry oor die "kleurskema" van die boom dat ek bang was hulle gaan mekaar met daardie aaklige blink stringe

167

engelhaar verwurg. Die "kleurskema" is die Ander Vrou se sinistere invloed, vermoed ek. In ons huis was Kersbome nog nooit colour coordinated nie, ons hang eenvoudig al die kitsch goeters en tuisgemaakte gemors op wat ons laas jaar weggepak het. In A se huis is die Kersversierings waarskynlik wit om by die tandeborsels en die tzatsiki te pas. Ek het die stryery ontlont deur te sê kom ons maak dit 'n reënboogboom vir ons reënboogland. Daarna het ek gewonder of Sebastian se buitensporige geesdrif nie 'n soort afskeid was nie. Hy's amper veertien. Volgende jaar gaan hy vermoedelik ook nie meer in boomversierings belang stel nie.

Paula se belangrikste bydrae was 'n bisarre nativity scene. Vlak langs die boom het sy 'n "stal" uit 'n ou skoenboks geprakseer, die bodem bedek met strooi uit haar hamster se hok, en daarin het sy 'n paar figuurtjies gerangskik wat sy uit deeg gebou en gebak en geverf het. Die idee het ontstaan by haar beste maatjie in Graad 1, 'n swart Rooms-Katolieke kindjie met die naam van Nandi. Ek dink dis wonderlik dat my kind swart maats maak, die hemel weet my eie vriendekring is steeds heeltemal te bleek vir die nuwe Suid-Afrika, maar ek het my bedenkinge oor die Rooms-Katolieke invloed. Probleem is dat my sekulêre kind uit 'n sekulêre huis in 'n sekulêre skool nie presies verstaan hoe die befaamde staltoneel werk nie. Sy ken die storie, natuurlik, sy weet van Josef en Maria en die herders en die Wyse Manne, maar sy was blykbaar onder die indruk sy mag maar artistieke vryheid gebruik om die toneel interessanter te maak.

Die gevolg is die vréémdste staltoneel ooit. En beslis die kleurvolste. Maria, byvoorbeeld, dra 'n skarlakenrooi rok en rooi skoene. Een van die Wyse Manne is grasgroen geverf, selfs sy gesig, wat hom sleg seesiek laat lyk, en hy makeer 'n been. Maak nie saak nie, sê Paula, kom ons sê dis van die lang sit op die kameel dat sy been afgeval het. Daar's 'n enkele reusagtige skaap met 'n rug so plat soos 'n tafel wat sy met watte beplak het om meer skaapagtig te lyk. Sy't ook begin om 'n vet varkie te vervaardig, maar ná ek verduidelik het van Jode en Moslems se probleem met varkvleis, het sy die vark verander in 'n kussing waarop die pienk Wyse Man kon kniel. En ek bedoel nie hy's gay nie, ek bedoel sy't hom skokpienk geverf, van kop tot tone. Daar's ook 'n swart Wyse Man, wat waarskynlik die enigste histories korrekte element in die tablo is.

En nou kom ons by die choreografie. In die middel van die strooivloer, pleks van die baba in die krip, lê een van die herders uitgestrek op die naat van sy rug, met die enorme skaap so half bo-oor hom, kompleet soos iemand wat deur 'n waansinnige skaap aangeval word. Die ander karakters, insluitend die groen ou sonder 'n been en Maria in haar skandalige rooi uitrusting, leun almal in 'n halwe kring teen die mure van die stal, soos dansers wat wag dat die baan geopen word. Die krip is eenkant in 'n donker hoekie weggesteek. Sodat die baba rustig kan slaap, sê Paula. 'n Heel praktiese idee, maar ek glo nie haar Rooms-Katolieke maatjie gaan geïmponeer wees met hierdie verbeeldingryke weergawe van die nativity scene nie.

Wat my betref, wie wil nou oor 'n wit Kersfees droom as jy so 'n bont en bisarre Krismis kan hê?
Liefde en vrede en welbehae vir jou en jou liefstes oor die feesdae
Clara

Verwarm die oond vooraf

Raad vir 'n reisende seun
Januarie 2003

My liewe, liewe seun
Teen die tyd dat jy hierdie brief lees, het ek jou op die lug-
hawe gegroet – hopelik sonder om 'n enkele traan te stort,
want 'n wenende moeder pas beslis nie in jou prentjie van
jouself as onafhanklike wêreldreisiger nie, ek weet, ek weet –
en jy's in die vliegtuig op pad na jou pa op 'n ander vaste-
land.

Jy was die laaste paar dae komkommerkoel – soos dit 'n
wêreldreisiger betaam – maar ek kon sien hoe hard jy moes
keer om nie jou opgewondenheid te laat oorkook nie. Dis
die eerste keer dat jy so ver op jou eie reis, die eerste keer
dat jy New York gaan sien, wat 'n wonderlike avontuur. Na-
tuurlik is jy ook senuagtig oor die twee weke wat jy saam
met jou pa moet deurbring. Wanneer laas het julle enige
tyd saam deurgebring, net julle twee? Toe jy nog op laer-
skool was en hy soms naweke jou swemgalas bygewoon het?
En reise is mos maar altyd 'n toets vir 'n verhouding – selfs
as jy vóór die reis uitstekend klaargekom het met jou reis-
genoot. Wat ongelukkig nie op julle van toepassing is nie.
Maar ek is seker jou pa gaan sy bes probeer om jou 'n fan-
tastiese vakansie te bied.

Onthou dit, geniet dit, byt op jou tande as hy jou irri-
teer. (Ja, jy's reg, ek het presies dieselfde raad vir hom ge-

gee.) Hy's lief vir jou, Nicolas, al was hy nie altyd 'n perfek-
te pa nie. Daar bestaan nie iets soos 'n perfekte pa nie, jy
sal sien as jy self eendag pa word. Soms is dit 'n geval van
hoe harder 'n pa probeer om alles reg te doen, hoe meer
mors hy alles op. Jou pa probeer vrééslik hard met hierdie
reis van jou, maar as jy nie ook probeer om hom tegemoet
te kom nie, gaan dit nie werk nie.

Ek's bang om enigiets verder te sê, bang dat dit so corny
sal klink dat jy die brief sal opfrommel en weggooi voor jy
dit klaar gelees het. En ek sal nogal graag wil hê jy moet dit
bêre sodat jy dit eendag weer kan lees. Miskien as ek nie
meer daar is nie. Nee, dis nie emosionele afdreiging nie,
dis bloot 'n hoop wat ek uitspreek in hierdie era waarin
briewe so skaars soos veerpenne geword het. Wie weet wan-
neer ek weer 'n kans gaan kry om vir jou 'n "regte" brief op
regte papier te skryf?

Ek hoop dat hierdie reis vir jou die eerste van vele sal
wees, my seun. Maar onthou, daar's ook mense wat nooit
reis nie, nie fisiek van plek tot plek nie, en tog wyser as die
meeste gejaagde moderne reisigers is. Daar's baie maniere
om te reis, in 'n vliegtuig of in 'n boek, op 'n boot of in jou
verbeelding, en natuurlik ook deur jou hart. Ek hoop jy
vind die manier wat vir jou die beste werk.

Klaar gepreek, belowe. Wees geduldig met jou pa. Dis 'n
versoek, nie 'n bevel nie.

Lief vir jou
Ma

From: Clara Brand [aandiebrand@hotmail.com]
Sent: Mon 13/01/03 09:17
To: Griet Swart [swartgriet@hotmail.com]
Subject: Re: Bambini

Goeiemôre Griet

Was wonderlik om jou en jou nuwe gesin oor die feesdae te sien! Bly julle's veilig terug in Berlusconiland. Soos jy opgemerk het, het jou babaseun my knieë in water verander. Hy gaan 'n hartebreker van formaat word, wees gewaarsku. As sy glimlag nou al onweerstaanbaar is, dink net wat gaan gebeur as hy eers al sy tande het.

My dogter is, indien moontlik, selfs meer betower as ek. Sy't nog nooit so lekker met 'n lewende pop gespeel nie. Enigste nadeel is dat sy ná julle kuier vir die eerste keer in jare weer hardop gewens het sy kon 'n bababoetie kry. Nie as dit van my afhang nie, het ek dadelik geskerm. Toe probeer sy my ewe liefies troos: "Nee, toe maar, Mamma, Nanas het gesê sy sal kyk of sy vir my 'n boetie kan gee."

Ek was te geskok om 'n woord uit te kry. Toe my man se tweede vrou nog my vriendin was, het sy dit baie duidelik gestel dat kinders nie deel van haar toekomsplanne was nie. Soos Minette, het ek gedink, een van daardie bewonderenswaardige beroepsvroue wat sosiale druk én die dreigende getik van hulle eie biologiese horlosies kan weerstaan. Ek was altyd 'n pushover as dit by babas kom. Wou so graag 'n bewonderenswaardige beroepsvrou wees, maar my lyf het my verloën. In my vroeë twintigerjare het my hormone al begin saamsweer teen my beroepsplanne; teen 25 het ek die stryd gewonne gegee en swanger geword. Toe my man my verruil vir my gewese vriendin, was dit darem 'n skrale troos dat hy nie sy kinders ook vir jonger, mooier, beter kinders sou verruil nie, want ek het mos geweet A wou nie voortplant nie.

172

Deesdae glo ek dis nie beroepsambisie wat A keer om kinders te kry nie, dis blote ydelheid en egoïsme. Die vrees vir wat swangerskap en borsvoeding aan haar lieflike lyf sal doen, of morsige klein kindertjies aan haar lelieblanke huis. So jy sal verstaan dat ek nogal omgeboul was deur Paula se mededeling. Is dit móóntlik dat ek my plaasvervanger so geheel en al verkeerd opgesom het? Of het sy geleidelik verander, meer moederlik geword noudat sy gereeld stiefma moet speel vir my kinders? Of dalk wil sy bloot doen wat vroue in hulle onnoselheid al eeue lank doen wanneer hulle bang word dat hulle nie hulle mans gaan behou nie. Bind hom aan jou vas met die ketting van vaderskap. Bernard se onderonsie met die kinderoppasser moes 'n kwaai knou vir haar selfvertroue gewees het.

Wat my betref, ek háát die gedagte dat my gewese man 'n nuwe gesin kan begin, dat hy nog minder betrokke sal wees by sy reeds bestaande kinders, dat ek die botter dunner op my kinders se brood sal moet smeer omdat hulle pa sy botter met ander kinders ook moet deel. O, ek klink soos 'n gierige, afgunstige bitterbek! En ek weet ek word te lank in die tand om self nog kinders te kry – nie dat ek nog wil hê nie! – maar nogtans, dit voel net nie regverdig dat mans kan aanhou om jonger en jonger lovers te hê terwyl hulle ouer en ouer word nie – nie dat ek jonger lovers wil hê nie! – en dat hulle kan aanhou om nog kinders te maak en nog gesinne op te fok terwyl dit vir 'n vrou kort ná veertig basies neusie verby is. Nie dat ek enige verdere gesinne wil opfok nie.

Dis seker maar net die ewige hunkering na nog 'n kans waaroor ek hier so gal braak. Die hunkering wat nooit wyk nie ondanks die wrede wete dat jy jou kanse verspeel het. Dis verby, uit en gedaan, kant en klaar. Ek sal nooit 'n beter ma vir nog 'n kind kan wees nie, ek sal hoogstens eendag 'n goeie ouma vir 'n kleinkind kan wees, wat 'n depressing gedagte. My oudste seun vier vandeesmaand sy sewentiende verjaardag. Tegnies gesproke is hy dus in staat om my enige oomblik in oumaskap te dompel. Noudat ek daaraan dink, my *jongste* seun word volgende maand veertien, wat beteken hy't seker ook die nodige gereedskap. En die hemel alleen weet, as ek ná sewentien jaar steeds sukkel om moederskap baas te raak, hoeveel jare gaan dit my vat om 'n ordentlike ouma te word?

Hou jou bambino styf vas namens my

Clara

17 Januarie 2003

My liewe Nicolas

Al weer ek, hoewel jy nie hierdie een gaan lees nie. Ek is oënskynlik vervloek om ongeleeste briewe aan jou en jou pa te stuur. Ek skryf bloot om my verwarde gedagtes agtermekaar te kry voor jy terugkom uit New York, sodat ek met jou kan probeer práát, verstaan jy?

Ek het afgekom op 'n klomp – wat sal ek dit noem? – nie "briewe" nie, nee, jy haat dit mos om briewe te skryf, so kom ons sê maar net "los opmerkings" wat jy op ons gesinsrekenaar ingetik het. En nee, nee, nee, ek het nie gesnuffel nie, ek wou nie jou privaatheid skend nie, maar ek moes dringend die rekenaar se harde skyf vervang en een van my kookklasmans het my kom help om soveel moontlik van die lêers op die ou skyf te red. Onder andere jou lêers.

Toe ontdek ek dosyne foto's van jou meisie in haar onderklere – vermoedelik self met haar eie selfoon geneem – waaroor ek besluit het om niks te sê nie. Wel, sy's darem

174

nie kaal nie, het ek dankbaar gedink. Maar wat ek ook ont-dek het, en nie kan ignoreer nie, is hierdie "skryfsels", by gebrek aan 'n beter woord, waarin jy jou woede en ontnug-tering uitdruk. Meestal teen jou pa gemik, maar soms be-land ek ook in jou line of fire. Die militaristiese frase is doel-bewus, want jou uitbarstings klink vir my soos oorlogsver-klarings. Ai, my kind, my hart se punt, ek het geweet jy's kwáád vir ons, en vir alle "skynhylige grootmense" (sic), maar die intensiteit van jou emosies het my soos 'n koeël in die bors getref.

Nou probeer ek my troos met die gedagte dat jy 'n tiener is, dat álle gevoelens op daardie ouderdom intens is. As jy honger is, verorber jy 'n hele witbrood; as jy moeg is, slaap jy twaalf uur aanmekaar; as jy verlief is, jy weet wat ek be-doel . . . En ek onthou dat ek ook eens op 'n tyd 'n intense tiener was wat nie geweet het hoe om my emosies uit te druk nie. (Ek is dan nou 'n intense middeljarige ma wat die meeste van die tyd steeds nie weet hoe om my emosies op 'n gesonde manier uit te druk nie.) So ek wil nie jou woor-de uit verband ruk en jou na 'n sielkundige sleep nie, maar ons sal móét praat wanneer jy terugkom, Nicolas. Ek sal net eenvoudig harder moet probeer om nader aan jou te kom, jou pa sal harder moet probeer, anders . . .

My pa lieg vir almal om hom, my ma lieg mostly vir haarself en dink dit maak haar beter as my pa, what a joke. En dan expect hulle ek moet eerlik wees met hulle! Ek voel so vasgevang soos 'n fokken vlieg in hiedie web of deceit. Al manier om los te kom is om saam te lieg, wat anders?

Anders gaan ons jou verloor, dís wat anders.
Ek is so lief vir jou dit maak my seer om aan jou te dink
Ma

From: Clara Brand [aandiebrand@hotmail.com]
Sent: Mon 24/03/03 22:10
To: Nita Patterson [nitap@yahoo.com]
Subject: Re: Na die geliefde land ...

Naand Sus

Julle kom terug! O, dit gaan heerlik wees om jou weer na-
der te hê! Johannesburg is steeds nie na genoeg om elke
week oor 'n koppie koffie te klets nie, maar dis darem 'n
hele vasteland nader as Edinburgh se heuwels en kastele.

Jy sê swaer David en die kinders het gemengde gevoe-
lens oor die terugkoms, maar jy's moeg daarvan om onder
'n regering te lewe wat Bush se megalomaniese oorlog teen
Irak steun. Ek wil jou nou nie vroegtydig ontnugter nie,
Suslief, maar hier sal jy ook maar onder 'n regering moet
lewe wat bereid is om miljoene mense te laat sterwe ter
wille van lost causes. Ek praat nou veral van ons president
en gesondheidsminister se weiering om vigs ernstig op te
neem, maar ook van die groeiende misdaadsyfer wat steeds
beskou word as iets waaroor slegs wit mense onnodig kerm.

Dit gaan vir jou moeilik wees om weer te leer om agter
slot en grendel te lewe. As jy pal hier woon, soos ek, raak jy
blykbaar so gewoond daaraan dat jy nie eens meer agter-
kom hoe paranoïes ons almal geword het nie. Maar as jy 'n
ruk weg was, raak jy ontsettend bewus van die loeiende
diefalarms orals, die blaffende honde agter hoë mure, die
histeriese koerantopskrifte, die moord en doodslag elke
dag. Almal sê so, selfs Bernard wat net 'n paar maande in
die VSA deurgebring het.

En dis nie asof die VSA 'n geweldlose land is nie, nè. Vir
'n Amerikaanse tiener is dit blykbaar makliker om 'n ge-
weer oor 'n toonbank te koop as 'n bottel bier. Ons Ameri-
kaanse broer het heeltyd sy rewolwer by hom gehou toe hy

176

Krismis kom kuier het, en sy vrou en dogters bewapen met sleutelhouers wat in dolke kan verander of 'n verblindende sproei in 'n aanvaller se oë kan spuit of 'n oorverdowende lawaai kan opskop, feitlik enigiets kan doen behalwe om 'n helikopter te word waarin hulle kan wegvlieg. Sebastian was gefassineer deur hierdie gadgets, jy kan jou voorstel, amper so begeerlik soos Harry Potter se onsigbaarheidsmantel tot taamlik onlangs nog vir hom was.

Terloops, ons broer het homself herdoop. Sy Amerikaanse vriende, wat glad nie "Wynand" kan uitspreek nie, het hom op sy voorletters begin noem, Double-U-B, maar nou herinner dit hom te veel aan President Double-U-B, en Wynand is darem nog nie só Rambo-agtig dat hy vir Bush steun nie. Of dalk wil hy dit net nie openlik doen nie. Ter wille van werk en ambisie is dit seker beter om op die heining te sit eerder as om in 'n spesifieke kamp te wei. Hoe ook al, hy noem homself nou Nando – wat tydens die Kersvakansie saam met Pa-hulle tot vele grappies oor Portugese hoenders gelei het. Nando aka Wynand het nie die hoendergrappies waardeer nie. Daar het nog altyd iets geskort met sy sin vir humor, dink jy nie ook so nie? Soms dink ek dis hoekom hy so goed aard in Los Angeles. Hy neem die Amerikaanse Droom absoluut ernstig op, sonder enige ironiese afstand.

Van die Amerikaanse Droom gepraat, Nicolas dink Amerika stink – maar New York is 'n ander saak. 'n Ander land met sy eie vryheid in 'n groter onaangenamer land. Klink vir my amper soos die Bantoe-tuislande in die ou Suid-Afrika, mompel ek toe ietwat sarkasties, keelvol van die lofliedere aan New York. Toe wil hy weet wat is 'n Bantoe-tuisland. Dís hoe ver ons gevorder het in hierdie land. Onthou dit gerus as die terugkoms moeiliker voel as wat jy verwag het.

177

Die pa-seun-avontuur in New York het geen Damaskus-
oomblikke van versoening opgelewer nie, maar hulle het
dit darem oorleef sonder om mekaar te lyf te gaan. Die
ander twee was verheug om hulle pa weer te sien, dit was
die langste skeiding ooit, 'n bietjie té lank vir Paula wat 'n
paar keer die afgelope maand begin huil het van verlange
terwyl ek vir haar 'n slaaptydstorie lees. Ek kan nie ontken
dat ek ook bly is hy's terug nie, al is dit net om nou en dan
die ouerskaplas van my afgeremde skouers te lig.
Sterkte vir die afskeid en vertrek wat voorlê
Clara

🌼 🌼 🌼

From: Clara Brand [aandiebrand@hotmail.com]
Sent: Mon 24/03/03 22:30
To: Nita Patterson [nitap@yahoo.com]
Subject: O ja, nog iets

Hier's ek weer net 'n paar minute later. Vergeet om te sê ek
het toe eindelik gister vir Bernard gepols – so diplomaties
moontlik – oor sy planne vir verdere vaderskap. Na aanlei-
ding van Paula se opmerking dat "Nanas" vir haar 'n moont-
like bababoetie belowe het. Ek probeer dit nou al maande
lank verwerk, maar dit krap steeds aan my.

En Bernard se reaksie was om eers blosend verleë te
word (ek belowe) en dit toe af te lag met 'n spottende op-
merking: "Ja, Anaïs begin nou broeis word, wie sou dit nou
kon dink, maar ek het vir haar gesê daar was nie 'n baba-
klousule in ons voorhuwelikse kontrak nie." En sy aanvaar
dit? vra ek toe met onskuld in my oë. "Wat anders kan sy
doen?" antwoord Bernard sowaar. "As sy wil pop speel, sal
sy 'n jonger pappa moet soek."

O, jou arme ellendeling, sê ek toe amper, jy ken nie die lis van 'n slinkse vrou nie! Wat kan sy doen? Wat kan sy *nie* doen nie! Maar ek het niks gesê nie, net nog wyn geskink en hom jammer gekry. En myself ook, natuurlik, en ons kinders.

Nou plaas ek my laaste geld en hoop op die buiteperd van die noodlot. Mevrou Marx die Tweede lyk net nie vir my soos die soort wat maklik swanger sal word nie. Sy't haar lieflike lyf al so swaar gestraf met oordrewe oefening. Ek onthou sy't destyds teenoor my gebieg dat sy in 'n stadium selfs opgehou menstrueer het. En meneer Marx is verby sy vrugbaarste jare, dis 'n feit soos 'n koei. So kom ons hoop . . .

Kom ons hoop

Clara

15 April 2003

Ai, Nicolas

Jy kan nie bloed uit 'n klip tap nie. Ek probeer om met jou te praat, ek praat en ek praat, maar dit bly 'n blerrie monoloog. Jy swyg soos 'n klip.

Ek vermoed jy sit steeds soms voor die rekenaar en skel op my en jou pa, maar as ek voor jou staan en jou smeek om met my te kommunikeer, mompel jy net niksseggende frases soos *whatever. Nevermind. Wat's die punt.* Die punt, my liefste kind, is dat ek nie kan vergeet van jou verdoemende oordeel oor ons wat ek vroeër vanjaar op die rekenaar gelees het nie. Elke sin is in my geheue ingebrand. Met spelfoute en al.

My ma se probleem is sy sien ander mense se skynhyligheid including my pa sin maar sys blind vir haar eie hypocrysy. Sy wil

179

et van haar hou including my pa so sy steek haar
, agter 'n smile wat so fake is soos Anaïs se tiete. En sy
, OK, sy doen mos flippen yoga om zen te wees, flippen
nge om flippen asem te haal, maar sys sooo fokken nie OK

Bedóél jy dit, Nicolas?

Die ergste van alles is dat ek nie eens vir myself kan sê jy't dit seker net in 'n oomblik van woede geskryf om my seer te maak nie, want ek was immers nie veronderstel om dit te lees nie. Of was ek? Skryf ons nie maar alles wat ons skryf in die hoop dat die regte mense dit eendag sal lees nie? Anders, wel, wat's die punt. Om jou aan te haal.

As jy my wou seermaak, het jy dit reggekry, maar ek gaan dit waaragtig nie vir jou wys nie. Ek's lief vir jou. Ek kan nie anders nie, ek's jou ma, al is ek *sooo fokken nie OK nie*!

***

From: Clara Brand [aandiebrand@hotmail.com]
Sent: Thu 01/05/03 06:27
To: Minette Malan [badyear@iafrica.com]
Subject: Mayday! Mayday!

Minette!

Waar kom bostaande noodroep van sinkende skepe vandaan? wonder ek vir die eerste keer, noudat ek self skielik soos 'n sinkende skip voel. Dis douvoordag op Werkersdag, terwyl niemand werk nie en almal in die huis nog slaap, en ek sit kiertsregop in die kombuis met my derde koppie koffie. Heeltemal deurmekaar geklits deur – hou vas aan jou stoel, moenie jou sigaret uit jou mond laat val nie, netnou steek jy jou toetsbord aan die brand – 'n man.

Ek het 'n man ontmoet wat in my belang stel. Nie soos

180

jy in 'n interessante klip of 'n reisprogram op TV belang stel nie, nee, dis vermoedelik 'n meer romantiese soort belangstelling. En, soos jy teen dié tyd afgelei het, anders sou ek nie so vaagweg histeries geklink het nie, ek moet erken ek stel in hom ook belang. En weet jy hoe bang maak hierdie erkentenis my? Ná vyf jaar van vrome selibaatskap?

En dit was sowaar nie eens nodig om my tot internet dating te wend nie. Ek weet jy's mal oor die *brave new world* van virtuele flirtasies, maar dit klink vir my nog méér angswekkend as die blind dates wat bedagsame vriende elke nou en dan vir my wil reël. Dink net watse liegstories 'n ou jou kan vertel as hy jou nie in die oë hoef te kyk nie. Wel, dink net watse liegstories 'n ou jou kan vertel terwyl hy jou in die oë kyk, soos ek kan getuig. So ek het nie die man op internet ontmoet nie, en hy's ook nie 'n vriend van 'n vriend wat sy arm laat draai het om 'n aand saam met 'n desperate geskeide vrou deur te bring nie; ek het hom sowaar op my eie in die regte lewe raakgeloop!

Wonderwerke gebeur steeds?

Hy's 'n sjef met 'n restaurantjie op Onrus, tien keer meer hartstogtelik oor kos en kook as ek, so ons het van die eerste oomblik af heelwat gehad om oor te gesels. Om die waarheid te sê, al wanneer ons ooit stil is, is wanneer ons monde vol kos is. Wat uit die aard van die saak nogal gereeld gebeur wanneer ons saam is. En soms vergeet ons van goeie maniere en raak so begeesterd dat ons met ons monde vol kos ook praat. Ons het mekaar drie weke gelede ontmoet toe ons albei op 'n kosfees in Hermanus beoordelaars was, 'n hele dag en 'n halwe nag omgesels, en die volgende aand het hy vir my in sy restaurant gekook. Ek hoor al hoe sê jy: En is dit ál? 'n Gepratery en 'n gekokery en 'n gevretery? Soos Billie en Ella en Frank en Louis gesing het: *This is a fine romance!*

181

Give me a break, Minette. Vir jou klink drie weke sonder "full body contact", soos jy dit altyd noem, seker ondraaglik lank, maar vir my is dit nie naastenby genoeg tyd om tot aksie oor te gaan nie. Ek het vyf sekslose jare deurgebring, ek is vyf jaar ouer, vetter en meer onseker van myself as toe ek laas seks gehad het, ek sou graag nóg vyf jáár wou wag voor ek hom toelaat om aan my kaal lyf te vat, genoeg tyd om 'n lewenslange dieet aan te pak en minstens vyf kilo's te verloor, maar aangesien ons hele "verhouding" tot dusver op die genot van die mond en die maag gebou is, is gewigsverlies seker nie 'n realistiese verwagting nie.

Wat my troos, is dat hy self nie 'n Adonis is nie, so hy sal hopelik nie 'n Venus verwag nie. Maar ek moet dadelik byvoeg dat hy darem ook nie lélik is nie, hoor. Ek bedoel, ek vind hom aantreklik op so 'n effens seedy vyftigjarige manier: gesig wat begin inmekaarsak maar nog tekens van voormalige glorie toon, lyf nog stewig en sterk met breë skouers en gespierde arms en die maag van 'n man wat kos kan waardeer. Overgeset synde, ja, hy't 'n boep, maar wie't nou nie 'n boep op die ouderdom van vyftig nie? Behalwe miskien Mick Jagger en 'n paar ander bejaarde rock-sterre. En sy persoonlikheid vergoed vir enige moontlike fisieke gebreke. Hy's gul en gevat en groothartig en – en skielik kry ek skaam, want ek klink soos 'n blerrie pryssanger en ek ken die man nie naastenby goed genoeg om hom so te prys nie! Wie sê hy's nie 'n pervert of 'n psigopaat wat dit regkry om my 'n rat voor die oë te draai nie?!?

Wag, laat ek diep asemhaal, goddank vir joga wat my leer asemhaal het, om my bonsende hart tot bedaring te bring. Hoe kan ek 'n man vertrou wat ek skaars drie weke ken – as ek nie die man kon vertrou saam met wie ek meer as 'n derde van my lewe deurgebring het nie? En dis nie 'n

182

retoriese vraag nie, Minette. Ek het dringend raad nodig van 'n ervare mannejagter soos jy.

Intussen hou ek hom weg uit my huis – wat nie só moeilik is nie aangesien hy 'n goeie uur se ry uit die stad bly en omtrent elke aand werk – en ons ontmoet mekaar so nou en dan op neutrale terrein. Restaurante, fynkoswinkels, koffiekroeë, piekniekplekke. Alles draai om kos, natuurlik. O, die piekniek wat hy laas naweek vir ons ingepak het om teen 'n berghang te geniet! Ek kon voel hoe my oorblywende bietjie weerstand smelt, saam met die haaspatee in my mond, terwyl hy 'n ronde rooi radys met 'n leksel gesoute botter besmeer en dit saam met 'n paar gevulde groen olywe op my bord rangskik. Die man het 'n regte outydse piekniekmandjie van regte outydse rottang saamgebring, kan jy glo, en 'n opvoutafeltjie met 'n geruite tafeldoek en lapservette, en stewige opvoustoele van gestreepte seilmateriaal, en aluminiumborde en -bekers, nêrens 'n stukkie plastiek of styrofoam in sig nie, glory hallelujah. O ja, en 'n geruite piekniekkombers en vet kussings indien ons ná die heerlike ete 'n uiltjie wou knip, ek sê jou, hy't aan álles gedink.

En nee, ek weet wat *jy* dink, maar die kombers was nie bloot bedoel om my plat op my rug te kry sodat hy tot aksie kon oorgaan nie. Ons het langs mekaar gelê en gesels tot ek ingesluimer het – en indien hy my in my slaap verkrag het, het ek niks agtergekom nie.

Maar selfs met my bra beperkte ervaring van dating meer as twee dekades gelede, vermoed ek dat ons nou 'n bepalende oomblik nader. As ons so smullend en slapend voortgaan, kan die hele affêre uitfizzle, dan word dit net nog 'n lekker gastronomiese vriendskap. En dis seker moontlik dat hy selfs meer beangs is as ek, dat hy vir my wag om die voortou te neem, maar ek het nie die vaagste benul hoe om so iets doen nie. Toe ek in my prille jeug laas gedate het, sou die gedagte nooit eens by my opgekom het dat ék dalk die eerste move moet maak nie, ek was te besig om my dates se moves af te weer. Nie dat ek so danig hot was nie, my dates was seker maar net almal desperaat, siestog. In daardie dae het meisies gewag en mans gejag, ewe onbevredigend vir albei geslagte, maar dis al waarvan ek ervaring het. Om te wag.

Van jou wagtende vriendin
Clara

❧ ❧ ❧

From: Clara Brand [aandiebrand@hotmail.com]
Sent: Sat 03/05/03 09:56
To: Minette Malan [badyear@iafrica.com]
Subject: Re: Mayday! Mayday!

Ongelukkig nie van jou *verwagtende* vriendin nie, sê jy. Ha ha, hou my vas of ek rol op die vloer rond. Nee, man, die man is nie 'n moffie nie, daarvan is ek seker. Dis omtrent al waarvan ek seker is. Hy's moontlik 'n massamoordenaar of 'n ou wat vroue-onderklere van wasgoedlyne af steel. Maar nou ja, soos jy ook sê, wie nie waag nie . . .

Aiaiai, as dit maar so maklik was. Gister het ek gewaag – en vandag gil my gesonde verstand vir my: *Jou reddelose idioot! Ander vroue word verlei deur diamante en parfuum, maar jy verruil jou deugdelikheid vir 'n halfdosyn artisjokke!*

Sy naam is Ari, soos in Aristoteles, dis nie 'n grap nie, hy't Griekse bloed. Nie so slim soos die antieke filosoof nie, en nie naastenby so ryk soos die ou wat met Callas en Jackie O getroud was nie, maar ek was laf genoeg om te sê ek hou van sy naam, want dit herinner my aan artisjokke, een van

184

my gunsteling-groentes. Toe laat hy gister 'n kissie van die allermooiste persgroen artisjokke by my voordeur aflewer, meer romanties as enige blommeruiker wat ek nog ooit ontvang het (nie dat ek al baie ontvang het nie), met die boodskap: *Sê dit met groente.* Ek het onmiddellik vir hom 'n SMS op my splinternuwe selfoon gestuur: *Sê wat met groente?* Ja, ek het oplaas geswig en 'n selfoon gekoop. Enigste manier om 'n langafstand-flirtasie aan die gang te hou met 'n sjef wat onmoontlike ure werk. Nou kan hy darem so tussen die stoof en die yskas my boodskappe lees.

Dat ek nie kan wag om jou weer te sien nie, SMS hy toe terug. (Ons is albei van die outydse soort wat volle woorde en soms selfs leestekens in ons SMS'e gebruik.) *Sê net wanneer,* antwoord ek toe ewe koketterig, en binne sekondes SMS hy: *Nou?* En ek vra: *Nou???* En daar lui die selfoon en hy sê hy moes onverwags stad toe kom en mag hy maar die artisjokke saam met my kom eet? Ek het gewéét as ek instem, gaan ons méér as net artisjokke eet (soos dit uitgedraai het, het ons glad nie by die artisjokke uitgekom nie), met dié dat die kinders by die skool is en ek heeltemal oorrompel deur die kissie groente. Maar wat kon ek doen? Ek het gesê, oukei, ek kook solank die water en maak die mayonnaise . . .

Om 'n stomende storie kort te hou (en ek praat nou nie van die kokende water nie), ons was albei meer opgeklits as die mayonnaise teen die tyd dat hy hier aangekom het. Vyf minute ná hy by die voordeur ingestap het, was ons in die bed. Ek het tot by my tone gebloos toe ek besef ek het nie eens tyd gekry om sexy onderklere aan te trek nie. Toe hy my rok uittrek, moet hy vaskyk in my groot wit katoen-onderbroek en my uitgerekte bra. Ek het so gou moontlik daarvan ontslae geraak, maar dit het my nie beter laat voel nie, want toe moet hy vaskyk in my poedelkaal lyf, papperig en plomp en nou ja, nie meer in the first blush of youth

185

nie, nè. Hy't hom gelukkig nie laat afskrik nie, hy was self ook maar papperig en plomp op 'n paar plekke, maar die belangrikste liggaamsdeel was slaggereed vir aksie.

Goeie genugtig, ek kan nie glo wat ek besig is om jou te vertel nie. Maar ná jy al soveel jare lank jou seksuele seges met my deel, skuld ek jou seker iets. Ek weet nie of ek dit 'n "sege" kan noem nie, ek weet net dit was lekkerder as die lekkerste artisjokke. Ná 'n uur of wat moes ek hom uit die bed boender voordat die kinders van die skool af kom – en die papgekookte artisjokke het ek gisteraand saam met die kinders geëet. En met elke blaartjie wat ek met my tande afskraap, het ek gedink dankie tog die kinders weet nie dat hulle ma hierdie bord kos – met enorme genot – kaalgat in die bed verdien het nie.

Intussen het Ari 'n paar dankbare en digterlike SMS'e gestuur wat ek nie met jou sal deel nie. 'n Vrou moet darem haar geheime hê. En al voel ek ook vanoggend ietwat idioties omdat ek nie my prys hoër gestel het as 'n kissie groente nie, is dit 'n heel aangename soort idiotiese gevoel. Vermoed ek sal gewoond kan raak daaraan.
Mooiloop
Clara

❧ ❧ ❧

From: Clara Brand [aandiebrand@hotmail.com]
Sent: Tue 03/06/03 10:22
To: Griet Swart [swartgriet@hotmail.com]
Subject: Re: Bostelegraaf

Goeiemôre Griet
Jy't deur die *bostelegraaf* gehoor daar's 'n man in my lewe?!? Hoe op aarde het die bostelegraaf jou op die Italiaanse

platteland bereik? Ek was tot dusver ongelooflik diskreet, nie eens my kinders het al die man ontmoet nie, nie eens my suster weet van sy bestaan nie! Die enigste mens met wie ek oor "die man in my lewe" gepraat het, is Minette vir wie jy nie ken nie, en ek kan my nie voorstel dat sy my seks-lewe met ander mense sal bepreek nie, haar eie is veel meer opwindend.

Maar goed, dis waar, ek slaap weer saam met iemand. Nee, dis nie waar nie, ek slaap steeds alleen, elke enkele nag. Ek deel bloot een keer 'n week helder oordag my bed met 'n man (terwyl die kinders skoolgaan), maar dan slaap ons nie eintlik nie, ons doen lekkerder dinge om ons besig te hou. Maandag is sy enigste vry dag, wanneer sy restau-rant aan die kus toe is (o ja, vergeet om te sê hy's 'n kok van beroep), dus het Maandag nou ook my vry dag geword. Of my vrydag, met die klem op die vry.

Maar dit krap my professionele rooster lelik deurme-kaar, want as ek elke Maandag halfkaal soos 'n courtisane in 'n boudoir wil rondlê, moet ek natuurlik saans of na-weke my verlore werktyd inhaal. Wat my dan natuurlik weer skuldig laat voel oor ek my kinders afskeep. Ek besef maar te goed ek kan nie aanhou om hom weg te steek nie, ek sal een of ander tyd die haas uit die hoed moet pluk in my kinders se teenwoordigheid. En dis nie toevallig dat ek skielik soos 'n towenaar klink nie. Ek vermoed die kinders sal meer verstom wees om 'n man in my bed te sien as 'n haas in 'n hoed.

Hy't self ook kinders, vyf van hulle by twee verskillende vroue, wel, ja, natuurlik sal dit nie by twee van dieselfde vroue wees nie, verskoon maar, my brein is effens aangetas deur wellus. So, hy's ook nie besonder gretig om my aan *sy* uitgebreide familie voor te stel nie. En aangesien ons albei oud en realisties genoeg is om elke Maandag te verwag dat die verhouding teen volgende Maandag iets van die verlede sal wees, het dit nie eintlik sin om onnodige ooggetuies in te roep nie. Of dis in elk geval hoe ons die skelm seks elke Maandag vir onsself regverdig. Miskien is ons maar net twee middeljarige perverte wat 'n bietjie intrige nodig het om behoorlik in die bed te perform.

Nee, wag, daar is tog nog 'n rede waarom ek verkies om die kinders 'n rukkie langer in die donker te hou. Nicolas belewe sy eerste amptelike liefdesteleurstelling – en dis so hartverskeurend soos net die eerste keer kan wees. Hy en Simone (die telefoonstem) het glo saam besluit hulle is besig om uitmekaar te dryf en het niks meer vir mekaar te sê nie. Nie dat hulle ooit veel te sê gehad het nie. Hulle kon ure lank oor die telefoon asemhaal en klanke voortbring sonder om enige teken van intelligente lewe te toon. Maar dis nogtans bitter traumaties vir hom. Hy sal beslis nie in hierdie toestand van selfbejammering wil hoor dat selfs sy *ma* – uncool en oud en oorgewig, soos hy my sekerlik sien – 'n tydelike deksel vir haar skewe pot gevind het nie.

Daar het jy dit nou. Die man se naam is Ari soos in Aristoteles, hy praat ewe goed Afrikaans en Engels en selfs enkele woorde Grieks, hy's groot en harig en liefdevol soos 'n mak beer, en hy's sowaar besig om my te oortuig dat hy my breë heupe en stewige boude sexy vind. Hy wil niks hoor van gewigsverlies nie; sy teorie is dat mans wat van maer vroue sonder tieties hou, heimlik gay of pedofiele is, al weet hulle dit self nie, want 'n volwasse vrou is nou eenmaal nie veronderstel om hoekig en borsloos soos 'n jong klong of 'n kind te wees nie. So 'n bek moet mos botter kry – of minstens 'n paar klapsoene. Die gevolg is dat ek vir die eerste keer in jare my kaal lyf in 'n spieël kan bekyk, ek sal nou nie sê met *bewondering* nie, maar ten minste sonder om te wil ween van wanhoop.

En weet jy hoe wonderlik dít voel?
Van jou sexy vriendin
Clara

❧ ❧ ❧

29 Julie 2003
Steeds aan die brand in Brandstraat

Hallo, my liewe sus

Ek het toe my *Naked Chef* aan my kinders voorgestel – na-
tuurlik nie in sy naakte toestand nie – so, jy mag maar op-
hou preek oor eerlikheid en wedersydse vertroue. Ek glo
nie dit gaan my eersgeborene oorreed om eensklaps eerlik
te word en my in sy vertroue te neem oor die hoeveelheid
dagga wat hy vermoedelik deesdae rook, of die aantal mei-
sies met wie hy vermoedelik slaap nie. Maar nou ja, jy's reg,
dis my moederlike plig om die morele voorbeeld te stel.

Dus het Ari gisteraand by ons kom eet – en die ervaring
het my net weer laat besef hoe volkome onvoorbereid ons
geslag grootgemaak is vir die veranderende wêreld waarin
ons lewe. Onthou jy hoe benoud ons as tieners was elke
keer as ons een van ons kêrels aan Pa moes voorstel? Wel,
ek belowe jou dis twintig keer erger om jou kêrel aan jou
tienderjarige kinders voor te stel. En daar's nie gidsboeke
waarna jy kan gryp soos toe jy 'n tiener was nie. Weet jy hoe
ek gisteraand gesmag het na 'n volwasse byderwetse weer-
gawe van *Wat elke meisie moet weet?* Iets soos *Wat elke geskeide
ma met 'n nuwe minnaar moet weet.*

Ek was so senuweeagtig dat ek drie skelm sigarette buite
in die ysige koue gaan rook het en in 'n stadium gewens
het ek kon 'n bietjie dagga by my seun bedel. (Ek het nie,
oukei?) Ek het 'n stewige outydse gortsop* met growwe

189

brood voorgesit, want as jy 'n professionele kok vir 'n gesins-
ete nooi, probeer jy hom nie imponeer met ingewikkelde
disse wat hy tien teen een beter as jy kan doen nie. Ek het
vir eenvoud gemik en gehoop die kinders steek my nie in
die skande deur soos gewoonlik te kla dat hulle 'n pizza uit
die vrieskas sou verkies nie. Halfpad deur die ete het ek
begin dink al my angstigheid was onnodig, want nie een
van die kinders het agterdogtig of jaloers of bedreig opge-
tree nie.

Almal het hulle presies soos gewoonlik gedra.

Ek bedoel: Paula was haar gewone babbelende nuuskie-
rige self en het Ari gepeper met vrae soos: Is jy ryk? Glo jy
aan feetjies? Kan jy met jou tong aan jou neus raak? Die feit
dat hy op al drie hierdie vrae nee moes antwoord, het haar
sigbaar teleurgestel, maar dit het haar nie gekeer om ver-
dere strikvrae te stel nie. Sebastian se tafelmaniere was so
swak soos gewoonlik, maar hy was so opgewonde om te ont-
dek dat Ari van krieket hou dat hy geesdriftig oor sy krie-
kethelde begin gesels het, met sy mond vol sop en spoeg
wat in alle rigtings spat.

Die enigste kind wat my vaagweg verras het, was Nicolas,
wat 'n bietjie meer spraaksaam as gewoonlik was en in 'n
stadium selfs sy jonger broer betig het oor hy so aanhou-
dend met sy mond vol kos praat. Ek sou dit graag as 'n posi-
tiewe teken wou beskou, 'n bewys dat hy my wou help om
'n goeie indruk op ons gas te maak – maar ek wonder of dit
nie net 'n manier was om die gas op sy plek te sit nie. Om
hom te laat verstaan dat hy wat Nicolas is die Alpha Male in
hierdie huis is, die plaasvervanger vir die afwesige pa, en
dat hy geen ander plaasvervanger sal duld nie.

En nee, ek het nog nie vir die afwesige pa vertel daar's
'n moontlike plaasvervanger op die toneel nie. Ek weet nie
of die kinders hom sal vertel nie, ek weet nie of hy sal

omgee nie, en om heeltemal eerlik te wees, dit skeel my nie 'n bloue duit nie. Hy's per slot van rekening *afwesig*, hy's nou al meer as 'n halwe dekade lank Missing in Action, en ek is moeg van wroeg oor hom en sy begeerlike jong vrou en hulle akrobatiese sekstoertjies in hulle vleklose wit huis. Ek wil 'n slag my eie lewe lei, so op my eie manier met my middeljarige minnaar en ons onakrobatiese, stadige, sensuele seks een keer 'n week op 'n Maandag. Ek het nooit gedroom dat seks ná veertig so fabelagtig kan wees nie. Nou wil ek dit geniet, voor dit verby is, dis al.

Van jou seksmal suster

Clara

*Gortsop is weliswaar nie 'n erotiese sop nie, maar ek wou nie die man in my kinders se teenwoordigheid op hitte hê nie. As jy jou David met sop wil verlei, het ek 'n paar beter voorstelle.

5 Soorte sop om 'n honger minnaar te voer

Vars tamatiesop (tamaties is so 'n sappige, sensuele vrug . . .)

Spaanse gazpacho (in die somer, natuurlik, 'n yskoue verfrissing ná sweterige seks)

Spanspeksop met Pastis en vinkel (nog 'n koue somersop; dis die anyssmaak wat die ding doen)

Wildesampioensop (maak seker die sampioene is nie giftig nie, tensy jy moeg is vir jou minnaar)

Russiese beetsop (as jy dit met vars room meng, kry dit so 'n verleidelike pienk kleur, en pienk kos is altyd sexy, moenie vra hoekom nie, doen dit net)

From: Clara Brand [aandiebrand@hotmail.com]
Sent: Thu 15/08/03 22:51
To: Nicolas Marx [xram@iafrica.com]
Subject: Portrait of a mother (not a lady)
<u>Draft – Continue composing this message</u>

My liefste Nicolas

Ons het dit waaragtig vanaand reggekry om te gesels. Nie ek wat preek/dreig/skimp en jy wat maak of jy luister nie, maar iets wat amper soos 'n gesprek geklink het. Nou nie tussen "gelykes" nie, maar vir 'n verandering het dit darem ook nie gevoel soos 'n kommunikasiepoging tussen twee verskillende spesies nie. (Charlton Heston wat op *The Planet of the Apes* beland, dis hoe ek die laaste ruk voel as ek met jou probeer praat.)

Dit was ook nie eens 'n lang gesprek nie, net die lengte van 'n mottorrit tussen Kaapstad en Stellenbosch, maar dit was lank genoeg om my te laat besef dat jy my waarskynlik beter as enigiemand anders ken. Beter as jou pa, in elk geval. Miskien selfs beter as wat ek myself ken.

Of wil ken.

Nou voel ek soos iemand wat in goedertrou vir 'n skilder geposeer het, ure, dae, weke lank (járe lank, in ons geval), en op die ou end nie veel van die portret hou nie. Dis beslis nie 'n vleiende prentjie wat jy van my geskilder het nie.

"Toe jy vir Pa gevra het om in die huis te kom bly, terwyl jy in Skotland was, het jy geweet hy't die hots vir Estelle." Dis wat jy vir my in die donker kar gesê het, ná ons klaar oor jou gewese meisie en jou huidige gevry in die bondel en jou groeiende wantroue in alle grootmense gesels het. Dit was nie 'n vraag nie, ook nie 'n beskuldiging nie, bloot 'n feitelike stelling. As ek nie my oë op die pad moes hou nie, sou ek hulle toegemaak het, gelate, soos een wat haar

kop op 'n blok neerlê. My nek het eensklaps vreeslik weer-
loos gevoel. "Jy't geweet . . . en jy't dit nogtans gedoen."

"Ek is nie jou pa se hoeder nie, Nicolas," het ek ewe
hardegat geantwoord.

"Dis cool, Ma," het jy gepaai. "Jy't vir hom 'n lokval ge-
stel en hy't daarin – "

"Ek het nie!" Ek wou nog stry, vra of jy rêrig dink ek sou
so laakbaar wees, ek is mos nie –

"Nevermind. Jy't my 'n favour gedoen. Ek kyk nou met
ander oë na hom."

Wat de hel moes ek hierop antwoord? "Hy bly jou pa,"
het ek oplaas geprewel. Kon waaragtig aan niks beters dink
nie.

"En jy bly my ma." Was dit 'n kwytskelding? Ek vermoed
eerder 'n manier om my te laat verstaan ek's nes jou pa.
Net so vals en feilbaar. Miskien net meer manipulerend.

Ek wou mos gesels, wou ek nie?!?

Van nou af moet ek miskien eerder my mond hou, net
per rekenaar met jou kommunikeer, dit sal beter wees vir
my brose selfbeeld.

❦ ❦ ❦

25 September 2003
Boos in Brandstraat

Bernard!
Lanklaas vir jou geskryf, nè, jou ou bliksem. Net toe ek dog
nou raak jy my waaragtig nie meer nie, nou kan jy maar
doen nét wat jy wil, waar jy wil en met wie jy wil, ek is óór
jou, jy's 'n afgebrande brug iewers ver agter my, net nog so
'n vae rokie in my onbewuste. Net toe ek dog ek het oplaas
my eie lewe, my eie lover, my eie kalmte en balans gevind.

193

Net toe ek dog die storms is verby, ek kan nou lewenslank rustig sonder jou verder vaar . . .

. . . toe bel my sus my uit Johannesburg, waar sy jou vroeër die week raakgeloop het, en nou's my rustigheid in sy moer.

Op hierdie donkermaan-aand dobber my emosionele bootjie weer op 'n stormsee. Branders soos berge net waar ek kyk. Nie eens die gedagte aan volgende Maandag se kaskenades met my kokende minnaar kan my tot bedaring bring nie.

Jy't nie die rég om dit aan my te doen nie. Ek sal jou nie toelaat om alles op te fok nie. Nie wéér nie.

Ek is eintlik die hel in vir Nita ook, die ewige blerrie vredemaker wat dink sy bewys my 'n guns deur saam met my gewese man en haar gewese swaer in 'n koffiekroeg te sit en klets, "ter wille van die ou dae". Die ou dae se moer. Ek weet sy bedoel dit goed, maar wat het die ou dae vir my gebring behalwe ontnugtering en eensaamheid?

Verstaan my mooi, ek was min gepla toe sy my vertel dat jy steeds besonder goed lyk (vir jou jare) en uiters sjarmant opgetree het. Ek wéét mos jy's aantreklik en sjarmant, was dit altyd en sal dit altyd bly, 'n aantreklike sjarmante bliksem as ek ooit een ontmoet het. En dit het my nie in die minste geraak toe sy my meedeel dat jy nogal nuuskierig is oor die nuwe man in my lewe nie. Dis wat almal hom noem, "die nuwe man in jou lewe", al is hy tot dusver meer in my bed as in my lewe. Maar dit sou my ordentlike suster natuurlik nie vir jou sê nie. Sy het wel teenoor my bely dat sy 'n soort sadistiese genot geput het uit jou nuuskierigheid. Elke diertjie het sy plesiertjie, selfs ordentlike susters.

En dit het my koud gelaat toe sy sê dat jy twéé snye Franse suurlemoentert bestel het. (Jy lewe miskien saam met 'n tert, maar jy kry klaarblyklik nie veel tert om te eet as jy tuis is nie. Dis al wat ek gedink het, venynig soos altyd, belowe.) Dit het my ook nie geraak toe sy vertel hoe onderhoudend jy oor die vorige Franse filmfees en die volgende algemene verkiesing gesels het nie. Films is jou passie en politiek is jou werk, niks verrassend daaraan nie. Ek het die foon tussen my skouer en my oor vasgeknyp terwyl ek voor die stoof staan en roer aan 'n Milannese risotto met heerlike beenmurg en so half gewens my suster wil nou by die punt van haar storie kom en klaarkry.

Die punt, blyk dit toe, is dat jou vrou nou so vasberade is om swanger te word dat sy "vrugbaarheidsbehandeling" ondergaan en jou halfpad deur jou tweede sny Franse suurlemoentert per SMS ontbied het om haar onmiddellik te kom naai, want sy is aan die ovuleer. Nee, dis nie hoe my ordentlike sus dit gestel het nie, dis hoe ek dit in my onordentlikheid vertolk. Jy en vroulief het blykbaar die een of ander belaglike kode uitgedink, soos die radioboodskappe wat De Gaulle se vryheidsvegters in die Tweede Wêreldoorlog uitgesaai het, "die wortels is gekook", "tyd om die tamaties te pluk", "die aarbeie is ryp", dié soort ding. Maar Nita het mos oë soos 'n arend en toe sy haar wenkbroue vraend lig oor die bisarre boodskap op jou selfoonskerm, toe bloos jy sowaar soos 'n tiener wat betrap is terwyl hy draadtrek en blaker alles net daar uit.

Ek het altyd gesê Nita moes 'n sielkundige of 'n polisiemartelaar geword het, want daar's net iets aan haar wat selfs wildvreemdelinge in 'n vliegtuig of 'n supermark aanspoor om heeltemal ongevraag hulle hartsgeheime met haar te deel. Dit werk selfs met haar gewese skoonfamilie, blyk dit nou.

Maar dit het my geraak. O, jou bliksem, dít het my geráák. Tot in my baarmoeder. Ek dog jy wil nie meer kinders hê nie! Ek dog jy't dit duidelik aan mevrou Marx die

195

Tweede gestel dat jy klaar drie kinders het en nie kans sien vir nog nie. Ek dog jy's net nog 'n armsalige idioot wat dalk gevang gaan word deur 'n slinkse vrou – en nou moet ek hoor jy speel saam, gedienstig en gedwee, al protesteer jy dat jy nie nog 'n kind wil hê nie. Te lafhartig om nee te sê. Te bang vir – wát? Dat sy dieselfde SMS vir 'n ander man sal stuur? Iemand anders sal vind om die gekookte wortels te kom opeet of wat de fok julle geheime kode ook al is?

Ag nee, sies, man. Ek skaam my vir jou. En ek belowe jou, as julle al die blerrie wortels opgeëet het en sy word verwagtend, dan gaan *jy* vir jou amper agtienjarige seun vertel hy gaan 'n bababoetie kry. Moenie verwag dat hy ekstaties gaan reageer nie. En moenie na my kyk vir ondersteuning nie. Dis nie my wortels wat gekook is nie.

Ek het niks verder vir jou te sê nie. Ek gaan nie eens vir jou wys wat ek hier gesê het nie. Maar ek voel eindeloos verlig noudat ek jou weer 'n slag behoorlik uitgeskel het. Dis 'n moerse stres om altyd ordentlik teenoor jou eks-man te probeer wees.
Clara

Sondag 30 November 2003
Onrustig op Onrus

Môre Marita
Ja, ek begin dit geleidelik regkry om so nou en dan oor 'n naweek weg te breek na die kaalgatkok se huis op Onrus, wanneer Paula by haar pa kuier of by 'n maatjie oorslaap, wanneer die seuns so betrokke raak by hulle eie lewe dat hulle nie eens meer onthou hulle het nog 'n ma nie. Maar omdat Ari hierdie onmoontlike werkure het, sien ons nie

noodwendig meer van mekaar wanneer ek op Onrus rond-hang nie. Ek is steeds die meeste van die tyd alleen. Ek is net nader aan hom as wanneer ek in Brandstraat alleen is. En ek weet nie of dit noodwendig beter is nie.

Ek het een of twee keer probeer om hom in sy restaurant se kombuis te gaan help, maar dit was 'n algehele kata-strofe. Ek was in trane, hy was in 'n toestand, ons wou die verhouding net daar beëindig. Twee koppige kokke in een kombuis is 'n resep vir 'n ramp. Hy's die baas in sy eie kom-buis, natuurlik, en ek bewonder sy talent en respekteer sy oordeel, maar ek kan myself net nie keer om kommentaar te lewer nie. "O, is dít hoe jy dit doen? Ek het dit nog altyd só gedoen." 'n Onskuldige opmerking! Maar hy beskou dit nie as kommentaar nie, hy beskou dit as ongevraagde kri-tiek, en hy duld nie kritiek in sy kombuis nie. Ek het met 'n helse skok agtergekom die man ondergaan 'n algehele per-soonlikheidsverandering voor sy stoof. My liewe, sagmoe-dige, vrygewige lover verander voor my oë in 'n megalo-maniese diktator. *A fucking Napoleon,* soos Ani DiFranco sing.

Dit het my só ontstig dat ek drie weke lank geweier het om hom te sien, maar hy't elke dag eksotiese groente en vrugte by my voordeur laat aflewer, massiewe vinkelbolle en geel tamatietjies so klein soos albasters, rooi brand-rissies aan 'n toutjie geryg om 'n eksotiese halssnoer te vorm, bleekgeel witlof in sagte blou papier toegedraai, ab-soluut onweerstaanbaar vir 'n vrou soos ek. Hy't my ook gepeper met verskonende, vleiende SMS'e, tot dit uitein-delik tot my deurgedring het dat hy steeds 'n liewe, sag-moedige en vrygewige lover is – solank ek net wegbly uit sy kombuis. (En aangesien ek in elk geval nie juis een is vir kombuisseks nie, is dit nie só 'n opoffering nie.) 'n Bietjie soos om verlief te wees op iemand wat met elke vol-

197

maan in 'n weerwolf verander. Solank jy hom op volmaan-nagte vermy, kan julle 'n heel aangename verhouding hê.

Snaaks hoe ons leer kompromitteer soos ons ouer word, nè. Voor my troue twee dekades gelede was elke verhouding vir my 'n geval van alles of niks. Die woord "kompromie" het nie in my woordeskat bestaan nie. Nou voel dit soms of my hele lewe een lang kompromie geword het, van die manier waarop ek kook en my kinders grootmaak (so ver van vol-maak, in albei gevalle) tot wat ek in die bed doen (ditto) en wanneer en met wie. Fucking Napoleon, inderdaad. Maar soos jy en Griet altyd sê, dit kon erger gewees het.

Verdere nuus uit my onvolmaakte lewe is dat my oudste seun sy graad 11-eksamen skryf sonder dat hy ooit vanjaar langer as 'n halfuur op 'n slag voor 'n oop skoolboek deur-gebring het. Ek is oortuig hy gaan dop, maar sy pa dink ek oordryf. "Nee, man, hy's 'n slim kind," sê Bernard elke keer as ek kla. "Slapgat maar slim. Hy sal soos gewoonlik op sy stertvel deurskuur." Ek dink net 'n wonderwerk kan daar-die dagga-benewelde brein hierdie keer deurtrek, maar as ek dit vir sy pa sê, wil hy weet hoekom ek die kind "toelaat" om dagga te rook. Asof enige tiener op aarde al ooit vir sy ouers toestemming gevra het om hom oor te gee aan dwelms of drank of seks of ander sondes.

Sebastian is dank die hemel tot dusver darem 'n makli-ker tiener. Allesbehalwe 'n engel, maar min of meer nor-maal as ek hom met sy ouderdomsgroep vergelyk. (Teen hierdie tyd het ek geleer 'n mens kan nie tieners met *mense* vergelyk nie, net met ander tieners.) Soms wonder ek of hy nie net sy sondes beter wegsteek as sy ouer broer nie, dalk is hy bloot meer skynheilig, maar in daardie geval moet ek seker dankbaar wees vir skynheiligheid. Die hemel hoor my, ek sou soos 'n eierdop gekraak het as ek nog 'n Nicolas in die huis moes hê.

Paula is pure plesier vergeleke met albei haar broers, maar nou ja, sy's agt jaar oud. As ek diep in my geheue krap, verbeel ek my die twee seuns was ook nogal oulik op agt. Dit gee my hoop dat hulle weer eendag oulik sal word. Intussen is al drie nou bewus van "Ma se kêrel", soos hulle hom spottend noem, asof dit vir hulle oneindig amusant is dat hulle middeljarige ma 'n kêrel kan hê. Steeds g'n teken van trauma nie, hoor. Dis nie dat ek my kinders wil trauma-tiseer nie, maar ek moet erken ek is 'n *bietjie* teleurgesteld dat hulle so min gepla is met my persoonlike lewe.

Ek wens ek kon so min gepla wees met hulle pa se per-soonlike lewe. Ek weet nie wáárom dit vir my so onaanvaar-baar is dat my eks-man nou op bepaalde dae met geheime SMS-boodskappe ontbied word om sy saad te gaan stort in 'n desperate poging om nog 'n kind te verwek nie. Voel alle ouer eerste vroue so bedreig as 'n gewese man 'n nuwe gesin beplan met 'n jonger tweede vrou?

Nou probeer ek maar positief wees, soos altyd, en hoop dat hierdie seks-op-bevel die een of ander tyd vir my eks 'n plig eerder as 'n plesier sal word. Die hemel hoor my, as dít hom nie van sy ewige jagsgeit genees nie, sal niks dit ooit doen nie.

Liefde
Clara

Voeg 'n koppie asyn by

From: Clara Brand [aandiebrand@hotmail.com]
Sent: Tue 06/01/04 09:49
To: Minette Malan [badyear@iafrica.com]
Subject: Re: First tango in Buenos Aires

Haai Sisi

En 'n gelukkige nuwe jaar vir jou ook. Klink of dit uitstekend begin het, so tussen die tango's en die Latin lovers in Argentinië.

Ek moet bieg, soms as ek jou e-posse kry van al die eksotiese plekke waar jy werk en speel (veral speel), wens ek ek het nooit getrou en kinders gekry nie. Dat ek so vry en onafhanklik soos jy kon wees. Dat ek my geld op my eie plesier kon uitgee sonder om ooit skuldig te voel oor ek nie vir my kinders die nuutste rekenaarspeletjie of selfoonkamera op die mark kan koop nie. Maar dit duur altyd net 'n paar oomblikke, hierdie roekelose wensdenkery, want die feit is, ek kan my nie my lewe sonder kinders voorstel nie.

Nee, nog erger, ek kan my nie my lewe sonder daardie drie kinders voorstel nie. Ek kan hulle nie anders voorstel as wat hulle is nie, al dryf hulle my al drie op verskillende maniere tot raserny en slapelose nagte. 'n Bedagsame, spraaksame sewentienjarige oudste? Sebastian wat nie van musiek of krieket hou nie en te skaam is om maats te maak? Paula as 'n stil en passiewe donkerkopdogtertjie? Jammer, dit werk net nie vir my nie. Waarskynlik 'n gebrek aan verbeelding.

200

En ek weet jou lewe met tango's in Buenos Aires en tangas in Rio de Janeiro is ook nie altyd so opwindend soos dit vir my tussen die stapels vuil skottelgoed in my kombuis klink nie. Jy't jou veertigste verjaardag in Suid-Amerika gaan vier om te vergeet van jou leë bed in Johannesburg, nie waar nie? Ek is verheug om te hoor die Latin lovers, van albei geslagte klink dit my, voldoen aan jou hoë verwagtinge. En ek hoop as jy terugkeer na Johannesburg, bly jou bed nie te lank leeg nie. Maar my eintlike nuwejaarswens vir jou is dat jy vanjaar meer as net nog 'n paar lywe in jou bed sal vind. Dat jy iemand sal opspoor saam met wie jy kan lees en TV kyk en met die hond kan gaan stap en al daardie simpel alledaagse dinge deel wat 'n mens so mis as jy enkellopend is.

Vra maar vir my. Wat ek oor hierdie eensame "feesdae" die meeste gemis het, was om saam met iemand te kook en agter iemand se rug aan die slaap te raak. Die kinders bring die Kersvakansie saam met hulle pa of saam met pêlle deur, en ek het my kokende minnaar selfs minder as gewoonlik gesien, want dis die besigste tyd van die jaar vir restaurante op kusdorpies. Selfs ons seks op Maandae het vervelig en voorspelbaar geword, 'n vinnige pompie voor die arme uitgeputte man langs my begin snork. As dít is wat ek wou hê, het ek gister besluit terwyl ek in sy bed lê en luister hoe hy slaap, kon ek mos maar getroud gebly het. En toe skud ek hom net daar wakker en deel hom mee dat ons "verhouding" verby is.

Ek weet nie of hy my geglo het nie. Ek weet nie eens of ek myself glo nie. Ek sal die seks mis, natuurlik – nie die saai sendelingposisie-seks van die laaste paar weke nie, maar die fantastiese sensuele speelsheid waarmee ons mekaar se lywe aanvanklik ontdek het – en ek sal hom ewig dankbaar bly dat hy my gewys het hoeveel genot ek nog uit

201

my onvolmaakte verouderende lyf kan kry. Maar dis net nie meer voldoende om een keer 'n week met 'n kaalgatkok in die bed te spring en die res van die week alleen te kook en te eet en te slaap en te lewe nie. Of is dit? Ek dog dis wat ek wou hê, 'n bedmaat eerder as 'n lewensmaat, is dit dan nie wat ek gesê het nie?

Ek onthou hoe ek op 'n Mexikaanse strand met spierwit poeiersand vir jou vertel het dat ek nogal nie sou omgee om so nou en dan my bed met 'n begeerlike man te deel nie – iets wat in daardie stadium vir my meer onwaarskynlik geklink het as om 'n skare feetjies in my tuin teë te kom – maar dat ek beslis nooit weer my klerekas of my badkamerspieël met 'n man wil deel nie. Dis te ingewikkeld. Dit lei onvermydelik tot ontnugtering en smart. Dis wat ek gesê het.

En nou jaag ek hierdie man uit my bed omdat hy nie Kersdag of Oujaarsaand of my huis of my lewe met my kan of wil deel nie?

Miskien is ek nog net nie oud genoeg om te weet wat ek wil hê nie, het ek myself gister probeer troos terwyl ek huilerig terug huis toe ry met Howlin' Wolf se blues bulderend hard in my ore. Dis weer tyd vir blues, soos altyd as ek myself bejammer maar nie wanhopig genoeg is vir opera nie. Blues en whisky en konfytkook. Terug in Brandstraat het ek 'n paar glase whisky afgesluk terwyl ek perskekonfyt met vars gerasperde gemmer kook en "Solitude" saam met Billie Holiday sing. *In my solitude you haunt me with dreadful ease of days gone by* . . . En vir die eerste keer, glo dit of nie, het ek verstaan wat daardie "dreadful ease" beteken.

Nog 5 konfyte vir verdrietige vroue
Mango-en-kardemomkonfyt
Peer-en-suurlemoenkonfyt

Aarbei-en-balsemasynkonfyt
Wortel-en-brandewynkonfyt
Rabarber-en-roosmarynkonfyt

Liefde
Clara

❧ ❧ ❧

From: Clara Brand [aandiebrand@hotmail.com]
Sent: Tue 26/01/04 23:38
To: Nita Patterson [nitap@yahoo.com]
Subject: Re: Geluk, Nicolas

Dankie, Nita, dat jy Nicolas se verjaardag die naweek ont-
hou het en vir hom so 'n mooi briefie geskryf het. Ek suk-
kel nog om te glo dat hy nou skielik stemgeregtig is, maar
ek veronderstel alle ma's voel seker maar so vaagweg ver-
dwaas wanneer hulle eersgeborenes agtien word.

In die ou dae sou hy nou oud genoeg gewees het om
dienspligt te doen en mense op bevel dood te skiet. Natuur-
lik ook om self vir volk en vaderland doodgeskiet te word.
Goddank die ou dae is verby. Ons wit mense was onder die
wanindruk dat ons snags veilig slaap – *in a white suburban
bedroom in a white suburban house,* soos Marianne Faithfull
gesing het – maar ons seuns en broers en ander jong mans
moes die prys vir hierdie valse veiligheid betaal, ver van ons
wit voorstede, iewers aan 'n vae en verskuiwende Grens.
Nee wat, gee my enige dag eerder die nuwe Suid-Afrika. Al
sou ek dit verkies het sonder die epidemie van misdaad en
vigs. G'n land is ooit volmaak nie, behalwe miskien Disney-
land.

Ons het sy verjaardag gisteraand in styl gevier, ek en hy

203

en sy pa, in een van die beste seekosrestaurante in die stad. Die vorige aand het hy dit saam met sy pêlle gevier, in een van die raserigste hole in die stad, en eers teen dagbreek huis toe gekom. Soos gewoonlik weet ek nie of hy sy ouers vir sy vriende wil wegsteek of sy vriende vir sy ouers nie, maar hy was vasberade om nie die twee groepe by dieselfde viering te betrek nie. En miskien ook maar goed. Ouers en tieners mag maar geheime vir mekaar hê, reken ek deesdae, ná my avonture met die kaalgatkok.

En nee, sy pa se tweede vrou is nie saamgenooi na die restaurant nie. "Ek het twee ouers, nie drie nie," het Nicolas gegrom toe ek hom vra of hy haar ook daar wil hê. Ek het dit net-net reggekry om nie 'n sug van verligting te slaak nie. Hy's steeds moerig vir haar, want sy't steeds nie verskoning gevra vir die insident rondom die veelbesproke soen-in-die-kombuis nie. Persoonlik dink ek sy glo lankal nie meer vir Bernard nie. Maar as sy erken dat dit dalk nie so 'n danig onskuldige soen was wat die jong kinderoppasser gekry het nie, moet sy ook erken dat dit dalk nie so goed gaan met haar huwelik nie. En dan is dit miskien nie so 'n blink idee om juis nou alles in die stryd te werp om swanger te word nie, nè. En tog weet sy ook nie wat anders sy kan doen om haar ongeneeslik ontroue man aan sy knaters vas te hou nie. Siestog. Nee, dis nie 'n sarkastiese siestog nie. Nie heeltemal nie.

Van kinderoppassers gepraat, deesdae betaal ek een van die twee seuns om hulle sussie op te pas. Hulle is oud genoeg, hulle sussie is oud genoeg, en ek vermy onnodige seksuele versoekings, vir die seuns én vir die pa. As ek vir Bernard se tweede vrou één brokkie raad kan gee oor die toekomstige moederskap waarna sy nou so naarstig strewe, sal dit niks te doen hê met borsvoeding of slaaproetines of tandekry-probleme nie. Ek sal haar bloot aanraai om haar babawagters sorgvuldig te kies. Hoe ouer en onaantrekliker, hoe veiliger.

So ek en Bernard het alleen saam met ons oudste kind geëet – die eerste keer sedert ons egskeiding – en die kans benut om hom ernstig aan te spreek oor sy Toekoms. Hy't sy graad 11-jaar deurgeskraap, met 'n paar stukkies van sy stertvel wat agtergebly het, maar hy sal beslis nie sy matriek maak as hy so slapgat bly nie. En dan praat ons nie eens van enige planne ná matriek nie. Hy't nie die vaagste benul wat hy met die res van sy lewe wil doen nie. Hy sê hy wil 'n *gap year* vat om met sy branderplank rond te reis – vermoedelik met die vae hoop dat so 'n gaping dalk tot sy vyftigste verjaardag uitgerek kan word.

Dit was ook die eerste keer in jare dat ek en Bernard 'n gesamentlike front teen iemand vorm, nogal 'n bisarre gevoel, al was dit nou teen ons eie seun. Maar op 'n kol het ek amper vir Bernard verpletter, woordeliks, bedoel ek nou, al was die versoeking selfs groter om dit fisiek te doen. Hy't sowaar begin preek oor al die "los meisies" met wie Nicolas deesdae rondhang, en ewe ernstig vermaan dat hy tog nie een van hulle "in die moeilikheid" moet bring nie. Nou vra ek jou, as die pa op die ouderdom van amper vyftig steeds nie sy geslagsdele kan beheer of sy partner kan keer om swanger te raak nie, hoe de hel moet die seun dit op agtien doen? As die vonkelwyn nie so duur was nie, het ek die bottel oor sy kop gebreek.

Ons het darem nie heelaand vir die kind gepreek nie. Dit was per slot van rekening sy verjaardagviering. Ons het die "Toekomspraatjie" (soos Bernard dit genoem het) vinnig agter die rug gekry terwyl ons die oester-voorgereg afsluk. Nicolas weier om enige "lewendige kos" te eet, hoewel hy sonder gewetenswroeging aan dooie diere smul, so hy het sy oesters gaar bestel. Ek en sy pa verkies dit rou, met 'n druppel suurlemoensap en baie vonkelwyn. (As dit by gastronomiese genot kom, is ons ná al die jare steeds op dieselfde golflengte.) Daarna het ons sonder enige ernstige woorde verder geëet en gedrink. Soms heeltemal sonder woorde. Nicolas het sy beste voetjie voorgesit – hare plat gekam, skoon T-hemp sonder enige uitdagende boodskap op die bors, selfs sy jeans was hoog genoeg opgetrek dat net 'n stukkie van sy onderbroek uitgesteek het pleks van die helfte van sy boude soos gewoonlik – maar dit bly nou eenmaal bitter moeilik om 'n sinvolle gesprek te voer met 'n agtienjarige branderplankryende anargis.

Gelukkig het die seekos vergoed vir enige ongemaklike stiltes. Ons het elkeen 'n enorme skinkbord vol vis en mossels en krewels en kreefsterte verorber, selfs 'n happie perlemoen, kan jy glo, dit het mos skaarser as vars truffels geword in Kaapse restaurante. Onthou jy hoe ons kleintyd perlemoen en alikreukel van die rotse afgepluk het, amper so maklik soos vrugte van boomtakke? Laat my dink aan Brillat-Savarin se beroemde woorde – dat die ontdekking van 'n nuwe gereg meer vreugde vir die mensdom bring as die ontdekking van 'n nuwe ster – want vir my voel die verlies van 'n geliefde gereg soos 'n groter ramp as die verlies van 'n planeet. Stel jou voor, om nooit weer 'n skyfie smeltsagte perlemoen in botter gebraai te proe nie . . .

Ná die ete was Bernard in so 'n effens besope waas van lieftalligheid, 'n toestand wat ek maar te goed onthou uit die ou dae, en ooglopend nie lus vir sy leë hotelkamer nie. Ten einde raad het ek vir hom hier by die huis 'n koppie espresso kom maak om hom reg te ruk. Nicolas is dadelik bed toe, want hy moes vanoggend skool toe, maar ná drie espresso's was ek steeds nie ontslae van sy pa nie – wat teen dié tyd so wakker soos 'n spook was van al die kafeïen. Toe hy sê hy's lus om 'n ou movie te kyk, het ek hom gewys waar

ek die video's en DVD's bêre, goeienag gesê en bed toe ge-
gaan. Douvoordag het ek hom vas aan die slaap op die rus-
bank aangetref, hardhandig wakker geskud en by die voor-
deur uitgeboender. Ek wou nie hê die kinders moes hulle
pa babelas in die sitkamer aantref wanneer hulle opstaan
vir skool nie, dit sou net tot onnodige verwarring lei.

Eers vanaand, toe ek die video uit die masjien haal, het
ek gesien wat hy gekies het: *Heaven Can Wait*. Ernst Lubitsch
se befaamde komedie oor 'n ontroue eggenoot wat ná sy
dood in die hel beland en vir die duiwel vertel hoe on-
gelooflik lief hy al die jare vir sy vrou was, al het hy haar om
elke hoek en draai verneuk. Nee wat, ek glo nie dit was 'n
"boodskap" vir my nie, die bliksem het tog oop en bloot 'n
ander vrou bo my verkies.

Miskien tog 'n soort boodskap wat hy graag aan sy twee-
de vrou sou wou oordra, maar aangesien mevrou Marx die
Tweede steeds nie na films ouer as dertig jaar kyk nie (of
boeke ouer as dertig jaar lees nie?) is die kans bitter skraal
dat sy ooit die boodskap sal kry. Daarom het ek toe maar
vanaand namens haar na *Heaven Can Wait* gekyk, vir die
hoeveelste keer, en besluit ontroue charmers soos Henry
van Cleve en Bernard Marx is hoogs vermaaklike helde vir
rolprente en boeke – solank jy net so nooit as te nimmer
met hulle getroud is, was of sal wees nie.

5 FILMS MET SJARMANTE ONBETROUBARE MANS
The Man Who Wasn't There met die sjarmante Billy Bob Thorn-
ton
Marriage Italian Style met die sjarmante Marcello Mastroianni
Charade met die sjarmante Cary Grant (wat op die ou end
alles kan verduidelik)
Suspicion met die sjarmante Cary Grant (wat weer alles kan
verduidelik)

To Catch a Thief met die steeds sjarmante Cary Grant (wat soos altyd alles kan verduidelik)

En noudat ek die lysie opgestel het, besef ek weer waarom my eks my altyd aan Cary Grant laat dink het.
Mooiloop
Clara

❋ ❋ ❋

From: Clara Brand [aandiebrand@hotmail.com]
Sent: Wed 03/03/04 21:22
To: Marita van der Vyver [marita10@laposte.net]
Subject: Geboorte van 'n boek

Kan jy glo, ek gaan nou ook 'n skrywer word! Met woorde in 'n boek wat vir altyd op 'n rak gebêre kan word pleks van 'n koerant of tydskrif wat die volgende dag weggegooi word. Natuurlik nie 'n skrywer soos jy wat stories moet opmaak nie, my boek gaan net resepte bevat, en dis ook nie eens rêrig "my" boek nie, want Tembi is die medewerker, medeskrywer en vertaler sonder wie die projek onmoontlik sou gewees het.

Ons het vanoggend plegtig saam die amptelike kontrak onderteken. Tembi het alles kalmer en meer professioneel as ek hanteer. Ek was so bewerig van opgewondenheid dat ek omtrent nie die pen kon vashou nie, terwyl Tembisa Nkutha haar naam met swierige krulle en kronkels geteken het, asof sy 'n óú hand is as dit by skrywerskontrakte kom. Die vrou hou net nooit op om my te verstom nie.

Ons het mos laas jaar ons kookklasse vir huishulpe en ongeletterde vroue na die townships uitgebrei. Aanvanklik was ek elke week doodseker ek gaan nie lewend huis toe kom nie. Ek bly nou eenmaal 'n belaglike bang wit vrou, nuwe Suid-Afrika of te not. Ek het myself probeer oortuig dat dit ten minste 'n polities korrekte manier sou wees om te sterf, so tussen my oudste potte en panne in 'n beskeie gemeenskapsaaltjie eerder as in my state of the art kombuis waar ek vir welgestelde wit leerlinge wys hoe om Italiaanse of Franse disse op te tower. Later het ek dit selfs reggekry om die welgestelde wit leerlinge vir die township-kook-klasse te laat betaal. Ek gee hulle die kans om 'n township-leerling te borg as hulle wil – en omtrent almal wil, al is dit dan net om hulle gewetes te troos oor hulle self nooit in die townships kom nie. Ek sê jou, daar's geen einde aan die skuldgevoel van gegoede wit mense in hierdie land nie.

Ieder geval, ons het vir elke township-leerling aan die einde van die kursus sommer so 'n tuisgemaakte lêer met eenvoudige resepte in Xhosa, Afrikaans en Engels geskenk, sodat hulle op hulle eie verder kan eksperimenteer. En toe wys ek die lêer een aand vir een van my welgestelde wit leerlinge in die uitgewersbedryf – terwyl ons smul aan die osso buco wat daardie aand in my kombuis opgetower is – en sy word dadelik meegevoer (die osso buco het dalk ge-help, die rooiwyn beslis) en sê só iets moet op groot skaal uitgegee word! Ook in die ander inheemse tale! Met stap-vir-stap-foto's of illustrasies vir die kokke wat sukkel om te lees! En om seker te maak dat die eindproduk bekostig-baar bly, kry ons 'n groot supermarkgroep of kosvervaardi-ger om dit te borg en, en, en . . .

Dit was die aand van die bevrugting, kan jy seker sê, heel gepas in 'n toestand van effens besope euforie. Teen hier-die tyd is die swangerskap goed op dreef en die euforiese besopenheid lankal verby. Ons het ons planne afgeskaal en verskeie praktiese kompromieë getref. Soos met enige swangerskap seker. Maar toe ons vanoggend die kontrak teken, het ek besef nou's ons waaragtig by omdraai verby. Clara Brand en Tembisa Nkutha het skrywers geword.

Of *Madam and Eve* gee 'n boek uit, soos my eks-man ons projek beskryf. Nie sarkasties nie, hoor, hy's eintlik nogal in sy noppies. Hy hoop waarskynlik ek maak soveel geld dat hy my nie meer hoef te help om ons kinders te onderhou nie, dan sal dit mos makliker wees om 'n tweede gesin met die tweede vrou aan die gang te kry. Siestog, laat hy maar droom. Al waarvoor ek hoop, is dat die boek darem genoeg verkoop dat ek kan bekostig om vir jou en Griet in Europa te kom kuier. En wat Tembi betref, selfs 'n geringe inkomste sal 'n enorme verskil aan haar lewensgehalte maak, so kom ons hou duim vas . . .

Liefde intussen van jou medeskrywer (kon nie die versoeking weerstaan nie)

Clara

❧ ❧ ❧

From: Clara Brand [aandiebrand@hotmail.com]
Sent: Fri 12/03/04 11:06
To: Griet Swart [swartgriet@hotmail.com]
Subject: (No subject)

Aag, jong, vanoggend weet ek nie of dit nog die moeite werd is om 'n boek of 'n baba of enigiets anders wat kosbaar en fragiel is in hierdie opgefokte wêreld voort te bring nie. Alles het so gevaarlik geword, daar's net meer en meer fanatiese massamoordenaars orals, en daar's niks wat ons kan doen om hulle te keer nie. 'n Gewone massamoordenaar kan jy nog keer (dis hoe waansinnig die wêreld geword het, dat ons kan praat van *gewone* massamoordenaars) om 'n gebou of 'n vliegtuig op te blaas, maar hoe gemaak

210

met iemand wat bereid is om homself saam met sy slag-offers uit te wis?

Soos jy kan aflei, het gister se treinbomme in Madrid my reeds prekêre gevoel van veiligheid in my klein wêreldjie weer moer toe geblaas. Die vliegtuie en die torings in New York was erg genoeg, maar dit het *ver* gevoel, so verskriklik ver verwyder van my in afstand en tyd. Nou kom dit nader. In Europa waar jy en Marita woon en waar die helfte van my vriende se kinders deesdae ná matriek gaan werk, in Spanje waar daar net 'n uur tydsverskil is met Suid-Afrika, nou kom dit waaragtig nader. Niemand weet nog wie ver-antwoordelik was nie, fanatiese Baske of fanatiese Moslems of fanatiese Marsmanne, maar dis blykbaar die bloedigste terroriste-aanval wat Europa in twintig jaar belewe het. Se-dert die Lockerbie-slagting, sê hulle. En dis genoeg om my bang, bang, *bang* te maak.

Vanoggend twyfel ek weer aan alles. Waarom wil ek 'n kookboek uitgee terwyl die mensdom klaarblyklik meer be-lang stel om mekaar dood te maak as om kos te maak? Waarom nie 'n boek waarin ek verduidelik hoe om bomme te vervaardig en skares onbekende mense uit te wis nie? Of hoe om 'n potensiële bomplanter in 'n skare op te merk – daar's nou vir jou 'n potensiële blitsverkoper! Maar al waar-mee ek vorendag kan kom, is 'n boek oor kos. En selfs daarvoor het ek my huishulp se hulp nodig.

Ek wonder ook waarom ek so stres oor my oudste seun se gebrek aan ambisie of "toekomsplanne". Watse toekoms? Waarvan práát ek? Wat de hel moet enige tiener maak met toekomsplanne op so 'n waansinnige planeet? En ek won-der waarom ek steeds wroeg oor ek nie goed genoeg vaar as ma nie, waarom ek steeds glo dat ek nooit weer 'n in-tieme verhouding sal kan hanteer nie. Die enigste man wat waarskynlik ooit weer in my lyf belang sal stel, het ek twee maande gelede uit my bed en uit my lewe gejaag omdat dit wat hy my gebied het, nie goed genoeg was vir my nie. Wat beteken "goed genoeg" in sulke onseker omstandighede? Is dit nie goed genoeg om elke oggend min of meer onge-deerd wakker te word en te weet dat my klein kringetjie naastes ook min of meer ongedeerd is nie? Enigiets meer is tog seker 'n bonus? Kom terug, Aristoteles, alles is ver-gewe!

Nee, nie rêrig nie, so eenvoudig is dit seker ook nie. Maar as daardie man vandag 'n artisjok of 'n vinkelbol by my voordeur laat aflewer, sal ek nie verantwoordelikheid vir my dade kan aanvaar nie. My weerstand het 'n laagte-punt bereik, my toekomsverwagtinge ook, al waarna ek nou smag, is om 'n slag styf vasgehou te word deur iemand groter en sterker as ek, iemand vir wie ek nie hoef te sorg nie, iemand wat 'n paar uur lank vir my kan sorg. Belydenis van 'n moeë enkelma.

Toe maar, môre sal dit weer beter gaan. Oormôre sal ek selfs die beeldskoonste artisjok kan weerstaan. En Maan-dag sal ek met nuwe moed die nuwe week aandurf – al is Maandag steeds die dag waarop ek my kokende bedgenoot die meeste mis. *I hate Mondays.* Ja.

Pas jou en jou geliefdes mooi op. Ek dog julle woon op 'n veilige vasteland terwyl ons hier aan die onderpunt van Afrika in vrees voortbestaan. En nou?
Clara

From: Clara Brand [aandiebrand@hotmail.com]
Sent: Wed 16/06/04 14:17
To: Bernard Marx [notgroucho@mweb.co.za]
Subject: Wat jy saai . . .

Goeie genugtig, Bernard, ruk jou reg!

Jy wil tog seker nie hê ek moet jou jámmer kry nie? Toe jy my laat gisteraand besope en druipnat gereën kom wakker klop, het ek jou ingenooi omdat ek jou nie in so 'n patetiese toestand buite kon los nie, dis al. Ek het nie gevra vir belydenisse oor jou persoonlike probleme nie. Ek voel niks vir jou persoonlike probleme nie (behalwe miskien sulke vinnige flitse van leedvermaak wat ek meestal regkry om te onderdruk), en ek kan niks daaraan doen nie. Wat het jy verwag?

Wat de hel het jy verwag, Bernard?

Jy kry vir jou 'n tweede "trofee-vrou" wat baie jare jonger as jy is, maar jy hou nie op met flankeer en verlei nie – jy flankeer selfs met meisies wat nog jonger as jou vrou is! – en jy verwag dat die trofee tevrede gaan wees om verneder te word en eenkant op 'n rak te staan en stof vergader. Maar hierdie tweede vrou is baie sluwer en slinkser as wat jou eerste vrou was, dis gewis. Sy gee voor dat sy jou liegstories glo, sy kies jou kant teen jou verraderlike seun, en sy besluit om haarself te transformeer in Madonna met Kind. En jy is so dankbaar dat sy jou nie op jou gat skop en by die huis uitjaag nie dat jy teen jou beterwete bereid is om die begeerde Kind by die Madonna te verwek. Maar toe's dit nie so maklik soos jy gedog het nie, nè. Jy's nie meer so jonk soos toe jy laas lag-lag drie kinders by jou eerste vrou verwek het nie, en die tweede een is nie heeltemal so "moederlik" nie (dis hoekom jy haar gekies het, after all), en dit gee so 'n gesukkel af dat julle later glad nie meer 'n spontane sekslewe kan geniet nie.

213

Of dis wat ek gisteraand uit jou besope gebrabbel voor die kaggelvuur kon aflei. Jy't seker opgemerk ek het nie omgeval van verbasing nie. Dis niks meer as wat ek maande gelede al voorspel het nie. Die volgende aflewering in die sepie wat jou huwelik geword het, het my wel verbaas. Mevrou Marx die Tweede het haar strategie verander! As sy jou dan nie met gedwonge vaderskap aan haar kan vasbind nie, sal sy jou in eie munt terugbetaal. Sy het glo "'n crush ontwikkel" (dis hoe jy dit stel) op 'n jong man in haar fietsryklub met wie sy nou skaamteloos flankeer.

Demmit, hoekom het ek nie destyds daaraan gedink om jou op só 'n manier te laat ly nie? As ek 'n fietsryklub (of selfs net 'n fiets) gehad het, sou ek dalk 'n swaksinnige jong man kon opspoor wat bereid was om met 'n mollige ma van drie te flankeer? Maar jy was so besig om jou dik te vreet aan die groen gras anderkant die draad dat jy my nie eens meer raakgesien het nie. As ek op 'n eenwielfiets met my drie kinders op my rug oor 'n koord verby jou moes ry, sou jy miskien – miskien! – vir 'n oomblik ophou vreet het. Maar dit sou jou nie juis laat ly het nie.

Nee wat, jou tweede vrou is veel beter bewapen as wat ek ooit was. Sy't jou aan jou knaters beet, Bernard, en al wat ek kan sê, is ek hoop dit maak seer. Sy beweer dis 'n "onskuldige flirtasie", iets wat sal oorwaai as jy haar net haar gang laat gaan. "Soos jou flirtasie met die kinderoppasser?" het ek so onskuldig moontlik gevra. Toe lyk jy éérs mismoedig. As jou avontuur met Estelle inderdaad onskuldig was, kan jy tog nie nou jou vrou oor iets soortgelyks verwyt nie. En as jy vir jou vrou gelieg het, nou ja, dan moet jy seker aanvaar dat sy vir jou ook kan lieg?

Ná drie koppies espresso en twee snye van my beroemde meellose sjokoladetert het jy darem genoeg lewe gekry dat ek jou terug na jou hotelkamer kon stuur. Jy't vroeg van-

214

oggend 'n ontbyt-onderhoud oor die Soweto-opstand ge-
had, nie waar nie? Soos die noodlot dit wil hê met 'n politi-
kus wat bekend is daarvoor dat hy te diep in die bottel kyk.
Ek wonder wie se babelas die ergste was terwyl julle julle
spek en eiers geëet het. Dis al waaroor ek nog wonder. Wat
die res van jou lewe betref, ek stel werklik nie meer belang
in die grusame besonderhede nie. Dis te laat om op my
skouer te kom huil. My skouer het so hard soos my hart
geword.

Toe ek terug in my kamer kom, ná ek die voordeur vas-
berade agter jou toegetrek het, sien ek myself vlugtig in die
spieël en skrik so dat ek dadelik wegkyk. Daar staan ek in
die vormlose verbleikte flennie-kamerjas wat ek jare gelede
by jou gesteel het, met my hare ongekam in alle rigtings en
my gesig die ene plooie, slaapplooie én ouderdomsplooie.
En ek besef dat dit waaragtig nie vir my saak maak dat jy my
in hierdie vieslike toestand gesien het nie. Beteken dit dat
ek so middeljarig en moedeloos geword het dat ek nie
meer omgee hoe ek vir ander mense lyk nie? Of beteken
dit bloot dat ek nie meer omgee hoe ek vir jóú lyk nie?
Kom ons hoop dis laasgenoemde, want dit sal 'n wonder-
like bevryding vir my wees, en seker ook vir jou.

En hierdie brief gaan ek vir jou stuur. Skrap dit dadelik
as jy nie wil hê jou vrou moet dit sien en jaloers word nie.
Of gebruik dit, waarom nie, om haar jaloers te maak. Julle
is soos twee dom kinders wat met vuurhoutjies speel. As ek
julle ma was, het ek julle 'n loesing gegee voor julle die
huis afbrand. Al wat ek nou kan doen, is om julle gevaar-
like speletjies van 'n afstand dop te hou en te wag dat ie-
mand die brandweer bel.

Intussen las ek vir jou 'n lysie by van rolprente waarna jy
gerus weer 'n slag kan kyk. Verkieslik nie saam met jou
vrou nie. Dit kan haar dalk idees gee.

5 FILMS MET SLUWE EN SLINKSE VROUE
Kazdan se *Body Heat* met Kathleen Turner
Billy Wilder se *Double Indemnity* met Barbara Stanwyck
Clouzot se *Les Diaboliques* met Simone Signoret
Tay Garnett se *The Postman Always Rings Twice* (die een van
   1946) met Lana Turner
Louis Malle se *Ascenseur pour l'échafaud* met Jeanne Moreau
   (en Miles Davis se musiek!)

Van jou eerste (byna bevryde) vrou
Clara

❧ ❧ ❧

2 Julie 2004
Broos in Brandstraat

Liewe gewese geliefde
Op die vooraand van my vyf-en-veertigste verjaardag flikker
my vlammetjie maar flou. Waarom glo ons dat die lewe en
die liefde eenvoudiger word namate ons ouer word? Teen
hierdie tyd, verby die halfpadmerk, moes ek tog seker al 'n
mate van helderheid gekry het? Ek het gedog as ek my wyse
en gryse "middeljare" bereik, sou ek alles begin begryp –
verhoudings, ouerskap, kernfisika, kriptiese blokkiesraai-
sels, my gebrek aan selfvertroue – alles wat nog altyd vir my
onverklaarbaar was.
   En nou vier ek die naweek my vyf-en-veertigste verjaar-
dag in 'n toestand van algehele verwarring, só ver van die
wysheid wat ek begeer, só onseker van alles dat ek nie eens
weet aan wie ek hierdie brief skryf nie.
   Dit kan nie Bernard wees nie, daarvan is ek amper dood-
seker. Ek "praat" nou al jare lank so op papier of op 'n

216

rekenaarskerm met my gewese man, sulke nuttelose mono-
loë wat nooit-ooit beantwoord kan word nie, soos om 'n
eindelose gesprek te voer met iemand wat blind en doof-
stom is. Dit moet einde kry, het ek besluit. Ek is miskien
nog nie "oor" Bernard nie, ek sal dalk nooit heeltemal oor
hom kom nie (watse skrikwekkende gedagte is dít nie),
maar hy's ligjare gelede al oor my, hy's 'n komeet met 'n
vlammende stert wat ek net effens verdwaas agterna kan
kyk, dis al. En jy kan nie met 'n komeet gesels nie, miskien
nog met 'n ster (*Twinkle, twinkle, little star?*), maar ek moet
ophou met hierdie onsinnige eenrigting-gesprekke.

Maar dit kan tog ook nie Ari wees wat ek as my gewese
geliefde aanspreek nie. Ons "verhouding" het skaars agt
maande geduur, en aangesien ons mekaar meestal net een
keer 'n week kon sien, was dit 'n kwessie van tussen dertig
en veertig – wat? Ontmoetings? Lyf-aan-lyf-botsings? Seks-
en-kos-sessies? Dis tog niks in vergelyking met die meer as
vyftien jaar wat ek en Bernard 'n huis en 'n bed en motors
en kinders en vakansies gedeel het nie!

Ek dink vanaand met nostalgie aan al die verjaardae wat
ek en Bernard saam gevier het, myne, syne, die kinders en
vriende en familie s'n, die huweliksherdenkings, die bevor-
derings by die werk, die vele kere dat ons sommer net fees
gevier het sonder 'n spesifieke rede. Die vonkelwynontbyte,
die luilekker middagetes om die lang tafel op ons stoep in
Johannesburg, die sop-en-brood-aande om ons kaggelvuur,
die laatnagkuiers in restaurante in Mellville, die deurnag-
dansery in klubs, die oggende dat ons die son sien opkom
het ná ons die hele nag lank saam met vriende gefuif het.
Dan het iemand eiers gebreek en brood geroorster vir ont-
byt, en iemand anders het 'n bottel koue vonkelwyn oopge-
maak (in daardie dae was daar altyd 'n bottel vonkelwyn in
die yskas, al was daar dikwels amper niks anders nie) en ons

217

het nóg 'n vonkelwynontbyt gehou om te vier dat ons almal nóg 'n nag saam oorleef het. Soms was die vriende teen middagete steeds daar, dan het ek 'n groot pot pasta met 'n carbonara-sous en 'n stuk parmesan na die stoeptafel gedra, en ons het nog wyn oopgemaak en die hele kringloop van feestelike spys en drank het ononderbroke voortgegaan.

Snaaks, ek onthou presies wat ons by baie van ons vierings geëet het, maar ek het byna geen herinnering van die presente wat ons vir mekaar gegee het om enige spesiale dae te gedenk nie. Asof my gastronomiese geheue soveel spasie nodig het dat alle ander inligting eenvoudig uitgewis word. Behalwe vir die veelkleurige trui wat Bernard vir my op my heel eerste verjaardag saam met hom gegee het. Dit was die naaste wat ek ooit aan Josef se Bybelse kleed sou kom, soveel strepe in soveel verskillende kleure dat vriende na hulle donkerbrille gegryp het as ek by 'n vertrek instap. Vandag kan ek my nie voorstel dat ek ooit weer so 'n uitspattige trui sal dra nie. My klerekas het so vervelig soos my sekslewe geword. Ek kan my nog minder voorstel dat Bernard ooit weer vir enigiemand so 'n boheemse kledingstuk sal skenk. Deesdae is meneer Marx omtrent pal gepak en gedas. Sy idee van ontspanningsdrag is 'n polohempie met 'n beroemde ontwerper se logo (diskreet dog sigbaar) op die bors en 'n pynlik netjies gestrykte kakiebroek.

Wanneer het ons so sober geword? So eentonig fokken effekleurig! Ek het altyd gespog as ek oud word, gaan ek pers dra saam met 'n rooi hoed en leer spoeg, soos in daardie gedig, en nou? Hoe ouer ek word, hoe ordentliker word ek, in voorkoms en gedrag. Ek sal iets aan die saak moet doen voor dit te laat is. Net môre gaan ek vir myself die bontste kledingstuk in Kaapstad as verjaardagpresent koop. En as die kinders frons of spot, sal ek vra of hulle wil sien hoe ver ek kan spoeg.

Dis my voorneme vir my volgende lewensjaar. Om minder ordentlik te wees. O ja, en om op te hou om briewe te skryf aan immer ontwykende gewese geliefdes. Volgende keer skryf ek aan my toekomstige geliefde. Dit sal nou vir jou 'n voorbeeld van ewige hoop wees!

Intussen sluit ek af met 'n verjaardagwens aan myself. Geluk, Clara, en mag die jaar vorentoe onordentlik en onvoorspelbaar en enige kleur behalwe blerrie beige wees.

5 Julie 2004
In die bed in Brandstraat

Minette!
Praat van onvoorspelbaar! En onordentlik! En veelkleurig! Al drie my verjaardagwense aan myself het binne 'n dag waar geword, soos in 'n sprokie, asof ek Aladdin se lampie gevryf het.

My liewe ou Ari Artisjok het Saterdag aan die voordeur kom klop met sy gesig heeltemal weggesteek agter 'n reusagtige ruiker rose van alle kleure. Ek het hom net aan sy hande herken. Hy't nie die netjiese hande van 'n kantoorwerker nie, hy't die morsige hande van 'n man wat met vlymskerp messe en vuurwarm gereedskap werk. Daar's altyd 'n ou letsel of 'n onlangse brandwond iewers sigbaar. "Vyf-en-veertig rose vir jou vyf-en-veertigste verjaardag," het hy gesê, steeds onsigbaar agter die blomme.

Ek was stamelend oorbluf en het iets geprewel soos dis die eerste keer dat jy vir my 'n present gee wat ek nie kan eet nie, toe sê hy wag maar, jy sal sien, ek gaan vanaand vir jou minstens twee fantastiese geregte met roosblare maak. En toe ek vra of hy dan nie veronderstel is om te werk nie,

219

antwoord hy doodluiters dat hy die restaurant vir die dag gesluit het om my verjaardag saam met my te kom vier. Toe bars ek in trane uit.

Blykbaar het hy vroeër in die week vir Nicolas gebel "om die terrein te toets", soos hy dit gestel het, wat my soos 'n taamlik begeerlike stukkie grond laat voel het. Iets wat 'n eiendomsagent se oë sal laat blink eerder as 'n verlate erf langs 'n spoorlyn. Nicolas het bevestig dat die twee jongste kinders by hulle pa kuier vir die skoolvakansie, en dat hy wat Nicolas is moontlik omgekoop sou kon word om die huis vir die nag te ontruim. Hy't Ari ook meegedeel dat ek 'n paar vriendinne vir middagete in Kirstenbosch genooi het, maar geen verdere planne vir die naweek het nie.

Jy kon my met 'n veer omtik toe ek dít hoor. Ek moes seker die een of ander tyd vir die kind gesê het ek eet uit en ek sal vir hom pizza in die yskas los, maar dis die soort eenrigting-inligting wat ek elke dag uitsaai sonder enige teken van ontvangs aan die ander kant. *Major Tom to ground control*, dís hoe my kommunikasie met my kinders toenemend voel, en nou kom ek agter daar's intelligente lewe by *ground control*. Nog 'n fantastiese verjaardaggeskenk!

Dit was in elk geval een van die allerheerlikste verjaardae ooit. Selfs die weer het saamgespeel: volmaakte wolklose winterdag, salige sonskyn vir 'n stappie in Kirstenbosch om 'n ligte middagete te verteer. (Ek het net 'n slaai met warm hoenderlewer en snye Franse fluitbrood bestel. Ek wou nie my aptyt bederf vir die aand se gróót eet nie.) En ses vriendinne wat almal gelyk praat oor ses verskillende onderwerpe en nogtans elkeen presies weet wat al die ander sê. En terwyl die stemme so om my kwetter, verkneukel ek my aan die gedagte dat 'n professionele kok op hierdie einste oomblik in my kombuis besig is om vir my, net vir my, aandete te kook.

En was die aandete nie 'n *chef d'oeuvre* nie! Hy't 'n maal

geskep wat al my geliefde smake gekombineer het, waar-
voor ek hom tot in lengte van dae dankbaar sal bly. Hy't my
aptyt aan die gang gekry met 'n klein glasie lensiesop met
kokosneutmelk, bestrooi met koljanderblaartjies. (My ap-
tyt kom sommer dadelik weer aan die gang as ek net daar-
aan dink.) Daarna 'n voorgereg van fillodeeg-driehoekies
met 'n perlemoenvulsel wat my vir die hoeveelste keer dié
dag teen my eie trane laat stry het. Ek het nie gevra waar hy
die perlemoen in die hande gekry het nie, ek wou eerder
nie weet nie, ek het net elke romerige happie tydsaam in
my mond laat smelt terwyl ek al hoe meer oortuig word dat
alle swaarkry op aarde die moeite werd is as 'n mens 'n
paar keer in jou lewe só iets kan proe.

En dit was bloot die begin.

As hoofgereg het hy skyfies sagte volstruisbors voorgesit
met 'n pesto van roket en roosblare – die eerste van die be-
loofde roosgeregte! Langsaan 'n skeppie stomende bruin-
rys met 'n soet uiemarmelade. Daarna 'n slaai van vinkel-
bolle in smal repies gesny met 'n onvergeetlike bloukaas-
sous. En om die kroon te span, 'n perfekte pannacotta ver-
sier met heel versuikerde rose, so 'n pragtige prentjie dat
ek dit amper nie kon regkry om dit te eet nie. En toe kom
ek tot my vreugde agter dat dit so goed smaak soos dit lyk.

Ná so 'n monument van 'n maal – en die hoeveelheid
wyn waarmee ons alles afgesluk het – het ek nie juis vuur-
werke in die bed verwag nie. My maag was swaar en my oë
het toegeval, en ek het aanvaar hy sou selfs moeër as ek
wees omdat hy die ganse middag staan en kook het, maar
toe verstom hy my vir die hoeveelste keer in 24 uur. Die
energie van 'n jong man saamgeklits met die onselfsug-
tigheid van 'n ou man, dis nou vir jou 'n wenresep as daar
al ooit een was. Weet nie wáár hy die jong man se energie
gekry het nie – soos met die perlemoen wil ek eerder nie

weet nie – dalk moes hy Viagra of Chinese poeiertjies van fyngemaalde renosterhoring sluk, maar ek het waarlik geseënd gevoel onder die vroue.

En as 'n mens op 45 nog sulke verruklike seks kan hê, bespiegel ek vanoggend in die bed, hoekom nie op 65 of 75 nie? Hoekom moet 'n mens óóit ophou om genot uit jou eie lyf te put, of uit die samekoms van jou lyf met 'n ander lyf? Goed, alles sal sekerlik stadiger en minder gereeld gebeur – en miskien meestal sonder 'n ander lyf – maar wat daarvan? *Dit hoef nie op te hou nie.* Dis die frase wat vanoggend soos 'n heilige duif op my neergedaal het. *Hallelujah,* wil ek dit saam met Leonard Cohen uitgalm. Dit laat my amper uitsien na die volgende dertig jaar. En dís sweerlik die mees manjifieke verjaardag-geskenk wat enigiemand my moontlik kon gee.

Ek weet nie wanneer ons mekaar weer gaan sien nie. Ek wil amper sê ek hoop nie gou weer nie. Ek's steeds vasbeslote om nie weer in die roetine van elke-Maandag-rol-onsbietjie-in-die-bed-rond vas te val nie. Kom ons bly so ver moontlik weg van roetine en voorspelbaarheid, dis wat ek vir hom wil sê. Ek gee rêrig nie om om net een keer elke ses maande seks te hê nie – nie as dit sulke seks soos die afgelope naweek oplewer nie. Halleluja.

Van jou jubelende vriendin

Clara

4 September 2004

Bernard

Ja, ek weet, ek weet, ek het gesê ek gaan nie weer vir jou skryf nie. Maar ek besef al hoe meer dat ons lewenslank

verbind gaan wees deur die kinders wat ons in die lewe ge-
bring het. En dat daar sekere belangrike dae in hulle lewe
is wanneer daardie band amper wurgend styf voel.

Vanaand wurg ek weer. Dis ons oudste seun se matriek-
afskeid. Die eerste keer dat hy 'n aandpak dra en soos 'n
aantreklike jong man eerder as 'n opstandige skoolseun
lyk. Wel, laat ek dit anders stel. Hy lyk steeds opstandig. Dis
nie die aandpak wat jy vir hom sou gekies het nie. Ek ook
nie, laat ek dit maar erken, vir 'n verandering stem ek saam
met jou. Hy't die pak in 'n tweedehandswinkel opgespoor.
Ek wou eers bly word toe ek dit hoor, want tweedehands is
tog veronderstel om goedkoper te wees as eerstehands,
maar toe besef ek hulle noem dit nie meer "tweedehands"
nie, hulle noem dit nou "retro", en as jy deesdae retro wil
wees, moet jy opdok en betaal. En toe ek die peperduur
retro-pak sien, toe verdwyn my laaste bietjie blydskap.

Ek het so half gehoop vir iets uit die jare dertig of veer-
tig, jy weet, visioene van Al Capone en deftige dubbelbors-
baadjies en elegante two-tone shoes. Maar daardie era is vir
Nicolas se geslag omtrent so ver in die wasige verlede soos
die Middeleeue vir ons. Nicolas se idee van laaank gelede
is die jare sewentig. En soos jy seker kan onthou (ek kan
beslis), daar was niks deftigs of elegants aan die jare sewen-
tig nie. Die pak wat hy gekies het, is wit met 'n wye lapel en
'n klokpypbroek, en hy dra dit met 'n swart hemp, wat hom
so verspot soos John Travolta in *Saturday Night Fever* laat lyk.

Ek hoop van harte dat hy dit met sy tong in sy kies doen.
Die alternatief, dat hy in alle erns besluit het om hom soos
Travolta van die jare sewentig te vermom, is too ghastly to
contemplate. Maar goed, dis *sy* matriekafskeid, al betaal ek
en jy die rekening. Ek wou sê sy enigste matriekafskeid,
maar soos sy punte tot dusver lyk, gaan hy moontlik vol-
gende jaar weer in matriek sit en weer afskeid hou. (Mis-

kien kan ons hom teen daardie tyd oortuig om 'n normale swart pak uit die jare tweeduisend te dra.)

Die enigste manier waarop ek sy klasmaats se uitrustings kon sien – kon vasstel of daar enige ander narre uit die jare sewentig op die dansbaan sou wees – was om na die skoolsaal te ry en saam met ander ouers en familielede 'n soort erewag voor die ingang te vorm. En aangesien ek jou nie kon saamnooi nie – ai, as jy weet hoe ek jou gemis het vanaand! – en nie alleen tussen die mammas en pappas wou rondhang nie, het ek toe maar vir Paula saamgevat. Vir haar was dit 'n meer eksotiese skouspel as enige Paryse modevertoning.

Vir my? Kom ons sê maar net ek het besef dat die meeste kinders op 18 nog nie eintlik 'n kleresmaak ontwikkel het nie. Maak nie saak hoe duur die uitrustings was nie – en sommige van die meisies se rokke het na groot geld geruik – die geheelprentjie was nogal treurig. Byna al die meisies was te swaar gegrimeer (party van die seuns ook), byna al die seuns het te veel jel in hulle hare gesmeer (party van die meisies ook), en die meeste van die rokke was bedoel vir Hollywood-seksbomme eerder as vir plomperige selfbewuste skoolmeisies.

En toe daag Nicolas en sy metgesel op, een van daardie boheemse meisies uit 'n privaat skool met wie hy deesdae rondhang, en toe's ek skielik verskriklik bly jy's nie daar nie, want jy sou dit nie kon vat nie. Die meisie het iets gedra wat van voor soos 'n vormlose swart laken lyk, met swart lipstiffie en swart naelpolitoer en 'n kop wat amper kaal geskeer is, maar ek het mos besluit ek gaan nie meer 'n voorspelbare en ordentlike ma wees nie, so ek het dit reggekry om geen skok of teleurstelling te wys nie. Maar toe ek hulle agternakyk, sien ek dat die rok se rug makeer, van haar nek tot die gleuf van haar boude is alles kaal, en op

224

hierdie uitspansel van gladde kaal vel is 'n konstellasie van sterre en planete getatoeëer. Soos 'n lopende, pratende planetarium. Hopelik nie 'n permanente versiering nie, het ek teenoor Paula geprewel, seker net 'n provokasie wat vir die aand op haar rug geverf of geplak of ge-watookal is.

"Nee, Mamma," lig Paula my toe in, "haar rug lyk lankal so. Daar's ook 'n engel op haar maag. En sy gaan een van die dae 'n unicorn op haar bobeen kry." Met iets baie na aan bewondering in haar stem.

Waarom weet Paula soveel van haar broer se getatoeëerde poenskop-metgesel wat ek nog nooit eens ontmoet het nie? En wat gaan ek máák met ons dogter as sulke meisies sonder hare met engele op hulle mae haar rolmodelle word? O hel, nee, nou weet ek weer, so lank soos ek 'n ma is, is ek verdoem tot voorspelbaarheid. Ek gaan ongetwyfeld die res van die nag wakker lê en wag dat ons seun veilig terugkeer van die *after party,* wat altyd wilder en gevaarliker as die amptelike afskeid is, presies so pateties voorspelbaar soos alle ma's op aarde. Ouerskap is 'n wrede affêre.

Van jou ewig voorspelbare, ewig ordentlike, binnekort van kop tot tone in blerrie beige geklede gewese eggenote
Clara

❀ ❀ ❀

From: Clara Brand [aandiebrand@hotmail.com]
Sent: Sun 31/10/04 22:26
To: Nita Patterson [nitap@yahoo.com]
Subject: Uit die mond van die suigeling

Agge nee!
Net toe ek dog nou kan ek maar ontspan, meneer en mevrou Marx gaan beslis nie 'n nageslag voortbring wat my

225

kinders op enige manier kan bedreig nie – trouens, me-
neer en mevrou Marx se huwelik is oënskynlik op auto
destruct ingestel, die knoppie is klaar gedruk, dis net 'n
kwessie van tyd – nou hoor ek mevrou Marx die Tweede is
waaragtig swanger.

En ek hoor dit, let asseblief op die ironie, by my nege-
jarige dogter. Wat onstuitbaar opgewonde is oor die "baba-
boetie" wat sy al so lank begeer. A het dit goed gedink, toe
sy die naweek saam met Bernard in die Kaap was, om vir
Paula van alle mense te vertel dat sy 'n baba verwag en die
kind plegtig laat belowe dat sy die geheim sal bewaar. Sy is
blykbaar salig onbewus van die feit dat 'n negejarige bab-
belbek soos Paula nie gebore in staat is om enige geheim
langer as 'n paar uur te bewaar nie. Paula is soos die prin-
ses in die sprokie, sy sal haar geheim vir 'n oond of 'n
boom of 'n verdomde klip fluister as sy dit nie met 'n
lewende wese kan deel nie. Of dalk is A juis nie onbewus
van hierdie eienskap nie. Dalk is dit presies waarom sy vir
Paula as "vertroueling" gekies het. Ek is op die punt waar
ek enigiets van so 'n perverse feeks sal glo.

Hoe ook al, Paula het dit reggekry, met enorme wils-
krag, om 'n dag lank te swyg. Maar toe ek vanaand vir haar
'n slaaptydstorie gaan lees, kies sy "Raponsie", wat my nog-
al verras het, want sy glo deesdae sy's te groot vir sprokies.
En ek het nog skaars begin lees – by die deel waar die swan-
ger koningin vir haar man vertel sy sal stérf as hy nie vir
haar 'n bietjie veldslaai uit die heks se tuin gaan steel nie –
toe wil Paula weet of alle vroue wat babas verwag so gek
raak oor veldslaai van alle vreemde dinge. En of "Nanas"
ook vir Pappa sal smeek om vir haar kos te gaan steel nou-
dat sy – en toe rek sy haar oë wyd en klap haar hand voor
haar mond en sê oeps, dis 'n geheim.

Dis seker nie nodig om te sê ons het toe nooit "Rapon-

226

sie" klaar gelees nie. Ek het my bes probeer om nie vir my dogter te wys hoe die nuus my ontstig nie, en ek het myself probeer oortuig dat ek geen rasionele rede het om ontstig te wees nie, maar ek is bevrees ek het in albei pogings gefaal. Ons het 'n lang gesprek gehad oor hoe 'n baba in 'n mamma se maag groei, en ek het gewaarsku dat sy nie te opgewonde moet raak nie – volgens A het die swangerskap nog skaars begin en die "baba" is omtrent so groot soos 'n boontjie – want nie alle boontjies ontwikkel in babas nie. Net daar skiet die arme kind se oë vol trane en die stemmetjie word dun van ontsteltenis en ek voeg vinnig by maar kom ons hou duim vas hierdie boontjie word 'n baba! Terwyl ek so vals soos 'n Fariseër voel en die blerrie "Nanas" verwens dat sy nie 'n paar weke kon wag voor sy die tyding met 'n negejarige kind deel nie.

Aag, ek weet nie, jong, ek sal seker maar gewoond moet raak aan die idee, wat anders kan ek doen – behalwe om te hoop die boontjie word nie 'n baba nie, en só koelbloedig kan ek tog seker nie wees nie. Of kan ek? Ek vermoed hierdie swangerskap – indien dit 'n volwaardige swangerskap word – gaan my tot nuwe dieptes van selfkennis en sinisme laat daal. Intussen gaan ek aanmekaar my joga-asemhaling toepas om kalm te bly (ek doen dit al die hele aand lank, sonder enige sukses) en vir die volgende maand of drie weier om aan boontjies of babas te dink. In elk geval tot mevrou Marx die Tweede se maag begin swel, dan sal ek dit nie langer kan ontken nie, dan sal ek waarskynlik van ontkenning na woede vorder, soos in enige rouproses.

'n Laaste, verfoeilike gedagte wat ek met niemand anders as jy kan deel nie, my liewe sus. Ek hang my kop in skaamte oor my agterdog, maar ek wonder tog of Bernard die enigste vennoot in hierdie besigheid is. Hulle het immers meer as 'n jaar lank vergeefs probeer, tot hulle so

227

moedeloos geraak het dat hulle sekslewe ineengestort het (soos Bernard een aand in 'n besope toestand teenoor my kom bely het), waarna mevrou Marx die Tweede met 'n jong fietsryer begin flankeer het. Ons sal nooit weet hoe ver die flankeerdery gevorder het nie. Tensy die toekomstige kind van kleins af 'n ongesonde belangstelling in fietse openbaar?

En met hierdie moontlik lasterlike bewering voel ek oplaas gereed om te gaan slaap. Daar's darem net niks soos 'n skoot bitsigheid om 'n ontstelde vrou tot bedaring te bring nie, nè. Nee, jy sal nie weet nie, jy was nog altyd te ordentlik vir venyn. Van ek 45 geword het, stry ek steeds elke dag teen die versoeking van ordentlikheid. En vanaand voel dit weer of ek aan die wen is.

Liefde, ook aan Amy en Ian, van hulle onordentlike tante Clara

❊ ❊ ❊

From: Clara Brand [aandiebrand@hotmail.com]
Sent: Wed 10/11/04 08:54
To: Marita van der Vyver [marita10@laposte.net]
Subject: Klaaglied van Clara

Word alle ma's soms tot trane van woede en wanhoop gedryf deur hulle tienderjarige kinders? wonder ek gisteraand terwyl ek op die toilet sit en tjank (enigste plek in die huis waar ek van my kinders kan wegkruip) met die radio vreeslik hard gedraai sodat niemand my dramatiese snikke kan hoor nie.

Dit kan nie wees nie, my vriendinne lyk altyd vir my so slim en snaaks en stabiel en bowenal in beheer, ek kan my nie voorstel dat hulle ooit in so 'n byna histeriese toestand van hulpeloosheid in 'n toilet sal wegkruip nie. En moenie vir my vertel ek lyk seker ook vir my vriendinne "in beheer" nie, ek glo dit nie meer nie, ná gisteraand glo ek selfs 'n vreemdeling sal sien ek's 'n vrou op die rand van 'n ineen-storting. Ek voel swak, fragiel, breekbaar, gekraak, besig om fokken uitmekaar te val – en dit net oor my oudste seun sy matriekeksamen skryf.

Ja, jy kan seker vra of *hy* dan nie die een is wat veronder-stel is om uitmekaar te val nie. Maar nee, Nicolas is so koel soos 'n Magnum, die roomys, nie die vuurwapen nie, hy's vas oortuig hy sal soos gewoonlik met die minimum inspan-ning en die maksimum geluk op sy gat deurskraap. Die hele jaar al preek ek vir hom dat dit nie genoeg is nie, hy moet ordentlike punte probeer kry as hy iets verder met sy lewe wil doen behalwe om branders te ry. Hy weet tog self hy's nie goed genoeg om 'n professionele branderplank-ryer te word nie, en waar de hel gaan hy as sogenaamd be-voorregte wit jong man sonder enige kwalifikasies 'n werk kry? En tog het ek die hele jaar bly hoop hy gaan hom be-tyds regruk, hy gaan die eksamen ernstig opneem, hy gaan my verras deur soos 'n besetene te leer en so goed vaar dat hy dalk selfs 'n beurs vir verdere studie kan kry . . . (Toe-gegee, die laaste deel was vergesog, maar jy weet mos hoe's dit as 'n mens eers begin droom.)

En nou het die eksamen aangebreek en die droom het 'n donnerse nagmerrie geword. Elke keer as ek in die kind se kamer kom om hom met woord of daad aan te moedig om harder te leer, lê Mister Magnum uitgestrek op sy bed en luister musiek met sy oorfone, tik SMS'e op sy selfoon en kyk so met een oog nog TV ook. Nêrens 'n oop skool-boek in sig nie. As ek vra hoe op godsaarde hy kan konsen-treer met oorfone en selfone en TV's wat alles om hom raas, sug hy en sê hy gaan nie eens probéér verduidelik nie, ek sal nie verstaan nie, ek kom uit 'n ander eeu en ek het 'n probleem met tegnologie. Bloody right on all counts, ek kom uit 'n ander eeu, ek het 'n probleem met tegnologie en ek verstaan hoegenáámd nie wat in daardie blerrie kind se kop aangaan nie!

Gisteraand kan ek dit toe skielik net nie meer vat nie en ek begin op hom skreeu en hy skreeu terug, natuurlik, en soos altyd as 'n mens skreeu, kom daar allerhande nare waarhede uit wat miskien eerder verswyg moet word. Ek kan nie onthou wat ek alles gesê het nie, maar ek weet ek het gesê hy's 'n selfsugtige en ondankbare *brat* wat my nou al jare lank hel gee en ek's gatvol van sy streke. En sy laaste woorde aan my was: "Luister net na jouself, Ma, jy's pateties!"

Pateties. Dis die één ding wat ek gehoop het ek is nie meer nie, in elk geval nie as ma nie. Ek sou selfs sover gaan om te sê ek was nogal trots op wat ek die afgelope paar jaar as hardwerkende enkelma met 'n uitmergelende oudste kind reggekry het. Daarom het die beskuldiging my so ontstel dat ek sonder 'n verdere woord die aftog geblaas het, my in die toilet toegesluit het en soos 'n weerwolf onder 'n volmaan getjank het. Is dít nou nie pateties nie?

Die ergste van alles is as hy vandag sy wiskunde-eksamen druip, sal dit seker ook my skuld wees. Oor ek onnodige stres op hom geplaas het. Dis net nie regverdig nie, nè. Moederskap stink, dis wat ek op die oomblik dink. En môre sal ek seker weer skuldig voel oor ek so 'n onsedelike stelling kon maak.

Intussen gaan ek konfyt kook om kalm te word. Pampoenkonfyt, papajakonfyt, eiervrugkonfyt, iets eksoties wat my ma nooit sou gekook het nie, sodat ek soos 'n waaghalsige pionier eerder as 'n tradisionele pateet kan voel. Die eksamen sal weldra verby wees, eendag sal hierdie onbe-

skofte kind ook uit die huis wees, en ek wéét nou al ek gaan
hom mis, mis, mis. Het jy ook sulke irrasionele gevoelens
oor jou kinders? Ag, asseblief, stel my gerus, lieg vir my as
jy moet, vertel my jy sit ook soms op 'n toilet en snik soos
'n sterwende sopraan oor jou kinders naar is met jou . . .
Van 'n patetiese ma (hel, dit maak stééds seer)
Clara

Vryf sout in die snye

From: Clara Brand [aandiebrand@hotmail.com]
Sent: Mon 10/01/05 08: 37
To: Minette Malan [badyear@iafrica.com]
Subject: Oor tsoenami's en tweelinge

Nee kyk, Minette

Ek weet jy mis die gevaarlike kant van joernalistiek noudat
jy by 'n vervelige vrouetydskrif werk, maar moes jy nou juis
hierdie Kersseisoen kies om aan die ooskus van Afrika te
gaan vakansie hou? Ek was skoon swak van angs toe ek
hoor laas maand se tsoenami het tot in Somalië en Tan-
zanië en Kenia slagoffers geëis – en bewerig van verligting
toe ek hoor jy's veilig in Zanzibar. Maar is dit nou rêrig
nodig om so verdomp ekstaties te klink oor jou noue ont-
koming?

Ek wéét jy wou eintlik Indonesië toe gaan (jy't my pro-
beer oorreed om saam te gaan, onthou?) en dit maak my
glad hoegenaamd niks opgewonde dat ons amper albei in
'n enorme fratsgolf omgekom het nie. Inteendeel, dis vir
my ongelooflik neerdrukkend dat my oortrokke krediet-
kaart moontlik my lewe gered het. As ek versigtiger was
met daardie kaart – soos my eks my sedert ons troudag aan-
mekaar vermaan het – sou ek 'n vlug na Indonesië kon be-
kostig. Watse les is dit nou om vir my kinders te leer?

Maar ek's ontsettend verlig dat jy op die ou end besluit
het dit sal goedkoper en meer polities korrek wees om in

232

Afrika vakansie te hou. Nou kan jy jou adrenalien-kicks op
'n veilige afstand kry. Op die rand van die vulkaan dans,
soos jy altyd sê, sonder om in die donnerse vulkaan te val.

Die ander rede hoekom ek nie saam met jou in Indo-
nesië (of Zanzibar of waar ook al) kon gaan vakansie hou
nie, is omdat dit my beurt was om Kersfees saam met die
kinders deur te bring. En aangesien my eks besluit het om
sy tweede vrou met 'n romantiese Europese reisie te be-
derf, kon ek nie eens probeer omruil of onderhandel nie.
Volgens hom het die arme tweede vrou die moeilikste swan-
gerskap in die geskiedenis van die mensdom. Persoonlik
vermoed ek sy kla net meer as enige ander vrou in die ge-
skiedenis van die mensdom. Maar aangesien sy mos nou 'n
tweeling verwag – die gode het tog 'n sin vir humor – het
sy vir Bernard oortuig dat nóg ek nóg enige ander ma van
eenlinge enige begrip kan hê van haar dubbele lyding. Ek
kan raai wat jou kommentaar sal wees: *Trust the bitch to try
and outdo the first wife.* So ek sal dit intussen namens jou sê.

Ek het die tweeling-nuus waarskynlik nog nie behoorlik
verwerk nie, omdat ek dit gehoor het pas ná die nog meer
verstommende nuus dat Nicolas teen alle verwagtinge in
sowaar as wragtag sy matriek geslaag het. Ek het gevoel of
'n reusagtige rots van my skouers afgerol het. Toe ek die
volgende oggend wakker word, besef ek die rots is bloot
vervang deur 'n ander een, net so groot, net so swaar. Die
vraag is nou nie meer wat gaan die kind maak as hy nie
deurkom nie, dis wat gaan hy maak noudat hy deurgekom
het.

Hy praat steeds van 'n *gap year*, maar sy pa meen hy het
tog seker nie nog 'n jaar van niksdoen nodig om te herstel
van vyf jaar van niksdoen op hoërskool nie. En ek moet
erken sy pa het 'n punt. Dus het sy pa vir hom 'n ultima-
tum gestel: "As jy dan nie wil studeer nie, moet jy werk. Op

233

die harde manier, met jou hande en jou lyf, want jou kop is nie vir enigiets gekwalifiseer nie." Nicolas het taamlik on-geërg geantwoord hy gee nie om om sy gat af te werk nie, solank hy naby die see kan wees en tyd kry om so nou en dan te surf. Toe kry Bernard so 'n gevaarlike glinstering in sy Cary Grant-oë en sê hmmm, 'n ou skoolvriend van hom is deesdae 'n boukontrakteur aan die Weskus, en as Nicolas bereid is om vir dié man te werk, kan hy heeldag die bran-ders dophou en oor sy volgende surfsessie droom terwyl hy sement meng en planke saag en klippe kou . . .

Toe ek later met Bernard oor die foon praat, wou ek natuurlik weet waarom Frikkie (die ou skoolvriend) so 'n besonder onbevoegde arbeider soos ons seun in diens sou neem. Toe antwoord hy my op daardie selfvoldane manier wat my altyd op my tande laat kners het terwyl ek nog me-vrou Marx die Eerste was. (Dit laat my steeds op my tande kners, maar nou kan ek die foon neersit as dit te erg raak.) Blykbaar het Bernard en Frikkie 'n ooreenkoms aange-gaan. Frikkie die bouer het 'n seun wat 'n sportjoernalis by 'n koerant wil word. Bernard die koerantman het 'n seun wat, wel, nou nie juis 'n bouer wil word nie, maar ook nie eintlik enige ander planne het behalwe om dagga te rook en branders te ry nie . . . So waarom nie mekaar se seuns help om werk te kry nie?

Maar Nicolas het nog nooit die vaagste belangstelling in boupersele getoon nie, moes ek my eks herinner. Inteen-deel, toe hierdie huis in Brandstraat vyf jaar gelede herbou is, het hy die hardste van almal gekla oor die stof en die geraas, sonder om ooit 'n baksteen op te tel of 'n plank te verskuif. Nicolas het nie 'n keuse nie, het Bernard gesê (nog net so selfvoldaan), hy't hom in 'n hoek vasgeverf en hy's slim genoeg om dit te besef. Ek sukkel nogtans om Nicolas as swetende arbeider voor te stel. Sy selfoon is pal in sy een hand vasgeplak, om maar een potensiële probleem te noem, en 'n bouer het tog twee hande nodig?

Intussen hoop ek dat jy binnekort veilig sal terugkom van jou adrenalien-belaaide Afrika-vakansie, dan's daar darem een naam wat ek kan doodtrek op die lang lys van mense en diere en plante en lewelose dinge waaroor ek snags wakker lê en wroeg. Ek het nie adrenalien nodig nie, girlfriend, ek lewe saam met twee tieners. Ek het rus en vrede nodig.

Clara

23 Februarie 2005
Kaapstad

Goeienaand Griet

Nee, jong, dis rêrig nie 'n stralende swangerskap nie. Sy glo steeds sy's uitverkore onder die vroue om hierdie wonderbaarlike tweeling met soveel swaarkry te dra, maar dis blykbaar nie net haar kop wat uithaak nie, haar lyf is ook besig om in te gee. Minette het haar laas week in Pick 'n Pay gesien en so geskrik dat sy in 'n rak vol blikkieskos vasgeloop het.

Volgens Minette is sy teen skaars die helfte van haar swangerskap klaar dubbel so breed soos voorheen. Wat nie vir my so vreeslik klink nie, want sy was so dun soos 'n plank, so nou's sy so dun soos twee planke, hoe erg kan dit nou wees? Maar Minette sê nee, jy moet haar sien om te glo, sy lyk *opgeswel*, van haar gesig tot haar voete, asof sy deur 'n reusagtige insek gesteek is. Wel, sy's gesteek, mompel ek toe, maar nie deur 'n insek nie. En toe begin ek giggel, want skielik onthou ek dat my eks, soos die meeste

mans seker, soms troetelnaampies vir sy geslagsdele uitge-
dink het – gewoonlik darem spottend – en sy gunsteling
was Gogga. Ieder geval, Minette reken sy lyk nie "normaal
swanger" nie, sy lyk soos iemand wie se lyf deur 'n boos-
aardige wese oorgeneem is, Mia Farrow in *Rosemary's Baby*,
Sigourney Weaver in een van die *Alien*-flieks. Ek moes weer
eens wonder hoe erg dit nou kan wees om soos Mia of
Sigourney te lyk.

Kyk, Minette is natuurlik nie wat enigiemand 'n objek-
tiewe waarnemer sou noem nie. Sy minag mevrou Marx die
Tweede, indien dit moontlik klink, selfs meer as ek – om-
dat sy so 'n besonder lojale vriendin is, vermoed ek, en
omdat A so 'n besonder onlojale vriendin was – maar ek
moet erken haar bitsige aanmerkings maak my nogal nuus-
kierig om die arme opgeswelde slagoffer met my eie oë te
sien. Al is dit dan net om vir een keer in my lewe mooier of
maerder as sy te voel.

Verdere nuus is my oudste het nou 'n branderplank-
ryende arbeider aan die Weskus geword, naby Elandsbaai,
waar daar glo van die beste branders in die wêreld is wat
van 'n sekere kant af breek, links of regs, kan nie onthou
nie, maar dis 'n uiters belangrike verskil. Ek het hom die
afgelope maand net een naweek vlugtig gesien, en eers ná
hy my die indrukwekkende eelte op sy hande gewys het,
"van al die harde werk, Ma", het die ironie van die situasie
my getref. Ek onthou hoe trots my oupa was omdat my pa
die eerste een in sy familie was wat dit reggekry het om uit
die werkersklas weg te breek, om universiteit toe te gaan en
'n pak klere eerder as 'n oorpak of 'n uniform te dra. En
nou is sy agterkleinseun oënskynlik net so trots om terug te
keer na die werkersklas.

Maar ek bly vir myself sê, moet dit nie sien as regressie
nie, dis tog nie soos in die Kommunistiese Oos-Blok of Mao

236

se China waar intellektuele gedwing is om arbeiders te word nie. My bedorwe en bevoorregte seun het immers uit eie wil besluit om 'n arbeider te word. Sy pa sê los hom, laat hom wérk, een van die dae sal hy ons kom smeek om verder te studeer. En as sy pa se plan misluk, nou ja, dalk is dit net nog 'n manier van boetedoening vir 'n voorheen bevoorregte wit gesin in die nuwe Suid-Afrika. Om 'n trotse lid van die werkersklas in sy boesem te koester, bedoel ek nou.

Sebastian, wat twee weke gelede sestien geword het, het onlangs by 'n adolessente rock-groep aangesluit. (Ná ek 'n CD van een van hulle repetisies gehoor het, het ek gewens hy't eerder ook maar by die werkersklas aangesluit. Dit sou minder raserig wees.) Hy speel baskitaar en help om lirieke te skryf. Die lirieke, sover ek kan hoor bo die magtige dreuning van tromme, bestaan hoofsaaklik uit vloekwoorde in al elf amptelike tale. Dis om van te ween, Griet, dis om van te ween. Ek's tog nie 'n reaksionêre ma nie, maar as ek dink dat dít die resultaat is van al die jare se musieklesse waarvoor ek en sy pa ten duurste betaal het . . .

Ek belowe jou ek word by die dag dankbaarder dat daar 'n gaping van 'n paar jaar tussen Paula en haar broers is. Selfs die wonderlikste ma op aarde kan net soveel adolessente hormone op 'n slag hanteer. En ek het my nog nooit uitgegee as die wonderlikste ma op aarde nie.

Sterkte met die twee tieners onder jou en Luca se Italiaanse dak. Eendag, hoop ek, sal ons met verligting en verwondering terugkyk na hierdie stormagtige tydperk. As ons dit oorleef.

Liefde van huis tot huis

Clara

From: Clara Brand [aandiebrand@hotmail.com]
Sent: Fri 25/03/05 12:15
To: Nita Patterson [nitap@yahoo.com]
Subject: Life is a bitch (and so am I)

My liewe Sus

My kinders se pa en stiefma het hulle gisteraand kom op-
laai om die Paasnaweek saam met hulle deur te bring, wat
beteken ek is vir 'n paar dae weer 'n los vrou, joegaai!

My eersgeborene wil steeds so min moontlik met sy stief-
ma te doen hê. Woorde kan nie beskryf hoe verontwaardig
hy is dat sy hom nou boonop met twéé boeties (of sussies,
of 'n boetie én 'n sussie) gaan belas nie. Maar hy wou die
langnaweek op droë grond in die stad deurbring, eerder as
in die branders by Elandsbaai, so ek kon darem sy arm
draai om gisteraand saam met ons te kom eet. Met "ons"
bedoel ek sy ma en sy pa en sy stiefma en al sy huidige en
toekomstige boeties en sussies, die hele vrolike en opgefok-
te familie.

Nee, ek's nie sarkasties nie, ons was inderdaad vrolik.
Sebastian was vrolik, want dis skoolvakansie, Paula was vro-
lik omdat haar pa haar kom haal het, Bernard was vrolik
omdat hy na sy kinders verlang het. Selfs Nicolas was so na
as wat Nicolas seker ooit sonder dagga of drank aan vro-
likheid kan kom. Miskien, wonderwerke gebeur steeds, be-
gin hy oplaas sy gesin waardeer?

Die enigste dikmond aan tafel was die stiefma. En dis
nie al aan haar wat dik was nie, hoor. Bernard het my oor
die foon laat verstaan hulle vlieg vir oulaas Kaap toe voor
die babas kom, want soos A nou uitsit, sal sy binnekort nie
meer in 'n vliegtuigsitplek pas nie. Ek dog hy spot. Nes ek
gedog het Minette oordryf toe sy laas maand vertel hoe on-
gesond opgeblaas die arme vrou lyk. Noudat ek die ver-

238

skynsel met my eie oë aanskou het, dink ek miskien word poëtiese geregtigheid nie net in outydse romans aangetref nie.

Onthou jy hoe die Marquise de Merteuil gestraf is met pokke wat haar eens beeldskone gesig verwoes het? En Roger Vadim se rolprentweergawe waar Jeanne Moreau se gesig deur die afgryslikste brandletsels geskend word? Nee, dis 'n obskure Franse fliek wat jy nie sou gesien het nie. Ek sou ook nie as ek nie met Bernard getroud was nie. Maar ek het onvermydelik aan daardie markiesin gedink terwyl ek gisteraand vir mevrou Marx die Tweede dophou. Dis nie dat sy binne enkele maande lélik geword het nie (só regverdig is die regte lewe nou ook nie), dis net dat "mooi" of "sexy" skielik nie meer die eerste woorde is wat by jou opkom as jy na haar kyk nie. Eerder woorde soos "misnoeg", "ontevrede", "swaarmoedig" . . .

Nou wonder ek: is dit omdat sy haar stralende skoonheid tydelik verloor het dat sy so ongelukkig lyk? Of is dit die dieperliggende ongelukkigheid wat die skoonheid uitgedoof het?

Ek moet byvoeg dat ek ook ongelukkig sou gelyk het as ek maande lank sonder 'n druppel wyn of 'n happie rooivleis moes klaarkom. Om nie eens te praat van sout en suiker en kafeïen en tannien en die hemel alleen weet wat nog alles op haar ellendige lang lys van verbode bestanddele is nie. Toe ek my kinders verwag het, het niemand ooit vir my gesê ek mag glad nie alkohol oor my lippe laat kom nie, selfs my dokter het gemeen dis oukei om so nou en dan 'n glas wyn te drink, en my kinders het tog nie breinskade of ernstige ontwikkelingsprobleme oorgehou nie. (Of dalk het hulle, dalk is dit wat fout is met Nicolas. Fantasties, nog iets waaroor ek kan skuldig voel.) Maar deesdae mag swanger vroue omtrent niks meer eet of drink of geniet nie, behalwe miskien seks in 'n paar interessanter posisies as dié van die sendeling.

En tog lyk mevrou Marx die Tweede nie asof sy tans veel plesier put uit seks nie. En ek kan my nie voorstel dat meneer Marx brand van begeerte om so 'n moerige blaasoppie te bespring nie. Leedvermaak is 'n liederlike emosie, ek weet, maar ek skaam my glad nie.

So, daar sit mevrou Marx die Tweede toe dikmond en knaag aan 'n korsie droë brood en vat so nou en dan 'n slukkie koue water, terwyl ek en Bernard 'n bottel uitstekende Boergondiese rooiwyn leegdrink en almal aan tafel smul aan gebraaide lamsboud (want wat is Pase nou sonder lamsvleis?) met tuisgemaakte Provensaalse pistou-sous en rietskraal groenboontjies wat in knoffel geroerbraai is en die oulikste pienk aartappeltjies wat met olyfolie besmeer is. Daarna het ons 'n deurmekaar groenslaai met baie roket en bronkors en parmesan-krulle geëet, en 'n groot ronde brood met ingevoerde bokmelkkaas en my meellose sjokoladetert. Want wat is Pase nou sonder sjokolade?

Nee, ek het glad g'n niks jammer gevoel vir mevrou Marx die Tweede nie. Sy's een van daardie vroue wat so hard probeer om die perfekte swangerskap te hê dat hulle amper nie anders kan as om alles op te fok nie. En nou gaan ek vir die eerste keer in weke 'n heerlike skelm sigaret rook, want my kinders is nie hier om vir my te preek nie, en sommer ook 'n glas koel chardonnay skink, waarom nie, dis amper middagete. En ek is nie swanger nie, ha!
Liefde
Clara

From: Clara Brand [aandiebrand@hotmail.com]
Sent: Thu 19/05/05 08:58
To: Marita van der Vyver [marita10@laposte.net]
Subject: Re: Geluk met die boek!
Attachments: boekparty6.jpg (143.3 KB); claratemb.jpg (155.6 KB); tembiclar.jpg (160.5 KB); almalsaam.jpg (230.9 KB)

Môre Marita
Dankie, dankie, dis tog te heerlik, al hierdie goeie wense! Ja, my en Tembi se veeltalige kookboek is toe laas naweek hier in die huis te water gelaat, beskeie maar uitbundig, met 'n bonte mengelmoes van ons kookklas-leerlinge uit die townships en die welgestelde wit suburbs wat tot laat saam geëet en gedrink en gesels en gedans het. Ek het vir jou 'n paar kiekies aan sodat jy self kan sien hoe rof dit gegaan het.

Volgens my redakteur, Marinda, is die meeste boekbekendstellings maar stugge en stywe stories. Gewoonlik word daar glo nie eintlik tot vroegoggend gedans nie. Ek sal nie weet nie, want dis my eerste boek en ek het die afgelope paar maande so hard daaraan gewerk dat ek gesweer het dis my laaste, maar as dit tot sulke lekker paarties kan lei, sal ek dit dalk weer doen. Nou moet ons net hoop die boek verkoop darem genoeg eksemplare om die onkoste van die gebreekte glase te dek.

Ek het my bure vooraf gewaarsku dat ek 'n "kulturele byeenkoms" reël – want ek was bang hulle word paniekbevange en bel die polisie as hulle al die township-taxi's in ons rustige straat sien luier – en dat dit dalk raserig kan word. 'n Tannie wat twee huise hoër op in die straat woon en wat my tot dusver altyd vriendelik gegroet het as ek met Tjoklit verby haar tuin stap, het vandeesweek begin om weg te kyk as sy my sien aankom. Dalk is daar geen verband tussen die township-taxi's en haar vreemde gedrag nie, dalk is ek net paranoïes, maar ek wonder tog.

Maar wat my selfs meer verbaas het, was die reaksie van die trendy Engelse buurvrou skuins oorkant die straat. Die dag ná die raserige paartie het Gillian 'n praatjie kom aanknoop – vir die eerste keer in die vyf jaar dat ek hier woon – om uit te vis waar ek al hierdie "beautiful blacks" opgespoor het. Met die insinuasie dat 'n ordentlike Afrikaanse vrou soos ek tog sekerlik nie aantreklike swart mense kan ken nie. Ek het my so vervies dat ek vir haar gesê het ek het hulle by *Rent-a-Black* gehuur. Dit het haar nie gekeer om 'n halfuur aanmekaar te babbel oor hoe mal sy is oor swart mense wat so fantasties kan sing en dans nie. Sonder om ooit lank genoeg stil te bly om behoorlik asem te haal, siestog, ek dink sy't 'n senuweetoestand. En net voor sy groet, merk sy so terloops op dat sy dit oorweeg om agter haar dogter aan Engeland toe te trek. "Away from all the beautiful blacks?" vra ek toe kamma verbaas. Ek dink nie ons gaan boesemvriendinne word voor sy Engeland toe emigreer nie.

Ek het vele gelukwensinge uit onverwagse oorde ontvang, van kokke en restauranteienaars en selfs van meneer en mevrou Marx die Tweede. My eks het die middag voor die bekendstelling gebel om my namens hulle albei voorspoed toe te wens. Ek het amper aangedaan geraak oor die nice gebaar, maar toe bederf hy weer alles deur oor sy vrou se moeilike swangerskap te begin uitwei. Ek belowe jou ek was nog nooit so gatvol van enige swangerskap nie – nie eens toe ek my eie kinders verwag het nie – so ek het hom onmiddellik kortgeknip deur te vra wanneer die slagoffer se lyding eindelik verby gaan wees. Dis toe hy my meedeel – in sy noppies, hoor, asof hy my 'n groot guns bewys! – dat die beplande datum vir die epidurale keisersnee op my verjaardag val. Ek wonder steeds wat hy wou hê ek moes sê. *Sjoe, wat 'n wonderlike present, dis presies wat ek nog altyd wou hê?*

Dit beteken ek sal moontlik vir die res van my lewe my verjaardag moet deel met my gewese man se kinders by 'n ander vrou. Asof ek nie al genoeg gedeel het met daardie vrou nie. Nou kan ek net duim vashou dat die pakkie vroegtydig opdaag – of anders in die pos vertraag word – want ek is rêrig nie lus om hierdie twee gegewe perdjies in hulle tandelose bekkies te kyk nie.
Mooiloop
Clara

❧ ❧ ❧

From: Clara Brand [aandiebrand@hotmail.com]
Sent: Wed 06/07/05 08:32
To: Nita Patterson [nitap@yahoo.com]
Subject: Re: Lekker verjaar, Sus

Ai, my liewe Sus
Gedog dit gaan 'n vrolike briefie wees om jou te bedank vir die blomme en te verseker dat ek inderdaad lekker verjaar het en dat Ari die kaalgatkok soos laas jaar die lekkerte nog lekkerder gemaak het. Ons sien mekaar nou so min, binnekort gaan dit dalk net op ons verjaardae wees, en weet jy, dis nogal nie 'n onbevredigende situasie nie. Ek begin vir die eerste keer verstaan wat "gehaltetyd" beteken.

Maar die bomme wat gister in Londen ontplof het, het my vrolikheid heeltemal weggeblaas. My eerste gedagte was sjoe, gelukkig is jy en jou gesin nie meer in Brittanje nie. Toe besef ek hoe simpel ek is, want julle was in elk geval baie ver van Londen, en daar's letterlik dosyne ander vriende en kennisse en familie van vriende en kennisse wat deesdae in Londen woon en werk, en nou sal ek al hierdie name moet bylas op die immer groeiende lys van mense oor wie ek my elke nag in my bed lê en bekommer. En toe onthou ek dat daar elke dag in Irak en omstreke bomme ontplof wat mense dood-maak, maar omdat ek niemand ken wat daar woon nie, ráák dit my nooit rêrig nie. Dit het hierdie bomme op die Londense Underground gekos om my weer 'n slag bewus te maak van hoe kleinlik selfsugtig my wêreldbeskouing is.

Nou kruip die onheil al hoe nader aan my eie lyf. Of die lywe van mense wat ek liefhet, wat amper meer ondraaglik is. Ek voel skielik skoon verlig, kan jy glo, dat my oudste kind oënskynlik te slapgat is om soos baie van sy maats in Brittanje te gaan werk of leer. Dat hy tevrede is om sement te meng en branders te ry aan die Weskus, waar ek nie eens bang hoef te wees dat hy deur 'n haai aangeval sal word nie, want die water is te koud vir haaie. Ek het soveel drome vir daar-die seun gehad, maar nou besef ek die belangrikste droom wat ek vir al drie my kinders koester, is bloot om hulle veilig en bowenal lewend te hou tot hulle wasdom bereik. Wan-neer wasdom bereik word, wel, dis natuurlik oop vir bespre-king. Paula is op die ouderdom van nege meer "volwasse" – as dit kom by selfstandigheid en verantwoordelikheid – as albei haar broers. Dink jy dis 'n manlike ding? Peter Pan wat nie wil grootword nie? Of is dit net weer ons skuld, ons ma's wat ons blerrie seuns so blerrie bederf?

Dis glad nie die ligsinnige briefie wat ek in gedagte ge-had het nie. Wag, voor hierdie koue Kaapse winterdag en die donkerte in my gemoed my heeltemal onderkry, laat ek groet en van voor af begin. Skrap hierdie e-pos, vergeet dat jy dit ooit gelees het, ek probeer dadelik weer.
Clara

From: Clara Brand [aandiebrand@hotmail.com]
Sent: 06/07/05 09:18
To: Nita Patterson [nitap@yahoo.com]
Subject: Re: Lekker verjaar, Sus (2de poging)

Hier's ek weer, hier's ek weer!
Dankie, Sus, die verjaardag het voorspoedig verloop. Son-
dag saam met die kinders geëet en gestry (moenie dink
hulle skrik vir 'n verjaardag as hulle wil stry nie) en Maan-
dag saam met die kok geëet en gevry. Vry is darem net
soveel lekkerder as stry, het ek weer eens besef.

Ek het jou mos al gesê Ari se familielewe is selfs meer in-
gewikkeld as myne – hy't meer ekse en meer kinders wat
hom grys hare gee – en ek's nie lus om oor sy kinders en sy
ekse ook nog te wroeg nie, ek wroeg heeltemal genoeg oor
my eie, dankie. En hy voel presies dieselfde. So ons het laas
jaar besluit om nie meer oor ons kinders of ons ekse te ge-
sels wanneer ons 'n skaars dag of nag saam deurbring nie.
Aanvanklik het ek gevoel of ek my kinders verloën elke
keer as ek hom sien, maar nou begin ek dit nogal geniet
om soms voor te gee dat ek nie kinders of 'n gewese man
of 'n morsige geskiedenis of enige ander bagasie het nie.
Durf ek dit 'n bevryding noem?

So 'n belydenis sou my skoon uit my skoene geskok het
'n paar jaar gelede toe ek nog vreeslik hard probeer het
om ordentlik te wees, maar deesdae raak ek sonder enige
gewetenswroeging ontslae van my skoene. En ander kleding-
stukke. Ordentlike vroue kom tweede, dis wat ek geleer
het. Bitches survive for ever and ever.

En van bitches gepraat, hier word ek onmiddellik weer
bekruip deur my eie bitsigheid. Die beste deel van my ver-
jaardag was dat die sage van die tweeling se geboorte – en
was dit nie 'n sage nie! – 'n paar dae vroeër al agter die rug

was. Hulle sê mos babas en diere steel altyd die kollig, selfs wanneer hulle saam met ervare volwasse akteurs in 'n toneel verskyn, en ek was beslis nie bereid om my skaars stukkie kollig met twee pasgebore babas te deel nie.

B het laas Woensdagaand 'n SMS gestuur (*Water gebreek ga nou hospital toe*), maar omdat ek nie my leesbril byderhand gehad het nie (ja, Sus, noudat ek verby 45 is, bril ek ook), dog ek daar staan "arm gebreek" en ek SMS dadelik terug: *Watse arm?* Waarop B vir my SMS: ??? En ek SMS: *Links of regs?* En B antwoord: *Ni nou tyd vi grappies ni.* Toe hoor ek 'n ruk lank niks, en ek word so onrustig dat ek die SMS'e oorlees (dié keer met my bril), en ek sien dis "water" wat gebreek het, nie "arm" nie. Praat van a comedy of errors. Maar ek kon nie eens lekker lag nie, want teen daardie tyd het die volgende SMS opgedaag: *Pyne begin nog ver uitmekar ga heelnag anhou.*

Nou kyk, dis rêrig nie die soort inligting wat ek op my selfoonskerm wou lees nie. Hy kon mos maar net laat weet het as die babas gebore is, ek het nie gevra vir 'n blow-by-blow account van die hele proses nie. Maar hy't waaragtig die hele nag lank hierdie gemeenskaplike SMS'e na vriende en familie gestuur – en as gewese vrou tel ek blykbaar steeds as familie, waarskynlik nie onder die vriende nie. Teen middernag het ek my selfoon afgeskakel en gehoop wanneer ek wakker word, is die konsert verby. Maar die hoop het beskaam. Donderdagoggend oor my bak graanvlokkies is ek ingelig: *Epidural werk oor 5 min word maag oopgesny.*

Ek het gedink aan daardie voormalige plat en harde magie met die beeldskone naeltjie, aan al die spiere waaraan sy so ywerig gewerk het en wat nou so genadeloos middeldeur gesny gaan word om by die baarmoeder uit te kom, aan die moontlikheid dat die magie nooit weer heeltemal so strykplankplat gaan wees nie . . . Ek moet bieg ek is oorval deur 'n oomblik van onsedelike plesier. Maar die plesier was van korte duur, want die volgende SMS het opgedaag: *Kan ni glo hoe dapper sy is nie what a woman!!!*

Ek het amper aspris die selfoon in my bak graanvlokkies laat val. *Dapper?* Met 'n epidurale inspuiting wat alle pyn laat verdwyn en 'n keisersnee wat binne minute afgehandel gaan wees? Het die bliksem vergeet dat sy eerste vrou haar eerste twee kinders sonder epiduraal of laggas of enige moderne hulpmiddels in die lewe gebring het, dat sy hulle met onbeskryflike pyn op die outydse manier moes uitdruk soos vroue dit al eeue lank doen? As ek nou daaraan dink, weet ek nie wat de hel ek probeer bewys het nie. Ná ek met Paula se geboorte eindelik ingestem het tot epidurale verligting, het ek besef ek was van my wysie af om die eerste twee geboortes daarsonder aan te durf. En tog het die man met wie ek getroud was, blykbaar nie gedog ek is besonder dapper nie. Ek is beslis nooit besing met odes soos *what a woman* nie.

Die hemel hoor my, ek gaan seker op my sterfbed nog afgunstig wees op hierdie vrou! Vies oor sy op 'n meer dramatiese manier as ek dood is. Let op die verlede tyd in die laaste deel van die sin. Ek is vasbeslote om haar te oorleef al is sy meer as 'n dekade jonger as ek. Dit bly die beste vorm van wraak. Om eenvoudig langer as jou teenstander te lewe.

Teen agtuur Donderdagoggend is die tweeling oplaas gebore, gesond en normaal en alles, eers 'n dogtertjie en toe 'n seuntjie. Die SMS'e het kort daarna opgehou, maar nou word ek per e-pos gebombardeer met elektroniese foto's van pienk gevreetjies wat eerlikwaar nie leliker is as enige ander pasgebore babas nie, maar waaragtig ook nie mooier nie. Binnekort gaan ek waarskynlik gatvol genoeg wees om B te bel en te vra dat hy my van sy adreslys afhaal. Hy kan die foto's vir Paula stuur as hy wil, sy's onstuitbaar opgewonde oor haar nuwe familielede en kan nie wag om met hulle te gaan popspeel nie, maar wat my betref, enough already.

Nou ja toe, dit was inderdaad 'n minder treurige brief as die vorige poging, nie waar nie? Sodra ek gegroet het, sal ek seker weer begin wroeg oor wêreldwye terrorisme, maar op die oomblik voel ek of ek my gewone venynige self teruggevind het. Lank sal sy lewe!

Mooiloop
Clara

❀ ❀ ❀

From: Clara Brand [aandiebrand@hotmail.com]
Sent: Sun 25/09/05 23: 23
To: Griet Swart [swartgriet@hotmail.com]
Subject: Nog 'n bietjie nuus uit Brandstraat

Goeienaand Griet
Die lug ruik na lente en die bome in Brandstraat lyk skoon hups van groengeit en die huis behoort vir die eerste keer sedert Paasnaweek aan my alleen. Ek speel my musiek onbeskof hard en rook 'n ongeoorloofde sigaret, kompleet nes 'n opstandige kind wie se ouers vir 'n paar dae weggegaan het, hoe het die wêreld nie verander nie, nè.

Maar ek belowe jou ek het hierdie blaaskans bitter nodig gehad. Die kinders kon nie in die wintervakansie by hulle pa gaan kuier nie omdat Die Geboorte al sy tyd en aandag in beslag geneem het, maar noudat daardie sage dank die hemel oor is, kan hy weer sy vaderlike plig teenoor sy ander kinders vervul. (Amper sê ek sy regte kinders.) Vanaand het hy die twee jongstes kom oplaai vir die

248

lentevakansie. (Genugtig, dit raak nou ingewikkeld, want ek besef skielik hulle is nie meer sy twee jongstes nie, maar jy weet wat ek bedoel.)

Paula is teen dié tyd in 'n toestand van byna histeriese opgewondenheid oor die babas wat sy eindelik in lewende lywe gaan ontmoet (ná haar pa omtrent al tienduisend elektroniese foto's van die wonderwerke vir haar gestuur het), maar Sebastian het die ouderdom bereik waar dit vir hom baie lekkerder is om saam met sy pêlle musiek te maak as om saam met sy pa rond te hang. Of nog erger, saam met sy pa se babas. So hy's maar taamlik teensinnig hier weg, en ook net vir 'n paar dae, want volgende naweek speel sy *band* by die een of ander musiekfees aan die Kaapse kus.

Bernard was gisteraand dapper genoeg om 'n optrede van hierdie adolessente *band* by te woon. Vermoedelik bloot uit skuldgevoel oor hy die afgelope maande so afwesig was. Hy was blykbaar die enigste nugter en netjies geklede middeljarige persoon in 'n donker saal vol dronk en bedwelmde tieners wat almal mal was oor die lawaai wat Sebastian en sy maters opgeskop het. Hy was vanaand steeds effens doof in een oor, met die verdwaasde uitdrukking van iemand wat aan bomskok ly. Sy enigste kommentaar – teenoor my, nie teenoor Sebastian nie – was dat hy altyd gedog het hy's nogal oopkop as dit by musiek kom. Hy's amper vyftig en steeds mal oor Captain Beefheart en The Clash en The Who. "Maar as dít wat ek gisteraand gehoor het die toekoms van musiek is, nee hel, noem my dan maar 'n outydse doos en gee my die verlede!"

Ons oudste gaan beslis nie vir sy pa se babas kuier nie. Hy't ingestem om vanaand vinnig saam met sy pa en die ander twee 'n pizza te gaan eet, maar hy't dit duidelik gestel dat hy vroeg in die bed moet kom, want môreoggend douvoordag moet hy weer op 'n bouperseel wees. Sy hande is deesdae kliphard van die eelte en sy gesig donker gebrand van buite werk. Hy speel nie meer hy's 'n arbeider nie, hy't sowaar 'n arbeider geword. En ek weet nie of ek trots of treurig moet voel nie.

O ja, die tweeling se name is Sasha en Graça, laasgenoemde so met die pretensieuse krulletjie onder die c, maar ek noem hulle sommer Siesa en Gagga. Natuurlik nie voor hulle pa of my dogter nie. Die pa is, soos 'n mens seker maar moes voorspel, skoon week van trots. En dit klink vir my of hy heelwat meer betrokke is by doeke omruil en nagdiens en sulke dinge as met enige van sy eerste drie kinders.

Maar miskien is dit nou net weer my ongeneeslike afguns wat kop uitsteek. Of miskien het hy nie 'n keuse nie, want sy tweede vrou klink vir my heelwat minder betrokke as wat ek ooit was. Sy's nie terug op kantoor nie, maar sy doen blykbaar ook nie veel by die huis nie. Lê meestal in die bed in 'n toestand van algehele depressie oor sy so sukkel om die gewig te verloor wat sy gedurende die swangerskap opgetel het. Nie dat Bernard dit só sal stel nie, hy's heeltemal te lojaal teenoor haar, maar dis wat ek tussen die lyne lees wanneer hy 'n e-pos stuur. Of in die stiltes tussen sy woorde hoor wanneer ons oor die foon praat.

Dis natuurlik ook moontlik dat ek die kat al weer aan die stert beet het. Dalk is mevrou Marx die Tweede die mees toegewyde ma in die wêreld – en ek bloot die agterdogtigste eks in die wêreld. As Paula terugkom van haar popspeelvakansie sal ek haar 'n bietjie pols. Weet nie of dit sal help nie, want sy's steeds kommerwekkend lojaal teenoor haar stiefma – veral noudat die stiefma vir haar die begeerde boetie én sussie gegee het wat haar eie selfsugtige ma nie vir haar wou gee nie. Ai, ons kinders breek ons harte op soveel maniere waarvan hulle nie eens bewus is nie.

Gee vir jou Nino onmiddellik 'n klapsoen namens my en druk daardie kleuterlyfie styf vas. As jy jou oë knip, is hy 'n adolessente baskitaarspeler of 'n ambisielose branderplankryer wat jy nooit weer op jou skoot kan tel nie. Maar dit weet jy tog seker, want dit klink vir my of die dogters in jou huis ook die adolessente en ambisielose stadium bereik het. As dit jou enige troos kan bied, ek werk al 'n hele ruk aan 'n lysie van rolprente met kinders wat rêrig onverbeterlik horribaal is. Elke keer as myne my onderkry, dink ek aan hierdie lysie. Dalk kan jy dit ook probeer.

5 Films met boosaardige kinders (van alle ouderdomme)
Rosemary's Baby ('n duiwelse baba)
The Omen ('n duiwelse klein seuntjie)
The Village of the Damned ('n dorp vol duiwelse kleuters, almal op dieselfde dag gebore)
The Exorcist ('n duiwelse tiener)
Carrie (nog 'n duiwelse tiener)

Liefde
Clara

From: Clara Brand [aandiebrand@hotmail.com]
Sent: Sat 01/10/05 17:35
To: Nicolas Marx [xram@iafrica.com]; Sebastian Marx
[madmarx@mweb.co.za]
Subject: Brief aan my seuns

My twee groot geliefdes

Dit het al amper 'n gewoonte geword om aan die mans in my lewe briewe te skryf wat hulle nooit bereik nie. Maar op hierdie lieflike lentedag alleen op my agterstoep wil ek die eindelose eenrigting-sirkel verbreek. Net om vir julle te sê, sonder sentimentaliteit of emosionele afdreiging, dat ek nogal trots is op julle.

Ek sal nou nie sê julle is presies die twee tienerseuns wat ek altyd wou gehad het nie. Ek wonder soms of enige reg wys ouers hoegenaamd tieners in die huis sou wou hê. Alles sou soveel makliker gewees het as ons fast forward kon druk om hierdie paar jaar tussen 13 en 20 in 'n dowwe waas te laat verbyvlieg. G'n gruwelike besonderhede nie. Beslis nie 'n action replay van al die gil-argumente nie.

Maar dan sou ek ook 'n paar van my beste jare in die blur verloor het. Want ondanks alles was die laaste paar jaar saam met julle maar sonder julle pa tog ook goed vir my. Ek het geleer, ek leer steeds, om op my eie bene te staan. Julle ook. Dis die doel van die tienerjare, om van onverantwoordelike afhanklikheid tot verantwoordelike onafhanklikheid te vorder. (Dalk is dit ook die doel van egskeidings vir vroue soos ek.) Dis 'n helse moeilike proses, vir almal van ons, but we've come a long way, babies. (En Nicolas, teen dié tyd weet jy darem seker daardie frase is nie deur Fatboy Slim uitgedink nie?)

Nicolas, jy't vanjaar geleer om harder te werk as wat ek ooit sou kon hoop. Ek besef dit elke keer wanneer ek die eelte aan jou hande voel. En Sebastian, jy't oplaas onder jou ouboet se skaduwee uitbeweeg en jou eie hartstog begin uitlewe in daardie raserige rock-groep van jou. Ek verstaan steeds nie waarom julle doen wat julle doen nie, waarom my oudste seun 'n arbeider se hande wil hê of my jongste onverstaanbare lirieke op 'n verhoog wil uitgil nie, maar julle verstaan seker ook nie waarom ek my redding in kookklasse in die townships vind nie. Ons elkeen se hart het sy eie redes. Kom ons aanvaar dit so.

Julle groei in elk geval nou so vinnig onder my hande uit dat fast forward nie meer 'n opsie is nie. My vingers begin eerder jeuk om rewind te druk, om alles weer te belewe, ja, glo dit of nie, selfs die gil-argumente, selfs die geheime tjanksessies op die toilet. Eendag sal ek julle daarvan vertel. Nie nou al nie. Ek vermoed ek gaan nog 'n paar keer agter toe deure tjank voordat julle albei 21 word.

Wie weet, dalk nog jare daarna ook.

En nou gaan ek dadelik *Send* druk, voor ek weer koue voete kry.

Liefde

Ma

❀ ❀ ❀

From: Clara Brand [aandiebrand@hotmail.com]
Sent: Mon 19/12/05 18:53
To: Nita Patterson [nitap@yahoo.com]
Subject: Nog 'n kinderlose Kersfees

Liewe Nita

Ek het toe uiteindelik die Tweeling gesien. En demmit, ek moet erken hulle is onregverdig oulik. Plomp en blond met groot blou oë soos hulle ma.

253

Ek het eintlik net na die blonde hare en die blou oë van hulle ma verwys, maar skielik tref dit my dat die "plomp" ook van toepassing is. Ja, kan jy glo, die rietskraal en gespierde en gebronste blonde bom het 'n plomp en bleek en terneergedrukte mamma geword. Dit maak my amper hartseer. Amper, het ek gesê. Op die oomblik is leedvermaak nog die oorheersende emosie. En soos gewoonlik is jy die enigste mens teenoor wie ek kan erken hoe vieslik geniepsig ek geword het.

Die nuwe ouers en die babas was die naweek hier om die kinders vir die Kersvakansie te kom haal – en ek sê jou, Sus, die vrou lyk slég. Volgens B is sy nou amptelik gediagnoseer, ly glo aan postnatale depressie, waaraan ek nogal swaar sluk. Ja, ek weet, niemand kies ooit om aan enige soort depressie te ly nie, maar hel, sy't amper twee jaar lank alles in die stryd gewerp om swanger te word, en noudat sy oplaas geboorte geskenk het aan twee blakend gesonde kinders, gedra sy haar asof sy hulle nie wou hê nie. Volgens wat ek kan aflei, word Siesa en Gagga byna uitsluitlik deur hulle pa en 'n goed gekwalifiseerde kinderoppasser versorg. Nee, ek weet nie hoe oud of hoe sexy die kinderoppasser is nie. Sy't nie saamgekom vir die vakansie by die see nie, wat beteken dat arme Bernard selfs meer as gewoonlik sal moet doen.

Luister net na my! "Arme Bernard." Ek moet van lotjie getik wees om hom jammer te kry. Vir Anaïs kan ek nie jammer kry nie, selfs al probeer ek. Goed, sy's plomp en vaal en ongelukkig, maar dieselfde kan gesê word van miljoene vroue wêreldwyd, en ek kan hulle tog nie almal bejammer nie?

Ek voel wel 'n bietjie jammer vir myself, want dis vanjaar weer my beurt vir 'n kinderlose Krismis en dis nooit vir my lekker nie. Laas jaar het meneer en mevrou Marx mos 'n

romantiese toertjie na 'n paar Europese stede van die lief-
de soos Parys en Praag aangepak en die kinders by my ge-
los. Nou klink dit nie of daar veel romanse oor is in hulle
verhouding nie, net huilende babas en nat luiers. Maar dié
keer het selfs Nicolas besluit om Kersfees saam met sy pa
deur te bring. En ondanks alles is ek bly vir sy pa se onthal-
we. Dit moet swaar wees vir Bernard dat hulle so uitmekaar
gedryf het, veral as jy dink hoe mal hulle eens op 'n tyd oor
mekaar was. Onthou jy toe Nicolas so 'n kortbeen-tjokker-
tjie was wat sy pa nooit 'n oomblik onder sy oë wou uitlaat
nie? Ek raak sommer aangedaan. Jammer. Dis Krismis. Ek
haat Krismis al hoe meer.

Gelukkig kom jy en jou gesin darem weer kuier, en ek
weet mos nou al julle sal julle so aanmekaar oor die arme
eensame Clara ontferm dat ek later soos 'n obsene Garbo
sal wil gil: "Fuck off, I want to be alone!" Moenie aanstoot
neem nie, Suslief, dis hoe jy is en dis hoe ek is. Ek was ook
eers meer soos jy, ek het aanhoudend verlore mense en
beseerde diere onder my vlerk geneem en gevoer, maar
nou't ek taf geword. Ek verkies om siele te voer wat weet
waar hulle is en waarheen hulle gaan.

En van kos gepraat, die goeie nuus is dat my en Tembi
se kookboek steeds in 'n stewige stroompie verkoop. As die
stroompie nie kort ná Kersfees opdroog nie, sal ek hopelik
volgende jaar vir Griet en Marita in Europa kan gaan kuier,
En Tembi sal vir haar ma 'n huis kan koop, 'n veel grootser
en meer bewonderenswaardige daad as om net nog 'n keer
oorsee te vlieg soos haar wit mêrrim. Die gaping tussen die
hette en die hetties in hierdie land bly darem net onaan-
vaarbaar groot. Soms vrees ek onoorbrugbaar groot. Hier
gaan ek al weer. Jammer. Dis Krismis.

Maar die beste nuus van die jaar is dat Nicolas besluit
het hy wil tog iets meer met sy lewe doen as om sement te

meng en branders uit te check. Vir my sou enige verdere studie seker goeie nuus gewees het, maar die feit dat hy besluit het om verder te studeer in – hou jou asem op, hier kom 'n gróót verrassing – die rolprentbedryf, wel, dis vir sy pa soos tien jaar se Krismispresente saam onder een boom. Bernard bly mos maar diep in sy hart 'n gefrustreerde rolprentmaker. En nou kry hy sowaar 'n tweede kans om sy droom via sy seun uit te leef.

Vir my klink Nicolas se skielike begeerte om movies te maak, net te, wel, *skielik*. Asof hy op 'n dag so gatvol geword het van bakstene pak dat hy bereid was om absoluut enigiets anders te doen – en aangesien hy steeds nie weet wat hom gelukkig sou maak nie, kies hy toe maar iets wat sy pa gelukkig sou maak? Ek bedoel, hy't nog nooit in enigiets behalwe die bloedigste moderne aksierolprente belang gestel nie, nog nooit saam met my of sy pa na 'n klassieke swart-wit rolprent gekyk nie, nog nooit enige teken van 'n rolprentkultuur getoon nie. Tensy hy dit iewers langs die pad deur osmose ingekry het? Deur in vertrekke rond te hang waar ek en Bernard na interessante oorsese films gekyk het?

Aag, ek weet ook nie, dalk is 'n klassieke rolprentkultuur net 'n onnodige las as jy bloedige moderne aksierolprente wil maak. Wat weet ek in elk geval van aksierolprente? Elke keer as iemand op 'n skerm gewelddadig doodgaan, knyp ek my oë toe. Selfs Paula lag my deesdae uit.

Dis waarom ek van opera hou. As daar bloedige geweld is, vind dit gewoonlik off-stage plaas, terwyl almal op die verhoog ekstaties aanhou sing. En die heldinne wat op die verhoog sterf, sing tot op hulle laaste asem. Soveel waardiger as die ware lewe – of die meeste moderne rolprente.

5 Operas met heldinne wat bloedloos sterf
Il Trovatore se Leonore wat gif drink
Der Fliegende Hollander se Senta wat in die see spring
Aïda wat haar in 'n gewelf laat toemessel om saam met haar
    minnaar te sterf
La Bohème se Mimi wat sterf van armoede, siekte en koue
    hande
Les Contes d'Hoffmann se Antonia wat haarself dood sing
    (moenie vra hoe nie, in 'n opera is enigiets moontlik)

Liefde van jou ousus
Clara

Plaas alles saam in 'n drukkoker

9 Februarie 2006
Kaapse nuusbrief

Middag Marita

Ek het die feesdae oorleef, dankie, hoewel dit elke jaar vir my soos 'n nouer ontkoming voel.

Tussen my Amerikaanse broer met die bynaam van 'n Portugese braaihoender-groep en sy twee Kaliforniese kinders met die pleknaam wat ek nooit kan onthou nie (Savannah! Madison! dink aan S&M!) en my prekerige pa wat steeds dink dis my skuld dat my huwelik misluk het en sy tweede vrou met die multikulturele kinders en kleinkinders, ag hemel, gee my krag. En my goedbedoelende sus en swaer met hulle twee modelkinders (tieners wat mal is oor hulle ouers, dis mos nie normaal nie!) wat my stuiptrekkings van minderwaardigheid gee oor my eie kroos (wat soos gewoonlik geskitter het in hulle afwesigheid), nee wragtag, dis genoeg om enigeen tot drank te dryf. Dis elke Krismis my verskoning.

En dan praat ek nie eens van die amptelike Kersmaal met die klappers en die verspotte papierhoedjies wat jy so mis daar in Frankryk nie. Ek háát die geknal van die klappers en die stukkies papier wat in die kalkoen val en die simpel grappies wat almal hardop vir mekaar lees. En ek weier om te glo dat ek dit sal mis as ek in 'n land moet woon waar dit nie beskikbaar is nie. 'n Mens kan mos nie jou standaarde heeltemal oorboord gooi net omdat jy home-sick raak nie!

Nou is die feesdae gelukkig verby en ons het die nuwe jaar geesdriftig afgeskop. My kookklasse het weer aan die gang gekom, Paula is in graad 5 en toon skielik 'n onge-sonde belangstelling in klere en haarstyle, Sebastian is in sy voorlaaste skooljaar en darem tot dusver 'n flukser leerder as sy ouboet (lyk of sy opstandigheid alles uitgestort word in die woedende lirieke wat hy saam met die ander lede van sy *band* skryf), en Nicolas het aan 'n filmskool hier in Kaapstad begin studeer.

Een van Nicolas se kursusse is "visuele geletterdheid". I ask you. Nicolas se visuele ervaring van die laaste paar jaar bestaan uit die bestudering van branders, maar nou lê hy saans in sy kamer en kyk na DVD's van klassieke films soos *Scarface*. Nie die moderne weergawe met Al Pacino wat al die gangsta rappers so bewonder nie, nee, die ware Jakob wat in die jare dertig deur Howard Hawks gemaak is! Nou probeer ek die *film noirs* van die jare veertig en vyftig aan hom af-smeer. Wie weet, dalk sal hy eendag vir *Cahiers du Cinéma* ver-tel dat sy ma hom aan Bogart en Bacall voorgestel het . . .

5 Fantastiese film noirs vir 'n fliekvlooi in wording
John Huston se *The Maltese Falcon* met Bogart
Howard Hawks se *The Big Sleep* met Bogart én Bacall
John Huston se *Key Largo* met Bogart én Bacall
Billy Wilder se *The Lost Weekend*
Otto Preminger se *Laura*

Ja, Nicolas is terug in die huis. Nie omdat hy my laas jaar vreeslik gemis het nie, bloot omdat die filmskool 'n fortuin kos en ons nie vir verblyf ook nog kan betaal nie. Sy pa glo geen finansiële opoffering is te groot vir 'n seun wat movies wil maak nie, maar dan moet die seun (en sy ma) darem ook hulle deel doen. Ek kla nie. Ek wonder maar net tot watter ouderdom volwasse kinders deesdae deur hulle ma's gevoer en vertroetel moet word.

Mag 'n mens hulle maar uitskop as hulle dertig word?

Maar Bernard is steeds in die sewende hemel oor sy seun se studierigting. Ek's bly dit maak hom so bly, want by sy huis gaan dit glo maar beroerd. Selfs Paula het ná die Kersvakansie erken dat "Nanas" nie so gaaf soos gewoonlik was nie. "Pappa sê sy's siek," het sy dadelik bygevoeg, verskonend. Waarop Sebastian net so 'n ongelowige snorklag gegee het.

Ek het verbaas na hom gekyk, want hy't dan altyd so goed met sy stiefma klaargekom (beter as wat ek diep in my hart sou wou hê), en hier sien ek skielik 'n skemering van sinisme in sy oë wat ek nog nooit voorheen opgemerk het nie. Toe tref dit my dat hy waaragtig ook al amper sewentien is, en vir al wat ek weet lankal skerpsinnig genoeg dat alles nie meer vir hom uitgespel hoef te word nie. Kan dit wees dat ek die laaste paar jaar so gewroeg het oor my onmoontlike oudste kind dat ek glad nie sy jonger broer se groeiende moontlikhede raakgesien het nie?

Nou voel ek natuurlik weer of ek gefaal het as ma.

"Pappa sê ons moet Nanas net bietjie tyd gee, sy sal regkom," was Paula se verduideliking. Tyd? Die enigste ding wat ek ooit weer vir daardie vrou sou wou gee, is hel. Ná amper 'n dekade het ek nog net mooi niks nader aan vergifnis gekom nie. Bejammering, ja, empatie, soms, maar vergifnis bly vir my soos die Heilige Graal. Ek weet nie of ek rêrig daarin glo nie. Wag, laat ek liewer groet voor ek verdere onsedelike stellings maak.

Liefde van huis tot huis

Clara

From: Clara Brand [aandiebrand@hotmail.com]
Sent: Fri 14/04/06 10:12
To: Nita Patterson [nitap@yahoo.com]
Subject: All the leaves are brown, tralala

Liewe Nita

Dis Paasvrydag en die herfsblare ritsel soos reën teen die
kombuisvenster en die huis is grafstil behalwe vir die ge-
snork van die koffiemasjien. Maar ek is nie neerslagtig nie.
Belowe. Net 'n bietjie eensaam.

Paula speel pop met haar nuwe boetie en sussie in die
noorde en die seuns is by die jaarlikse kunste-orgie op
Oudtshoorn. Sebastian net om musiek te maak en te jol (sy
groep speel in een van die laatnag-kuierplekke), maar Nico-
las sowaar met die voorneme om 'n paar toneelstukke te
kyk. Hy's steeds besig met sy persoonlike crash course in
"visuele geletterdheid". Sy pa maak vir hom lysies, met
enorme plesier, van skilderye en rolprente en toneelstukke
wat hy móét sien, en Nicolas kyk so geesdriftig soos een wat
sy lewe lank blind was. Dalk was hy.

Ek het self gevoel of ek lank blind was toe Bernard nou
een aand vir Paula kom aflaai ná hulle saam pizza geëet
het. Dalk het die kombuisligte hom net op 'n besonder on-
vleiende manier gevang, maar vir die eerste keer in my
lewe het hy vir my oud en sterflik gelyk. Of in elk geval mid-
deljarig en moeg. Sy hare het so yl geword om sy kroontjie
dat hy besluit het om dit stomp af te skeer, wat hom nogal
pas. Maar hy't ook heelwat gewig verloor, wat hom glad nie
pas nie. Hy lyk uitgeteer en afgerem.

Ek het 'n voëltjie hoor fluit dat sy vrou op 'n ongeloof-
like streng dieet is in 'n laaste desperate poging om haar
swangerskapgewig af te skud. Nee, wag, ek bedoel nie "laaste"
nie, sy gaan seker nie selfmoord pleeg as sy nie gewig ver-

261

loor nie, so onstabiel is sy darem nog nie. Maar ek vermoed dat Bernard nou minder as ooit te ete kry in daardie huis. (Toe ek destyds voorspel het dat hy honger sal word sodra die jagsgeit oorwaai, het ek dit nie só letterlik bedoel nie.)

En terwyl ek vir hom daar onder die wrede kombuisligte koffie en wortelkoek voer, onthou ek dat hy sowaar vanjaar vyftig word. Hy's steeds 'n aantreklike man, maar hy's lankal nie meer 'n jong man nie. En tog beplan hy 'n tamaai makietie om die Groot Vyf te vier, optimisties soos altyd, oortuig dat die beste nog kom. Die beste wat, wou ek vra? Hospitaalsorg? Ouetehuise? Begrafnispolisse? Maar ek het my siniese mond gehou en vir hom nog 'n stuk koek gesny. Soos Brillat-Savarin tereg opgemerk het, die laaste aardse plesier wat vir ons oorbly, as al die ander wegval, is om lekker te eet.

Dis waarom ek my volgende verjaardag in Europa wil vier, in Italië en Frankryk waar lekker eet 'n alledaagse patriotiese plig eerder as 'n skaars plesier is. Ja, my en Tembi se kosboek het toe sowaar genoeg verkoop dat ek 'n vliegtuigkaartjie en sy 'n huis vir haar ma kan bekostig, so ek gaan binnekort by Griet en Marita kuier. Is dit nou nie heerlike nuus nie?

Die enigste onaangename vooruitsig is dat ek waarskynlik weer die vyf kilo's sal optel wat ek *uiteindelik* verloor het, ná jare van vasbyt en deurdruk en pyn en lyding, maar weet jy wat? Ná ek gesien het hoe oud en uitgeteer my eks lyk, het ek besluit I actually don't give a fuck. Wat is vyf kilo's nou tussen my en die meeste van die klere in my kas? Ek dra lankal nie meer noupassende uitrustings nie, want ek het geleer dat die kilo's kom en gaan soos golwe in die see, soms is dit hooggety en soms is dit laaggety en die lewe gaan voort. En wie weet of ek ooit weer die kans gaan kry

om my drie weke lank aan Italiaanse en Franse disse te ver-
gryp?

Nee wat, dis nie 'n moeilike besluit nie.

Klapsoene van jou ousus

Clara

❧ ❧ ❧

From: Clara Brand [aandiebrand@hotmail.com]
Sent: Tue 06/06/06 09:44
To: Griet Swart [swartgriet@hotmail.com]
Subject: 10, 9, 8, 7, 6 . . .

Goeiemôre Griet

Die winter is hier en die hele huis hang vol klam wasgoed
want my tuimeldroër het die gees gegee en die kinders is
beduiweld want hulle skryf eksamen, maar niks kan my
nou meer onderkry nie. Ek tel die dae tot ek Europa toe
vlieg om vir jou en Marita te kom kuier.

Ja, oor minder as twee weke ontsnap ek van die nat win-
ter en die grys wolke en die kinders se nare buie en die
ganse bose kringloop van was en skrop. Van ek sonder die
daaglikse seëning van 'n huishulp probeer klaarkom, lewe
ons basies in chaos. Onthou jy die huise in New Orleans
wat ons laas jaar op TV gesien het ná Katrina die stad getref
het? Nou ja, dis hoe myne deesdae begin lyk. Ek kyk met
nuwe oë – byna betraand van bewondering – na jou wat daar
in die buiteland sonder die swart engele van hierdie land
moet oorleef.

Vir my is dit eintlik net 'n soort proefneming, sien.
Tembi het bedank omdat sy 'n veel beter werk in 'n restau-
rant gekry het, en ek kon haar in elk geval nie meer be-
kostig nie, sy's immers nou 'n gepubliseerde skrywer. En

263

toe dog ek dan kan ek seker maar net een keer 'n week iemand kry om die ergste wanorde te kom regruk, jy weet, wat ons in die ou dae 'n *char* genoem het? Want die kinders is mos nou groot genoeg om hulle eie kamers aan die kant te maak en te help met wasgoed en skottelgoed en ander take, nie waar nie?

Ha! Die kinders is so lui en bederf soos hulle nog altyd was – soos hulle grootgemaak is om te wees – en ek buig agteroor en vooroor en slaan bollemakiesie soos 'n sirkusakrobaat om al my balle gelyk in die lug te hou. Om my kookklasse te gee en my kosstories te skryf en die huiswerk op my eie te behartig en te sorg dat almal elke dag skoon onderklere het (nie gestrykte onderklere nie, let wel, dis iets wat in 'n vorige era hoort) en nie honger ly nie. En ek is GEDAAN. Gereed om my trots te sluk en te erken dat ek 'n onbevoegde wit mêrrim is wat nie 'n benul het hoe ek ooit weer uit hierdie chaos gaan ontsnap nie. Behalwe deur Europa toe te vlug. Maar dis net 'n tydelike wegkomkans, en ek bewe by voorbaat oor die slagveld wat ek gaan aantref as ek terugkom, ná die seuns drie weke lank die tuisfront moes oppas . . .

Maar ek probeer om nie nou al aan my tuiskoms te dink nie en luister aanmekaar opera om 'n Italiaanse luim te bevorder. Nie die snikkende sterwende soprane wat my soveel troos verskaf het terwyl my huwelik uitmekaargeval het nie, nee wat, ek's vir eers klaar met hulle. Mozart se *Cosí Fan Tutte* is wat my tans behaag. "So maak alle vroue", inderdaad. Ek sing saam met Fiordiligi: *Come scoglio immoto resta, contra i venti e la tempesta . . . Rotsvas en onbeweeglik teen die winde en die storm, só is hierdie siel altyd sterk, tralala . . .* Sien jy, dit werk, ek verstaan al amper Italiaans!

Ciao
Clara

264

3 Julie 2006
Parys, Frankryk

Bonjour Ari mon Artichaut

Ek het die naweek my verjaardag gevier – op my eie maar nie eensaam nie! – met 'n onvergeetlike ete in een van die beste restaurante in die wêreld. Ek wag al jare lank om só 'n sin te skryf. En wie moet ek bedank? My ou Afrikaans-Griekse artisjok wat sy kulinêre kontakte gebruik het om vir my weke gelede al 'n tafeltjie in La Triomphe te bespreek.

Dit was voorwaar 'n triomfantelike ervaring. Om in hier-die stad van gastronomiese genot by 'n Michelin-sjef met drie sterre te eet, ag, Ari, jy kan jou voorstel, ek het met elke happie by 'n orgasme omgedraai. Die prys was natuur-lik ook onvergeetlik, maar dit was my uitspattige verjaar-dagpresent aan myself. My eks het nog altyd geweier om soveel geld vir "kos" te betaal. Kos? As dit wat ek Saterdag geproe het, niks meer as "kos" is nie, is die Louvre niks meer as 'n gebou en die Champs d'Elysées niks meer as 'n straat nie. En Parys niks meer as 'n stad nie.

Dit was nie kos nie, Ari, dit was slukke van die sewende hemel.

Die voorgereg was 'n terrien, so mooi soos 'n stukkie marmer, van Bresse-hoender en artisjok (gekies ter ere van jou) en *foie gras* bedrup met 'n slaaisousie *à la truffe*. Die hoofgereg, o die hoofgereg, was *ris de veau*, soetvleisies van kalfies wat slegs melk gevoer is om alle eetbare dele so bleek en so sag moontlik te hou. Wie sou nou kon raai dat kliere só kan smaak? Hiermee saam klein krakerige koevert-jies van aartappel gevul met, weer eens, *foie gras* en swart truffel. Dalk ietwat ongedissiplineerd om twéé geregte met *foie gras* en truffel te kies – maar wie weet wanneer ek ooit weer so 'n kans sal kry?

En om 'n hemelse maal af te sluit, wat anders as die voedsel van die gode? Die sjokolade-nagereg was 'n klein konsertjie van kleur en geur en smaak. 'n Sjokoladekoekie gegeur met kardemom en swartpeper, sorbet van die donkerste donker sjokolade en 'n beskuitjie met 'n suggestie van lemmetjie . . .

Ek het heeltyd gewens jy kon dit saam met my belewe. Sulke amperse orgasmes behoort met iemand gedeel te word, anders voel dit 'n bietjie soos masturbasie, en ek ken niemand wat dit soos jy sou waardeer nie. Verskeie van my vriendinne het die nodige geesdrif, maar hulle het nou eenmaal nie jou tegniese kennis nie. Minette het geen aanvoeling vir kos nie; ek vermoed dis 'n vorm van gestremdheid by haar, 'n gebrek van die tong of die maag. En my kinders hou van Italiaanse kitskos, wat meer kan ek sê? Dis net saam met jou dat 'n ete soms 'n kwasi-mistieke ervaring kan word.

Maar ek het heerlik by my twee vriendinne hier in Europa gekuier. Ons het jare se gesels ingehaal en ek het goed uitgerus. Nou nog net 'n paar dae op my eie in Parys, dan sal ek weer kans sien vir my bedorwe kinders en my deurmekaar huis en al die ander krisisse wat in Kaapstad wag. Ek gaan nou langs die Seine wandel terwyl die son sak en met afguns na al die vryende paartjies staar. Dis nog iets wat ek altyd wou gedoen het – en nou seker nooit sal nie – om langs die Seine te sit en vry.

5 Dinge wat ek nog wil doen voor ek doodgaan

Om die Spaanse regisseur Pedro Almodovar op een van sy kleurvolle rolprentstelle te sien werk

Om die Russiese sopraan Anna Netrebko in lewende lywe te hoor sing

Om op die een of ander manier wraak te neem op my gewese man

Om die mirakelbessie van Wes-Afrika te proe
Om 5 kg af te val

Van die sublieme tot die belaglike, inderdaad. Soos ons aardse bestaan.
Au revoir
Clara

※ ※ ※

From: Clara Brand [aandiebrand@hotmail.com]
Sent: Wed 09/08/06 11:12
To: Minette Malan [badyear@iafrica.com]
Subject: Blouer as blou

Sisi Minette
As ek begin deur te bieg dat ek op hierdie weekdag, terwyl ek veronderstel is om te werk, doelloos deur die huis dwaal en aanmekaar na Leonard Cohen se digterlike geweeklaag luister, sal jy dadelik besef dit gaan nie 'n opgewekte briefie wees nie. As ek jy was, het ek onmiddellik opgehou lees. Na die volgende e-posboodskap gespring, wat sekerlik vroliker sal wees.

Is jy wraggies nog daar? Nou ja toe, moenie sê ek het jou nie gewaarsku nie.

Ek's al amper 'n maand terug uit Europa, maar dit voel of 'n stuk van my siel daar agtergebly het. Dalk net doodgewone homecoming blues wat vererger is deur die koue winterweer en die kaal bome in die straat en die toenemende wanorde in my (steeds huishulplose) woning. Boonop het die hele gesin griep gekry en ons hond is oud en siek en gaan waarskynlik nie nog 'n lente belewe nie. *This is a song from the bottom of a well*, soos Kevin Ayers sing. Miskien moet ek vir Cohen

267

gaan stilmaak en eerder na Ayers luister. Sommige van sy liedjies is selfs blouer as Cohen se beroemde blou reënjas.

En die nuus dat jy my nemesis by die werk raakgeloop het, en dat sy nie net al haar swangerskapvet verloor het nie, maar waaragtig maerder as ooit voorheen is, nou ja, kom ons sê maar net dit het nie my dag gemaak nie. Al het jy die hou probeer versag deur by te las dat sy "ongesond en uitgeteer" lyk. Wie dink jy flous jy, vriendin? Ek weet mos jy glo steeds diep in jou hart aan Wallis Simpson se gesegde dat 'n vrou nooit te ryk of te maer kan wees nie. Wat my betref, ek was nog nooit rêrig ryk nie en ek was nog nooit rêrig maer nie, en as ek kyk hoe my bankrekening én my lyf op die oomblik lyk, ná 'n Europese reis wat verskeie fantastiese eetervarings ingesluit het, gaan die situasie nie binne die afsienbare toekoms verander nie.

Maar ek gaan nie toelaat dat A se gewigsverlies my verder ontstig nie. Dit was gaaf om 'n ruk lank skraler en mooier as sy te voel, maar ek het mos geweet dis te goed om aan te hou. Nou's ons terug waar ons begin het, sy's die dunnetjie en ek die ander een. Sy's die sexy blondine wat opgemerk word en ek is die een wat misgekyk word. Dis oukei, ek kan dit vat, ek's gewoond daaraan, demmit!

Waaraan ek nie gewoond kan raak nie, is die gedagte dat Tjoklit besig is om dood te gaan. Ek en B het daardie brak saam by die DBV gaan kies, in happier times, soos hulle altyd sê. Dis totaal irrasioneel, ek weet, maar die hond voel vir my soos die laaste bewys dat ek ooit gelukkig getroud was. Daar's die drie kinders, ja, ja, ja, maar sommige dae, wanneer die kinders alles kritiseer wat ek doen en aanmekaar oor alles kla (en die laaste week was daar weer baie sulke dae), waardeer ek my hond waarskynlik meer as my kinders. Hy't nog nooit op my geskree nie. Ek gaan hom verskriklik mis.

En dan beny ek ook sommer weer vir jou wat so bande-
loos kan bestaan. Ek bedoel nie sonder sedes nie, ek be-
doel sonder "bande wat bind", aanhangsels, huweliksmaats,
gewese huweliksmaats, kinders of troeteldiere of enige le-
wende wese wat van jou afhanklik is. Jy hou nie eens pot-
plante aan nie! Dis nie net jou woonplek wat lock-up and
go is nie, dis jou hele lewe!

Maar ek weet ook dat my afhanklikes my ankers is. Ek
bedoel, as ek nie kinders en troeteldiere en plante gehad
het om te versorg nie, sou ek op dae soos vandag so leeg en
lig gevoel het dat ek eenvoudig sou wegdryf, waarheen
weet ek nie. Hoe kry jy dit reg om nie weg te dryf nie,
Minette?

Ag hel, ek moet seker maar aanvaar dat ek vandag nie
juis gewerk gaan kry nie. Ek gaan nou vir Tjoklit op my
skoot tel en saam met hom na Kevin Ayers luister. *Whatever-
shebringswesing.*
Mooiloop, vriendin
Clara

❀ ❀ ❀

From: Clara Brand [aandiebrand@hotmail.com]
Sent: Sat 02/09/06 16:21
To: Nita Patterson [nitap@yahoo.com]
Subject: Help!

O hel, Sus, nou't ek drooggemaak. Ek mik al heeldag om
jou te bel, maar ek's bang jy gaan onmiddellik vir my begin
preek – en ek moet toegee dat ek hierdie keer waaragtig 'n
preek verdien – en dan gaan ek nie my storie klaarkry nie.
So ek sal maar net moet skryf.

Ek het alleen saam met my eks in 'n hotelkamer beland.

Ons het albei te veel gedrink. Ons het – nee, wag, ek kan nie sommer so met die deur in die huis val nie, ek moet eers 'n paar verskonings aanbied, anders weet ek nie wat jy van my gaan dink nie.

Dit het alles begin omdat die hond dood is.

Ek het jou mos gesê ek moes vir Tjoklit laat "uitsit", watter aaklige eufemisme vir 'n aaklige ervaring, omdat die veearts dit duidelik gemaak het dat hy nie weer gesond gaan word nie. En nou is die gevolge nog aakliger. Ek treur al 'n week lank oor my hond. *Ons hond.* Ek en B het hom saam by die DBV gaan haal toe hy 'n wollerige basterbrakkie van skaars twee maande was. Toe ons seuns nog klein was en ons nog gelukkig getroud was. So jy sal verstaan dat ek eintlik oor veel meer as 'n hond treur. Dis asof Tjoklit se dood ook die doodstuipe van my huwelik is. Nou's alles oor en verby, oplaas, amper 'n dekade later.

Dog ek.

En toe's ek gisteraand stoksielalleen by die huis. Paula en Sebastian het albei uitgeslaap, Nicolas sou hopelik die een of ander tyd voor dagbreek terugkom, maar die aand het skielik net ondraaglik eensaam voor my uitgestrek. Ek moes lankal leer om sonder my kinders klaar te kom, maar ek kon nog altyd die hond se warm lyf gaan vryf as ek te veel na hulle verlang. En toe tref dit my dat ek nou waaragtig die enigste asem in hierdie huis is. En toe raak ek bang. Soos in bang vir inbrekers, bang vir verkragters, bang vir spoke, bang vir siekte, ouderdom, die dood, die hele katastrofe. *Bang.*

Teen die tyd dat Bernard gebel het, was ek 'n bewende imbesiel. Nee, ek weet nie waarom hy nou juis op daardie oomblik van weerloosheid moes bel nie, soms is die noodlot te wreed vir woorde. Maar toe ek sy stem hoor, bars ek in trane uit, en daar sit die arme man met sy snikkende eks-vrou op die foon. En hoe meer hy probeer troos, hoe harder huil ek. Hang aan, sê hy oplaas, hy klim nou in sy kar om my te kom geselskap hou. Ek dog hy bedoel hy gaan dwarsdeur die nag ry, soos in daardie song van Bruce Springsteen, "Drive All Night", van sy huis in Johannesburg tot by my huis in Kaapstad. Toe huil ek éérs.

Tot ek agterkom hy's nie in Johannesburg nie, hy's net om die draai in Kaapstad, in die deftige hotel waar hy deesdae oorbly wanneer hy hier moet werk.

Maar dit was nogtans 'n mooi gebaar. Om aan te bied, bedoel ek, want ek het hom gekeer voor hy dit kon doen. Ek het geweet dit sou nie help nie, ek sou net nog méér alleen voel wanneer hy weer vertrek. En ek moes wegkom uit die huis voor ek mal word. Ek het dus voorgestel dat ons mekaar eerder iewers ontmoet, maar nie in 'n restaurant nie, want ons het albei klaar geëet en nie in 'n raserige kroeg of klub nie, want daarvoor het ek te oud en te vaal gevoel. Toe sê hy hoekom nie sommer in sy hotel nie, en ek sê nee, ek sien nie kans vir daardie stywe sitkamer met die kroonkandelare en die oorsese gaste in ontwerperskakie nie. En toe sê hy nou maar kom ons bestel 'n bottel wyn en drink dit sommer in sy kamer uit . . .

Daardie drie kolletjies aan die einde van die vorige sin beteken nou mag jy maar jou verbeelding gebruik. Ons het omtrent drie bottels wyn uitgedrink, en toe's ek natuurlik te aangeklam om terug huis toe te bestuur, toe stel hy voor dat ek daar slaap. Ek het onkeerbaar begin hik, van skone skrik, en gesê nee, nee, nee, kom ons bel vir 'n taxi, ek kan mos nie saam met my eks slaap nie! Hy't my protes taamlik amusant gevind en gesê ons praat van slááp, Clara, ons is in elk geval te besope om enigiets anders te doen. Selfs al sou ons wou . . .

En toe wonder ek, ek belowe jou vir die eerste keer in

271

járe, of hy sou wou. Ek bedoel as hy nie te veel gedrink het nie. Of was dit net omdat sy oordeel aangetas is deur die drank dat hy skielik weer soos lank gelede na my gekyk het? So half leepoog van lus. Maar ek het alle verdere bespiegelinge van 'n seksuele aard net daar nekomgedraai. In die sloot gegooi, op die kop getrap, seker gemaak dis morsdood. Ek was besope, nie besete nie. Bel vir 'n taxi, het ek hom beveel, met elke greintjie gesag wat ek kon bymekaarskraap. Dis blerrie moeilik om gesaghebbend te klink as jy hik en sukkel om jou woorde duidelik te vorm oor jy dronk is, maar hy't gehoorsaam.

En toe raak ek aan die slaap voor die taxi opdaag.

Die laaste wat ek onthou, is dat ek heel gemaklik op die bed gesit-lê het, Bernard uitgestrek in 'n leunstoel oorkant my, die laaste bietjie wyn nog in die glas in my hand. Toe ek weer my oë oopmaak, toe's dit donker en ek lê onder die deken, met my skoene uitgetrek, maar al my ander klere nog aan my lyf, en bo-op die deken voel ek die skrikwekkend bekende gewig van 'n lyf wat soos 'n legkaartstuk agter my rug ingeskuif is. Die ander lyf was vas aan die slaap, met sy linkerhand op my linkerbors, soos lank gelede. Dit was een van die mees beproewende oomblikke van my lewe.

Ek het geweet al wat ek hoef te doen, is om om te draai en my gesig teen sy bors te druk en my hand oor sy boude te laat gly, dan sou daar 'n absoluut voorspelbare kettingreaksie volg. Soos lank gelede. En daarna sou ons albei kon voorgee dat ons steeds besope was, en boonop deur die slaap, dat ons nie geweet het wat ons doen nie, dat ons om die waarheid te sê nie eens kan onthou of ons inderdaad enigiets gedóén het nie.

Maar wat sou dit my baat? Watse soort wraak sou dít nou wees? Dis hoe ek die beproewing oorlewe het. Ek het net

272

daar in die donker hotelkamer besluit só gaan dit nie gebeur nie. Dit sal te maklik wees vir hom om bloot geheueverlies te pleit en soos gewoonlik te weier om verantwoordelikheid vir sy dade te aanvaar. Ek het suutjies onder die deken uitgeglip en met my skoene in die hand by die kamer uitgesluip en in my eie kar terug huis toe gery en in die vroeë oggendure by my eie huis ingesluip.

En toe ek nie deur 'n stertswaaiende hond verwelkom word nie, toe word ek van voor af hartseer en huil my aan die slaap.

Want ek hou vol, ek sou nooit in so 'n "kompromittante situasie" beland het (dis mos hoe dit altyd in die egskeidingshof genoem word, of hoe?) as dit nie vir die hond was nie. Wat ook nogal neerdrukkend is. Hoekom kan ek nie soos ander vroue met diamante of dosyne blomme verlei word nie? Hoekom swig ek elke keer voor groente of oor dooie diere? En dit help nie eens ek sê vir myself ek's nie rêrig "verlei" nie. Wat gisteraand gebeur het, was so na aan verleiding soos fok deesdae aan 'n vloekwoord is.

Ek het so half gehoop, toe ek teen middagete met 'n bielie van 'n babelas uit die bed strompel, dat die medepligtige in die (amperse) misdaad alles sou vergeet het, dat hy miskien selfs sou vergeet het dat ek in sy kamer was, wat nog te sê van in sy bed.

Maar intussen het hy vir my 'n SMS gestuur: *Was jy hie of wassit n droom?* My antwoord was 'n enkele woord: *Droom.* Blink idee, het ek gedink, kom ons maak of ons gedroom het. Hy't dadelik 'n volgende SMS gestuur: *Jy ook?* Waarop ek geantwoord het: *Vir my eerder 'n nagmerrie.* En daarmee het ek gedog het ons die onderwerp uitgeput. Kom ons gaan voort met ons onderskeie lewens. Maar sy volgende boodskap het my laat besef dit gaan nie so maklik wees nie: *Kons doen dit weer.*

273

Watse deel? vra ek toe so sarkasties soos 'n mens moont-
lik op 'n minuskule selfoonskermpie kan wees. *Die gehuil,
die gedrink of die geslaap?* En daar kry ek sowaar vir die eerste
keer in my lewe 'n Franse SMS! *Je ne regrette rien.* (Op 'n sel-
foonskerm spel hy blykbaar beter in Frans as in sy eie taal.)
Edith Piaf se moer, besluit ek toe, ek berou alles. En skakel
my selfoon af en begin wroeg oor hoe ek hierdie onwaar-
skynlike storie vir jou gaan vertel.

Of dalk is dit nie vir jou onwaarskynlik nie. Dalk is dit
presies wat jy van jou onstabiele ousus verwag.

Nou's ek te bang om my selfoon weer aan te skakel, te
bang ek gaan swig vir sy simpel SMS-spelling. (As ou joer-
nalis behoort hy darem rêrig van beter te weet, maar ek
vermoed dis die terminaal trendy mevrou Marx die Twee-
de se invloed.) En ek verwens myself dat ek ooit die sim-
pel selfoon aangeskaf het – ek moes sterk gestaan het in
die versoeking, ek moes die laaste wit mens in Afrika ge-
word het wat sonder 'n selfoon lewe – en nog meer dat ek
die nommer vir hom gegee het. Daar's net omtrent ses
mense op aarde wat die nommer ken (my suster, my kin-
ders, my lover en my eks), alle ander mense kan my op
genoeg ander maniere bereik, het ek nog altyd gedink.
En nou's daar een naam te veel op daardie eksklusiewe
lysie.

Goed, ek het klaar gebieg en ek voel tog 'n bietjie beter,
dankie. Nou mag jy maar bel (net nie op die selfoon nie,
onthou) om vir my 'n preek af te steek. Ek sal solank 'n
dop gaan skink om my krag te gee. Nee, dis dalk nie 'n
goeie idee nie. Kyk wat het laas gebeur toe ek 'n dop ge-
drink het.

Van jou berouvolle suster
Clara

PS: Ek besef nou eers dit was gister Lentedag. Dink jy ek kan dit as verskoning gebruik vir my onverantwoordelike gedrag?

🌿 🌿 🌿

From: Clara Brand [aandiebrand@hotmail.com]
Sent: Mon 18/09/06 22:15
To: Nita Patterson [nitap@yahoo.com]
Subject: Re: Help!

Liewe Nita
Ek vermoed my eks-man is verlief op my.

Van al die vréémde sinne wat ek al in my lewe moes skryf, vat dié een waaragtig die koek.

Miskien sit ek die pot heeltemal mis, miskien gryp hy bloot uit wanhoop na my, die laaste strooihalm wat hom kan red voor sy rug knak. (En jammer vir al die gemengde metafore, maar my gemoed voel te deurmekaar geroer vir goeie grammatika.) Want daar in sy lelieblanke huis saam met Siesa en Gagga en die Blonde Bom gaan dit blykbaar maar broekskeur.

Van ons op Lentedag so onverwags in 'n "kompromittante situasie" beland het, probeer ek baie hard om myself te oortuig dat die meeste gewese egpare jare lank – miskien selfs lewenslank? – 'n vonkie van passie vir mekaar behou. Dikwels is daardie vonkie toegegooi onder wrewel en bitterheid, soos die vorige aand se vleisbraaikole onder 'n dik laag sand, maar dis steeds dáár. Dit kan weer aan die brand geblaas word. Hoe anders verduidelik jy die feit dat soveel eks-pare tog weer iewers langs die pad in mekaar se arms troos vind?

Dis wat met my en Bernard gebeur het, het ek besluit,

275

daardie miserabele ou vonkie het weens 'n onverwagse wind skielik weer begin gloei. Maar dié keer het ek dadelik water daarop gegooi en weggestap. Ietwat gerattle maar veilig.

Of so het ek gedog.

Nou blyk dit dat Bernard steeds aan die blaas is. Hy wil die vuur weer aan die brand kry. Hy reken dit was nooit werklik geblus nie. Die afgelope week of twee stuur hy vir my skaamteloos suggestiewe SMS'e. Dis nou die man wat in al die jare ná ons egskeiding nooit enige gevoel in 'n brief wou uitdruk nie. Dalk dink hy omdat 'n SMS sonder leestekens of spelreëls geskryf kan word, tel dit nie werklik as "skryf" nie. Of anders probeer hy maar net weer byderwets wees, om vir sy veel jonger vrou te wys dat hy nie oor die muur is nie. Nee, wat praat ek tog, as sy vrou daardie boodskappe ooit onder oë moet kry, sal sy hom waarskynlik kastreer.

Toe ek gisteraand oor 'n margarita by Kampsbaai se strand vir Minette van hierdie eienaardige SMS-hofmakery vertel (sy hou saam met 'n nuwe lover in die Kaap vakan-sie), kyk sy my so met daardie smalende mond van haar, teug diep aan haar sigaar (sy rook nie meer sigarette nie, net nou en dan sigare of dagga), en sê: "Gee hom genoeg tou om homself te hang."

Dis al. Daarna het sy die onderwerp verander. Dit het my herinner aan die keer toe ek so 'n vals-vriendelike brief van A vir haar gewys het. Die fokken bitch, het sy gesê. Another great one-liner.

Maar ek moet erken ek is gevlei deur die SMS'e. Of hulle nou uit wanhoop, jagsgeit of dalk selfs opregtheid spruit. *Na alli jare is jy steeds in my drome.* So het een gelui wat ek in Woolworths voor die vleis-yskas gelees het. Ek het be-sluit dis beter as ek nie antwoord nie. Toe kom die vol-gende een terwyl ek huis toe ry. Ek het dit by 'n rooi ver-keerslig gelees en amper in die kar voor my vasgery: *Jys nog*

276

altyd in my kop my lyf my lewe. Die aand terwyl ek TV kyk (*An Affair to Remember,* ironies genoeg), het nog een opgedaag: *Jou stem jou vel jou reuk.* Toe skryf ek terug, ná ek die fliek klaar gekyk het en soos elke keer 'n paar trane weggepink het: *Al van 'n komma gehoor?*

Pleks ek my vingers stil gehou het, want toe word dit 'n soort speletjie. *Soos in komma vimy kuier ek mis jou?* Skryf hy dadelik terug. Ek bly kalm en tik: *Hou op.* En hy tik terug: *Kani helpi kani aners ni.* En ek antwoord, net voor ek gaan slaap: *Kan nie spel nie.*

Die volgende oggend wag die volgende boodskap op my selfoon: *Ka beter dinge doen.* En so gaan dit nou al dae lank aan. Ek reageer nie meer nie, maar hy's soos 'n perd wat die stal geruik het, daar's g'n keer meer aan hom nie. Gisteraand het hy geskryf: *Wil jou stem hoor komma jou hare ruik komma jou vel proe punt.* Asof hy my met leestekens gaan verlei!

Wat sou jy gedoen het as jy ek was? Nee, simpel vraag, jy sou nooit in so 'n situasie beland het nie, jy's heeltemal te verstandig, jy sou nie 'n enkele SMS geantwoord het nie, jy sou dit nie eens geléés het nie, jy sou teen hierdie tyd 'n ander selfoon met 'n nuwe nommer aangeskaf het. Dis wat ek behoort te doen, ek weet, dis wat ek sóú gedoen het as ek jy was.

Maar ek is nie.

Ek is 'n piromaan wat nie die versoeking kan weerstaan om met vuur te speel nie. Ek weet alles om my kan tot as verbrand as die vuur handuit ruk, maar iets in my gee nie 'n hel om nie. What a way to go. In ligte laaie.

Van jou smeulende, gloeiende, binnekort dalk brandende suster

Clara

From: Clara Brand [aandiebrand@hotmail.com]
Sent: Fri 06/10/06 22: 37
To: Minette Malan [badyear@iafrica.com]
Subject: Burning down the house?

Minette!

Elke keer as ek by die voordeur uitstap, onthou ek Leipoldt se woorde oor die mooiste, mooiste maand. My klein tuintjie lyk lieflik, bloeisels en blomme net waar jy kyk, en vanaand onder die volmaan is die geure heeltemal bedwelmend. Maar die lente lol met my hormone. Of miskien is dit nie die lente nie, miskien is dit die eerste tekens van die gevreesde menopouse, hierdie opgeklitste hormone en wisselende buie? Dalk is die gloeiende gevoel in my binneste bloot hot flushes?

Intussen geniet ek steeds my gewese man se hernude hofmakery. Jy waarsku my om weg te bly van hom, tensy ek doodseker is ek is "oor hom", anders gaan ek my vingers, my mond en moontlik ook ander dele van my lyf verbrand. Maar ek weet dit mos, Minette! Wat ek nie weet nie, is hoe om doodseker te maak dat ek "oor hom" is. Soos ek dink ek is. Natuurlik. Maar moet 'n mens nie 'n poeding proe om te weet of jy dit kan weerstaan nie? En moenie vir my sê ek het klaar hierdie poeding geproe nie! Onthou, dit was lank gelede, en smaak verander, en poedings kan ook verander.

Jy sê ook indien ek niks meer vir hom voel nie, mag ek hom maar "misbruik" soos ek wil.

Maar ek wil hom nie "misbruik" nie, Minette. Ek wil hom in eie munt terugbetaal, dis al. Hy't my jare gelede verwerp, terwyl ek nog mal was oor hom. Nou's hy skielik weer mal oor my, nugter weet waarom, miskien is hy maar net moeg daarvan om elke aand 'n maer vrou se benerige

lyf in sy bed te voel, miskien hunker hy terug na iets ste-
wiger onder sy hande. Of dalk is hy nie meer lus vir die
ewige soektog na nuwe bloed nie, selfs Dracula moes tog
soms gewens het dit kon einde kry, so waarom nie terug-
keer na die bekende bloed van 'n vorige slagoffer nie. Of
miskien begin die grotman in hom 'n bietjie lank in die
tand voel vir die ewige gejag, dalk wil hy liewers rustig langs
'n vuur sit terwyl 'n vrou vir hom sagte vleisies voer . . .

Nee, ek het nie 'n benul van wat in sy kop aangaan nie.
Maar ek verstaan sy lyf, en sy lyf soek my lyf, dit word al hoe
duideliker. En wat kan ek verloor deur vir hom hierdie ver-
ouderende lyf te gee? Kom ons wees nou eerlik, dis nie asof
daar 'n skare mededingers staan en vuisslaan om saam met
my te slaap nie. En dan stap ek weg, dis wat ek wil doen,
dan los ek hom voor hy my weer kan los. As hy niks meer
as net 'n lekker knypie for old times' sake wou hê nie, dan
maak dit mos nie saak nie, dan het hy ook niks verloor nie.
En as hy rêrig mal genoeg is om mal te wees oor my, nou
ja, dan sal hy voel hoe dit voel om gelos te word.

Maar ek sal dit nogtans nie "misbruik" noem nie. Nee
wat. So wreed is ek nou ook nie.

Laat weet my wat jy dink. Selfs al dink jy my argument
stink. Ek bespeur self ook 'n vae reuk van iets vrotterigs. En
laat weet my hoe dit met die nuwe liefde in jou lewe gaan!
Wat skeel dit as ons later weer donker dae kry? Op hierdie vol-
maanaand wil ek saam met die volksdigter sing: *Dit is die
maand Oktober, die mooiste, mooiste maand . . .*
Mooiloop
Clara

31 Oktober 2006
Oggend voor Allerheiligeaand

Liewe Bernard

Ek skryf vir jou 'n "regte" brief, op regte papier, wat ek later vandag persoonlik by die ontvangstoonbank van jou hotel sal gaan aflewer om seker te maak dat dit slegs deur die regte oë gelees word. Jammer vir my outydse versigtigheid, maar SMS'e en e-posse en elektroniese aanhangsels voel net nie privaat genoeg nie. Soos hulle altyd in die spioenasie-flieks sê: *Burn after reading*. En dis nie 'n voorstel nie, dis 'n bevel.

Ek het laas gesê laat weet my as jy weer in die buurt is, dan sal ek kyk wat ek kan doen. En ná jy die afgelope twee dae omtrent twee dosyn SMS'e gestuur het, het ek die boodskap gekry, dankie. I read you loud and clear. Jy's hier en jy's honger. En ek dink ek het dalk 'n idee.

Ons dogter gaan haar vanaand as 'n heks vermom en saam met 'n bende kinders die strate invaar om Halloween te vier. Wees gerus, daar's ouers ook by en hulle gaan net by huise aanklop wat vooraf "gekeur" is, alles is omtrent soos 'n krygsoefening georganiseer. Die kinders wil maak of hulle in Amerika is, maar die ouers weet maar te goed dis nie Amerika waar enige kind in 'n grillerige kostuum aan 'n vreemdeling se voordeur kan gaan klop nie. Ons strate is grillerig genoeg op enige gewone dag, wat nog te sê van Halloween.

Maar hierdie hekse-uitstappie beteken dat ek vanaand 'n paar uur vry het om my eie heksery te bedryf. Hulle sal nie laat uitbly nie, want almal het môre skool, wat beteken ek kan ook nie laat uitbly nie. Maar ek het ook nie die hele nag nodig om iets aan jou honger te doen nie. As jy wil hê ek moet vanaand aan jou hotelkamer se deur kom klop, dalk wie weet selfs in 'n sexy kostuum en 'n masker, vir jou eie eksklusiewe *trick or treat*, stuur vir my 'n SMS. Asseblief, spaar my die vleitaal en die spelfoute, tik net: *Ja*. Jy onthou hopelik nog hoe om "ja" te spel? En as jy dit nie kan maak nie, tik jy *nee*, natuurlik, dan hoef ek nie verder na 'n sexy kostuum te soek nie. Solank jy onthou dis net op Allerheiligeaand dat 'n ordentlike vrou soos ek haar heeltemal onordentlik kan gedra.

Tot vanaand?

C

PS: Onthou om die brief te verbrand, in die see te gooi of op te eet.

13 November 2006
Brandstraat, Kaapstad

Bernard
Nog 'n "regte" brief – en hopelik die laaste een wat ek ooit vir jou hoef te skryf. Hierna kan ons elektronies kommunikeer, soos omtrent almal op aarde deesdae, oor koeitjies en kalfies en ou koeie in die sloot en kalwers wat uit die put gehaal moet word en dergelike dinge. Maar nou het ek nog vir oulaas 'n bietjie privaatheid nodig om te sê wat ek moet sê.

Genoeg is genoeg. En ek en jy is nou by genoeg verby. Dis eintlik al wat ek wil sê.

Ek wil nie meer gepla word deur jou vleiende, smekende of dreigende SMS'e nie. Ek het vir my 'n nuwe selfoon – met 'n nuwe nommer – aangeskaf. Hoog tyd, reken die seuns, wat hulle al jare lank morsdood skaam vir hulle ma se prehistoriese foon waarmee sy nie eens 'n foto kan neem nie, wat nog te sê van musiek luister of e-posse lees of hare droogblaas of enige van die ander wonderwerke wat die derde geslag selfone kan doen. En ek gaan nie vir jou my nuwe nommer gee nie. Glo my, dis beter so. As jy enigiets verder vir my te sê het, kan jy na my landlyn bel – of 'n boodskap via die seuns se selfone stuur. Dit behoort jou in toom te hou.

Laat ek dit duidelik stel, Bernard, ek is nie spyt dat ons Halloween op 'n ietwat onortodokse manier in jou hotelkamer gevier het nie. Jy verdien 'n Oscar vir jou vertolking van 'n vyftigjarige man wat gek word van jagsgeit vir sy gewese vrou. Jy't my klere begin afpluk voor ek die eerste glas vonkelwyn kon afsluk, jy't my op die vloer platgetrek (gelukkig was die mat dik en sag, want jy weet mos ek was nog nooit eintlik een vir eksotiese plekke en posisies nie), en ons kon na hartelus rondrol en soos leeus brul en ons skaamteloos wangedra (gelukkig was die mure ook dik, gelukkig het niemand die polisie gebel nie, gelukkig was ons kinders nie naby nie). Dit was so genotvol en koorsagtig en onwerklik, veral onwerklik, soos die beste silwerdoekseks. Dit het nie eg gevoel nie. Dit het nie reg gevoel nie.

Ons was albei vasgevang in die een of ander movie, Jack Nicholson en Kathleen Turner in *Prizzi's Honour*, Michael Douglas en Kathleen Turner (weer) in *War of the Roses*, William Hurt en Kathleen Turner (weer!) in *Body Heat*. Ons het mekaar bygekom sonder om mekaar 'n oomblik te vertrou.

Nee, moenie stry nie. As jy my vertrou het, was jy onnosel. Wat my betref, ek kan jou verseker dat ek jou nooit weer in my lewe sal vertrou nie.

Dit was nie wellus of selfs net nostalgie wat my na jou

hotelkamer gelok het nie, Bernard, dit was die eenvoudige behoefte aan 'n keuse. Ek wou 'n laaste keer saam met jou wees – en dan wou ek wegstap en voortgaan met my lewe. Uit eie keuse. Laas was jy die een wat weggestap het. Ek voel of ek al amper tien jaar lank 'n lewe lei wat ek nie self gekies het nie. Dis nie 'n slegte lewe nie, verstaan my mooi, deesdae dink ek dis selfs moontlik dat jy my destyds 'n guns bewys het deur my in hierdie alleenloper-lewe in te dwing. Maar dit was nie my keuse nie. Hierdie keer wou ek die een wees wat wegstap. Dis al.

Ek het geweet ek speel met vuur. Sê nou ek wóú nie weer wegstap nie? Wat sou ek gedoen het as daardie jagse rondrollery op die mat "reg" gevoel het? Dan was ek terug waar ek tien jaar gelede was. Woedend en wraakgierig, sonder 'n keuse, 'n arme opgefokte vrou. Maar ek het vir my- self gesê wie nie waag nie . . . En raai wat? Ek sal nie sê ek voel of ek "gewen" het nie – waar's die prys? wonder ek steeds – maar ek voel ten minste nie meer soos die ewige verloorder nie.

Dis te ingewikkeld – en irrasioneel – om aan enigiemand anders te verduidelik, daarom gaan ek nie eens probeer nie. As ek vir my suster of my beste vriendinne moet vertel hoe ek vanjaar Halloween gevier het, sal hulle net weer be- gin wroeg oor my geestesgesondheid of my gemoedstoe- stand. Daar's niks met my gees of my gemoed verkeerd nie. Ek voel vir die eerste keer in jare of ek in beheer is van my eie lewe, die stuurwiel stewig in my eie hande, die pad oop voor my. Niemand wat raad gee uit die passasiersitplek nie. Uiteindelik nie meer 'n leerlingbestuurder nie!

Weet jy hoe fantasties dít voel?

Dom vraag. Natuurlik weet jy. Jy doen al jare lank wat jy wil, ry hoe jy wil en waarheen jy wil, selfs bo-oor mense vir wie jy veronderstel is om lief te wees. Hoe dink jy gaan jou tweede vrou voel as sy moet hoor wat jy op Allerheiligeaand gedoen het? Nee, toe maar, los dit, ek het myself belowe dit gaan nie 'n bitter brief wees nie. Ek wil net 'n laaste keer vir jou sê Bernard jou Bliksem. Nie uit bitterheid nie, maar uit 'n soort nostalgie, want van nou af gaan jou bliksemagtigheid my nie meer raak nie.

Ons sien mekaar seker weer oor 'n maand as jy jou dogter kom haal. Intussen wens ek jou sterkte toe vir die res van die jagseisoen. Hopelik kies jy jou volgende prooi met 'n bietjie meer diskresie. Onthou, ons ou ooie is nou eenmaal slimmer as die jong bokkies. Ons moes slim wees om oud te word. Dis ons enigste geheim.

Clara

Kook stadig tot sagtebal-stadium

From: Clara Brand [aandiebrand@hotmail.com]
Sent: Wed 03/01/07 12:24
To: Marita van der Vyver [marita10@laposte.net]
Subject: Die vreugde van familie ha ha

Môre Marita

Nog 'n jaar, nog 'n verslag oor 'n geflopte familie-Krismis. Sien jy kans? Wel, hier kom dit, of jy kans sien of nie. Ek het dit sowaar reggekry om al drie my kinders saam te sleep (die seuns min of meer aan hulle hare) na die tradisionele familiebyeenkoms op Stilbaai. En terwyl ons daar was, het ek heeltyd gewonder waarom dóén ons dit aan mekaar.

Die seuns wil lankal nie meer saam met hulle niggies en nefies rondhang nie, hulle het nou hulle eie vriende elders. En ek wil lankal nie meer saam met my broer of sy Amerikaanse tweede vrou of sy dogters met die plekname rondhang nie. Nog minder saam met my pa se tweede vrou se internasionale skoonkinders en kleinkinders. Dit voel elke jaar soos 'n groter klug. Die kalkoen, die klappers, die valse vrolikheid, die volle veeltalige katastrofe. En tog hou ons aan om dit te doen, want tradisie vereis dat ons dit doen. En ek is nie dapper genoeg om die tradisie te verbreek nie. Hoe aaklig om te dink dat my kinders en toekomstige kleinkinders miskien ook eendag so sal opsien na Kersfees saam met my. Dit sal my verdiende loon wees, of hoe? Wat jy saai, sal jy maai – en al wat ek elke

285

Kersfees saai, is 'n smagting om weg te kom van my familie.

Hierdie keer het ons net drie dae gebly (ek het geweet ek sou die seuns nie langer daar kon hou nie tensy ek hulle aan die Kersboom vasketting), maar dit het steeds vier dae te lank gevoel. Die eerste aand het my pa en my broer oor politiek baklei, soos elke liewe jaar; die tweede aand, Oukersaand, het my broer se vrou skoor gesoek met my suster, en toe Nita soos elke liewe jaar die toorn probeer afkeer met 'n sagte woord, soos my ma ons geleer het, het ek my moer gestrip en my Amerikaanse skoonsuster uitgetrap. (My ma het albei haar dogters oor sagte woorde teen die toorn geleer, maar dis duidelik dat net een van die twee die les onthou.) En toe voel ek natuurlik weer soos Elizabeth Taylor in *Who's Afraid of Virginia Woolf?*, die soort feeks wat selfs op Oukersaand met haar skoonfamilie sal baklei.

As ek ooit eendag oorsee gaan woon, sal dit nie die gewelddadige misdaad in hierdie land wees wat my wegdryf nie, maar bloot die gedagte dat ek daar oorkant sonder familie en sonder skuldgevoel sal kan Kersfees vier.

In die kar op pad terug huis toe het Nicolas voorgestel dat ons volgende Kersfees Chinese take-aways by die huis eet, net ons vier, en Sebastian het dadelik geesdriftig saamgestem: "Cool! Soos die eerste aand toe ons in die Kaap kom woon het. Onthou, Ma?" Onthou ek nie. Ek het daardie aand so trots en dapper gevoel, so vol moed vir my nuwe lewe as enkelma in 'n nuwe stad. "Was ek ook daar?" wou Paula weet. Toe onthou ek dat sy skaars drie was – en nou is sy ook al amper 'n tiener. Nog een. Noudat Nicolas eindelik sy adolessente bedonnerdgeit afskud (om die waarheid te sê nogal 'n heel skaflike menslike wese begin word), word Sebastian by die dag wilder. En oor twee jaar, as Sebastian op sy beurt die witwaters van die tienerjare agter hom laat om hopelik rustiger verder te roei, sal Paula presies dertien wees. Dit voel soos 'n horror movie, het ek daar in die kar sit en dink, dit hou net aan en aan ...

Wat het geword van die moed waarmee ek my soge-naamde nuwe lewe aangedurf het?

Om tieners groot te maak, lees ek nou die dag op die internet, is soos om jellie teen 'n boom vas te spyker. En ek glimlag nie eens nie, weet jy, ek dink net, ja, dit sou makli-ker gewees het om die jellie groot te maak en die tieners teen die boom vas te spyker.

Nee, toe maar, ek's nog nie daar nie. Soms kla ek oor my kinders bloot omdat ek niks anders het om oor te kla nie – jy moes dit seker al agtergekom het? – en op die oomblik het ek nogal 'n gebrek aan klagtes. Ek is oplaas besig om vrede te maak met my lyf en met my lewe as alleenloper. Ek moet bieg ek was aan die einde van laas jaar effens waansin-nig – sal jou dalk eendag daarvan vertel wanneer ons me-kaar weer sien – maar die goeie nuus is ek voel nou weer normaal. Nee, meer as normaal. Ek voel of ek vir die eerste keer sedert my egskeiding weer werklik kan próé wat ek eet.

Ek loop nou al amper tien jaar lank rond met hierdie bitter smaak in my mond, veral as ek dink aan my gewese man en my gewese vriendin wat nou my gewese man se vrou is, maar die afgelope paar weke begin ek weer sout en suur en veral soet proe. Die bitterheid is besig om te ver-dwyn. Weet jy watse goeie nuus is dít vir 'n smulpaap en kosskrywer?

5 STROOPSOET LEKKERNYE VIR VOORMALIGE BITTERBEKKE
Griekse baklava
Afrikaanse koeksisters
Gekookte kondensmelk (sommer so met 'n lepel uit die
    blikkie geskep, veral laatnag)

Franse crème brûlée
Wildewaatlemoenkonfyt (*Citrullus lanatus*, voorheen bekend
   as kafferwaatlemoen)

Met verlange
Clara

❧ ❧ ❧

From: Clara Brand [aandiebrand@hotmail.com]
Sent: Sun 11/02/07 11:16
To: Griet Swart [swartgriet@hotmail.com]
Subject: Nog een word 18

Liewe Griet
Wat elke geskeide vrou moet weet (die titel van die blitsverkoper
wat ek al jare lank in my agterkop skryf) het gisteraand
weer 'n hoofstuk bygekry. Daar is sekere "groot dae" in jou
kinders se lewe wanneer dit onmoontlik is om daardie kin-
ders se pa te vermy, te misken of selfs net mis te kyk. Huwe-
like, gradeplegtighede, allerhande sulke amptelike en fees-
telike geleenthede waar die hele gesin verteenwoordig moet
word. Of in elk geval al die stukke van wat eens 'n heel
gesin was.
   Gisteraand was só 'n aand. Sebastian het agtien geword
en, anders as sy broer, besluit om sy familie en vriende
almal by dieselfde viering te betrek. Die hele spul in 'n ge-
huurde saal te gooi, deurmekaar te klits met genoeg alko-
hol en lawaaierige musiek, en terug te staan om te kyk wat
gebeur. (O ja, daar was darem kos ook, danksy sy ma.) Dis
die verskil tussen my twee seuns, het ek gisteraand in
daardie saal besef. Die oudste het die siel van 'n kluise-
naar wat uit sy pad sal gaan om sosiale wrywing te vermy;

die jongste is 'n chemikus wat sosiale wrywing benut om interessante ontploffings en kettingreaksies te veroorsaak.

Daar was toe gelukkig nie 'n grootskaalse ontploffing nie. Die vriende en die familie en selfs die vriende van ander familielede (soos Nicolas se groep toekomstige rolprentmakers wat 'n tafel in 'n donker hoek beset het) het almal sonder probleme gemeng. Dit was die familie en die familie (of anders gestel, die geskeide ouers en hulle onderskeie aanhangsels) wat so onmengbaar soos water en olie gebly het. Sebastian se pa en stiefma het soos koninklikes op hulle trone aan die een kant van die saal gesit, terwyl sy ma en haar metgesel meestal in die kombuis bedrywig was. My metgesel was Mike, my gay kookdissipel en voormalige koppelaar, wat altyd op sy gelukkigste lyk as hy met kos doenig is. Dit was dus nie vir hom 'n straf om in die kombuis te wees nie, en ek het nie omgegee wáár ek is nie, solank dit nie naby my eks en sy tweede vrou is nie.

Maar iewers in die loop van die lang nag het ek 'n bietjie soos Aspoestertjie begin voel, jy weet, gebukkend voor die warm oond met vetkolle op my partytjierok en my grimering heeltemal weggesweet, terwyl my eertydse prins met sy skraal blonde prinses oor die dansvloer sweef. (Daar was wonder bo wonder darem so nou en dan 'n stukkie musiek waarop "oumense" ook kon dans.) En terwyl ek hulle so met onderdrukte wrewel uit die kombuisdeur dophou, tref dit my eensklaps dat mevrou Marx die Tweede nie meer so ewig jonk is soos ek nog altyd aan haar gedink het nie. Miskien omdat dit al laat was en omdat sy moeg was, miskien bloot omdat sy op daardie oomblik omring was deur my kinders se vriende wat werklik bloedjonk en beeldskoon is, maar vir die eerste keer kon

ek sien dat sy nader aan haar veertigste as aan haar dertig-
ste verjaardag is.

Dit was 'n skok, hoor. As selfs my "jeugdige teenstander"
oud begin word, moet ek mos so oud soos die blerrie berge
wees! Maar toe besef ek, nee, ons word almal oud. Ek het
net geweier om haar te sien ouer word omdat ek al amper
'n dekade lank weier om haar hoegenaamd te *sien*. Omdat
ek verkies om blindelings te bly glo in haar ewige jeug.
Omdat dit my verontwaardiging en my selfbejammering
stook. Dis die nare waarheid. En nou? Nou is sy omtrent
dieselfde ouderdom as wat ek was toe my man my met my
veel jonger vriendin begin verneuk het. Dit belowe niks
goeds vir haar nie, nè.

Ek kon myself nie keer nie, ek het begin grinnik van
lekkerkry. Ek wonder of dit is hoe sy destyds gevoel het toe
sy haar affair met my man begin het. So – wat is die woord
wat ek soek? – selfvoldaan, beterweterig, meerderwaardig?
In my noppies, dis hoe ek daar in die kombuisdeur gevoel
het. Pasop vir die Aspoesters van die wêreld. Hulle het baie
tyd om wraakplanne te smee terwyl hulle voor warm oonde
staan en sweet. (Dalk nog 'n hoofstuk vir my toekomstige
handleiding vir geskeide vroue.)

"En as jy so op jou eie staan en lag?" wou Mike agter my
weet. Nee, ek dink maar net aan die ou gesegde oor wie
laaste lag, het ek geantwoord, en meteens so vol bravade ge-
voel dat ek hom gevra het om te dans. Hy's 'n fantastiese
danser, en ons het skaamteloos die kollig gesteel, die plomp
Aspoestertjie met die vetkolle op haar partytjierok en haar
moffie-metgesel. Selfs my eertydse prins en sy skraal blonde
prinses het gaan stilstaan om ons bewonderend dop te hou.
"Wow," het Sebastian ná die tyd gesê, "ek het nie geweet Ma
kan so move nie!" Ek ook nie, het ek erken. En vir die res
van die nag kon ek net nie ophou lag nie.

Om die waarheid te sê, ek sit steeds hier en grinnik terwyl ek vir jou op my skootrekenaar skryf.
Mooiloop
Clara

1 April 2007
Sondag in Suburbia

Nita
O hemel, wat nou? Ek het vanoggend so 'n bisarre oproep van my gewese man se vrou gekry dat ek kortstondig gedog het dis dalk 'n grap in swak smaak, jy weet, dis mos hoeka weer 1 April. Maar ek kon haar stem hoor bewe van ingehoue ontsteltenis, en ek het besef, nee, dit kan nie wees nie, selfs hierdie vrou wat voorgegee het dat sy my vriendin is terwyl sy saam met my man slaap, selfs sy kan nie só oortuigend toneelspeel nie.

Sy soek dringend raad, sê sy, oor Bernard. En ek is die enigste mens wat hom amper so goed soos sy ken. Beter, wou ek haar reghelp. Ek was langer met hom getroud en ek het meer kinders by hom gekry. En ons is tydgenote. Ek verstaan waar hy vandaan kom. Maar ek wou haar nie nog verder ontwrig nie, sy't klaar amper onsamehangend emosioneel geklink, so ek het eerder niks gesê nie.

En toe kom die verstommende storie uit. Haar selfoon is gister gesteel (dis nie die verstommende deel nie; ek ken niemand in J'burg wie se selfoon nog nie gesteel is nie) en Bernard is uitstedig vir werk (ook nie verstommend nie, nè) en aangesien hy onlangs hierdie fantastiese nuwe Blackberry aangeskaf het, het sy gedog sy kan seker maar sy ou selfoon leen tot sy Maandag hare kan vervang. Toe gaan

291

soek sy dit in sy lessenaar se laai en herlaai die battery en begin dit gebruik, want van die tweeling daar is, kan sy nie meer lewe sonder 'n selfoon nie, sê nou hulle kom iets oor terwyl sy, bla bla bla. (Ek het gehoop sy kom gou by die punt, want ek het 'n preietert in die oond gehad wat dop-gehou moes word.) En toe sit sy gisteraand in 'n restaurant en wag vir iemand met die selfoon in haar hand en van skone verveling begin sy Bernard se ou boodskappe lees . . .

Hier het ek 'n nare vermoede gekry van wat kom, maar ek het geweier om te glo dat Bernard so onnosel kon wees. Dit wys jou net weer jy moet nooit 'n jagse man se onnosel-heid onderskat nie. Die idiot het wragtag nooit die sug-gestiewe en soms openlik seksuele SMS'e geskrap wat hy maande gelede vir my gestuur het nie! En daar sit die arme doos met wie hy getroud is en lees hierdie lofliedere aan 'n ander vrou, maar sy weet nie *wie* die vrou is nie, want hy het wel genoeg breinselle gehad om my enkele antwoorde aan hom te skrap. En toe sy die vrou se nommer in haar man se adreslys opsoek, vertel sy my, teen dié tyd in trane (ek bedoel sy was in trane, ek was te geskok om 'n traan of selfs net 'n ge-luid voort te bring), vind sy net 'n troetelnaampie: *Rosebud.*

Dit het haar letterlik ure gekos om genoeg moed byme-kaar te skraap om dié Rosebud se nommer te skakel, om te hoor of sy nie dalk die vrou se stem herken nie, maar al wat sy gekry het, was 'n bliksem wat sê die nommer bestaan nie meer nie. Hier het ek 'n rare skietgebedjie opgestuur, weet nie mooi waarheen nie – Zeus, die god van egbreuk en on-trouheid? – om dankie te sê dat ek besluit het om my nuwe selfoonnommer selfs suiniger as die vorige een te bewaar. Anders weet ek nie waar ek vanoggend sou gewees het nie.

Wel, ek weet in elk geval nie waar ek is nie, behalwe diep in die moeilikheid, maar ek kan ten minste nog tyd koop. Wat ek sommer dadelik begin doen het deur skaamteloos te lieg toe sy my vra of ek nie weet wie Rosebud kan wees nie. Nee, het ek geantwoord, kan glad nie dink nie.

Weet jy waarom hy my Rosebud gedoop het, Sus? Nee, jy't nooit Orson Welles se *Citizen Kane* gesien nie, nè. Ek het sowaar laas jaar vir Nicolas sover gekry om dit te kyk. "Visuele geletterdheid", dis waaroor dit gaan. Of dis wat ek gedog het. Nou vermoed ek dit gaan oor veel, veel meer.

Iemand het op 'n keer opgemerk jy kan die mensdom in twee verdeel, dié wat *Les Enfants du Paradis* gesien het en dié wat dit nie gesien het nie. Ongelukkig nie naastenby 'n gelyke verdeling nie. Net so is daar 'n klein deeltjie van die mensdom wat *Citizen Kane* ken, of Eisenstein se *Battleship Potemkin* of Chaplin se *Gold Rush,* en die groot meerderheid wat dit nooit sal ken nie. En vanoggend is ek nogal dankbaar dat Bernard getroud is met 'n vrou wat in laasgenoemde groep val.

Sy wou ook by my weet – aangesien ek mos nou vir Bernard so goed ken – wat ek sou gedoen het as ek in haar posisie was. As ek nie so bewerig was ná my noue ontkoming nie, sou ek seker histeries begin lag het. *Hallooo? Verskoon my? Ly jy aan algehele geheueverlies of hou jy jou maar net blond?* "Jy bedoel as ek op 'n dag uit die bloute moet agterkom dat my man my verneuk?" vra ek toe so onskuldig soos ek kan. Ja, antwoord sy, so toe soos 'n tronksel. Moet sy hom dadelik konfronteer of moet sy eers verdere bewyse soek of moet sy "ter wille van die tweeling" eerder net voortgaan asof niks gebeur het nie? Vergewe en vergeet?

Toe kan ek waaragtig nie langer stilbly nie. Vergewe en vergeet werk nie, dis wat ek haar vertel het. Vra maar vir my. Vergewe is maklik genoeg, maar vergeet? Ek sal byvoorbeeld nooit vergeet dat sy tien jaar gelede my man bygekom het terwyl ek gedog het sy's my vriendin nie. En nou moet sy my verskoon, want ek het 'n tert in die oond wat besig is om te verbrand. Dis wat ek gesê het, net so, en toe lui ek af. Ongelukkig te laat om die tert te red.

Nou luister ek al ure lank bulderende operamusiek terwyl ek wroeg oor wat my te doen staan. (Om verstaanbare redes neig ek vandag nogal na *Turandot*, veral die oorbekende maar steeds roerende "Nessun dorma". *My geheim is opgesluit in my,* soos Kalaf sing, *my naam sal niemand ken nie.*) Moet ek vir Bernard bel en hom die dood voor oë sweer as hy vir sy vrou vertel wie Rosebud is? Of moet ek hom bel en dreig om haar self te vertel? Net om hom te hoor soebat en kleitrap? Dalk kan ek hom vir die res van sy lewe afdreig? As hy nie elke jaar vir my 'n oorsese reis aanbied nie, sal ek die tartende geheim van die troetelnaam verklap . . .

Die ironie is dat ek jare lank gedroom het oor hoe ek my op daardie twee bliksems gaan wreek. En noudat ek eindelik die kans kry, nie oor ek so danig slinks was nie, maar oor my eks so donners domonnosel was, nou voel dit of ek 'n klip gegooi het wat 'n rotsstorting gaan veroorsaak. Ek wou 'n bietjie skade aanrig – hoe erg kan 'n klip nou wees? – ek wou nie algehele verwoesting saai nie. Wat nóú?

Van jou klipgooiende suster

Clara

❧ ❧ ❧

From: Clara Brand [aandiebrand@hotmail.com]
Sent: Sun 22/04/07 22: 22
To: Bernard Marx [notgroucho@mweb.co.za]
Subject: (No subject)

Bernard

Te hel met geheimsinnigheid, nou skryf ek oop en bloot vir jou. Wat het al my diskresie my tot dusver gebaat? Ek dog

294

ek beskerm jou teen die onaangename gevolge van jou ewige jaglus – en nou kom ek agter jy's 'n jagter wat te idioties is om sy eie spore agter hom uit te wis!

Ek kan maar net hoop jy lees – en skrap! – hierdie e-pos voor jou vrou dit lees, want ek's seker sy lees deesdae alles wat aan jou geadresseer is, selfs rekeninge en gemorspos. Dis wat ek sou doen as ek in haar plek was. Ek wás in haar plek, onthou?

En hopelik het jy 'n les geleer wat jy vir die res van jou lewe nooit weer sal vergeet nie. In hierdie era van ekologiese sensitiwiteit mag ons mos nie meer enigiets summier weggooi nie, alles moet herwin en herbruik word – *maar elektroniese boodskappe is die uitsondering op die reël.* Het jy dit nou? Elektroniese boodskappe kan blerrie gevaarlik wees, dié wat ontvang word én dié wat gestuur word, en dit help nie jy raak ontslae van eersgenoemdes en los laasgenoemdes as bewyse nie. Ek het altyd gehoor hulle sê mans se breinselle sak af na hulle ballas as hulle jags word. Ek wou dit nooit glo nie. Tog seker nie slim en sensitiewe mans soos jy nie? Wel, nou glo ek dit, Bernard.

Maar dit help my net mooi niks om hier te skel en te skimp nie. Ek's so paniekbevange soos iemand wat 'n tsoenami-golf met 'n branderplank probeer ry. Dis net 'n kwessie van tyd, dan gaan ek en die plank en die hele boksemdais daarmee heen wees. Hoeveel tyd het ek, Bernard? Hoe lank kan jy die marteling weerstaan – want ek is seker jy word op allerlei perverse maniere gemartel – voor jy swig en vir jou martelaar vertel wat sy wil weet. Wie jou roosknop was.

En wat de fok het jou besiel om my so 'n sentimentele bynaam te gee! Ek het gedog as ek weer 'n keer die rolprent kyk, sal ek dalk die raaisel kan oplos. Nie die hele fliek nie, net die laaste deel. As jy 'n tsoenami-golf ry, het jy nie tyd om 'n twee uur lange *chef d'oeuvre* te bestudeer nie. Ek het gekyk tot waar die verslaggewer Jerry Thompson sy slotsom bereik: *Maybe Rosebud was something he couldn't get, or something he lost.*

Is dít wat ek vir jou was? Maar jy't my nie verloor nie, Bernard, jy't my *gelos*. Miskien selfs *verlos*, begin ek deesdae dink. As ek hoor hoe jou vrou uitmekaarval elke keer as sy my bel – ja, sy dring steeds daarop aan om my as biegmoeder te gebruik, heeltemal onbewus van die ironie, die arme doos – dan herinner ek myself: There but for the grace of God . . .

Ek het al 'n paar keer gewonder of ek my nie moet vervies vir haar stiksienigheid nie. Ek bedoel, is dit nie 'n belediging dat sy nie eens die moontlikheid oorweeg dat ék dalk die "ander party" kan wees nie? Is dit vir haar só onvoorstelbaar dat jy steeds – of weer – in my kan belang stel? In my "vrygewige borste" (soos jy hulle self gedoop het) en my stewige boude en my ander bulte en duike en dimpels? Maar dan onthou ek weer dat sy 'n blondine is wat nou boonop heeltemal vegetaries geword het. Dalk het die gebrek aan vleis haar verbeelding aangetas. Koeie en bokke het seker ook nie veel verbeelding nie.

Ek's onnodig venynig, ek weet, 'n mens skop nie na 'n teenstander wat klaar platgeslaan is nie. En sy weet nie eens hóé plat sy is nie, anders sou sy nie aangehou het om my te pla nie. Ek's op die punt waar ek wip van die skrik elke keer wanneer die foon lui. Verstaan my mooi, ek's nie bang vir wat sy aan *my* kan doen as sy die waarheid moet hoor nie – wat kan sy doen? weier om ooit weer met my te praat? dit sal 'n helse verligting wees, hoor – maar as ek dink aan die vele maniere waarop sy jou kan verpletter . . .

En ek wil jou nie rêrig verpletter sien nie. Verbouereerd, ja, benoud en beskeie en berouvol, sal dit nie salig wees nie, maar darem nie uitgewis soos 'n e-posboodskap nie. Jy bly per slot van rekening die pa van my kinders.

So ek sal dit waardeer as jy jou wederhalf kan keer om haar lot verder by my te bekla. Haar selfbejammering gaan my tot breekpunt dryf, ek waarsku jou, dis heeltemal moontlik dat ek binnekort alles sal uitlap. Ek weet tog al jare lank dat sy nie besonder sensitief is vir ander se pyn en lyding nie (om dit sag te stel), maar sowat van blatante egoïsme het ek in my dag des lewens nog nie teëgekom nie. Nie eens by jou as jy op jou jagse ergste is nie.

Ek het uiteindelik tot die slotsom gekom dat julle twee donners mekaar verdien.

O ja, onthou om hierdie e-pos onmiddellik uit te wis. Kliek op *Junk,* dis al wat jy hoef te doen. Dis nie ironies bedoel nie.

Van jou voormalige vrou wat nou waaragtig die ander vrou geword het. (Dís nogal ironies, of hoe?)

❧ ❧ ❧

From: Clara Brand [aandiebrand@hotmail.com]
Sent: Tue 01/05/07 10:57
To: Minette Malan [badyear@iafrica.com]
Subject: Die geheim van Brandstraat

Minette
Jy's 'n paar jaar jonger as ek, so, ek weet nie of jy *Die geheim van Nantes* sal onthou nie. Nie *Naant,* soos die Franse dit uitspreek nie, sommer net 'n gewone kommin *Nan-tes.* Dit was 'n onweerstaanbare radiovervolgverhaal uit my prille jeug, lank voor die koms van TV, lank voor sepies soos *7de Laan* en *Isidingo* die opium van die volk geword het. Lank voor ons almal geleer het om woorde uit ander tale reg uit te spreek.

Jou nuuskierige e-pos het my pas weer daaraan herinner, aan hoe ons smiddae ná skool saamgekoek het om die radio, ons drie kinders en die bure se kinders en die "bediendes", almal ewe meegevoer deur die storie. Waarvan ek vandag nie 'n enkele toneel of karakter kan onthou nie.

Ek moet bely ek het so half gehoop jy sou ook van *Die geheim van Brandstraat* vergeet het. Ek kan nou nog nie verstaan hoe jy dit reggekry het om die hele storie uit my te trek nie, al die grusame besonderhede, tot my skaamte en skande, selfs die Halloween-episode in my eks se hotelkamer. Dis waarom jy so 'n gevreesde ondersoekende joernalis was, het ek weer besef.

Maar nou wil jy weet wat nou, wat het verder gebeur, wat gaan volgende gebeur? Wel, glo dit of nie, maar daar het nog net mooi niks verder gebeur nie. Ek wag al 'n maand lank vir die storm om oor my kop te breek, maar ek begin vermoed dat dit dalk gaan oorwaai. My eks is waaragtig weer eens besig om hom uit 'n onmoontlike situasie los te lieg. Die Houdini van leuens, dis wat hy geword het. Die een wat altyd wegkom.

Ons het laas week vinnig oor die foon gepraat. Hy't spottend gesê hy sal nie verbaas wees as sy vrou sy oproepe laat afluister nie, en toe lag hy so onoortuigend dat ek moes wonder of dit nie waar is nie. Sy vrou is deesdae 'n psigopatiese grensgeval, daarvan is ek oortuig. Dalk was sy altyd. Maar sy's blykbaar steeds bereid om sy leuens te sluk. Is dit nie verstommend nie?

Hy't 'n storie uit sy duim gesuig oor 'n vrou wat Rosa genoem is met wie hy jare gelede 'n hartstogtelike fling gehad het – terwyl hy met my getroud was, natuurlik, daar word ek al weer die verloorder in die verhaal – en toe loop hy laas jaar weer vir hierdie Rosa-Roosknop raak, heeltemal onverwags, terwyl hy in die Kaap was vir werk. En toe bied

298

sy haar "op 'n skinkbord" vir hom aan, die arme man, wat kon hy doen, 'n man is 'n man, nie 'n klip nie. (Moenie lag nie.) Met die gevolg dat hy toe tydelik sy kop verloor en al hierdie belaglike SMS'e vir haar stuur, tot sy instem om 'n nag saam met hom deur te bring, en toe's alles verby, oor en uit, finish en klaar. Want sy's gelukkig getroud met 'n wonderlike man en hy's gelukkig getroud met 'n wonder-like vrou – wat hom tog sekerlik sal vergewe vir 'n oomblik van waansin en wellus?

Nou kyk, die storie het soveel gate soos 'n visnet – en dis nie al wat fishy is nie. Waarom sou hy vir hierdie Rosa-Roos-knop met "belaglike SMS'e" moes verlei as sy soos 'n heer-like southappie op die sogenaamde skinkbord vir hom lê en wag het? En dis maar één vraag. Maar mevrou Marx die Tweede is klaarblyklik nie so agterdogtig soos haar voor-ganger nie. Mevrou Marx die Tweede is dik die donner in vir haar man en het hom na die spaarkamer verban en ge-waarsku dat dit moontlik maande sal wees voor sy weer kans sien om saam met hom te slaap – maar sy't besluit om vir die hele visserige storie te val. Rosa-Roosknop, kan jy dit oorvertel?

So, die geheim van die ware Roosknop sal voorlopig hier in Brandstraat bly. Jy en my sus is die enigste twee mense wat die lyne tussen die kolletjies kan trek, ek bedoel nou behalwe die twee skuldiges, en miskien is dit beter so. Eens op 'n tyd was ek so 'n woedende en wraakgierige Walkure, onthou jy? Nou raak ek net soms nog 'n bietjie verontwaardig dat sommige bliksems met alles kan weg-kom sonder om ooit gestraf te word. Dis nie regverdig nie, natuurlik nie, maar waar het ons nou ook die idee gekry dat die lewe regverdig moet wees?

Verder gaan dit goed met huis en haard en kinders en kookklasse en al daardie dinge. Selfs met Paula se nuwe klein hondjie, plaasvervanger vir Tjoklit, wat nog 'n naam soek. Miskien moet ek haar Rosebud noem? Net om aspris te wees.

Mooiloop

Clara

❀ ❀ ❀

From: Clara Brand [aandiebrand@hotmail.com]
Sent: Sat 12/05/07 05:55
To: Marita van der Vyver [marita10@laposte.net]
Subject: S.O.S.S.O.S.S.O.S.

Nou weet ek waaragtig nie meer wat om te dink of te doen nie. Miskien moet ons 'n slag op Skype gesels jy's ook mos nou op Skype is jy nie anders gaan jy nie kop of stert uit-maak van hierdie hulpkreet nie. Waarop dit neerkom is dat ek skielik in staat is om A en B se huwelik te verwoes met 'n enkele brokkie inligting wat ek aan A kan oordra. Nee dis nog makliker ek hoef dit nie eens self te doen nie. Minette brand om dit namens my te doen sy wag op hete kole dat ek vir haar 'n groen lig gee sy glo my versigtige voorstedelike idee van wraak is heeltemal belaglik. Jy kan jou nie wreek op mense wat nie weet jy wreek jou op hulle nie! Moenie 'n Violetta wees nie Clara word 'n Walkure! So hits sy my nou al weke lank oor die foon aan. Maar die vlieg in die salf eintlik twee klein vliegies is die donnerse twee-ling. As A net nie verdomp swanger geraak het nie as daar net nie kinders betrokke was nie sou ek háár soos 'n vlieg kon verpletter. Maar nou sien ek aanmekaar Siesa en Gag-ga se pienk gevreetjies voor my en dan dink ek néé ek het mos self gesien wat 'n gebroke huwelik aan my eie kinders gedoen het so hoe de duiwel kan ek so iets aan iemand

300

anders se kinders doen al is die iemand anders ook deels verantwoordelik vir my eie gebroke huwelik?!?

My hart is toe al die tyd nie so hard soos ek gedog het nie.

Dis 'n bittere belydenis vir 'n vrou wat al jare lank oor wraak droom en so graag wou glo dat sy so geslepe soos die Marquise de Merteuil geword het. So val die heldinne so struikel hulle oor blerrie babaspeelgoed kan jy seker sê. Siesa! Gagga! Wie sou dit nou kon voorspel?

❧ ❧ ❧

From: Clara Brand [aandiebrand@hotmail.com]
Sent: Sat 19/05/07 08:51
To: Nita Patterson [nitap@yahoo.com]
Subject: Met 'n bietjie hulp van my vriende

Liewe Nita
Gedane sake het geen keer nie. Help nie om oor gemorste melk te huil nie. Buitendien, dis nie ek wat die melk gemors het nie.

Elke liefdesdriehoek het 'n Iago nodig om dinge tot 'n punt te dryf, reken Minette, en sy gee glad nie om om die rol van die skurk te speel nie. Kleintyd al het sy verkies om die kroek of die Indiaan eerder as die vervelige ou cowboy te speel, verseker sy my. Daar's verskeie denkfoute in hierdie argument. Eerstens het ons nie hier te doen met 'n "liefdesdriehoek" nie, verseker ek haar. Tweedens het Iago dinge tot op 'n punt van moord en selfmoord gedryf. Dis nie wat ons in gedagte het nie, is dit?

"Is dit nie?" vra sy met so 'n bose he-he-he-laggie.

Sy't dit sowaar vandeesweek reggekry om alleen saam met A in 'n hysbak te beland. Dis klaar moeilik om te glo

301

dat dit toevallig kon gebeur, in daardie groot gebou vol mense waar hulle almal werk, maar wat dit nog meer verdag maak, is dat sy ook "toevallig" 'n enorme bos rose in haar hande gehad het. Sy't altyd blomme in haar kantoor, dis waar. Maar sy't daardie blomme in die hysbak nodig gehad om 'n gesprek aan te knoop. En hier volg die gesprek, min of meer woordeliks, soos sy dit agterna vir my herhaal het.

Hulle het mekaar gegroet, albei ewe skynheilig, en in die ongemaklike stilte wat so dikwels in hysbakke heers, het Minette aan die rose gesnuif en iets gesê soos: "Beautiful, nè. Sulke vars roosknoppe laat my altyd na Clara verlang.

"Clara?" Verward.

"Hmmm. Bernard het haar mos altyd Rosebud genoem."

"*Rosebud*?" Ongeloof.

"O, het jy nie geweet nie? 'n Soort private joke tussen hulle. Oor *Citizen Kane*."

Nog meer verward: "Oor wie?"

"*Citizen Kane*. Die beste movie wat ooit gemaak is, volgens sommige mense. Het jy dit nie gesien nie?"

"Nee."

"Toe maar, ek ook nie. Maar Bernard het 'n ding oor daai movie. Dit was soos 'n geheime kode tussen hom en Clara. Xanadu, Kane, Rosebud . . ."

"Maar ek verbeel my . . . is daar nie ander vroue wat hy ook Rosebud genoem het nie?"

"O nee, daar kan nie meer as een Rosebud wees nie. Kyk die movie as jy my nie wil glo nie."

En toe gly die hysbak oop op A se verdieping en sy stap in 'n dwaal uit.

Dis al wat nodig was, verseker Minette my. 'n Onseker en jaloerse vrou is soos 'n bloedhond. Jy laat haar net die reuk optel, dan sal sy self die spoor verder volg tot by die jakkals se gat.

Maar in hierdie geval is ek die jakkals! Wat moet ek vir haar sê as sy voor my gat kom staan en blaf?!? Weet jy wat is my diaboliese vriendin se raad? "Sê vir haar sy moet dit nie sien as die einde van iets nie, maar as die begin van iets beters. He-he-he."

En toe ek vir haar vra of sy dan nie skuldig voel oor sy met 'n enkele gesprek moontlik 'n huwelik in sy moer gestuur het nie, toe sê sy, maar Clara, ek het oor blomme gepraat! Oor blomme en oor movies! Hoe kan blomme en movies nou 'n huwelik verongeluk?

Goeie vraag, nè.

Skryf gou vir my, Sus. Ek het jou morele invloed dringend nodig, anders gaan my vriendin my korrumpeer. En dan gaan ek my sowaar begin verlustig in die ontknoping van hierdie storie.

Clara

🌿 🌿 🌿

25 Mei 2007
Kaapstad

Beste gewese vriendin wat my man genaai het (ek wil dit al járe lank vir jou sê)

Weet jy, tot ek vanoggend jou histeriese brief gelees het, was ek nogal geneig om genadig teenoor jou te wees. Om jou nie nog meer te martel as wat jy jouself klaarblyklik martel nie. Ek weet waarvan ek praat, onthou, ek ken daardie hel van ontnugtering en jaloesie waarin jy jou nou bevind. Ek was dáár, lank lank gelede, maar ek het dit oorleef.

Ek het my voorgeneem ek sal jou nie straf met frases soos "jy wou mos" of "dis jou verdiende loon" of "wat jy saai, sal jy maai" nie. Ek het besluit ek sal eerder waardig swyg.

Ek skuld jou niks – allermins 'n verduideliking van wat ek met my eie lyf en my eie lewe aanvang.

Maar toe ek die ongegronde beskuldigings en die gemene skelwoorde in jou brief lees, het my genadigheid begin wankel. (Om nie eens te praat van die spelfoute nie. Selfs in 'n histeriese toestand behoort 'n joernalis soos jy tog te weet hoe om "fokkol" te spel.) Jy't nie genade nodig nie, jy't 'n paar lesse nodig. En 'n goeie woordeboek.

Jy vra of ek my nie skaam dat ek jou "vertroue misbruik" het nie. Ek het jou nooit gevra om my in jou vertroue te neem nie, het ek? Inteendeel, ek het jou probeer keer om my as biegmoeder te gebruik, maar dit was vir jou so geheel en al ondenkbaar dat jou man saam met *my* sou wou slaap dat jy my glad nie gehoor het nie. Dis die eerste les wat jy moet leer. Wie nie wil hoor nie, sal voel.

Jy vra of ek tevrede is dat ek jou huwelik "verwoes" het. Het ek? Sowaar? Deur 'n enkele keer saam met jou man te slaap? Wel, eintlik het ons een keer heeltemal onskuldig saam geslaap, en een keer heeltemal skuldig saam wakker gebly, albei kere in sy hotelkamer, as jy nou die volle waarheid wil hoor. Maar dit kan tog nie vergelyk word met die máánde wat jy met my man gevry het terwyl ek gedog het ons is vriende nie. As jou huwelik inderdaad "verwoes" is deur so 'n onbenullige one-night stand, was dit waaragtig 'n strooihuisie wat deur enige ou wolf omgeblaas kon word. Nog 'n les vir jou van juffrou Clara. Bou volgende keer jou verhouding met bakstene, op 'n stewige fondament, nie op die ruïne van 'n vorige verhouding wat jy self verwoes het nie.

Jy vra of ek trots is dat ek jou man van sy kinders "vervreem". Ek neem aan jy verwys na die twee kinders wat hy by jou het. Jy vergeet blykbaar van die drie wat hy by my het, van wie hy al sedert sy egskeiding – of moet ek sê sy vorige egskeiding? – vervreemd is.

Nee, hel, ek gaan nie verder tyd mors deur jou aantygings een vir een te weerspreek nie! Besef jy dan nie dat elke enkele gruwel waarvan jy my nou beskuldig ook teen jou gedraai kan word nie? Ek het altyd gedog jy's taamlik intelligent, vir 'n maer blondine bedoel ek, maar ek begin al hoe meer twyfel aan my oordeel. Trouens, al waaroor ek my rêrig skaam in hierdie hele sage, is dat ek destyds onnosel genoeg was om jou as vriendin te beskou. En al waaroor ek rêrig tevrede voel, is dat 'n onbekende naam op 'n selfoonskerm jou uiteindelik gedwing het om 'n klassieke fliek te kyk.

Maar nou slaan jy sowaar die laaste spyker in jou eie doodskis deur jou man te dwing om tussen jou en sy drie oudste kinders te kies. Jy stel vir hom 'n onfokkenmoontlike ultimatum. As hy julle huwelik wil red, is hierdie kinders nie meer welkom in jou huis nie. Elke keer as jy hulle sien, sal jy aan hulle ma herinner word, siestog, en aan die vieslike verraad wat hulle ma en pa teenoor jou gepleeg het.

Jissis, dís nou onnosel.

Ek ken hom mos – langer en beter as jy, onthou – en ek weet hy mag miskien 'n ontroue eggenoot wees, maar hy was nog altyd 'n toegewyde pa. Hy's meer getrou aan sy kinders as aan hulle ma's. Dis die laaste les wat jy binnekort gaan leer.

Nee, wag, aangesien jy nou so leergierig is dat jy selfs bereid is om flieks ouer as vyftig jaar te kyk, laat ek vir jou 'n lysie gee van vyf klassieke flieks wat jou sal help om jou sin vir humor te herwin. Of dalk vir die eerste keer te ontdek. Jy gaan dit nodig hê oor die volgende klompie weke.

5 Klassieke komedies vir 'n vrou wat moet leer lag
Safety Last! (1923) met Harold Lloyd (die een met die
    ronde swart brilletjie, soos Harry Potter)
The Gold Rush (1925) met Charlie Chaplin
A Night at the Opera (1935) met die Marx-broers (nie fami-
    lie van jou man nie)
Hellzapoppin' (1941) van Henry Potter (nie familie van Harry
    nie)
To Be or Not to Be (1942) van Ernst Lubitsch

Kom ons noem dit my afskeidsgeskenk aan jou, want ek
kan my nie voorstel dat ons ná dese nog enigiets vir mekaar
te sê sal hê nie.
Van jou gewese vriendin wat jou man genaai het (ek wil dit
al máánde lank vir jou sê)
Clara

☙ ☙ ☙

From: Clara Brand [aandiebrand@hotmail.com]
Sent: Mon 28/05/07 07:17
To: Anaïs Marx [anaisanais@mweb.co.za]
Subject: Re: Wag maar jy sal sien . . .

Ag nee, dít moes jy nie gedoen het nie! Ek het jou probeer
waarsku. Gesê ons het niks meer vir mekaar te sê nie, want
ek wou nie swig voor die versoeking om jou verder te straf
nie. En toe dreig jy sowaar om vir my seuns te vertel watse
slet ek is en waarom jy hulle nie weer in jou huis wil sien
nie. Groot fout, Anaïs. Gróót fout.

   Ek het besluit om jou voor te spring. Ek het die naweek
vir hulle vertel hoe onnosel ek en hulle pa laas jaar was. Dit
was nie maklik nie. Dis al wat ek bereid is om vir jou te sê.

Maar weet jy wat, ek en daardie kinders moes die afgelope dekade deur soveel krisisse werk dat ons almal nogal sterk geword het. Hoe sterk het ek die naweek weer besef. Ons sal hierdie krisis ook oorleef.

Maar jy, jou bejammerenswaardige blonde idioot, het aan die leeu se stert gepluk. Of erger, met die leeuwyfie se welpies gelol. En nou gaan hierdie leeuwyfie met die troetelnaampie Rosebud so hard brul dat jy dit nooit weer naby haar of haar kinders sal waag nie.

Teen hierdie tyd weet jy dat Rosebud die naam is van 'n geliefde slee wat aan die einde van 'n klassieke rolprent verbrand word. Maar weet jy wáárom die slee nou juis na 'n roosknop genoem is? Ek het self ook eers onlangs vasgestel dat die koerantmagnaat Randolph Hearst (op wie se lewe *Citizen Kane* gebaseer is) hierdie geheime troetelnaampie gebruik het vir 'n geheime roosknopagtige deel van sy minnares se lyf. Jy weet, omtrent soos jou man – as jy hom nog as jou man beskou – wat 'n sekere deel van sy anatomie soms Gogga noem?

Soms wil enige gogga seker in 'n begeerlike roosknop wegkruip. 'n Roos is 'n roos is 'n roos, sê hulle mos, maar blykbaar is elke roosknop verskillend. Vra maar vir jou man – terwyl hy nog jou man is – as jy my nie wil glo nie.

En nou's ek rêrig kláár met jou.

Clara (ook bekend as Rosebud)

From: Clara Brand [aandiebrand@hotmail.com]
Sent: Mon 04/06/07 23:07
To: Bernard Marx [notgroucho@mweb.co.za]
Subject: Re: Laaste kans

Bernard, Bernard, Bernard

Dis nie 'n *cri de coeur* nie, dis blote ongeloof wat maak dat ek jou naam so idioties herhaal. Dink jy wragtag, ná alles wat die afgelope tien jaar gebeur het, dat ek jou nog 'n kans sal gee? 'n Kans om wát te doen? My weer te verander in 'n waansinnige wenende vrou wat dwarsdeur die nag whisky drink en opera luister?

Daardie dae is verby, Bernard. Ek drink steeds whisky en ek luister opera (Callas se *Carmen* is vanaand my keuse, *As ek jou liefhet, wees op jou hoede,* wonder hoekom), maar dees-dae los ek die waansinnige geween en gekners van tande vir jou tweede vrou.

Ek kan nie gló dat jy so dig kan wees nie. Noudat me-vrou Marx die Tweede jou weggejaag het uit die huis, wil jy soos 'n hond met jou stert tussen jou bene terugkruip na mevrou Marx die Eerste. Jy probeer jou aan my afsmeer as 'n arme daklose drommel, jy waag dit sowaar om my te vra of ek jou nie tydelik onderdak kan aanbied nie. Aangesien ek mos nog altyd hierdie sagmoedige doos was wat my oor afbeen-honde en afvlerk-voëls en mismoedige mense ont-ferm? Nie meer nie, Bernard. Dis wat jy in jou kop moet kry. Ek is lankal nie meer die sagmoedige mevrou Marx die Eerste nie, bless her soul, daardie arme vrou het haar gat gesien en haar les geleer en iemand anders geword. Ek is nou Clara Brand, Clara soos in lig want ek het uiteindelik ook die lig gesien, Brand soos in vlamme wat alles weg-brand, sentimentaliteit, nostalgie, selfs wellus. *I can see clear-ly now*, glo my, en ek wil nooit weer saam met jou woon nie.

Nie eens tydelik nie. Nie 'n enkele nag nie. Ek is klaar met jou, Bernard.

So hou op om jou as slagoffer voor te stel. Ek gaan my *nie* oor jou ontferm nie. Miskien val die tweede mevrou Marx daarvoor. Miskien besluit sy die een of ander tyd om jou terug te vat, as jy eers genoeg gely het. Sy weet mos sy hoef net haar bene te kruis, soos Sharon Stone in *Basic Instinct*, dis hoe ver haar "visuele geletterdheid" strek, dan sal jou stert (en ander liggaamsdele) weer regop spring en jy sal jou hygend terug haas huis toe, siestog, ounooi se arme honne.

Maar terwyl jy nou "dakloos en honger op straat sit", kan ek jou seker maar vir ete nooi. Sak, Sarel. Jy's miskien nie hierdie keer in 'n hotelkamer met heerlike sagte matte waarop jy jou prooi kan plattrek nie, maar jy's ver van dakloos. En honger, nou ja, van jy met daardie vegetariese blondine getroud is, is jy mos maar heeltyd honger. Maar 'n goeie ete bly die mees beskaafde manier om enigiets af te sluit. 'n Reis, 'n vennootskap, selfs 'n huwelik. Ek kon nie destyds met ons egskeiding die beskaafde ding doen nie, want ek was besig om uitmekaar te val en dis swak etiket om voor vreemdelinge in 'n openbare eetplek uitmekaar te val.

Teen hierdie tyd het ek my darem weer aanmekaar gelas – met 'n paar sigbare krake, maar wie't nou nie deesdae krake nie? – en daarom nooi ek jou nou, liewer laat as nooit, na my gunsteling-restaurant in die Waterfront. Wel, dit sou my gunsteling-restaurant gewees het as ek dit meer gereeld kon bekostig. Maar die einde van 'n huwelik bly 'n spesiale geleentheid, al vier 'n mens dit eers tien jaar later, en spesiale geleenthede moet op spesiale plekke gedenk word. So kom ons maak dit volgende Vrydagmiddag om halfeen by Michel Blanc. Laat weet my as jy dit nie kan of wil maak nie, want dis die soort plek waar selfs 'n gewese restaurantkritikus met uitstekende kontakte minstens 'n week voor die tyd 'n tafel moet bespreek.

Ek kan jou waarborg dat jy 'n onvergeetlike bord kos sal kry. Moet net nie vir Michel beledig deur vir 'n vegetariese gereg te vra nie. Hy's 'n vleis-en-bloed-en-binnegoed-kok. Fantastiese *tripes à la mode de Caen,* manjifieke *foie gras,* soetvleisies wat jou tot trane kan dryf . . .

Wat my betref, dit sou seker gepas wees om 'n koue gereg te bestel, iets soos *carpaccio de boeuf* of selfs *steak tartare.* Maar in die winter smaak warm kos nou eenmaal beter as koue kos, en ek is nou ook nie bereid om my smaakkliere te verloën ter wille van wraak nie. Nee wat, ek dink ek sal eerder *tournedos Rossini* kies, 'n gedenkwaardige gereg vir 'n gedenkwaardige geleentheid, voorwaar.

Sien jou volgende Vrydag oor 'n bord vleis, Bernard.
Groete
Clara Brand (voorheen mevrou Bernard Marx)

My **webwerf** is: www.maritavandervyver.info
My **blog** is: http://maritareadingspace.blogspot.com
My **Facebook-groep** se skakel is:
http://www.facebook.com/home.php#!/group.php?gid=
78346169084&ref=ts

Tafelberg,
'n druknaam van NB-Uitgewers,
Heerengracht 40, Kaapstad 8001

Bandontwerp deur Laura Oliver
Skrywersfoto deur Lien Botha
Tipografiese versorging deur Etienne van Duyker
Geset in 11.25 op 14.5 pt New Baskerville ITC
Gedruk en gebind in Suid-Afrika
deur Ultra Litho (Edms) Bpk, Johannesburg
Eerste uitgawe 2010

ISBN: 978-0-624-04885-5